RICKI SCHULTZ

Für immer hält nicht nur bis morgen

RICKI SCHULTZ

FÜR IMMER HÄLT NICHT NUR BIS MORGEN

Roman

Ins Deutsche übertragen von Frauke Meier

LYX

LYX in der Bastei Lübbe AG
Dieser Titel ist auch als E-Book erschienen.

MIX
Papier aus verantwortungsvollen Quellen
FSC® C019821

Die Originalausgabe erschien 2017 unter dem Titel
»Mr. Right-Swipe« bei Hachette Book Group Inc.

Dieses Werk wurde vermittelt durch die Literarische Agentur
Thomas Schlück GmbH, 30827 Garbsen.

Textredaktion: Kathleen Weise
Umschlaggestaltung: © Zero Werbeagentur GmbH
unter Verwendung von Motiven von © FinePic/shutterstock
Satz: Greiner & Reichel, Köln
Gesetzt aus der Adobe Caslon
Druck und Verarbeitung: C.H.Beck, Nördlingen
Printed in Germany

ISBN 978-3-7363-0434-5

1 3 5 7 6 4 2

Sie finden uns im Internet unter www.lyx-verlag.de
Bitte beachten Sie auch: www.luebbe.de und www.lesejury.de

Für Mom und Dad
(Entschuldigung für all die Peniswitze.)

KAPITEL 1

Ich kippe den Tequila hinunter. Er ist süffig. Kein Billigzeug dieses Mal. Kein Würgen, kein Grimassenziehen. Nur reine, unverfälschte Scheiß-drauf-Medizin, die mich zu einem schöneren Ort trägt, ehe dieser Typ auftaucht.

Falls er auftaucht.

Lichtschienen verlaufen im Zickzack unter der Decke, bernsteinfarben leuchtende Hängelampen breiten eine warme Decke über all den traurigen Geschichten aus, die sich über die Barhocker verteilen: die Dame im Leopardenmini, die wechselweise das rechte über das linke und das linke über das rechte Bein schlägt, während sie mit dem Typ flirtet, der aussieht wie Jack Palance – und dabei eine Inbrunst an den Tag legt, die besagt, dass sie entweder unter sexuellem Notstand leidet oder sich schon eine Geschlechtskrankheit eingefangen hat. Das Paar, das sich in die Ecke kuschelt und nicht aufhört, darüber zu reden, dass dies ihr *gemeinsamer Abend* sei und sie einfach nicht fassen können, dass sie die kleine Schwester des Kerls als Babysitterin verpflichtet haben. Der hippelige Mittfünfziger, der eine Khakihose trägt, die aussieht, als hätten ihre Bügelfalten schon den größten Teil der letzten Dekade überlebt, und der unentwegt seinen Ehering auf dem Tresen dreht wie einen verdammten Kreisel.

Und dann wäre da noch ich.

»Noch einen?«, fragt der Barkeeper, bevor ich mir auch nur die Lippen abgewischt habe, aber immerhin sind meine Nebenhöhlen jetzt frei.

»Ich sollte nicht.« Ich lege die Finger ans Brustbein – *Hach, wie damenhaft!* – und zeige mich als Inbegriff der Sittsamkeit, während ich mir den Mund mit einer Cocktailserviette abtupfe. »Dieses Lipgloss kostet mehr als der verflixte Drink«, informiere ich ihn.

»Dann also ja?« Seine Mundwinkel zucken.

Entweder es liegt an dem Kurzen, oder seine Pheromone zeigen Wirkung. Hitze steigt mir die Beine empor, und ein Teil von mir fragt sich, wie sich diese Lippen an meinem Hals anfühlen würden. Oder an meiner Brust.

Mein Telefon brummt, und ich zucke zusammen.

Valerie: VIEL GLÜCK!!!!!!

Abermals.

Quinn: Ist er schon da???

Sie posten in unserer Gruppe. Und ihrem Timing zufolge sitzen sie gerade zusammen in Valeries Wohnzimmer, kippen sich eine Flasche Rotwein rein und gucken *The Real Housewives of Atlanta* oder so einen Mist.

»Weißt du was?« Ich schlage mit beiden Handflächen auf die Theke. Entschlussfreudig. »Warum nicht? Ich bin ja schließlich so verflucht erwachsen«, sage ich zu dem Barkeeper, dessen sinnliches Lächeln prompt breiter wird.

Ich widme mich meinem Telefon, während er die Flasche holt.

Ich: Ihr seid total bescheuert. Wir sind nur was trinken. Entspannt euch.
Und hört mit dieser inflationären Zeichensetzung auf!!!!!!!!!!!!!!!!!!!!!

Zufrieden mit meinem virtuellen Denkzettel, folgt mein Blick der rückwärtigen Kontur des Barkeepers, und ich bewundere, wie sich sein schwarzes Button-down-Hemd über den Schultern spannt.

Er lässt das Schnapsglas über den Tresen auf mich zugleiten, als würden wir gerade Lohnverhandlungen führen, und begegnet meinem Blick aus tiefdunklen Augen. »Ihr Date hat wirklich Glück.«

Dieser Akzent. Portugiesisch? Vielleicht ist er auch nur Show, aber das ist mir egal.

Ich schnaube verächtlich. »Ja, klar, bestimmt glaubt er, er hätte im Lotto gewonnen.«

Ich kippe den nächsten Drink hinunter und spüre ihn augenblicklich. Ein Kribbeln in den Zehen wie in einer schwülen Sommernacht mit Jesse. Zusammen in diesem Rattenloch von einem Shisha-Café.

Eine Hand streicht über meinen unteren Rücken, und ich springe vom Hocker.

»Rachel Wallace?«

Ich bedenke den Barkeeper mit einem Blick, als wäre er mein schwuler bester Freund – *Hallooo!* –, und wirbele zu der Stimme herum. Umorientierung.

»Einzig und artig«, sage ich und strecke die Hand aus. »Und Rae reicht.«

Ich mustere ihn vom Scheitel bis zur Sohle, nur eine flüchtige Prüfung, während er mich mit einem Ausdruck, der ganz nach Erleichterung aussieht, taxiert.

Poloshirt. Gut.

Dunkle Jeans, nicht enger als meine. In Ordnung.

High-Top-Sneaker. *Was soll der Scheiß?*

Und eine Beckham-Welle.

Der Kerl ist ein Geck.

Aber zumindest hat er sich rasiert und scheint nichts auszuschwitzen, das schlimmer wäre als Frisur und Schuhe.

Ausbaufähig.

»Rae. Das gefällt mir. Ich bin übrigens Ty.«

Er heftet den Blick seiner blauen Augen auf mich, und ich unterdrücke aufsteigendes Gelächter. Das ist einfach … kein Name für einen realen Menschen.

»Na klar.«

»Entschuldigung?«

»Noch gibt es keinen Grund, sich zu entschuldigen.« Ich drehe mich wieder um und zeige auf den Hocker neben mir. Ty verströmt Armani Code, und damit kann ich leben, also kann es auch weitergehen.

Er bedenkt den Barkeeper mit einem Blick, als stünde er kurz davor, von einem tiefen Abgrund verschlungen zu werden, und dann nehme ich ein Stechen von irgendwas unter meinem Schlüsselbein wahr, das ich wegzurubbeln beschließe. Dabei kann ich es kaum erwarten, den Mädchen zu erzählen, dass ich gewisse Gefühle verspüre.

Fortschritt!

Der Barkeeper kehrt mit zwei weiteren Schnäpsen zu uns zurück.

»Schweig still, mein Herz«, sage ich und lege erneut eine Hand an die Brust. Und suche nach einem Ring an seinem Ringfinger. Keiner da.

Konzentrier dich.

Auf Ty, nicht auf den Barkeeper.

»Schön, dich kennenzulernen, Ty. Bitte entschuldige …«

»Du bist echt Furcht einflößend.«

Das sagt er mit einem Zwinkern, also weiß ich nicht recht, wie ich es auffassen soll.

Ich entschließe mich zu einem Lächeln und nicke knapp. »Irre. Gefällt mir.« *Womöglich etwas zu dick aufgetragen.*

Mein Kommentar scheint ihn zu beruhigen. Er atmet zum ersten Mal aus. Meine Hand liegt bereits an meinem Glas.

»Sollen wir?«

Er greift nach seinem. »Auf jeden Fall. Auf uns?«

»Auf uns.«

Klink.

Während die anderen Leute an der Bar den Platz gewechselt oder das Lokal verlassen haben (die Frau mit den Hummeln im Hintern ist mit dem Jack-Palance-Verschnitt gegangen, und der larmoyante Bügelfaltenmann hat sich vermutlich nach Hause verzogen, um sich dort zu erschießen), haben Ty und ich alle wichtigen Fragen abgehakt. Beispielsweise, welches von Valeries und Mikes Kindern klüger ist oder wie viele Cargoshorts Mike wohl tatsächlich besitzt (ich liege vorn mit einundsechzig gegen Tys sechzig).

Als wir schließlich in der Flaute landen, die sich einstellt, wenn es an den gemeinsamen Freunden nichts mehr weiter zu analysieren gibt, hält mich nur noch der herrliche Rausch hier, den ich mir zugelegt habe. Eine warme Woge, die sich in meinen Wangen zusammenrollt wie ein fauler alter Hund in einer Häkeldecke an einem regnerischen Nachmittag.

Alex, der Barkeeper (inzwischen reden wir uns mit Vornamen an), füttert mich mit grünen Oliven wie ein Lakai mit der Optik eines Pooljungen, und ich komme mir vor wie die Königin von Saba. Ich weiß nicht mal, ob das einen Sinn ergibt, aber das ist mir egal. Meine Handfläche drückt sich in meine Wange, und ich lausche, während Ty irgendeine beklemmende Geschichte darüber zum Besten gibt, wie er und Mike letzte Woche Golfen waren … und wie Valerie da auf die Idee gekommen ist, uns zwei zu verkuppeln … und wie er plötzlich als Mikes vermögendster und erfolgreichster Freund dastand (lies: kleiner Penis).

Endlich – nach gefühlten sechs Stunden Langeweile – scheint ihm ein Licht aufzugehen, und er wirft sich ein paar Nüsse in den Mund.

Haha. Hahaha. Okay. Ich sollte wirklich zu trinken aufhören. Ich greife schon auf die Humorebene männlicher Fünftklässler zurück.

»Also, Valerie hat mir erzählt, du schreibst Bücher?«

Würg.

Mein Gesicht wird noch wärmer. Und ich hoffe, dass sich keine leuchtenden roten Flecken auf meinem Dekolleté breitmachen.

Ich strecke die Zunge raus und tue, als müsste ich würgen. Was bestimmt super attraktiv aussieht. »Danke, Val«, sage ich zu meinem Handydisplay. »Ich meine, na ja, irgendwie? Keine Ahnung.« Ich nehme einen lebensbejahenden Schluck von meinem Dirty Martini und gestatte meiner Atemluft, mit einem gehauchten *Ahhh* zu entweichen, ehe ich fortfahre.

Er runzelt die Stirn – vielleicht ein bisschen zu fotogen –, und mir wird bewusst, dass er keine Ahnung hat, was ich meine.

»Ich meine, ich unternehme dilettantische Versuche.«

Unbehaglich rutsche ich auf dem Platz herum, und Ty lächelt.

»Dilettantische?« Er wackelt mit dem Kopf, als wolle er dem Wort einen zweideutigen Klang verleihen, aber ich vermute eher, er weiß nicht, was es bedeutet. »Ich versuche auch gern was.« Er schiebt einen Finger unter meinen Spaghettiträger, und – *Klatsch!* – meine Hand schießt empor und geht in Abwehrstellung.

»Ich habe nichts veröffentlicht oder so was«, sage ich und schiebe seine Hand weg von mir und dahin, wo sie hingehört. »Ich arbeite an einem Manuskript, aber ich habe keinen Agenten und nichts.«

Wieder setzt er das verknautschte Gesicht auf, und ich gebe mir alle Mühe, nicht über ihn zu urteilen.

Normale Leute haben keine Ahnung, wovon du sprichst, ermahne ich mich. *Warum sollte er sich mit der Branche auskennen?*

Ich stopfe eine weitere Olive in mich hinein und rede mit vollem Mund weiter. Scheiß drauf. »Na ja, man braucht eben einen, wenn man etwas auf die traditionelle Weise veröffentlichen will. Also, wenn man will, dass das eigene Buch den Weg in den Buchhandel findet und so weiter.«

Ein vertrauter, glasiger Ausdruck tritt in seine Augen. Der, den normale Leute immer bekommen, wenn ich etwas über das Veröffentlichen von Büchern erzähle. Das war so toll an Jesse. Diese eine Sache. Er hat's begriffen. Und er hat zugehört.

Vermutlich, weil seine Frau nichts begriffen hat.

Etwas legt sich wie eine Klammer um mein Herz –, oder ersticke ich vielleicht gerade an der doofen Olive? Plötzlich bekomme ich keine Luft mehr. Warum hat Valerie mir das angetan?

Ich schlage mir aufs Brustbein, um zu lockern, was immer die Enge verursacht, und Tys Blick fällt auf meine Brust. *Halleluja!* Er ist wieder da.

Schätze, meine Titten haben ihn wachgerüttelt.

»Und was schreibst du?«

Gott. Verdammt.

»Erotika?«, sage ich, reibe mir immer noch die schmerzende Stelle an der Brust und nage an der Unterlippe. Und sehe jede Chance, dass er mich nicht den Rest des Abends mit Blicken vögelt, davonfliegen wie das Olivenstückchen, das ich versehentlich über die Theke gespuckt habe.

Er verliert keine Zeit. »Wirklich? Aber ich dachte, du wärst Lehrerin.«

Jetzt bin ich definitiv rot und zucke unbehaglich mit den Schultern. »Bin ich. Aber ich benutze ein Pseudonym. Und nein, ich werde es dir nicht verraten. Wie auch immer, der Markt für Erotika ist weitgehend auf E-Books beschränkt, aber ich versuche trotzdem, traditionell zu veröffentlichen. Das ist albern, ich weiß.« Ich winke ab, obwohl ich das ganz und gar nicht albern finde; ich finde es nur einfacher, das Thema bei einem ersten Date mit einem Schulterzucken abzutun.

Um genau zu sein, meide ich das Thema gern vollständig, weil es unausweichlich dahin führt:

»Weißt du, meine Tante schreibt auch ein Buch. Eine Geschichte über unsere Familie. Das solltest du irgendwann mal lesen.«

Ich starre das Rührstäbchen in meinem Drink an, und meine Augen treten hervor, bis sie mindestens so groß sind wie die letzten zwei Oliven, die Alex mir dagelassen hat. »Äh, ja, das wäre …«

Er rückt näher heran, und sein heißer Atem infiltriert mein Ohr, was mir ein Kribbeln über diese Seite des Körpers jagt.

»Ich stehe auf Lehrerinnen, weißt du das?« Er stupst mich mit dem Ellbogen an, als hätte er mit dieser Bemerkung gerade das Rad neu erfunden.

Ich beschränke mich auf ein Nicken.

Aber ich bin froh, dass er mich unterbrochen hat, denn nichts auf Gottes grüner Erde wird mich dazu bringen, irgendeine saublöde Familiengeschichte zu lesen oder mir dummes Geschwätz darüber anzuhören, dass er immer schon eine Comicbook-Serie über irgendeinen Polospieler schreiben wollte, der sich in ein fliegendes Brauereipferd verwandelt, oder was auch immer.

»Guter Spruch.« Ich zeige auf ihn und wische mir dann mit der Hand über die Gänsehaut.

Er leckt sich das Salz von den Lippen. »Weißt du, ich muss sagen …«

Alex hat Smooth Jazz aufgelegt, und die Leute, augenscheinlich Stammgäste, scheinen die Musik zu lieben. Die ledergesichtigen Singles, die einen Tisch im Hintergrund okkupiert hatten, sind samt und sonders aufgestanden und wiegen sich langsam und unbeholfen im Takt. Dabei kleben sie aneinander wie Schnecken beim Liebesspiel. Der Anblick macht mich verlegen, aber ich schaffe es nicht, mich von ihm loszureißen.

»Du musst was sagen?« Die Bewegungen dieser Leute ziehen mich in ihren Bann. Und ich finde es lustig, dass ich offenbar die Jüngste hier bin. Mit einem Abstand von mehreren Äonen. Das könnte mein neues Stammlokal werden!

»Das hört sich jetzt vielleicht etwas überraschend an …«

Er spricht leise, und ich sehe ihn an.

Womöglich schockieren Ty und ich in vierzig Jahren hier die Mittdreißiger. Vielleicht lässt er die Beckham-Imitation hinter sich, und vielleicht ist er nicht mit dieser angeketteten Geldbörse verheiratet.

Ich täusche ein echtes Lächeln vor – zaubere mir sogar ein paar Fältchen in die Augenwinkel und so – und nage am Ende des Rührstäbchens. »Na ja, für Überraschungen bin ich durchaus zu haben.« Ich ziehe eine Braue hoch. #ichhabsdrauf

»Deine Art zu sprechen passt nicht zu deinem Aussehen.«

Ich runzele die Stirn. Bitte?

Kurz wird er zappelig, schwenkt den Bourbon in seinem

Glas, dann dreht er sich wieder zu mir um und starrt mir direkt ins Gesicht. »Ich meine … Du bist gewitzt. Frauen, die aussehen wie du, sind tendenziell eher nicht gewitzt.«

Und so schnell wie der Alkohol und die laszive Musik (und die Aussicht, ein Leben lang eklig zu tanzen) mich auch mitgerissen haben, so schnell holt mich seine Bemerkung wieder zurück.

Ich hebe eine Moment-mal-Hand.

Und er packt sie wie das Schnurende eines davonschwebenden Ballons. »Nein«, sagt er. »Das war ein Kompliment.« Er drückt meine Fingerspitzen an seine Brust, und sein Herzschlag gewinnt an Tempo.

»Welcher Teil?« Ich mustere ihn aus schmalen Augen. Der arme Tropf ist absolut nicht auf den Weibsteufel gefasst, der sich gerade aus meinem Körper freikämpft. »Der Teil, in dem ich zwar dumm aussehe, aber, hurra«, ich applaudiere, »doch nicht ganz verblödet bin?«

Er zuckt zusammen und sieht sich im Lokal um.

»Oder der Teil, in dem ich mir eine schimmernde Lotion auf die Beine schmiere und mich mit angehaltenem Atem in ein tief ausgeschnittenes Kleid zwänge, damit ich, mutmaßlich, in deinen Augen attraktiv bin. Was bedeutet …«

Die Leute starren zu uns rüber.

»Was bedeutet«, mein Ton erinnert ein bisschen an Foghorn Leghorn, den Hühnerhabicht, »wenn ich scharf bin, dann bin ich auch dumm?« Ich schlage die Beine so übereinander, dass sie von ihm weg zeigen, und stemme die Ellbogen auf den Tresen. Stütze das Kinn auf die Handflächen. Erwartungsvoll. Zwirbele eine Strähne braunen Haars zwischen den Fingern. »Meinst du, du kannst mir das erklären, ich hatte nämlich heute Morgen ein Waxing, darum kann ich deine hochgestochenen Worte nicht so gut verstehen.«

Ich fürchte, er heult gleich los. Er räuspert sich ein paarmal, und die übrigen Leute nehmen ihre Gespräche wieder auf und liefern uns die übliche Hintergrunduntermalung. Jetzt sind sie wieder, Leib an geriatrischem Leib, gewöhnliche Ruheständler.

»Ich bin nur bisher noch nicht vielen Mädchen begegnet …« Nun redet er mit seinem Knabberschälchen; Cashewnüsse krümmen sich unter ihm, als wollten sie ihm achselzuckend mitteilen, dass sie ihn da auch nicht mehr rausholen können. »… die so gut aussehen wie du und mit denen ich mich unterhalten kann. Als ich reingekommen bin und dich gesehen habe, da habe ich nicht damit gerechnet, dass du so enorm klug bist. Ist das schlimm?« Er verzieht das Gesicht und sieht beinahe gepeinigt aus.

Ich schnaube verächtlich. »Keine Ahnung, Kollege«, sage ich und schnappe mir eine Handvoll Nüsse aus der Schale, die direkt vor ihm steht. Kaue geräuschvoll. »Tut mir leid, wenn das gehässig geklungen hat, aber …«

»Nein, nein, ich mag das«, lügt er.

Ich sehe ihm an, dass er sich große Mühe gibt, in einem heiteren Ton zu sprechen. »Du sagst, was du denkst. Das ist gut.«

Irgendwie komisch; sein starrer Blick erwischt mich ungefähr fünfundzwanzig Zentimeter unterhalb meiner Augen.

Mit dem Daumen zeige ich auf Ty und rede mit Alex. »Richtig fortschrittlich, der Typ.«

Gefühlte zwanzig Songs lang sitzen wir schweigend da. Allerdings sind die alle so geschmeidig und fließend, genau wie die langen Kleider der Damen, dass es schwer zu erkennen ist, wo der eine aufhört und der nächste beginnt. Saxofone machen das Publikum scharf und sorgen dafür, dass Viagra das Importprodukt Nummer eins in sämtlichen Kolonien diesseits von Boca Raton bleibt.

Nach einer Weile rutscht Ty mit seinem Hocker näher

heran. Und senkt wieder die Stimme ein wenig. »Pass auf, Valerie hat es mir erzählt. Ich verstehe das.«

»Dir was erzählt?« Ich kneife die Augen zusammen.

»Dass du das Daten satt hast. Ich verstehe also, wenn du ein bisschen empfindlich …«

»Das ist nicht mein erstes Rodeo«, sage ich und leere mein Glas.

Als mir der Wodka durch die Kehle rinnt, meldet sich da zugleich ein raues Gefühl, das ich lieber nicht spüren würde.

Im Geiste sehe ich meinen Ex Daniel vor mir, wie er mir einen Antrag macht. Alles wunderbar. Anzug und Krawatte. Die Augen voller Babys und Minivans und Besuchen bei seiner Familie in Connecticut. All das, worüber wir geredet und wovon wir geträumt haben. All das, was ich immer gewollt habe und immer noch will – nur, wie sich herausgestellt hat, nicht mit ihm.

Ich halte es hier keine Sekunde länger aus, kostenlose Drinks (und Oliven) hin oder her.

»Entschuldige mich eine Minute.« Ich springe vom Barhocker und streiche das Seidenkleid glatt. »Muss mal für kleine Mädchen«, erkläre ich ihm.

»Noch einen?« Ty deutet auf meinen Drink, und ich zeige ihm rasch den hochgereckten Daumen, ehe ich in Richtung Waschraum verschwinde. (Ja, okay.)

Ich stolpere in die Kabine und reiße mein Handy aus der Tasche.

Wer holt mich jetzt hier raus?

Nach einem benebelten Moment komme ich zu dem Schluss, dass Quinn oder Valerie nicht infrage kommen; die würden über dieses Ansinnen nur die Nase rümpfen. Teufel auch, Val würde womöglich in Tränen ausbrechen, schließlich hat sie dieses Date arrangiert.

Nein, hier sind schwere Geschütze gefragt. Na ja, jedenfalls so ein Zwanzig-Plus-Kaliber.

Der Job schreit geradezu nach Sarah.

Ich: Kannst du mich in zehn Minuten wegen eines »Notfalls« anrufen?
Sarah: So schlimm?
Ich: Muss hier weg.
Sarah: Sind gerade bei Posh rein. Komm her, und hab ein bisschen Spaß!
Ich: Mach ich – du musst dich nur kurz ausrauben lassen oder so was in der Art.
Sarah: Bei mir bist du an der richtigen Adresse.:)

Nach ihrem Anruf kippe ich den Drink hinunter, der schon auf mich gewartet hat, als ich aus dem Waschraum zurückgekommen bin (vielleicht ist er doch nicht so übel), und Ty begleitet mich zu meinem Uber.

Kaum draußen heftet sich die Luftfeuchtigkeit an meine Haut, und das sanfte Lüftchen trägt wenig zur Abkühlung bei. Schweißperlen sammeln sich in meinem Nacken und am Haaransatz.

»Sorry, dass ich nicht länger bleiben kann. Ein andermal?«, lüge ich.

Er setzt ein verschrobenes Lächeln auf, und gerade als mir klar wird, was er vorhat, und bevor ich mich entziehen kann, stürzt er sich auf mich. Schonungslos. Aus dem verflixten Nirgendwo wischen seine zu großen Lippen das Fünfzig-Dollar-Lipgloss von meinen. Schwanz und Zunge bedrängen mich – quetschen mich an den Honda Civic, und dann gleitet seine Hand an meinem Kleid empor und umfasst meine inzwischen schweißnasse Brust.

Was?

Er gehört zu diesen Typen, die dir aus irgendeinem unerfindlichen Grund die Lippen ablecken. Soll das etwa erotisch sein?

Und dann endet sein gesichtsgesteuerter Überfall so schnell, wie er begonnen hat. *Merken, Rae: Beim Sex läuft das vermutlich genauso.*

»Das war ein schöner Abend«, bekundet er, die Hände immer noch an meinem Körper.

»Äh … ja.« Ich befreie mich und schiebe ihn zurück auf den Bordstein. »Kann's gar nicht erwarten, Valerie zu danken.« Erneut streiche ich das Kleid glatt und zeige ihm gleich beide hochgereckten Daumen.

Und dann verschwinde ich im Wagen und knalle die Tür zu.

Sarah zieht mich kreischend in die Arme, kaum dass ich zwanzig Minuten später das Posh betreten habe. Sie reicht mir irgendwas Kaltes in einem Cocktailglas, als wäre sie der Alfred zu meinem Batman, und drückt mir kurz die Schulter.

»Du armes Ding«, sagt sie, die vollen roten Lippen zu einem leichten Schmollmund geschürzt.

»Ich bin dir was schuldig.« Ich nicke ihr zu und sehe mich unter all den Unterdreißigjährigen um, die sich im Takt der Musik winden. In diesem Schuppen bin ich diejenige, die um Äonen älter ist. Die Klimaanlage läuft auf Hochtouren und bläst mir mehr oder weniger von überallher unters Kleid, aber ich tue einfach so, als wäre ich in einem Beyoncé-Video. Absolut wahrscheinlich, dass ich auch genauso aussehe.

Gerade als ich meinen Rhythmus finde und mit den Armen zur Musik rudere, als würde ich auf hoher See ertrinken, bahnt sich der größte Kerl im ganzen Laden einen Weg in meine Richtung.

Sarah, deren Armreifen das purpurfarbene Neonlicht bei jeder Bewegung in einem anderen Winkel zurückwerfen, setzt ein schiefes Grinsen auf, entfernt sich etwas weiter von mir und zwinkert mir übertrieben zu, als wolle sie sagen: *Ich gönne dir gern ein bisschen mehr Privatsphäre.*

Kichernd schüttele ich den Kopf.

Ich gestatte dem Typen, mich zu dirigieren, denn unser Tanz ist pure Magie. Rauch wogt uns um die Füße. Es riecht nach Abercrombie und Sex. Der Sprit ist stark und die Lichter trüb genug, dass einfach jeder im Raum die bestaussehende Person ist, die ich je vor Augen bekommen habe.

Ich bin keine vierunddreißig, und er ist (vermutlich) juristisch kein Problem.

»Ich bin Harrison«, gurrt er mir tief ins Ohr, und ich lege einen Finger an seinen prachtvollen Mund. Die perfekte Kussschnute.

»Lass uns das nicht durch Reden ruinieren«, brülle ich ihm über das Geklimper der Musik zu.

Und er lacht. Wirbelt mich herum. Meine Sehnsucht macht mich schwindelig. Harrison macht mich schwindelig.

Ich schließe die Augen und spüre, wie sich sein kraftvoller Körper hinter mich schiebt, wie er an mir herabgleitet und sich wieder hinaufschlängelt.

Grins.

Nur ein gewöhnlicher Sonntagabend.

Billie ist vor lauter Schwanzwedeln ganz außer sich, als ich endlich einrolle. Ich will nicht, aber ich weiß, sie muss raus, also ziehe ich Shorts und T-Shirt an und stolpere um meinen Apartmentkomplex, wie es sich für eine brave Hundemama gehört.

Der Mond ist groß und hell und ergießt sich in Pfützen auf

der Teerdecke. So hell, dass ich beinahe die Augen abschirmen muss –, was aber vermutlich doch eher an meinem flüssigen Abendessen liegt als an der tatsächlichen Lichtstärke des Mondscheins.

Unterwegs reibe ich mir die Arme. In der nächtlichen Brise liegt nun doch endlich ein Hauch von Septemberkühle.

Ich wünschte, Jesse und ich hätten tanzen können.

Wir haben es nie getan.

Nicht dass wir so viel Zeit zusammen verbracht hätten, und nicht dass er, ihr wisst schon, die Scheidung durchgezogen hätte, trotzdem wäre es nett, eine Erinnerung an einen Tanz mit ihm im Gedächtnis zu haben.

Dieser blöde Gedanke bringt eine ungebremste Tränenflut hervor, und ich komme mir vor wie die primitivste Kreatur auf dem Angesicht des Planeten.

Was ist schlimmer, als nach einem One-Night-Stand verschämt nach Hause zu laufen? Um drei Uhr morgens den ganzen Apartmentkomplex vollzuschniefen, und das auch noch in Begleitung eines Beagles, der einfach nicht kacken will.

»Mach schon, Billie. Kack!«, flüstere ich ihr zu und wische mir das Gesicht mit den Armen ab – und fange sofort an zu gackern wie eine Irre, als mir in den Sinn kommt, wie albern das ausgesehen haben muss.

Wenigstens muss meine Mom das nicht mehr miterleben. Und Dad hat viel zu viel mit seiner neuen operativ zurechtgeschnippelten Prinzessin zu tun, um je nach Florida zurückzukommen.

Was mich noch mehr zum Lachen bringt.

Wer wäre nicht scharf darauf?, denke ich. Vielleicht habe ich es auch laut ausgesprochen. Ich weiß es wirklich nicht.

Alles, was ich weiß, ist, dass Billie endlich ihr Geschäft gemacht hat, und nun trage ich einen Plastikbeutel mit Hundekacke, und meine Zähne klappern, und ich bin froh, dass Jesse fett geworden ist, wünsche mir aber immer noch, wir hätten mal miteinander getanzt.

Nachdem ich den Kot entsorgt habe, stolpere ich einfach weiter um den Komplex, bis wir endlich wieder zu Hause ankommen.

Ich wühle mein Handy aus der Handtasche hervor. Nur gut, dass ich dieses Mal nicht vergessen habe, es mit nach Hause zu nehmen. Ich tippe mir mit einem Zeigefinger an die Schläfe und gratuliere mir zu meinem Scharfsinn.

Zwei verpasste Anrufe – einer von Valerie, einer von Quinn – und eine Textnachricht.

Die Zunge: War ein toller Abend. Nächstes Mal müssen wir essen gehen.

Ich schnaube verächtlich, und Billie blickt zu mir herauf.

»Ich wünschte, ich könnte mich selbst so lecken wie du, Mädchen. Du bist meine Heldin«, sage ich und drücke sie fest an mich.

KAPITEL 2

Ich quetsche mich in meinen Lieblingsplatz – den am Müllcontainer. Genauer gesagt, in den ersten freien Platz, der erreichbar ist, während ich in der Schlange der Elterntaxen feststecke, wie an beinahe jedem Morgen.

Dank pulsierender Kopfschmerzen habe ich lange gebraucht, um mich fertig zu machen, aber inzwischen geht es wieder.

Ich steige aus meinem Camry und streiche den Blazer glatt. Die Luft ist so schwer wie der Akzent der Spanischlehrerin. Ich zerre meine Taschen vom Rücksitz, schlinge sie über die Schulter (Was zum Henker habe ich in meiner Handtasche?) und entblöße mich dabei nur *vielleicht* vor Dr. Wie-war-noch-der-Name.

Ich winke ihm zu – *gern geschehen* – und klappere an den Benzen vorbei. Den BMWs. Den Land Rovern und Porsches. Vielleicht bilde ich es mir ja nur ein, aber ich könnte schwören, dass ich die Blicke aus elterlichen, hinter D&G-Sonnenbrillen verborgenen Augen spüren kann, so sengend heiß wie die Morgensonne. Dank der getönten Scheiben ihrer Wagen kann ich nicht ganz erkennen, welche Schüler jeweils dazugehören.

»Morgen, Rae!«, ruft die Frau mit dem Vokuhila.

Wie heißt sie gleich? Quinn und ich haben sie schon so lange die *Vokuhilafrau* genannt, dass ich ihren richtigen Namen vergessen habe, aber er wird mir schon wieder einfallen. Ich weiß, dass sie etwas mit dem Kunstprogramm zu tun hat, und sie hat eine Vorliebe für weiße Polyesterhosen. Keine weiße Kleidung nach dem Labor Day? Scheiß doch auf Regeln!

Sie hilft dabei, den Verkehr zu regeln, öffnet Autotüren für die Kinder, als wären wir nicht nur ihre Lehrer, sondern auch ihre Lakaien –, und ich bin ziemlich sicher, dass sie nur hier ist, um meinen Weg ins Gebäude besonders unerfreulich zu gestalten.

Ich antworte mit einem sarkastischen Winken, denn – *Verdammt noch mal!* – es sollte einfach niemandem erlaubt sein, vor neun Uhr morgens (elf Uhr morgens?) zu reden.

Ungeachtet dessen bin ich einigermaßen überzeugt, dass sie mich nur so süßlich grüßt, weil sie weiß, dass ich zu spät dran bin. Im Vorbeigehen werfe ich einen flüchtigen Blick auf ihre vor Strass nur so starrende Armbanduhr.

Aber dann fühle ich mich mies.

Ich meine, vielleicht wollte sie ja doch nur nett sein, und in Wahrheit bin ich die Fleisch gewordene Schlechtigkeit.

Vielleicht weiß sie auch nicht, dass ich zu spät dran bin, oder es interessiert sie einfach nicht, weil sie ein Leben hat, und meine Unsicherheit macht heute Morgen ganz einfach ein paar Überstunden.

Ich schlucke meinen Unmut runter und spiele mit: »Hatte noch keinen Kaffee.«

»Oh, den brauchen Sie doch gar nicht! Sie strahlen doch immer!« Ihr schöner Schein jedenfalls beleuchtet den ganzen Parkplatz, und ich kämpfe mit Brechreiz.

»Hatten Sie ein schönes Wochenende, Carol?« *Carol!* #geschafft

»Oh, ja«, flötet sie. »Es war nur nicht lang genug.«

Mein Magen krampft sich zusammen, als mir bewusst wird,

dass ich stehen geblieben bin und gerade einem kleinen Rotschopf aus Daddys Lexus helfe.

»Pass auf, wo du hintrittst«, sage ich.

Mein Gott. Was geschieht mit mir?

Ich winke dem Dad durch die offene Scheibe der hinteren Tür und tätschele den Kopf der kleinen Rotzgöre. Ich hatte immer schon eine Schwäche für Rothaarige.

Ich muss noch ein paar Minuten lang erwachsen tun – nur bis ich von Carol weg kann, um mich in die Sicherheit meines Klassenzimmers zu flüchten, wo ich mein Ding mit den Kindern abziehen kann und meine Ruhe habe.

Weg von den bewertenden Augen der anderen. (Egal ob die wirklich über mich urteilen oder ich ihre Blicke nur so auslege, weil ich bekloppt bin.)

Das ist einer der echten Vorzüge bei der Arbeit mit Kindern. Die lachen über meine tumben Witze und freuen sich allen Ernstes über meine dämlichen Possen. Ich muss nicht so tun, als wäre ich, was andere von mir erwarten, und ich muss mir auch keine Mühe geben, sie zu beeindrucken; die lieben mich und sind sowieso glücklich und zutiefst beeindruckt.

»Puh, Montag, was?« Grüßend reiße ich eine Hand vor der nächsten Leggins tragenden Mutter hoch, ehe ich die Tür ihres SUVs schließe –, und dann renne ich die Treppe hinauf, lasse Carol in meinem Kielwasser zurück, ehe sie mich als neues Mitglied des Party-Planungs-Komitees rekrutieren kann.

Ich bin gerade dabei, mein Zeug in das Klassenzimmer zu werfen, als ich Deborahs Stimme über den Korridor hallen höre.

Schon dabei, ihr großes Geschwafel bei der Montagmorgen-Konferenz abzuliefern. Toll.

»Hallo, Süße!« Sarah taucht in der Tür auf, und ich springe vor Schreck beinahe aus meinen High Heels. Sie hat das Haar zu einem Pferdeschwanz gebunden, hält einen riesigen Becher unbekannten Inhalts in der Hand, und ich sehe ihr an, dass sie heute Morgen das getan hat, was ich als slowenisches Duschen bezeichne (Halb-Slowenin – ich darf das).

»Schön zu sehen, dass du wieder auf den Beinen bist.« Sie stößt mich mit der Hüfte an, schnippt über dem Kopf mit den Fingern und demonstriert tanzend, was wir gestern im Club getan haben.

Ich verziehe das Gesicht. »Heute wird ein ›Miss Wallace hat Migräne‹-Tag. ›Kein Licht, kein Geschwätz. Malt einfach ein Bild eures liebsten Waldbewohners, während ich versuche, nicht in meine Schreibtischschublade zu kotzen.‹«

Schön wär's. Aber ich mag meinen Job.

Den und Sechsjährige, die so still sein können wie Gummipuppen; wenn also mein Magen auch bereits brodelt, heißt es nun Lesen, Schreiben, Rechnen und – für mich – hoffentlich nicht Erbrechen.

»War es das nicht wert? Dieser Typ war echt scharf.«

Ihr goldblondes Haar und ihr sechsundzwanzigjähriger Blick auf das Leben sind mir zu sonnig, aber, Gott sei's geklagt, ich muss nun trotzdem meine *»Frühstück-bei-Tiffany«*-Brille abnehmen und mich dem Tag stellen.

Wir gehen durch den Flur mit den dritten Klassen, am Trinkbrunnen vorbei und haben schon die ganze, lange Wand der Bibliothek hinter uns, ehe ich es über mich bringe, wieder den Mund aufzumachen.

»Eigentlich nicht«, sage ich, während wir gemeinsam zum Konferenzraum gehen. »Ich könnte gut darauf verzichten, als Partyunterhaltung herzuhalten. ›Was meint ihr, wie alt sie ist?‹ Komm schon.«

Sie haut mir auf die Schulter. »Ach, sei nicht so. Niemand hält dich ernsthaft für vierunddreißig. Du kannst ganz schön was vertragen, Süße.«

Sie betont *ernsthaft* für meinen Geschmack ein bisschen zu stark, und ich muss mich zusammenreißen, um nicht hörbar zu knurren. Aber vielleicht liegt das auch nur daran, dass der ganze Laden nach Whiteboardstiften und Glasreiniger riecht.

»Mag sein, dass ich nicht so eingeschätzt werde, aber deshalb wird es nicht *unwahr*. Es ist einfach … Ach, ich bin einfach zu alt für diesen Scheiß«, sage ich etwas zu laut, als wir gerade durch die Tür gehen wollen, und jetzt glotzt mich der ganze Lehrkörper mit offen stehendem Mund an.

Also ehrlich. Als hätten die das Wort *Scheiß* vorher noch nie gehört.

Ich bedenke die Rektorin mit einem hilflosen Lachen. »Nur eine mittelmäßige Anleihe bei *Lethal Weapon* zum Wochenbeginn, stimmt's, Deborah?« Ich unterstreiche den Sarkasmus mit einer ausholenden Armbewegung. »Nicht?« Ich räuspere mich.

»Guten Morgen, meine Damen. Wir kommen gerade zum Schluss«, sagt Deborah und stiert uns über ihre Brille hinweg an wie ein missbilligender Vater.

Und da wir die Dinge gerade beim Namen nennen: Sie ist auch irgendwie gekleidet wie einer.

Haufenweise Weiber in allen Größen und Formen hocken wie Play-Doh-Knete um Kindertische herum. Marj Raynors Arsch verschlingt beinahe den winzigen Plastikstuhl, und ich bin fasziniert von der handwerklichen Meisterleistung, die ihn davor bewahrt, wie ein Pfannkuchen auf dem Gewerbeteppich geplättet zu werden.

Es sind nur zwei Männer unter uns – der heiße Vertretungslehrer, der letzte Woche zum ersten Mal aufgetaucht ist, und Cliff Jones, der hauseigene Computerlehrer der Wesson Academy und dazu ein herausragender Technikfreak. Derzeit versteckt er sich wie ein nasser Sack hinter seiner Zeitung und sieht erstaunlich munter aus für einen Sechsundfünfzigjährigen, der immer noch bei seiner Mutter lebt.

»Wie geht es mit dem Stück der Erstklässler voran?« Deborah zeigt mit dem Finger auf mich.

»Wir suchen immer noch Freiwillige, die uns beim Bühnenbild helfen, weil die Eltern, die ich angemailt habe, einen Rückzieher gemacht haben, aber ich mache mir keine Sorgen. Ich bin so was von dran.«

Pfff. Natürlich bin ich dran. Ich habe das verdammte Stück immerhin geschrieben.

Ich salutiere, was mir nicht nur absolut passend erscheint, sondern auch das eine oder andere halbherzige Kichern provoziert. Der Vertretungstyp lässt sich sogar zu einem Grinsen hinreißen.

Valerie und Quinn, die kopfschüttelnd an ihrem Tisch neben dem Kaffeeautomaten sitzen, beschränken sich auf ein Lächeln. Selbst wenn ich die Probe am Donnerstag vergessen hätte, weiß ich, dass die beiden daran denken würden. Sie haben mir seit der Highschool immer wieder den Hals gerettet.

Als Deborah uns entlässt und der Rest des versauerten Altweiberclubs hinausgeht und zum Andenken eine gemischte Parfümwolke zurücklässt, stapfe ich wie der große, braune Oger-Muppet zu meinen Freundinnen und verteile Luftküsse wie ein Gör in einer Studentenverbindung. Sarah ist vor mir an der Kaffeemaschine und zapft bereits die zweite Tasse, also sehe ich mich frustriert unter den verfügbaren Kapseln um und überlege, welche Röstung am stärksten ist und mir vielleicht helfen kann, einem menschlichen Wesen zumindest ähnlich zu werden.

»Also, wie ist es gelaufen?« Quinns Stimme klingt leiernd, und ihr schwarzes Haar fällt ihr in einem langen Zopf über den Rücken, als wäre sie die verfickte Katniss Everdeen persönlich.

Ich klopfe auf den Kaffeeautomaten, als könne ich Sarah damit bewegen, sich ein bisschen zu beeilen.

»Sieht aus, als wäre es ziemlich spät geworden. Ich wusste, du würdest Ty mögen!« Valerie ist ganz aus dem Häuschen vor Begeisterung. Ärgerlicherweise fängt sie zu klatschen an, als wäre ich ein Kind und hätte gerade meinen ersten Schritt getan.

Sarah ist fertig, also schiebe ich sie zur Seite. Den Namen *Der Zunge* zu hören, erinnert mich daran, was die beiden mir aufgehalst haben, und ich falle über sie her.

»Wir sind keine Freundinnen mehr«, fahre ich sie an, begleitet von den Geräuschen der Kaffeemaschine, die damit beschäftigt ist, ein köstliches Getränk für mich zu brauen.

Valerie blinzelt hektisch, ihre Rehaugen werden glasig, und ich stütze mich auf die Theke und stelle raumgreifend ein Bein aus.

»Aber ich ... Ich meine, er ist Mikes Golffreund. Neununddreißig, Single. Perfekt. Ich verstehe nicht, was du ...«

Ich schwöre, sie sieht aus, als würde ihr gleich ein Blutgefäß unter den seitlichen Ponyfransen platzen.

Ich kneife mir in die Nasenwurzel und schließe die Augen. »Schätzchen, nur weil jemand in einem bestimmten Alter und Single ist ... ist er noch lange kein perfekter Partner.«

Eine spöttische Bemerkung, und schon hört sie auf, wie auf rohen Eiern zu gehen, und fängt an, scharf zu schießen. »Was passt dir nicht an ihm?«, fragt sie und verschränkt die Arme vor der Brust.

»Wo soll ich anfangen?« Ich zähle die Dinge an den Fingern ab. »Er kommt rein und sieht mich.« Ich reichere meinen Bericht mit etwas Bosheit an. »›Ich bin übrigens Ty.‹ *Übrigens?* So beginnt man ein Rendezvous? Und er hat High-Tops getragen! Wie ein Zehnjähriger!«

»Und?« Quinn schürzt die perfekte Kylie-Jenner-Oberlippe, aber ihr Zickenblick stammt klar von Kim K.

»Er hat eine Katze. Eine Katze, Valerie.« Ich schaudere.

Sarah, die inzwischen bei den Minimuffins angelangt ist, bricht in Gelächter aus. »Ein Typ mit einer Muschi, muss ich noch mehr sagen?« Sie wirft mir einen Muffin rüber, und wir klatschen uns ab, und meine sehr geschätzten, sehr vierunddreißigjährigen Highschoolfreundinnen starren sie nur finster an.

»Igitt, ich hasse dieses Wort.« Quinn verzieht das Gesicht, aber ihre halbdominikanischen Züge sind so weich, dass sie nur beinahe beleidigt wirkt.

»Ich auch«, stimmt ihr Sarah zu. »Aber was hätte ich deiner Meinung nach sonst sagen sollen?«

»Nichts. Meiner Meinung nach hättest du gar nichts sagen sollen. Meiner Meinung nach musst du – oder irgendjemand – überhaupt nichts dazu sagen.« Valerie bringt es nicht einmal über sich, die Augen zu öffnen, während sie die Frage beantwortet.

Ich sehe nur noch ein haariges Kopfschütteln von ihr. Eine wandelnde Fructis-von-Garnier-Werbung.

»Und er küsst furchtbar. Einfach widerlich.« Ich ziehe eine Grimasse über meinem Kaffee.

»Du hast ihn geküsst!«

Ebenso gut hätte ich Valerie erzählen können, ich hätte seine ekelhafte Katze in Brand gesteckt.

»Okay, also jetzt hörst du dich an wie eine Siebtklässlerin.« Ich kichere. »Lass es mich neu formulieren. Als er mein Gesicht angegriffen hat, hätte ich mich am liebsten übergeben. Er hat meine Lippen abgeleckt. Wer tut so was?«

»Ein Psychopath.« Sarah ergeht sich in einem souligen *Mhm-mhm*, das nicht so ganz überzeugend wirkt angesichts der Tatsache, dass sie weißer ist als der Kaffeeweißer, den sie mir reicht.

»Ja, danke!« Um den Punkt zu unterstreichen, schwinge ich das rote Rührstäbchen wie ein Dirigent seinen Stock.

»Aber er ist genau das, was du, wie du mir erzählt hast, suchst.« Valeries lange Finger liegen ausgestreckt auf dem Tisch, als wären sogar sie im Hinblick auf mich und mein Anspruchsdenken mit ihrem Latein am Ende. »Er war nie verheiratet …«

»Neununddreißig und nie verheiratet? Dafür gibt es einen Grund, Val. Dafür gibt es immer einen Grund. Ich habe kein Problem mit Scheidung. Hallo! Weißt du noch, damals, als ich verheiratet war? Zumindest solange ich mir seine Papiere ansehen kann, wenn mir danach ist.«

»Was bist du, die Gestapo?« Lachend sieht sie Quinn an, aber Q ist klug genug, sich nicht an dem Spaß zu beteiligen.

Sicherheitshalber drohe ich mit einer Augenbraue. Val belässt es dabei.

»Und was hast du getan?«, bringt Quinn uns wieder in die Spur und starrt mich mit funkelnden kupferbraunen Augen an. »Dich vollaufen lassen und ihn gevögelt?«

»Äh, Teufel, nein!« Ich schnaube empört. Schlage eine Hand vor die Brust. »Worum, denkst du, geht es hier? Um irgendwas, das schon einen Monat her ist? Himmel!« Ich zeige mit dem abgespreizten Daumen auf sie, vermittle ein stummes *Ist das zu fassen* und sehe die anderen beiden an. »Ich habe getan, was jede anständige Frau tun würde. Ich habe Sarah eine Nachricht geschickt, und sie hat mich wegen eines Mädchennotfalls angerufen.«

»Was zum Henker ist ein ›Mädchennotfall‹?«, giftet Quinn.

Ich winke nur ab. »Irgendwas, damit er sich toll vorkommt. Hört mal, ich war wirklich sehr höflich. Ich habe ihm vierzig Mäuse dagelassen …«

»… und dann hat sie sich mit mir zum Tanzen getroffen und den Rest des Abends damit zugebracht, sich von einem irre scharfen Briten an die Wand pressen zu lassen.«

»Die Liebe meines Lebens«, kommentiere ich mit ausdrucksloser Miene. »Wisst ihr, es tut mir wirklich leid, aber bitte keine weiteren Rettungsversuche. Eure Vorstellung von einem idealen Mann für mich ist nicht *meine* Vorstellung von einem idealen Mann für mich.«

»Deine Vorstellung von einem idealen Mann für dich heißt Jason Segel.«

Ich zucke zurück. »Soll heißen …?«

Quinn gestikuliert himmelwärts und schüttelt den Kopf. *»Ay dios mio.«*

»So verrückt ist das nicht. Wir sind beide Autoren …« Ich rede mit den Händen.

»Er ist ein Filmstar und schreibt Kinderbücher. Du hast bisher nicht einmal einen Agenten.«

»Et tu, Q-te?« Ich reibe Salz in die unsichtbare Dolchstoßwunde. Schürze die Lippen. »Ich bin beinahe so weit mit meinem letzten Manuskript. Der Gedanke, wir könnten uns bei einer Konferenz oder so über den Weg laufen, ist nicht so weit hergeholt …«

Alle blinzeln mich an. Sarah ist die Einzige, in deren blauen Augen sich ein Lächeln spiegelt.

Valerie lässt den Kopf in die Hände sinken, und Quinns Eineinhalb-Karat-Klunker funkelt im Licht der Deckenlampe, als sie Val sanft über den Rücken streicht.

»Wir müssen reden«, sagt Val, blickt endlich wieder auf und schüttelt Quinns Hand ab.

»Wollt ihr mich in die Wüste jagen?« Mit großer Geste schütte ich Zucker in meinen Kaffee.

Valerie steht auf und geht auf und ab. Ihre gesträhnten

Locken kuscheln sich perfekt an ihre Schultern. »Wie lange kennen wir uns schon?«

Ich verdrehe mal wieder die Augen. Ich bin kein Kind. »Seit der neunten Klasse.«

»Und in all der Zeit hast du dich mit wie vielen Typen getroffen?«

Ich nage an meiner Labellolippe und tue so, als würde ich sie an den Fingern abzählen. »Neunhundert...siebenundvierzig?«

»Ernsthaft«, fordert sie.

»Zu viele. Ich weiß.« Ich zucke mit den Schultern.

Quinn unterbricht meine rituelle Kaffeeperfektionierung und ergreift meine Hände. Führt mich zu dem Tisch, den irgendein Parodontologe unserem Aufenthaltsraum gestiftet hat.

»Ist das ein Verhör?«, frage ich schnaubend, als mein Hintern auf die hölzerne Sitzfläche eines Stuhls prallt.

»Ich weiß, es war nicht leicht für dich nach der Scheidung. Daniel war ...« Sie wendet den Blick ab. Ihre Stimme klingt sanft, ganz so, als würde sie versuchen, eine Irre zu beschwichtigen. Oder ein wildes Tier. »Meine war auch hart für mich. Dieser Sommer, gleich danach, den du und ich in Europa verbracht haben, das war genau das, was ich gebraucht habe. Und was du anschließend mit Jesse durchgemacht hast ...« Sie schürzt die Lippen und schweigt eine Minute lang. Er hat sich in unserem Freundeskreis zum wahren Voldemort entwickelt; wir gestatten es uns nicht oft, seinen Namen auszusprechen. »Wir wissen das. Wir wissen, dass du dich davon noch nicht erholt hast ...«

Ich spüre ein Kribbeln hinter den Augen.

Wenn sie mich dazu bringt, vor der Klasse zu heulen, und meine Schüler merken es (so wie sie alles merken, weil das einfach ihr Job ist), dann werde ich ihr die Perlen von ihrem hübschen, schlanken Hals reißen.

»Aber nun reicht es. Du musst damit aufhören«, fährt sie

fort. »Valerie und ich wollen nur das Beste für dich. Wir wollen, dass du glücklich bist. So wie wir.«

Ich ziehe die Hände weg und mustere meinen ständig abblätternden Nagellack. »Dann stör eine Frau nicht bei ihrem Morgenkaffee«, sage ich grinsend und bemühe mich nach Kräften, mit ruhiger Stimme zu sprechen.

Und frage mich, wie glücklich die beiden wirklich sind.

»Wir sind ganz besonders glückliche Menschen.« Ihr Ton klingt nun heiterer. »Schau doch mal. Wir sind über all die Jahre Freundinnen geblieben. Wir haben alle eine Stelle für dieselbe Altersstufe an derselben Schule bekommen. Wir sind ein Team. Und darum …«

»Oh nein, nein, nein.« Ich stehe auf und hebe beide Hände.

»Oh ja, ja, *ja*«, schlägt sie zurück. »Park deinen Arsch auf dem Stuhl.«

»Ich will dich bei der Trauung sehen«, sagt Quinn. »Und dieses Mal lasse ich ein Nein nicht gelten.«

Da haben wir es.

Ich wende den Blick ab und konzentriere mich auf den an der Wand festgeschraubten Bleistiftanspitzer. Genauso fühle ich mich gerade auch.

»Als ich das letzte Mal zu einer Hochzeit gegangen bin, hatte ich einen Panikanfall, und dabei war ich noch nicht einmal ganz da. Ich liebe dich, Q, das weißt du, aber …«

»Dann schluckst du das runter und tust das für mich.«

In ihrem Blick liegt eine Hoffnung, die mir in der Brust wehtut, und das Kribbeln hinter meinen Augen geht auch wieder los.

»Und das ist noch nicht alles.« Valerie wackelt mit dem Zeigefinger vor mir, als wolle sie einen der Nasenbohrer in ihrer Klasse zurechtweisen.

Ich ächze. »Da warten Erstklässler auf uns …«

»Du wirst jemanden zur Hochzeit mitbringen. Jemanden, der real ist. Nicht Jason Segel. Nicht irgendeinen Zwanzigjährigen aus Barbies persönlichem Freundeskreis …« Träge deutete sie auf Sarah.

»He!« Lachend zeigt Sarah ihnen auf dem Weg zur Tür beide Stinkefinger. »Jetzt bist du auf dich gestellt, du Fabelwesen«, sagt sie zu mir, als sie hinausgeht. Und wirft mir einen Luftkuss zu.

»Du hast noch fünf Wochen, um ihn zu finden, und wir werden dir helfen.«

»So, wie ihr mir mit diesem Lackaffen von gestern Abend geholfen habt?«

»Nein. Keine Verkuppelungsversuche mehr«, sagt Quinn.

Ich spitze die Ohren. »Ich höre.«

»Du wirst auf die Art des einundzwanzigsten Jahrhunderts die Liebe finden.«

Mir zieht sich alles zusammen, und ich blicke nach oben, als würde ich nachdenken. Beiße mir auf die Unterlippe. »Im Supermarkt?«

»Online.«

»Mit der Spark-App, um genau zu sein.« Valerie platzt fast vor Stolz, beinahe, als wäre Spark *ihr* Baby oder so was in der Art.

»Oh. Krass.« Ich lehne mich auf dem Stuhl zurück, was der mit einem Quietschen beantwortet. »Das habe ich schon probiert. Da waren nur schwule Kerle.«

»Das war Glitter, du Dummchen.«

»Du musst uns bei deinem Profil helfen lassen …«

»Und du musst uns bei der Auswahl der Typen helfen lassen, mit denen du redest.«

»Gott im Himmel!« Ich schüttele den Kopf. »Wenn ich Ja sage, darf ich dann in Frieden meinen Kaffee trinken?«

»Ja«, antworten beide wie aus der Pistole geschossen; ganz so, als wären wir wieder in der elften Klasse und ich hätte zugestimmt, mich dieses Mal doch von ihnen umstylen zu lassen.

»Also gut, ich mache es«, sage ich. »Und jetzt geht mir verdammt noch mal aus dem Weg. Ich habe junge Geister zu formen.«

KAPITEL 3

Lächelnd betrachte ich meine Schüler. Größtenteils schwatzen sie leise miteinander, nur Ollie Oswald summt aus irgendeinem Grund vor sich hin. Alle kritzeln still vergnügt und fühlen sich wie am Nationalfeiertag, weil ich ihnen an diesem Morgen mehr Zeit zum Malen gelassen habe. Abgefahren.

»Miss Wallace, gucken Sie, was ich für Sie gemacht habe!« Dylan stolziert herbei und überreicht mir sein Meisterwerk.

»Das ist … ein Elefant?« Mit großen Augen glotze ich das Bild von einem Ding an, das ziemlich viel Ähnlichkeit mit einem großen, grauen Phallus hat.

»So wie der, über den wir letzte Woche gelesen haben!«, tschilpt er total begeistert über die Aufmerksamkeit, die ich ihm zuteilwerden lasse. Das arme kleine Ding.

Ich möchte es aufhängen – das möchte ich wirklich –, aber ich möchte auch meinen Job behalten.

»Sieht toll aus, junger Mann. Vielen Dank.« Ich drücke seinen Arm. »Was hältst du davon, noch ein anderes Tier aus der Stunde zu zeichnen. Vielleicht einen Löwen …«

»Oder eine Giraffe?« Er strahlt mich an.

Bei dem Gedanken an das Bild von einem gelben, orangegepunkteten, penisartigen Ding, das er mir nun zwangsläufig in wenigen Minuten vorlegen wird, kann ich mir ein Grinsen nicht verkneifen, und ich tätschele ihm kurz die Hände.

»Das hört sich wunderbar an, Schatz. Rechnen in fünfzehn Minuten«, informiere ich die Klasse, während er zu seinem Tisch zurückflitzt.

Die Kinder stöhnen, ich kichere. Alles wie immer.

Und dann schnappe ich mir mein Telefon.

Ich: Ich weiß, »Kaffee-Fee« steht nicht in deiner Jobbeschreibung als Deborahs Sekretärin, aber wir sind schon seit Jahren befreundet, und ich war nett zu deinen Jungs, als sie in meiner Klasse waren, und ich sehe heute so aus:

Ich ziehe ein Welpengesicht, mache ein Selfie und schicke es Ida, dem guten Engel der Schule.

Keine drei Sekunden später summt mein Telefon.

Ida: Ich kann dir vielleicht in ein paar Minuten eine Kleinigkeit rüberschicken. Rühr dich nicht vom Fleck.;)
Ich: Gott. Segne. Amerika.
Ida: Du kannst froh sein, dass ich dich mag.

Während der nächsten zehn Minuten hypnotisiert mich mein Computerbildschirm. Ich versuche, das Ende meines neuesten Meisterwerks zu schreiben, aber die Worte fließen nur so ineinander, natürlich mit Ausnahme derer, für die ich gefeuert werden könnte. Wie ORGASMUS oder NIPPEL. Die scheinen immer in einem Sechzig-Punkt-Font in Fettschrift und leuchtenden Neonfarben aufzuflackern.

Aber vielleicht bilde ich mir das ja nur ein.

»Klopf, klopf«, ertönt eine männliche Stimme, und ich erschrecke beim Anblick des heißen Vertretungslehrers, der sich halb zur Tür hereinlehnt. Sein breites Lächeln versprüht jungenhaften Charme. »Wenn ich es mir recht überlege, sollte ich diesen Kaffee vielleicht doch wieder mitnehmen.« Lachend tut er so, als wolle er gehen.

»Mr. Greene!«, jubelt die Klasse.

Letzte Woche hat er den Sportlehrer vertreten, also nehme ich an, dass sie seinen Namen daher kennen.

»Für mich, äh … Mr. Greene?« Ich deute auf den Wesson-Academy-Becher in seiner Hand und schlage, ganz im Stil einer Südstaatenschönheit, eine Hand vor die Brust.

Feenstaub wogt überall unter meiner Haut. Ida hat diesen Kerl mit einer Tasse Kaffee zu mir geschickt, und dafür liebe ich sie. *Memo an mich: Kauf der Frau mal was Hübsches. Vielleicht was von Lilly Pulitzer.*

»Nick.« Zögernd tritt er einen Schritt weit in den Raum. Sein gestreiftes Hemd bildet einen frischen, leuchtenden Kontrast zu seiner dunklen Haut.

»Ida hat Sie zum Kaffeedienst eingeteilt? Das ist nicht fair.« Da ist ein Trällern in meiner Stimme.

Hör auf damit!

»Na ja, ich vertrete Radcliffe, und es ist Zeit für den Spanischunterricht in der dritten Klasse, also …«

»Also hat Ida dafür gesorgt, dass wir auch etwas bekommen für das Geld, das man Ihnen bezahlt?«

»Genau.« Seine Grübchen kommen deutlicher zum Vorschein, zwei verführerische Vertiefungen, durch die er jung und harmlos genug aussieht, um mich zu überzeugen, dass er höllisch gefährlich ist.

»Miss Wallace?«, ruft ein Mädchen quer durch den Raum.

»Ja?«, frage ich, ohne mich umzudrehen.

Ich mustere die langen Finger, die schmucklos den Becher umfassen. Einen Ring trägt Nick also auch nicht.

»Was hat das Mädchen falsch gemacht?«, fragt das Kind.

Ich werfe ihm einen Blick zu, der etwa besagt: *Ich muss ir-*

gendwas verbrochen haben, oder? Doch als ich mich zur anderen Seite verbiege, steht die süße kleine Lorelei Hunter mit ihrem Pferdeschwanz neben meinem Laptop, den Kopf zur Seite geneigt wie ein Springer Spaniel.

Fingernägelkratzen auf der Tafel

Mit ihren zarten Fingerchen zeigt sie auf den Monitor. »Na ja, da steht doch, dass sie den Hintern vollkriegt. Meine Mom und mein Dad sagen, dass Hauen böse ist und niemand das tun darf. Und hier steht, dass sie böse ist, und ich weiß nicht, ob sie es verdient hat …« Sie sieht aus, als würde sie jeden Moment in Tränen ausbrechen.

Und ich *fühle* mich so.

Ich springe wie ein aufgepumpter Linebacker zu meinem Schreibtisch zurück, aber es fühlt sich an, als würde ich mich in Zeitlupe bewegen. Begleitet von einem monströs klingenden NEEEEEIIIIIN als Hintergrunduntermalung. Ich schubse ein paar Tische aus dem Weg und stürze mich endlich auf das anstoßerregende Gerät. Schlage es zu und schütze es keuchend und schwitzend mit meinem vorgebeugten Oberkörper. #meinschatz

»Das ist nur eine Geschichte«, erkläre ich der Klasse. Und Nick. Zupfe meine Jacke zurecht. Wische eine auf Abwege geratene Haarsträhne fort. »Eine Geschichte darüber, dass man immer auf seine Eltern und Lehrer hören und sich an die Regeln halten soll.«

Ja! Das ist es!

»Sonst bekommt man Haue?«, fragt Lorelei.

»Die Lehrer dürfen uns nicht hauen«, schnaubt Grayson.

GUTER GOTT, KINDER – HÖRT AUF, STÄNDIG VOM HAUEN ZU REDEN.

Inzwischen habe ich die Hand vor die Stirn geklatscht. Meine Kopfschmerzen kehren zurück. »Natürlich sollen Lehrer …

so was nicht tun. Davor müsst ihr keine Angst haben, Leute. Keiner von uns würde je irgendjemanden hauen.«

Nick mustert mich von der anderen Seite des Raums aus zusammengekniffenen Augen und versucht, sein Gelächter durch Husten zu tarnen.

Sein Lachen ist ansteckend, und mein Körper erbebt unter stummem Gekicher, während ich mich nach Kräften bemühe, nicht ausgerechnet vor diesem prachtvollen Mannsbild loszuprusten.

Die Kinder? Die sind raus. Sie wissen nicht einmal, worüber sie lachen – sie lachen einfach, weil wir lachen –, aber ich muss die ganze Geschichte unter Kontrolle bringen.

Jetzt.

»Mädchen, Jungs …« Ich bringe sie mit einer Handbewegung zum Schweigen. Ruckedigu, ruckedigu, und jetzt ist Ruh.

Sogar ich bin beeindruckt. »Kann mir jemand verraten, was ich euch darüber gesagt habe, anderen über die Schulter oder auf meinen Monitor zu schauen?«

»Tut das nicht«, antworten sie alle im Chor.

»Richtig.«

Im Hintergrund schießt eine Hand empor.

»Ja, William?« Ich sitze auf dem Hocker vor meiner Klasse und fächere mir mit dem Rechtschreibtest der letzten Woche Luft zu.

Ist das so heiß hier drin?

»Können Sie uns mehr über die Geschichte erzählen?«

»Oh, ja«, sagt Nick, bahnt sich einen Weg hinter die Schüler und lehnt sich an ein Bücherregal, als wäre er hier zu Hause. »Ich möchte unbedingt mehr darüber hören.«

Ich gerate ins Stottern und tarne meinen bösen Blick mit einem Grinsen. Atme tief durch, um die Fassung zu bewahren.

»Okay, klar. Was wollt ihr denn wissen?« Ich kann mir aus dem Stegreif irgendeinen Mist ausdenken. Kein Problem.

Jimmy, der Junge mit den dauerhaft verfärbten Brausepulverlippen, reckt die Hand beinahe bis zur Decke, wartet aber nicht, bis ich ihn aufgerufen habe. »Was steht noch drin?«

»Ja, Miss Wallace«, bestärkt ihn Nick und nippt an meinem Kaffee. Die Muskeln in seinen wohlgeformten Waden treten unübersehbar hervor, als er – sehr gemächlich – ein Bein über das andere schlägt. »Beispielsweise würde mich interessieren: Gibt es irgendwelche … Farben in der Geschichte?«

Während ich noch verwirrt blinzle, stürzen sich die Kids schon auf die Idee.

»Sie müssen Pink reinbringen!«, fordert eines der Mädchen. Ich bin zu abgelenkt, und mein Adrenalinspiegel schwappt auf Alarmniveau, sodass ich nicht sehe, um welches Mädchen es sich handelt.

»Und Blau?«, fragt ein anderes Kind.

»Warum nicht?« Ich zucke mit den Schultern.

Ich hätte nicht um den Kaffee bitten sollen; ich hätte um Wodka bitten sollen.

»Wie steht es mit Grau?«, ruft Nick von hinten.

Und ich ziehe eine Braue hoch. Hat er das Elefantenbild auch gesehen?

Er ist noch nicht fertig, und die mimische Ausprägung seines Amüsements klettert bis zu den Wangenknochen hinauf. »Was meinen Sie, wie viele Grauschattierungen können Sie in der Geschichte unterbringen, Miss Wallace? Neunundvierzig? Einundfünfzig?«

Der ganze Raum bricht in explosives Geschnatter aus, und ich gebe auf und marschiere zügig zu Nick.

»Her damit.« Kichernd reiße ich ihm den Becher aus den Händen. »Wollen Sie mich etwa in Schwierigkeiten bringen?«

Er zieht eine Grimasse, legt den Zeigefinger ans Kinn und tut, als müsse er darüber nachdenken. »Etwas sagt mir, dass Sie auf diesem Gebiet … nicht auf meine Hilfe angewiesen sind.« Strahlendes Lächeln, und dann marschiert er zur Tür, wirbelt aber kurz, bevor er sie erreicht hat, auf dem Absatz herum und schnippt mit den Fingern. »Übrigens: Deborah hat mir heute Morgen gesagt, ich soll Ihnen mit den Kulissen für ein Erstklässlerstück helfen, also …« Er greift in die Hosentasche, holt einen Post-it-Block heraus und notiert seine Nummer, während er redet. »Ich habe in der Highschool und für ein paar andere Schulen Kulissen gebaut, daher freue ich mich, meine Dienste anbieten zu können.«

Ehe ich etwas sagen kann, klatscht er mir die Nummer in die Hand, lächelt noch einmal und ist verschwunden.

»Raus. Hier!« Valerie rempelt mich an –, aber auf die spielerische Kein-Sex-seit-der-Jahrtausendwende-Art. Dabei rutscht ihr die Sonnenbrille halb den Nasenrücken herunter, der Picknicktisch wackelt, und Quinn bedenkt ihren Tee, der gleich neben ihr iPhone schwappt, mit einem tadelnden *Tsts*.

»So wahr mir Gott helfe«, sage ich und recke die Hand hoch, bereit, auf alles zu schwören, was sie mir vorlegen. »Und stellt euch vor …« Über den Tisch hinweg tippe ich Quinn auf den Unterarm. »Kein Ring.«

»Tja, aber er hat eine Freundin, da bin ich ziemlich sicher.« Quinn geht ihre Twittermeldungen durch, und ihre in Hotpink lackierten Fingernägel tanzen über das Display. Im nächsten Moment ruft sie, als wäre sie die ganze Zeit voll bei der Sache gewesen, einem Haufen Jungs, die das Karussell mit Beschlag belegen, zu: »Lasst die Mädchen auch mal ran!«

»Ist das ein Club oder so was? Gibt es Versammlungen, die all ihr gebundenen Leute besucht, um euch neue Möglichkeiten zu überlegen, wie ihr eure alleinstehenden Freunde quälen könnt? Woher weißt du, dass er jemanden hat?«

Nun konzentriert sie sich auf mich. »Ida hat es mir erzählt«, informiert sie mich achselzuckend.

Ich nicke. »Legitime Quelle. Ida weiß verdammt noch mal alles. Moment, ich texte sie kurz an. Nur, um sicher zu sein …«

Ich: Mr. Greene?

Drei Sekunden später.

Ida: Gebunden.

»Auch gut.« Ich ergehe mich in einer fließenden Ist-kein-Ding-Geste. »Schön, konzentrieren wir uns. Wir sind hier, um mein Sozialleben zum Gespött der Leute zu machen und dabei Pausendienst zu leisten. Und wir werden kräftig über mich herziehen und unsere Zeit vergeuden. Wer macht mit?« Ich drohte der Luft mit Fäusten.

Valerie schlägt mir auf den Arm. »Dein Spark-Profil zu gestalten ist keine Zeitverschwendung. Bei dir ist das eher ein ungewöhnlich sinnvoller Zeitvertreib.«

Mhm. Hört sich gut an.

»Okay. Wenn wir das schon machen, dann machen wir es richtig«, konstatiert Valerie und verliert mich vor lauter Ehrgeiz vorerst aus den Augen.

Ich komme nicht gegen das alberne Grinsen an, das sich auf meinem Gesicht ausbreitet.

Diese Frau sorgt für vier Kinder (fünf, wenn man Mike mitzählt) und unterrichtet fünfundzwanzig Schüler, das sollte vollkommen reichen, damit ihr am Arsch vorbeigeht, ob ihre blöde Freundin einsam stirbt, aber das kriegt sie einfach nicht hin.

Wäre ich an ihrer Stelle …

Mein Hals wird rau.

Ich sehe zu, wie sie die Beine unter den Körper zieht, bis sie im Schneidersitz auf der Bank hockt, so gemütlich, wie sie es schon seit unserer Kindheit getan hat.

Wäre ich an ihrer Stelle, wäre ich dann als Freundin auch nur halb so gut?

Ich ersticke die Antwort auf diese Frage mit einem Husten und bedenke ihre Worte mit einer abwehrenden Geste. »Ja, ja, ja. Also, die Sache ist die: Ich bin total zufrieden damit, den Rest meines Lebens mit der Beaglezucht zu fristen.«

Quinn bedenkt uns mit einem Lächeln, gerade lang genug, um anzudeuten, dass sie wieder in das reale Leben zurückgekehrt ist. Immerhin ist das unter all den Möglichkeiten, die mir je eingefallen sind, mein Leben zu verbringen, ihre Lieblingsversion, weshalb sie mich normalerweise nur noch mehr anstachelt, wenn ich davon anfange.

»Das Mädchen hat nicht unrecht«, ergeht sie sich in gespielter Zustimmung. »Immer noch besser, als zur Katzennärrin zu mutieren. Das ist so … innovativ.«

»Genau. Ich werde Beaglehorterin. Und sie …«

Nate Tomkins kommt angerannt. Sein Gesicht hat den gleichen Farbton wie die rot lackierte Schaukel. »Wie viele Minuten noch?«, fragt er, was Valerie ein belustigtes Kichern entlockt.

»Pause oder Auszeit?«

»Beides«, will er wissen.

Sie schaut auf die Armbanduhr, die in der Mittagssonne funkelt. »Etwa fünfzehn Minuten, dann gehen wir rein. Und was die Auszeit betrifft …« Sie mustert ihn über den Rand der Sonnenbrille hinweg. »Versprichst du, keine Stifte – oder sonst irgendetwas – nach Charlotte zu werfen?«

Seine Lippe bebt, und sein Blick fällt auf seine wie üblich ungeschnürten Mokassins, als würde ihn diese gestrenge Befragung zu sehr unter Druck setzen. »Ja.«

Schon klingt ihre Stimme wieder so glockenhell wie die von Minnie Mouse. »Dann, denke ich, ist es genug.« Sie verwuschelt sein dunkles Haar, ehe er auf dem schnellsten Weg zum Spielfeld zurückkehrt, bevor sie es sich anders überlegen kann.

»Also schön.« Sie ist wieder ganz bei der Sache. »Wir brauchen eine Strategie.« Aus den Tiefen ihres Notfallkoffers holt Valerie ein Notizbuch hervor, das sie offenbar speziell für dieses Vorhaben gekauft hat. Es ist pink und prall und voller aufgenähter roter Herzen.

»Was in drei Teufels Namen …«

»Jemand hat das den Mädchen zum dritten Geburtstag geschenkt.« Mit Inbrunst schlägt sie das Buch auf und starrt es an, als läge ihr Erstgeborener vor ihr. »Dabei können sie noch gar nicht schreiben. Sie werden es nicht vermissen.« Auf mein Lachen hin wedelt sie tadelnd mit dem Stift. »Ich habe mir die Freiheit genommen, schon ein paar Dinge zu notieren, die bei den vorangegangenen Kerlen schiefgegangen sind.«

Wenn ich es recht bedenke, hat Valerie vielleicht doch ein bisschen mehr Freizeit, als ich angenommen habe.

»Ach, wirklich …?« Ich schnappe ihr das Notizbuch weg und überfliege ihre Bemerkungen. »›Mark Smoley war ein Narzisst‹?« Ich blicke zu ihr auf und verdrehe die Augen. »Müssen wir wirklich bis zur Highschool zurückgehen? Dann sitzen wir noch im Herbst hier.«

Mit einem Nicken gibt Valerie nach, schnappt sich das Notizbuch und blättert ein paar Seiten weiter. »College? Graduate School?«

»Du kennst diese Typen nicht einmal.«

Quinn fummelt am Ende ihres Zopfs herum und kommentiert trocken: »Das sagen sie alle.«

Die beiden zanken sich darum, womit wir anfangen sollen (welche meiner gescheiterten Beziehung oder welches meiner fehlgeschlagenen Dates am schlimmsten war), und ich sehe Daniel vor mir.

Groß. Hat Ähnlichkeit mit Jason Segel. Echt.

Der *sanfte Riese*, wie Quinn meinen Typ Mann gern nennt.

Unwillkürlich muss ich lächeln.

Ich hoffe nur, sie fangen nicht mit meiner Beziehung zu Daniel an, denn mir ist heute gar nicht danach, mich damit zu befassen.

In den sechs Jahren, die seit unserer Trennung vergangen sind, habe ich nicht oft an Daniel gedacht, weil ich es mir einfach nicht gestattet habe. Die Neuigkeit hat meine Schwester beinahe umgehauen. Wie ich das nur tun konnte, hat Bridget bis zum Erbrechen gefragt. Nach nur fünf Jahren Ehe? Aber die Antwort darauf lautete damals schon genauso, wie sie immer lauten wird: Ich war jung. Und einsam, nachdem ich seinetwegen nach Indiana gezogen bin. Sicher, ich konnte schreiben, ohne unterrichten zu müssen. Aber genau das hat mich unter Druck gesetzt. Auf Kosten eines anderen zu leben. Ohne Familie und Freunde, bei denen ich mich ausheulen konnte, wenn mich eine Schreibblockade befallen hat. Brutal. Ich weiß nicht, warum sich das immer so angefühlt hat, aber so war es nun einmal.

Du hättest dich doch bei ihm ausheulen können, haben alle gesagt. *Du hättest nicht da rausziehen müssen.*

Die anderen hatten auf alles eine Antwort.

Aber wir sind da rausgezogen. Und ich konnte aus irgendeinem mir unerfindlichen Grund nie mit Daniel reden. Was soll ich sagen?

Ich habe mir immer Kinder gewünscht, aber etwas an der Art unseres Zusammenlebens hat dazu geführt, dass sich die Vorstellung, Kinder mit ihm zu haben, angefühlt hat wie *lebenslänglich*. Und als mir das klar geworden ist, musste ich gehen. Und für zwei Jahre meinen Traum von einem Leben in Bridgets Keller verwirklichen, während ich mich mühsam an das Unterrichten zurückgetastet habe.

Genau das, was man machen will, wenn man erst mal erwachsen ist.

Ich greife nach den Händen meiner beiden Freundinnen.

»Was machst du da?« Quinn mustert mich stirnrunzelnd, als hätte ich mich bei einem Meet & Greet mit Sam Hunt vorgedrängelt.

»Haltet einfach meine Hände, ihr blöden Kühe.« Ich strecke die Finger aus. Drücke zu. »Das ist alles ein Haufen Mist, aber ich liebe euch zwei. Wisst ihr das? Ich liebe euch. Dafür, dass ihr mir geholfen habt, diesen Job an Land zu ziehen. Und dafür, dass ihr den ganzen Mist mit mir mitmacht.«

Für einen Moment herrscht Stille, und dann, ganz plötzlich, fällt mir auf, dass Quinn weint.

»Neeeeein«, sage ich und zerre Taschentücher aus der Tasche. Ihr Megamascara wird noch verlaufen, und dann ist sie rettungslos verloren.

»Darum will ich doch, dass du an meinem besonderen Tag dabei bist.« Schniefend tupft sie sich die Augen trocken.

»Ich weiß.« Ich tätschele ihr den Arm. »Ich mag einfach keine Hochzeiten. Ich ertrage das nicht. Dafür kaufe ich das Scheußlichste, was ihr auf eurem Hochzeitstisch habt. Wie klingt das?«

»Ja, das ist ja auch das Gleiche.« Sie wirft das zusammengeknüllte Taschentuch in den nächsten Mülleimer. Volltreffer.

»Wie läuft es«, ich verziehe das Gesicht, »mit der Hochzeitsplanung?«

Sie nickt. »Ziemlich gut. Die wichtigsten Vorbereitungen haben wir erledigt. Jetzt fehlen nur noch ein paar Kleinigkeiten ... Lachs oder Hühnchen?«

»Ganz klar Steak«, sage ich.

Valerie keucht auf. »Was? Du weißt doch, was sie von rotem Fleisch hält!«

Quinns Augen füllen sich erneut mit Tränen, und ich schlage beide Hände vor den Mund. Hocke mich neben sie.

»Siehst du? Genau deswegen willst du mich da gar nicht haben. Vertrau mir.« Ich spiele mit Quinns Zopf.

»Meint ihr nicht, wir sind ein kleines bisschen vom Thema abgekommen?« Für Valerie gibt es momentan nur noch Checklisten und Peitsche.

»Na schön.« Ich schmolle. »Dann lade ich mir das verdammte Spark eben runter.«

»Hurra!«

Checklisten, Peitsche ... und nervige Effekthascherei.

Die beiden drängen sich um mich herum, und wir sehen schweigend zu, wie die Prozentwerte für den Download auf meinem Display ansteigen.

»Oooooh!« Irgendwie hat sich eine Schar Mädchen aus dem Nichts materialisiert und flattert nun ebenfalls neugierig um uns herum.

Ich presse mein Handy an die Brust. »Ja, meine Damen?«

»Was machen Sie da?«, fragt das Mädchen mit dem struppigen Haar aus Quinns Klasse, dessen Namen ich mir nie merken kann.

»Wir kontrollieren die Aktienkurse«, antworte ich. »Wir sind im Bärenmarkt, und der Dow sieht nicht sehr ermutigend aus.«

Sie blinzelt mich an, als hätte ich Suaheli mit ihr gesprochen, und kneift dann die grünen Augen zusammen. »Bären?«

»Genau!« Ich zwinkere ihr zu. »Und jetzt geht spielen, Kinder. Die Pause ist beinahe vorbei.« Ich wedele mit dem Telefon, um sie zu verscheuchen. Kaum sind sie sicher außer Hörweite, widmen wir uns wieder der anstehenden Aufgabe.

»Die App verbindet sich mit deinem Facebook-Profil und übernimmt bestimmte Dinge automatisch von dort«, klärt mich Val auf.

Ich ziehe eine Braue hoch. »Für eine verheiratete Frau weißt du aber verdammt viel über diese Dating-App …«

Sie haut mir auf den Arm, und die hübschen Lichter auf meinem Display schlagen uns in ihren Bann.

Rae, 34

»So viel dazu, mir eine reelle Chance einzuräumen.«

»Was meinst du?« Quinn blickt auf. »Als ich Phil kennengelernt habe, war ich dreiunddreißig …«

»Meine Konkurrenz sind Mädchen in den Zwanzigern. Du hast recht … ist kinderleicht.«

»Du bist alt genug, um zu wissen, was du willst«, protestiert sie.

»Sprich: alt genug, um ihnen ihren Mist nicht durchgehen zu lassen. Das mögen Männer gar nicht.«

»Ty sagte, er würde …«

Beinahe spucke ich meine Diätlimo wieder aus. Wortlos starre ich sie an.

»Okay, schlechtes Beispiel.« Valerie ergeht sich in einem passiv-aggressiven Achselzucken und konzentriert sich wieder auf mein Telefon.

Wir gehen meine Facebook-Fotos durch, da das anscheinend die einzigen Bilder sind, die man in Spark integrieren kann.

»Mal sehen. Ich und Billie … ich und Billie … ich und das Maskottchen der Miami Heat … ich und Billie.«

»Du kannst da keine Bilder von dir und deinem Hund posten.« Quinn verschränkt die Arme vor der Brust.

»Nur weil du der Teufel bist und Tiere hasst …«

»Du willst dir keinen Psychopathen angeln«, sagt sie.

»Äh, richtig. Schließen wir einen Kompromiss. Ein einziges Bild von mir und Billie. Einverstanden?«

Sie schüttelt den Kopf, und ich blicke von ihr zu Valerie.

»Jetzt hört mal, Leute, wenn er keine Hunde mag, dann werde ich ihn auch nicht mögen, also können wir auch gleich die Karten auf den Tisch legen in Bezug auf die Tatsache, dass ich ein Tier halte.«

»Schön. Einverstanden.« Quinn mustert ihre Fingernägel und verdreht dann die kupferbraunen Augen vor mir.

»Soll ich dazuschreiben, dass sie mit mir in meinem Bett schläft?«

»Nein!«

Als hätten sie es im Vorfeld geprobt.

Eine Weile sitzen wir schweigend beisammen, nichts ist zu hören, abgesehen von dem Tippen auf dem Display und dem gelegentlichen *Ding* einer E-Mail, die auf einem unserer Handys eintrifft. Wir gehen meine Bilder durch, und ich fühle mich wie in einem Museum der miesen Einfälle, schrecklichen Frisuren, schrecklichen Augenbrauenwaxings; nicht zu vergessen die Fotos aus der Zeit, *bevor* ich das Augenbrauenwaxing entdeckt habe …

Obwohl ich die Kerle aus den Fotos geschnitten und die Bilder von Daniel gelöscht habe et cetera, erinnere ich mich immer noch, mit wem ich in der Nacht zusammen war, in der ich dieses glänzende, purpurrote schulterfreie Teil getragen habe. Genauso wie ich mich daran erinnere, wer mir diese Blumen auf der Kamineinfassung im Hintergrund des Fotos geschenkt hat, auf dem Billie um ein Stück Pizza bettelt.

Kurz bevor ich an dem Punkt bin, an dem ich mir die Pulsadern mit einem der Holzspäne aufschneiden möchte, mit denen der Boden um uns herum bedeckt ist, meldet sich Valerie zu Wort.

»Wegen der Fotos müssen wir uns was einfallen lassen. Diese sind … echt traurig, Rae-Rae.« Sie gackert, und der Tag ist lang genug gewesen, dass wir alle angesteckt werden.

»Was ist denn da so lustig?« Ida schlendert zu unserem Picknicktisch herüber und bringt einen zarten, zitronigen Deogeruch und eine Tüte Schokobonbons mit.

»Nichts.« Ich reiße mich zusammen und räuspere mich sarkastisch. »Wir haben heute Nachmittag schwer gearbeitet.«

Sie mustert mich über den Rand ihrer Brille hinweg. »Genau. Und ich bin Mutter Teresa.«

Der Ausschnitt, den sie zur Schau trägt, sagt etwas anderes, und wir lachen uns halb tot.

»Hat dir mein kleines Geschenk gefallen?«

»Du hast eine Gehaltserhöhung verdient, liebste Freundin«, gebe ich zwinkernd zurück.

»Zu schade, dass er ein Mädchen hat. Mhm-mhm-mhm.« Sie schüttelt den Kopf, und ihre glänzenden Locken ergießen sich wie ein Wasserfall bis zur Taille.

»Ach, Teresa von Kalkutta, ich hätte nie gedacht, dass ich gerade von dir so etwas zu hören bekäme.« Geziert lege ich die Hand an die Brust.

»Ich bin fünfzig, aber nicht tot!«

Wieder bricht schallendes Gelächter aus. Die Kinder starren uns an.

»Ziemlich verliebt ist er auch in sie«, fährt sie fort. »Hat mir all diese Fotos auf MyFace gezeigt, oder wie immer das heißt.«

»Das ist … nett.« Ich greife zu einem Schokobonbon. »Sicher, dass du nichts Stärkeres dabei hast?«, frage ich und tue, als wolle ich den Kopf in ihren Beutel stecken.

Quinn und Valerie weihen sie in die Folter ein, der sie mich unterziehen, und nach ein paar Pausen, in denen sie sich über mich lustig machen, gibt es eine weitere Runde Schokobonbons.

»Vierunddreißig, geschieden, keine Kinder …« Ida tippt sich mit dem Finger an die Lippen, als hätte sie Mühe, alles einzuordnen. Dann wedelt sie mit den Händen und erklärt: »Du ähnelst einem Einhorn.«

»Jepp. Dem, das im ersten *Harry-Potter*-Film im Wald stirbt. Wenn man die Wahl hat zwischen mir und jemandem, der brandneu ist? Jemandem, dessen Name, sagen wir, Brandi lautet …«

»Ich glaube, inzwischen hören sie auf alle möglichen Varianten von Katelyn«, korrigiert mich Ida. »Wenn du meinen Rat hören willst: Bleib Single. Du kannst fernsehen, was immer du willst, du kannst essen, was immer du willst …«

Sie beugt sich tief herab, und ich bekomme ganz neuen Respekt vor Kerlen. Ihre Brüste nicht anzusehen, ist, als wolle man einer Sonnenfinsternis ausweichen. Kein Wunder, dass so viele es gar nicht erst versuchen.

»*Tun*, was immer du mit wem immer auch willst …« Während sie spricht, hält sie die Hand vor den Mund, als wäre das ein großes Geheimnis.

»Aber Mrs. Papadopolous, ich muss schon sagen …«

Ida reißt die Hand weg, eine stumme Art, *ich sag's ja nur* zu vermitteln. »Übrigens, ich reserviere mir Graham Mitchell für den Ruhestand«, fügt sie hinzu und ist so schnell verschwunden, wie sie gekommen ist.

Ich setze ein selbstzufriedenes Grinsen auf. »Seht ihr? Jetzt steht es zwei zu zwei.«

Valerie: »Ida darf nicht mit abstimmen.«

Ich gebe nach, und wir brüten über dem Rest meiner Facebook-Fotos, ehe wir endlich ein paar wenige, akzeptable aus diesem Jahrzehnt auswählen.

»Du musst mehr beschaffen«, sagt Quinn. »Das ist deine Hausaufgabe für heute Abend.«

Getarnt durch mein Telefon, damit die Kinder es nicht sehen – auch nicht die, die sich offenbar gar nicht von *was immer wir auch tun mögen* losreißen können –, zeige ich ihr den Stinkefinger, und sie schießt ein Foto von mir.

»Ja! Kann ich das nehmen? Bitteeeeeee!«

»Keine Stinkefinger. Keine sexuellen Anspielungen. So lauten die Regeln.« Valerie schreibt sie auf.

»Nur sexy Ponyfransen?« Ich lasse sie mir über ein Auge fallen und öffne den Mund wie Marilyn Monroe. Berühre Gesicht und Hals, als könne ich die Finger nicht von mir lassen, wie soll das also jemand anderes schaffen?

»Sie sehen hübsch aus, Miss Wallace!«, brüllt Sophia vom Four-Square-Spielfeld herüber (und wird prompt von einem Ball am Hintern getroffen).

»Danke!«, antworte ich lachend.

»Viiiiieel besser«, sagt Quinn und schießt, als ich gerade nicht hinsehe, noch ein Foto.

Abwehrend wedele ich mit der Hand.

»Was? Ungestellte Fotos sind toll!« Sie knipst weiter.

Und ehe ich weiß, wie mir geschieht, bläst Valerie zum Aufbruch, und ich werde von der Pausenglocke gerettet.

KAPITEL 4

Kräftiger Wind schlägt mir ins Gesicht und zerrt an meinem Pferdeschwanz, während Billie neben mir hertrabt und eifrig Schritt hält. Mein Herz pocht, während ich dahinjogge – langsamer als sonst, aber es ist auch so anstrengend genug.

Zu dieser Zeit habe ich sonst meine Mutter angerufen und mich über die Ereignisse des Tages auf dem Laufenden gehalten. Dann hat sie mir das Neueste von *General Hospital* erzählt, wer mit wem schläft, welche abgesetzten Figuren diese Woche aus dem Totenreich zurückgekehrt sind.

Aber nun ist dies die Zeit für stille Einkehr. Teil meines Tagesablaufs. Nach Hause kommen, duschen, irgendwas mampfen, das sich in fünf Minuten zubereiten lässt, und ein Spaziergang mit Billie. Anderen Leuten mit Hunden zunicken. Billie von weggeworfenen Fastfoodverpackungen wegzerren – und von Pfosten, an die Rüden gepinkelt haben.

Und dann blitzt plötzlich eine Erinnerung in meinem Kopf auf, in der Daniel mir sagt, ich sei eine ganz ordentliche Läuferin.

Ha, ja, klar.

Ich lächle, wie ich es immer tue, wenn sich so eine Erinnerung ungefragt zu Wort meldet. Plötzlich spüre ich Schmerz in meiner Seite –, aber vielleicht ist das auch nur ein Stechen, das besagt, dass ich außer Form bin.

Wie dem auch sei, ich lege den Rest der Runde gehend zurück; und bis mein Mädchen und ich wieder daheim sind, bin ich geneigt, die Ertüchtigung mit einem Glas Wein oder sechs zunichtezumachen.

»Diese Tests kann ich auch noch morgen benoten, richtig?«, sage ich zu Billie und zeige auf meine Lehrertasche, die zusammengesunken wie ein besoffener Vagabund Papiere erbricht.

Billie schaut mich aus diesen großen braunen Augen an und reißt das Maul zu einem gewaltigen Gähnen auf. Verkriecht sich wieder unter ihrer Decke. Alles wie gehabt.

Aber statt mich auf der Couchgarnitur auszubreiten und exzessiv *Game of Thrones* zu glotzen, fahre ich heute Abend die Spark-App hoch und riskiere einen kurzen Blick auf das, was wir bisher in meinem Profil eingetragen haben.

Das ist gar nicht so übel, echt. Ich weiß, das ist ein total dämlicher Gedanke, aber zumindest sehe ich anständig aus. Das ist so oder so das Einzige, was bei diesen Dingen zählt. Ich bezweifle, dass irgendein Kerl lesen wird, was ich geschrieben habe – ganz besonders, wenn ihm nicht gefällt, was er zu sehen bekommt.

Eine Minute fummle ich an den Einstellungen herum, und dann klicke ich auf die Schaltfläche, die mir eine Auswahl passender Gegenstücke verspricht.

»Hier kann ich also jemanden finden, der wie für mich gemacht ist. Oh, Mann.« Ich spreche im Tonfall eines kleinen Mädchens aus einem Fünfziger-Jahre-Film und wedele mit einem Arm. Billie schnarcht nur.

Personen im Umkreis von fünfzehn Meilen. Alter zwischen fünfunddreißig und einundvierzig.

Männer suchen Frauen.

Entzückend.

Während ich darauf warte, dass das Programm etwas ausspuckt, trinke ich einen Supermarkt-Pinot-Grigio, und plötzlich: Ein Kerl!

Bill, 37

Längliches, zerzaustes Haar, ein Icehouse-Bier in der Hand.

Ich gehe *wirklich* dicht an den Bildschirm heran und kneife ein Auge zu. Versuche, mir vorzustellen, ich würde Bill zufällig in einer Bar begegnen. Und ich weiß sofort, ich würde, allen Verpartnerungsbestrebungen zum Trotz, einfach an ihm vorbeigehen, ohne auch nur Blickkontakt herzustellen.

Er hat diese »Tatort Internet«-Attitüde. Womit ich, wie ich annehme, auf der sicheren Seite wäre angesichts meiner vierunddreißig, trotzdem. Ich mag ihn nicht. Ich mag sein dummes Gesicht nicht.

Ehe mir bewusst wird, was ich tue, hat mein Daumen schon auf das rote X am unteren Rand des Bildschirms gedrückt, und dann? Passiert etwas Prachtvolles.

Eine Grafik erscheint auf seiner Stirn. Darauf steht – in roten Lettern – NOPE. Alles Großbuchstaben.

Und im Handumdrehen sind Bill und sein Icehouse-Bier verschwunden.

Mir stockt der Atem.

Ich glaube, ich bin verliebt!

Mir ist, als hätte ich gerade einen Schlag eingesteckt. Mein Herz schlägt schneller. Meine Brust fühlt sich leicht an. Ich fühle mich ein wenig wirr –, und ich hatte erst einen Schluck Wein, also kann es daran nicht liegen. Es liegt an dieser Superkraft, die ich nun habe.

Ich setze mich aufrecht hin und wühle mich durch meine Startbildschirmseiten, bis ich meine Nachrichten-App gefunden habe.

Ich: Meint ihr, ich muss nur diesen Knopf mit dem roten X drücken, um sicherzugehen, dass ich mit diesen Leuten niemals reden muss?

Ich umklammere das Telefon und starre es an wie den verdammten heiligen Gral.

Einsatz des Engelchors

Laaaaaaaaa!

Valerie: JA! Du kannst nur mit jemandem reden, wenn beide auf »Right« wischen!

Ich: Ihr könntet ein Monster erschaffen haben …

Quinn: Du sollst nicht sparken! Du sollst mehr Fotos machen. Und wir sollen bei deiner Auswahl mitreden können!

Ich: Zu spät – bin süchtig.

Quinn: Und du musst wischen, nicht auf Knöpfe drücken, Oma!

Ich: Danke – was auch immer. Solange nur NOPE über dem Gesicht erscheint, bin ich glücklich.

Valerie: Besser, du wählst auch mal das grüne Herz für LIKE! (Nach rechts wischen!)

Ich: Tut mir leid, ich kann jetzt nicht reden. Muss Selfies machen.

Ich schicke ihnen ein Männermörderfoto. Schmollmund, Peace-Zeichen, heißblütiger Silberblick.

Quinn: Vergiss nicht – wir haben es hier nicht auf Kanye abgesehen …

Ich: Sprich nur für dich selbst. Gute Nacht!

Während ich durch die Seiten der Typen pflüge, die meinen *ganz speziellen Kriterien* entsprechen, fällt mir auf, dass die Profile der meisten weniger gut gefüllt sind als meines. Mit dieser App kann man so viel oder wenig schreiben, wie man will, und die meisten scheinen wenig zu schreiben.

Ich hingegen gebe an, dass ich geschieden bin, und füge auch ein paar Einzelheiten über mich hinzu, weil ich, für den unwahrscheinlichen Fall, dass irgendein armer Tropf und ich beide nach rechts wischen und folglich kommunizieren können, *sofern wir wollen* (Gott, ich liebe die mit all dem einhergehende Passivität. Das ist so schön unverbindlich.), ihn von vornherein wissen lassen will, dass ich geschieden bin. Falls er also einer dieser leicht zu ängstigenden Schrumpfhoden-CrossFit-Trainer sein sollte, der mich auf Basis meines Familienstandes beurteilen will, kann er sich aus der Gleichung herausnehmen, ehe ich es tun muss.

Schlimm genug, das aussprechen zu müssen –, aber auch noch danach beurteilt zu werden?

Ich kippe Wein in mich hinein. Giere nach weiteren Gesichtern. Sport-Selfies! Kerle, die Fische hochhalten! Typen, die aus Flugzeugen springen! Das-sind-meine-Schwester-und-ich-Schnappschüsse! Das-sind-nicht-meine-Kinder-aber-ich-liebe-meine-Nichte-und-meinen-Neffen-Bilder!

Ich verliere das Gefühl in den Daumen, trotzdem habe ich mich nie lebendiger gefühlt.

Mir wird ganz schwindelig von den Zocker-Profilen, deren Hauptbild vier Männer zeigt … von denen einer wirklich attraktiv ist … und zwei andere würde man vermutlich nicht einmal aus dem Bett werfen, wenn sie Kekse äßen … und einer sieht aus wie die Figur, die Roddy McDowall in *Planet der Affen* spielt … … und dann klickst du das Profil an, um dir mehr Fotos anzusehen.

Und die nächsten beiden zeigen wieder dieselben vier Jungs!

Du kannst immer noch nicht erkennen, wer der Star deiner Spark-Träume ist, aber du willst es wirklich unbedingt wissen, weil du nun das Gefühl hast, du würdest diese Jungs kennen, die Cornhole spielen, bei einer Hochzeit einen irgendwie choreografierten Line Dance aufführen, bei einem Spiel der Jaguars eine Parkplatzparty feiern –, weil ihr ja schon so viel zusammen erlebt habt!

Bis du endlich das letzte Foto siehst …

Und da ist er, Cornelius, allein mit einem Golden Retriever.

Weil das, natürlich, derjenige ist, dessen Profil du gerade aufgerufen hast. *Runter von meinem Display, du verdammter, dreckiger Affe.*

NOPE.

Ich bin trunken vor Macht – und gutem, altem Pinot Grigio.

Ich erwache auf der Couch. Verschwitzt. Getrockneter Speichel klebt mir im Mundwinkel, und ich halte immer noch das Weinglas in der einen und das Handy in der anderen Hand.

#suboptimal

Ich wecke das Display auf. Halb zwölf. Geht gerade noch.

Keine weiteren Treffer, sagt Spark.

»Wem sagst du das«, grummele ich. Und dann nicke ich, um meinen Respekt kundzutun. *Wir hatten heute Abend einen guten Lauf, Sparky.*

Auf dem Weg ins Schlafzimmer brummt das Handy in der Tasche meines Hoodies.

Die Zunge: Hey.

Ich pruste derart los, dass ich beinahe die Treppe hinunterfalle. Zunächst beabsichtige ich, den Lippenlecker zu ignorieren, während ich mir vorsorglich ein paar von den Schmerztabletten einwerfe, die ich aus Gewohnheit auf meinem Nachttisch aufbewahre. Dann überlege ich es mir anders, weil Valerie und Mike gemeinsame Freunde sind und weil ich es hasse, mir per Textnachricht eine Abfuhr einzufangen.

Und weil ich gern von mir selbst denke, dass ich kein Arschlochtyp bin.

Also beschließe ich, es wie Scarlett O'Hara zu machen. Morgen ist auch noch ein Tag, früh genug, um ihn zu vergessen. Ich schicke ihm eine knappe Antwort.

Ich: Zzzzzzzz

Das sollte ihn erst mal bei der Stange halten.

Die Kellnerin nimmt unsere Bestellung auf. Ingrid. Die Frau, die »aber sicher« so herrlich komisch ausspricht, dass wir uns, wann immer wir zum Brunch in dieses Hotel eingekehrt sind, einen Spaß daraus gemacht haben, ihr diese Worte zu entlocken. Der Rekord während eines Besuchs liegt bei einundzwanzig Erwähnungen.

Armes, süßes Ding. Sie hat keine Ahnung davon.

»Möchten Sie noch Kaffee?« Sie betrachtet uns über ihre Gleitsichtbrille hinweg.

»Das wäre toll.« Jesse schenkt ihr ein herzerweichendes Lächeln.

Sie nickt nur steif – die Lippen vor Konzentration geschürzt –, als hätte er ihr gerade eine Lebensaufgabe vermittelt, und nun sei es an ihr, die Welt zu verändern.

Gib mir Französische Röstung, oder lass mich sterben!

Sie macht auf dem Absatz kehrt.

Mein starrer Blick entgeht ihm nicht, und seine Augen funkeln. »Oh, und Ingrid?«

Ich ersticke beinahe vor unterdrücktem Gelächter, als sie mit der hochgeschnürten Schürze zu uns zurückkehrt, denn ich weiß genau, was er im Schilde führt.

»Könnten Sie uns bei Gelegenheit noch etwas mehr Sahne bringen?«

Sie hebt die nicht von Kaffee mit Beschlag belegte Hand und wackelt mit dem Kopf, was irgendetwas zwischen Wie-konnte-ich-das-übersehen und Was-für-ein-toller-Mann-der-daran-denkt-Sahne-in-den-Kaffee-zu-geben zum Ausdruck zu bringen scheint. So wird das Essen erst vollständig.

»Aba sischa. Bekommen Sie.« Drehung. Und fort ist sie.

Sein herzliches Lachen wärmt mich von der anderen Seite des Tisches aus. Bisher führt er an diesem Morgen bei unserem kleinen Spiel.

»Ach, als hätte sie dieses Mal etwas anderes sagen können.« Ich winke ab.

»Nicht beeindruckt?« Er neigt den Kopf zur Seite und fixiert mich aus dunklen Augen.

»Davon nicht«, sage ich so cool wie lasziv. »Aber ich bin beeindruckt, dass ich dich das ganze Wochenende für mich habe.«

Sein Blick kehrt zurück zu seinem Frühstück, einem Riesenhaufen Krebsfleisch, mit verlorenen Eiern perfekt angerichtet. Der leicht süßliche Duft des Krebsfleischs mischt sich in den warmen Geruch der Butterlocken, die zwischen uns auf dem Tisch warten.

Plötzlich spricht er in ernstem Ton: »Ich weiß, dass dich das nervt.«

»Das ist nicht das richtige Wort …«

»Dann eben stresst.« Jesse begegnet meinem Blick. »Jetzt bist du bei deiner Schwester, und ich wohne immer noch zu Hause.«

Meine Augen werden feucht. Ich massiere mir den Krampf aus der Kehle, als er seine Gabel weglegt und mit seiner großen, gebräunten Hand über den Tisch hinweg nach meiner greift.

»He«, sagt er. »Wir hängen da zusammen drin. So haben wir uns

doch überhaupt erst ineinander verliebt. Genau dann, als wir beide eine schwierige Zeit überstehen mussten. Ich weiß gar nicht, wie ich diese Scheidung ohne dich überleben soll.«

Ich lasse zu, dass er mich anfasst, aber ich achte darauf, ihm nicht in die Augen zu sehen, weil ich keine Tränen vergießen will.

Stattdessen lache ich.

»Ich weiß, du steckst schon in einer etwas anderen Situation«, sage ich und entziehe ihm meine Hand, als er anfängt, mit dem Daumen über meine Knöchel zu streichen, führe meinen Gedanken aber fort. »Jonah ist erst vier. Es ist … kompliziert.«

Er grunzt. Nimmt sich einen Moment Zeit. »Weißt du, was gar nicht kompliziert ist, Rae?«

Noch ehe ich bereit bin, ihn anzusehen und mich zu vergewissern, verrät mir der Klang seiner Stimme, dass das Lächeln wieder da ist. Und ich weiß, was er sagen wird.

»Du und ich.«

Jepp.

»Du weißt, bei wem mein Herz ist. Bei wem ich sein will. Auf was ich hinarbeite.«

Es sind nur Worte, aber sie erwärmen mein Inneres.

»Ein Jahr, von heute an?«, fährt er fort. »So schwer wird das nicht. Du musst dann nicht mehr bei Bridget wohnen … Wir kaufen diese kleine Wohnung in Myers Park …«

Ich schweige, konzentriere mich auf das Klirren des Bestecks auf dem eleganten Porzellan. Das Klimpern der Jazzstandards, die von dem Colonel-Sanders-Doppelgänger stammen, der in der Lobby auf dem Stutzflügel spielt.

»Schatz, sieh mich an.«

Ich entspreche seinem Wunsch.

Ein Teil von mir weiß Bescheid, auch jetzt, während ich zusehe, wie sich seine Augen mit Tränen füllen.

Scheiß auf den Kerl. Ernsthaft.

Aber ich hoffe so sehr, dass es wahr ist. Brauche ihn so sehr …

»Bald«, sagt er. Und mit Ausnahme des kleinen Sorgenknotens in meinen Eingeweiden glaubt ihm jeder andere Teil von mir.

Ingrid kommt gerade rechtzeitig zurück, dass ich noch die letzte überschüssige Feuchtigkeit in meinen Augen wegblinzeln kann.

»Danke«, sage ich zu ihr.

»Oh, aba sischa, Miss. Aba sischa.«

Und schon kehrt die Heiterkeit zurück.

KAPITEL 5

Dieser blöde Traum macht es mir schwer, *nicht* so auszusehen, als hätte ich gestern Nacht vierunddreißig Sekunden gegen Ronda Rousey gekämpft. Es kostet mich alle Kraft, die ich zusammenraffen kann, unter die Dusche zu gehen, mich anzuziehen und mir die Haare zu machen. Und dann muss ich immer noch darauf warten, dass die Schwellungen unter meinen Augen nachlassen, ehe ich auch nur daran denken kann, ein Make-up-Wunder zu basteln.

Ich mutiere zu einer dieser Frauen, die ich verabscheue, schmiere den letzten Rest Wimperntusche auf die Bürste und versuche, an jeder roten Ampel etwas zu retten. Ich bin gerade fertig, als ich einen Blick auf eine Blauhaarige erhasche, die gleich neben mir an einem Kaffeebecher nippt und mich böse anschaut.

»Was, ich richte mein Make-up im Auto«, sage ich zu ihr oder vielmehr zu meinem Spiegelbild. »Geht dich doch einen Scheißdreck an.«

Wie dem auch sei, statt sie niederzustarren, pflastere ich mir ein Lächeln ins Gesicht, so warm wie die Vorhersage für diesen Nachmittag, und biege in die Auffahrt eines Dunkin Donuts ein. #namaste

Als ich in der Schule angekommen bin und mich mit meiner Morgenlieferung durch das Durcheinander im Lehrerzimmer gewühlt habe, erfüllt der Geruch von frittierten Teigwaren und Hefe – und Kaffee – die Luft und lullt mich ein in das hoffentlich nicht irregeleitete Gefühl, dies würde doch noch ein guter Tag werden. Ich trete zurück und bewundere mein Meisterstück.

»Welcher Anlass?« Valerie flitzt herein, und ihre Finger flattern über die Kartons.

Hohn. »Äh, hallo? Vielleicht bin ich einfach ein netter Mensch?«

All die Trolle im Raum brechen in Gelächter aus.

»He!« Ich ziehe eine Schnute und stopfe mir drei Chocolate Glazed Munchkins in den Mund.

»Also hast du gestern Abend niemanden gefunden, der dir gefallen hat?«, fragt sie.

»›NOPE‹«, zitiere ich meine neue Lieblings-App, werfe den Kopf zurück und fange schallend an zu lachen.

»Du bist zu wählerisch.« Sie wischt sich die Hände am khakifarbenen Rock ab, der bereits Spuren von Whiteboard-Stiften trägt. »Heute Mittag werden Quinn und ich jemanden auftreiben, der als Rechts-Wisch-Material taugt.«

»Wenn du meinst, aber meine Nachforschungen von gestern Abend haben mich veranlasst, ein paar Regeln festzulegen.«

»Die wären?«

Ich reiße ein Schokoladen-Éclair auseinander und gestikuliere wild mit den Einzelteilen. »Beispielsweise, wenn sie sagen, sie mögen Musik.« Ich wechsele zu einer tiefen Oktave: »›Musik hat mir das Leben gerettet‹«, brumme ich und verdrehe die Augen.

»Und?«

»Hör einfach zu. Wenn da irgendein Bild ist, das einen Kerl in der Nähe eines Mikrofons zeigt … mit einem Schlagzeug … mit einer Gitarre in der Hand … irgendwas in dieser Art?« Mit dem zerfetzten Éclair-Kadaver in den Händen forme ich ein X mit den Unterarmen.

»Keine Musikliebhaber. Verstanden. Du bist auf der Suche nach jemandem, der jede Art von Vergnügen verabscheut.« Sie bedenkt mich mit ihrem typischen Stirnrunzeln.

»Das ist es nicht.« Mit der sauberen Hand packe ich ihren pinkfarbenen Argyle-Pulli etwas fester als beabsichtigt, und sie reißt sich lachend wieder los.

»Wie viel Zucker hattest du heute Morgen?«

»Unwichtig. Pass auf, ihr habt es doch schwarz auf weiß, gleich da in eurem unheimlichen Stalkerbuch, äh, ich meine, in eurem total süßen Notizbuch über Raes Liebesleben. Musiker habe ich schon ausprobiert, nicht wahr? Sogar mehrmals …« Mein Blick verliert sich irgendwo im Raum, und ich mich in einer College-Erinnerung. Zachary Willis' schwielige Finger, die an mir zupfen wie an einer …

Valerie schlägt mir mit der Serviette auf die Nase.

»Richtig!« Hektisches Blinzeln. »Ich meine ja nur. Wenn einer in den Dreißigern ist und immer noch in einer Band spielt? Dann wohnt er vermutlich auch noch bei seiner Mutter. Und wenn die Band tatsächlich gut ist? Und vielleicht auf Tournee geht? Dann spielen wahrscheinlich jede Menge Tussen auf seinem Instrument. Nein danke, darauf kann ich verzichten.«

Ihr Gesicht durchläuft binnen drei Sekunden eine Metamorphose. Von der Grimasse über eine finstere Miene bis hin zu … prustendem Gelächter. »Verdammt, du hast recht! Also, was schließt deine Liste sonst noch ein … oder aus?« Sie wühlt in ihrer riesigen Handtasche und fördert die traurige Schwarte zutage.

»Das war der Punkt, der mir gestern Abend am meisten ins Gesicht gesprungen ist, weil so viele gegen ihn verstoßen haben. Was ist mit …« Ich trommle ein Minütchen mit dem Zeigefinger auf dem Kinn herum. »Selfies mit nacktem Oberkörper?«

»Die posten Selfies mit nacktem Oberkörper?« Ihre Augen wachsen auf Krapfengröße an, und der Farbton ihrer Wangen nähert sich dem ihres Pullis.

Ich lache. »Nur so ungefähr alle. Willst du sie sehen?«

Als wären wir wieder sechzehn, blätterten in Jahrbüchern und beurteilten unsere Klassenkameraden, gehen wir kichernd die Profile durch. NOPE. NOPE. Vielleicht? NOPE.

Und dann kommt Quinn herein, ein Wirbelwind herbstlicher Pracht in Leggings und einem karierten Flanellhemd.

»Dem Herrn sei gedankt für Fettgebackenes.« Ihre rattenscharfen Pumps pflügen durch die Teppichfasern, ehe sie schnaubend ihre Taschen auf den Boden fallen lässt.

»Was ist los?«, frage ich und schenke ihr Kaffee ein.

»Frag erst gar nicht.« Sie bläst sich die langen Ponysträhnen aus den Augen, während sie sich durch die Reste in den Dunkin-Donuts-Kartons wühlt.

Val und ich zucken mit den Schultern.

»Und nicht mehr sparken, bis wir es zusammen machen können.« Quinn zeigt mit einem Plastikmesser auf mich, bevor sie einen Sesambagel unter einer Ladung Erdbeermarmelade erstickt. »Und da wir heute Theaterprobe haben …« Sie scheint sich plötzlich daran zu erinnern, dass wir uns am Arbeitsplatz befinden, denn sie schaut sich schuldbewusst um, schenkt der Mathelehrerin ein Lächeln und senkt ihre Stimme ein wenig. »… schlage ich vor, wir gehen nachher was trinken und kümmern uns dann darum.«

»Bin dabei«, entgegne ich und versenke meine Serviette mit einem gezielten Wurf im Papierkorb, recke beide Arme dem Licht entgegen und rocke auf der Luftgitarre. Kick!

»Keine Gitarren, schon vergessen?«, zieht Valerie mich auf, und ich setze meinen Siegestanz rückwärts in Richtung Tür fort.

Als ich mein Klassenzimmer erreiche, stehen die Kinder schon in einer Reihe geduldig vor der Tür.

»Guten Mooooorgen, Kinder.«

Vielleicht hatte ich doch zu viel Zucker.

Aber ich habe keine Zeit, meine Kaffee-und-Zucker-Bilanz zu überdenken, weil nun die Handschlagprozession beginnt. Deborah sagt, sie möchte, dass wir dieses Morgenritual durchführen, damit die Schüler die Schule als etwas »Amtliches« empfinden, als eine Art »Arbeitsplatz« – *das ist dann, als wären sie kleine Geschäftsleute!*

»Wie viele Tassen Kaffee trinken Sie am Tag, Miss Wallace?« Emmaline Johnson schaut durch ihre grausam elefantösen, aber total abgefahrenen Brillengläser und mit feuchten Händen zu mir auf.

»Niemals genug, mein Schatz. Niemals genug.«

Als wir den Fahneneid und die übrigen Morgenrituale hinter uns gebracht haben, ist es Zeit zum Lesen.

»Heute werden wir ein Buch lesen, Kinder.«

Und schon geht das Gezappel los. Hände.

»Ja?«

»Welches Buch lesen wir?« Das wollen sie alle auf zwanzig verschiedene Arten in Erfahrung bringen.

Ich lächle. »Eines meiner Lieblingsbücher. Es heißt *Der Baum, der sich nicht lumpen ließ*.«

Geplapper wogt wie eine La-Ola-Welle bei einem Spiel der Rays durch den Klassenraum. Vor mich hin kichernd hole ich den Klassiker von Shel Silverstein aus dem oberen Fach meines Ablageschranks.

Sie lieben es, wenn ich ihnen vorlese, und ich liebe es auch.

Sie sind so still. Wie gebannt. Und obwohl die Worte, die ich schreibe, sich sehr – *sehr* – von den Dingen unterscheiden, die ich diesen Kindern vorlese, ist es genau diese Magie, die dafür sorgt, dass ich nach der Vervollständigung meines Manuskripts lechze. Die Verbindung, die zwischen uns entsteht, wenn ich ihnen vorlese. Die Art, wie die Worte – ganz gleich, wessen Worte – sie verzaubern.

Ich gehe zu dem Hocker vorne im Raum. »Ich möchte, dass ihr mir so aufmerksam zuhört, wie ihr könnt, und dann, wenn wir fertig sind, reden wir über das Buch und lösen eine kleine Aufgabe dazu, okay?«

Dieser Vorschlag wird mit tumultartiger Begeisterung begrüßt, was mich jedes Mal aufs Neue erstaunt. Vor meiner Scheidung habe ich an einer Junior High unterrichtet, und es hat absolut nichts gegeben, was die Kinder dort hätte in Begeisterung versetzen können. Erstklässler sind so begierig darauf, etwas zu lernen; das ist, wie ich jeden Tag wieder feststelle, eine ganz andere Liga.

Ich fange an: »›Es war einmal ein Baum … und der liebte einen kleinen Jungen …‹«

Gerade als ich in meiner eigenen Begeisterung darüber, diese Geschichte mit den Kindern teilen zu können, versinken will, *pingt* die E-Mail-Benachrichtigung meines Laptops, und alle zucken zusammen.

»Sehen Sie jetzt nach, Miss Wallace?«

»Ich weiß nicht, Benji. Wollt ihr denn nicht …?«

Verdammt. Sie kennen mich einfach zu gut.

Ich recke den Einen-Moment-Finger hoch, springe vom Hocker und husche zu meinem Tisch, um nachzusehen, welche neue Hölle sich jetzt wieder aufgetan hat.

Liebe Autorin,

Und da haben wir es. Ich habe gedacht, es wären keine unbeantworteten Anfragen mehr bei den Agenten im Umlauf.

»Ist das was Gutes?«, fragt Marcus.

Ich lache. »Was habe ich euch gesagt, um welche Angelegenheiten sollt ihr euch kümmern?«

»*Um unsere eigenen*«, antworten sie im Chor.

Kopfschüttelnd hole ich tief Luft. Der Tag beginnt mit einer Absage. Großartig.

Danke, dass Sie uns im Hinblick auf Ihr Werk in Betracht gezogen haben.
Im Feld Belletristik verhält es sich bedauerlicherweise so, dass uns etwas schon in absolute Begeisterung versetzen muss, damit wir übernehmen – es muss wirklich auf uns »zugeschrieben« sein –, und dieses Werk passt nicht ganz zu uns.
Nichtsdestotrotz verfügen Sie über einen kraftvollen Stil, und wir möchten Sie ermutigen, uns bei zukünftigen Projekten wieder anzuschreiben oder für dieses Werk andere Agenturen zu erwägen, in deren Portfolio es besser passen könnte.
Wir wünschen Ihnen einen schönen Tag!
Joseph Wright

Ich beiße mir auf die Wange. Presse die Lippen fest aufeinander.

Dies ist eine jener Gelegenheiten, zu denen ich wünschte, ich hätte den Arsch in der Hose, tatsächlich einen Flachmann in meinem Tisch zu bunkern.

Aber den habe ich nicht.

Also wühle ich in meiner Hosentasche nach ein paar Schmerztabletten und spüle sie mit einem Schluck Kaffee hinunter.

Atme. Du schaffst das.

Ich schalte den Ton des Laptops ab, vergewissere mich, dass ich auch mein Telefon stumm geschaltet habe (lösche die E-Mail auch aus der Handy-App) und schleppe mich zurück zu meinem Hocker.

»Wo waren wir?«, frage ich in fröhlichem Ton. Winke mit der Hand, als wäre gar nichts passiert.

Leises Kichern wandert durch den Raum, was das Loch in meinem Bauch noch etwas weiter aufreißt.

»Der Baum liebt den Jungen«, antworten sie.

»Richtig.«

Und so lese ich. Würge meine Gefühle die plötzlich trockene Kehle herunter und lese.

Ich habe diese Geschichte schon einige Male vor früheren Klassen gelesen. Und obwohl sich die Worte nie verändern, hat sie mich nie so sehr getroffen wie heute. Ganz egal wie viel der Baum gibt und der Junge nimmt. Aber ich muss das durchziehen, und ich muss einen ruhigen Tonfall beibehalten.

So ist das Lehrerleben. Die Leute erwarten, dass du wie Maria in *The Sound of Music* oder die verfluchte Mary Poppins bist – oder, wenn man es genau betrachtet, wie irgendeine Version von Julie Andrews, in der sie Kindern etwas vorsingt und ihr Leben bereichert. Schimmert auch nur der kleinste Hauch des realen Menschen durch, platzt die idealisierte Lehrerblase dieser Leute, und damit ist aus unerfindlichen Gründen für diese Menschen einfach alles ruiniert.

Also ziehe ich es durch. Löffelweise Zucker.

Ehrlich, jemand sollte die Academy auf meine Leistung aufmerksam machen, denn der Baum gibt und gibt und der Junge nimmt und nimmt, aber keiner meiner Schüler hat auch nur den Hauch einer Ahnung, wie gebrochen ich mich im Inneren fühle, weil meine Stimme nicht bricht.

Nicht einmal, als mein Geist zu der E-Mail schweift, zu den Monaten, die ich mit diesem dummen Manuskript verbracht habe. Nicht ein einziges Mal.

Ich formuliere die Worte und blättere die Seiten um, und ich bekomme einen heißen Kopf. Und eine Stinkwut auf Shel Silverstein, wenn ich es mir recht überlege.

Aber mein Ton bleibt konzentriert.

»›Komm nur, mein Junge, komm und erklimme meinen Stamm, schaukele an meinen Ästen, iss die Äpfel, spiel in meinem Schatten und sei froh …‹«

Doch nun ist der Schurke zu beschäftigt, um auf Bäume zu klettern. Stattdessen bittet er um Geld. Was um alles …

Zeig ein bisschen Selbstachtung, Baum. Dieser Junge scheißt auf dich!

Als wir an die Stelle gelangen, an der er den Stamm mit der Axt bearbeitet, gestehe ich mir den Oscar zu, denn mein Blickfeld verschwimmt allmählich. Aber ich ziehe es durch, wünschte, ich hätte mich für die andere Option entschieden – *Ich lieb dich für immer* –, als mir auffällt, dass mich diese Bücher ankotzen und ich vielleicht besser Bilderbücher oder Kinderbücher für Erstklässler schreiben sollte, an deren Ende man sich nicht das Gehirn wegblasen möchte.

»›Mir ist nichts mehr geblieben. Ich bin nur noch ein alter Stumpf. Es tut mir leid.‹«

Die Kinder lachen bei dem Wort *Stumpf*. Begreifen die überhaupt, worum es geht? Es kostet mich all meine Kraft, das Buch nicht aus dem Fenster zu werfen und ab dafür.

Aber das tue ich nicht.

Stattdessen hole ich tief Luft, schlage das Buch zu und klatsche mir ein Lächeln ins Gesicht.

»Also, was meint ihr?«, frage ich und verschränke die Arme über dem Seidentop.

»Können wir noch eine Geschichte lesen?«

Ich gluckse. »Jetzt nicht.« Ich stehe auf und beginne mit meinem Lehrerrundgang, bahne mir von Tisch zu Tisch einen Weg an den Vera-Bradley-Taschen vorüber und bemühe mich, nicht zu stolpern. Oder den Umstand zu bestaunen, dass die Eltern ihren Kindern Vera-Bradley-Taschen kaufen.

»Also«, beginne ich. »Warum, meint ihr, hat der Baum immer mehr gegeben und der Junge immer mehr genommen? Denkt eine Minute darüber nach.« Ich sehe auf die Uhr und schaue zu, wie die Sekunden verrinnen. Irgendwie beruhigt mich dieses immer gleiche Muster, und ich schweife für einen Moment ab, aber das ganze Gefühlschaos lebt wieder auf, kaum dass die Minute um ist.

Blöde Agentur.

»Also, dreht euch zu euren Partnern um und erzählt ihnen, was euch dazu eingefallen ist. Warum hat der Baum immer weiter gegeben?«

Ihr aufgeregtes Geplapper brummt in meinen Ohren, und ein Gefühl der Ruhe überkommt mich.

»Weil er den Jungen geliebt hat, wie Sie am Anfang gesagt haben«, übertönt Maisy das Stimmengewirr.

»Gut, darauf bauen wir auf.« Ich gehe zum Bürgerregal und rücke die unordentlich aufgereihten dünnen Leselernbüchlein zurecht. »Glaubt ihr, der Junge hat den Baum auch lieb gehabt?«

Eine weitere Minute vergeht, während sie darüber diskutieren, ehe sie zu dem Schluss kommen, dass, nein, der Junge den Baum eigentlich nicht lieb hat. Das ist nicht richtig und nicht falsch, und es sind Lektionen wie diese, die mich in Gedanken zurück zum Englischunterricht im College treiben.

Ich schmunzle nur nachsichtig und mache weiter. »Interessant. Denkt ihr, der Baum hat das gewusst?«

»*Nein*«, ertönt es aus den meisten Kehlen.

»Ich schon«, meldet sich Ashley zu Wort.

»So?«

»Ich glaube, der Baum hat es gewusst, aber es war ihm egal, weil das wahre Liebe war.«

Wie rührend.

Ich presse die Lippen zusammen und trete ans Fenster. Schaue hinaus zu dem Zypressenhain direkt vor dem Klassenraum. Auf einmal frage ich mich, ob Silversteins Baum zu den Zypressengewächsen gehört.

»Das gefällt mir«, sage ich und konzentriere mich wieder auf Ashleys platinblonde Rattenschwänzchen. »Und wisst ihr was? Dafür gibt es noch einen anderen Namen. Bedingungslose Liebe. Habt ihr davon schon einmal gehört?«

Lärmend bekunden sie ihre Verwirrung, ihre kleinen Gesichter verziehen sich auf allerlei komische Arten, also erkläre ich es ihnen.

»Bedingungslose Liebe ist, wenn man jemanden oder etwas liebt, ganz egal was er oder sie oder es euch antun mag.«

»Sie meinen, so wie man seine Familie liebt?«

Ashley ist heute voller Tatendrang.

»Genau.« Mit einem Fingerzeig unterstreiche ich die Richtigkeit ihrer Worte. »Aber ihr könnt auch eine Sache lieben, einen Traum haben oder so was. Ganz egal wie schwer das manchmal ist. Macht ihr so etwas auch? Versucht ihr, etwas, vielleicht eine Sportart, zu machen, worin ihr am Anfang gar nicht so toll wart, womit ihr aber immer weitergemacht habt, weil ihr es liebt und eurem Ziel so immer näher kommt und dabei besser werdet?« Mir ist klar, welche Parallele ich ziehe, und ich bin nicht sicher, ob das als tolle Lehrmethode gelten kann oder doch eher als unfassbarer Narzissmus, gepaart mit dem Zwang, mich immer nur um mich selbst zu drehen. Aber ich nehme an, das kann niemand beurteilen, und das ist das Schöne daran, Königin des eigenen Klassenzimmers zu sein, also was macht das schon?

»Und Sie, Miss Wallace?«

Die Frage reißt mich aus der Tagträumerei. Ich sitze auf der Kante meines Tischs und drücke den Laptop an die Brust wie einen Teddybär. »Ja. Bei mir ist es Schreiben.« Ich lächle. »Und ganz egal wie schwierig das ist, ich weiß, ich werde es nie aufgeben können. Und danke, dass ihr mich daran erinnert habt, Kinder. Denn das ist etwas, was ich manchmal vergesse.« Ich nehme Haltung an. »So etwas vergisst man leicht, nicht wahr? Darum lasst uns den Baum im Gedächtnis bewahren, nicht den kleinen Jungen. Lasst uns geben, so viel wir können. Lasst uns mit Haut und Haaren lieben. Komme, was da wolle. Und selbst wenn am Ende nur ein alter Stumpf von uns übrig ist, sind wir immer noch wertvoll.«

Wieder kichern die Kinder.

Ich klappe den Laptop zu und arbeite mich an die Tafel vor. Während ich die Schreibaufgabe an die Tafel kritzele, quietscht der Whiteboard-Stift, und der Anker, der in meinen Bauch gesunken ist, wird plötzlich federleicht. Ich kichere im Chor mit meinen Schülern. *Stumpf* ist schließlich ein ziemlich komisches Wort.

Und ich mag durchaus ein alter Stumpf sein, aber ich bedauere es bestimmt nicht. Ich bedauere gar nichts.

KAPITEL 6

»Aber dieses Exposé war alt. Das Manuskript war alt.« Valerie schlägt nach meinen Haarspitzen, und ich ringe mir ein Lächeln ab. Die Luft ist erfüllt von Bierdunst und zuckrig-fettigen Trostpflastern.

»Ich weiß, aber es ist trotzdem doof, mit solchen Floskeln abgespeist zu werden.«

»Du weißt doch gar nicht …«

»›Liebe Autorin‹?«

»Hab's kapiert. Es war eine beschissene Art, den Tag zu beginnen.«

Für eine Sekunde lege ich meine Hand auf ihre. »Ich weiß, du verstehst nicht, dass ich so versessen auf eine Veröffentlichung bin …«

»Darum geht es nicht, Rae-Rae. Es ist dein Traum, und ehrlich, ich wünschte, ich hätte überhaupt einen.«

Ehe ich mich auf diese kleine Preziose stürzen kann, taucht Quinn mit drei großen Gläsern Liebe auf. »Die nächste Runde geht auf dich.« Sie reicht mir mein Glas.

Anerkennend hebe ich es hoch, und wir alle schlagen zu wie Verbindungsschwestern bei dem Versuch, ihre Mitschwestern anlässlich eines Wiedersehens zum zehnten Jahrestag unter den Tisch zu trinken.

»Also, wie läuft es mit Phil?«, frage ich, nachdem Quinn

während der Theaterprobe die ganze Zeit draußen telefoniert hat und ruhelos über den Hof marschiert ist.

»Ach, du weißt schon.« Sie macht eine wegwerfende Geste. Nippt an ihrem Bier. Vertieft sich in die Speisekarte. »Welchen köstlichen Dickmacher sollen wir nehmen?«

Ich sehe Val an, aber die zuckt nur mit den Schultern.

Es gelingt uns, jedes echte Gespräch zu vermeiden, bis wir bestellt haben – größtenteils beschränken wir uns auf Geschichten aus dem Reich unerwünschter elektronischer Post: von Helikopter-Eltern bis hin zu internen Kettenmails, von denen niemand auch nur weiß, wer sie einmal begonnen hat. (Der Punkt ist, dass es niemanden auch nur einen feuchten Scheiß interessiert, ob Joanne Testaverde Pausenaufsicht oder Mittagsaufsicht hat oder kacken geht, also warum müssen wir dann alle darüber informiert werden?)

Ich betäube mich mit Chicken Nachos, und meine Freundinnen erheitern mich mit ihren Problemen. Alle sechs Sekunden kontrollieren sie ihre Handys – Mike muss Val auch noch per FaceTime kontaktieren, nur damit sie sich wie ein furchtbar schlechter Mensch vorkommt, weil sie einmal im Leben nicht da ist, um ihre Kinder mit Abendessen zu füttern.

Vor Erbitterung und Bier ganz kribbelig, reiße ich ihr das Telefon aus der Hand. »Ist das Mikey? Hiiiii, Mikey!« Ich winke und wirke dabei vielleicht ein bisschen wie eine Geisteskranke.

»Hi, Rae.« Sein Ton klingt ein wenig scharf, und er streicht sich mit der Hand über das strohblonde Haar. Nicht aufreizend, sondern missgestimmt.

»Valerie ist so ein gutes Mädchen«, fahre ich fort. »Und wenn du ihr einfach noch ein kleines bisschen mehr Ausgang gönnst, weil sie gerade mit ihren besten Freundinnen auf der ganzen Welt zusammen ist … Sag Hallo, Quinn.« Ich halte ihr das Telefon vor die Nase, und sie winkt, vollauf mit ihrem zweiten Pint beschäftigt, geistesabwesend mit der Hand. »Dann garantiere ich dir, dass sie dir einen bläst, sobald alle Kinder schlafen.«

Valerie keucht vor Lachen und versucht, nach dem Telefon zu greifen.

Mikes Miene hellt sich auf, und er sieht beinahe so aus wie an dem Abend, als wir ihn in dieser Spelunke kennengelernt haben. Das Haar fällt ihm ganz im Hugh-Grant-Stil über ein Auge. Idiotisch. Aber souverän. Heute sind seine Züge etwas besser gepolstert als damals.

»Sehr witzig. Außerdem schlafen die nie alle«, sagt er gerade in dem Moment, in dem Valerie ihr Handy zurückerobert.

»Entschuldige, Schatz. Ich bin bald zu Hause. Okay? Du schaffst das doch?«

Was allgemeines Prusten auslöst. Ich liebe es, wenn sie für sich selbst einsteht. Auch wenn es passiv-aggressiv ist.

Auf jeden Fall ist es schön, zu hören, dass sie zur Abwechslung mal Klartext redet, statt Sonnenschein zu verbreiten, wie sie es sonst die ganze verdammte Zeit tut.

»Das ist, als dürfte nie mehr irgendjemand schlechter Laune sein, wisst ihr?« Hicks. »Ups.«

»Was faselst du da drüben?« Quinn bedenkt mich mit einem schrägen Blick von der Seite.

»Wir sollten lieber zu sparken anfangen, ehe wir zu besoffen sind«, konstatiert Valerie.

»Zu spät«, erwidert Quinn kichernd, und ich bestelle die nächste Runde. Scheiß doch drauf.

»Ich will, dass ihr wisst, dass ich euch beide hasse«, verkünde ich.

»Tja, zu schade, denn du wirst uns nicht los. Und jetzt hol dein Telefon raus.«

»Zuerst ›John, 35‹.« Mein Daumen schwebt über dem roten X.

»Gib. Das. Her.« Quinn reißt mir das Telefon aus den Fingern und starrt auf das Display. »Was hast du gegen ihn? Er hat einen netten Wagen. Seht euch diesen wunderhübschen BMW an. Oh, ich liebe dieses Grün. Mal sehen, wie seine anderen Bilder sind.« Sie klickt sie an.

»Das wird ewig dauern, wenn du jeden Kerl analysieren willst.«

»Du musst fünf Typen mit einem grünen Herz markieren, ehe wir gehen können«, sagt sie und reckt eine Hand hoch. »Kapiert? F-ü-n-f!«

»Springst du mit deinen Schülern auch so um?«, spöttele ich, aber sie geht nicht darauf ein.

Zusammen mit Valerie geht sie einige Minuten lang die Fotos von John, 35, durch, bis sie endlich zu dem Schluss gekommen sind, zu dem ich – *Hallo!* – in drei Sekunden gekommen bin. Dass John, 35, vermutlich ein Depp ist, weil sein Titelbild ihn mit seinem Wagen zeigt, und wer macht denn so was?

»Aber du wärst beinahe darauf hereingefallen.« Ich wedele mit dem Finger vor Q, ehe ich ihn über das rote X halte. »Darf ich mir die Ehre geben?«

Sie zeigt mir ebenfalls den Finger und übernimmt.

NOPE.

Dieses Spiel wiederholen wir noch einige Male. Gesichter, Stimmen und Bewertungen huschen nur so an mir vorbei, aber wir stimmen – Gott sei Dank – bei allen weitgehend überein.

»Was ist mit dem? Der ist irgendwie niedlich …«

Naserümpfen. »Hipsterbart.«

»Okay, das Titelbild von dem hier zeigt LL Cool J.«

»Na ja, ich meine, Frauen lieben Cool James …«

»Meinst du wirklich, dass es Frauen gibt, die darauf hereinfallen?«

»Basierend darauf, welche Menschen mir täglich begegnen? Ja, das würde ich schon sagen. Ja, es gibt Frauen, die darauf hereinfallen.«

Sie blättern und blättern, und ich beschränke mich darauf, den Kopf auf den Tisch zu legen. »Leute, wie ist es möglich, dass das mein Leben ist?«

Sie ignorieren mich.

»Was ist mit dem da?«, fragt Quinn.

Ich studiere das Profil. Kneife die Augen zusammen. »Nein.«

»Warum nicht?«

»Man kann ihm ansehen, dass er sich für attraktiv hält. Richtig selbstverliebt. Das ist was anderes als ›He, ich bin ein Kerl, und ich habe ein paar akzeptable Fotos gefunden, auf denen ich *nicht* wie ein Mörder aussehe‹. Dieser Typ, dieser Steve, posiert für die Fotos. Und er hat seine Pose perfektioniert. Das hat der schon hundertmal gemacht.«

»Irgendwie macht das tatsächlich den Eindruck«, stimmt Valerie mir zu und nimmt einen Zug von dem Martini, auf den sie inzwischen umgestiegen ist.

»Irgendwie?« Ich lache. »Außerdem tut ein Mann so etwas nicht. Ein Junge schon. Oder ein Kerl, der nur irgendwas zum Ficken sucht. Könnt ihr euch vorstellen, euer Dad würde an seinem Truck arbeiten und die ganze Zeit so ein Getue veranstalten. Nach dem Motto: ›Lass mich nur schnell ein Foto von mir machen, während ich strategisch diesen strategisch hingeschmierten Fettfleck von meinem strategisch vorgereckten Kinn wische‹? Nein. Nicht einmal, wenn er sechsunddreißig wäre. So eitel ist kein echter Mann. Jedenfalls keiner, mit dem ich auszugehen erwägen würde. Sich um sein Aussehen zu kümmern ist eine Sache. Sich mehr darum zu kümmern als um die Frau, mit der man zusammen ist, ist eine andere. Ich bin nicht an einem Punkt in meinem Leben, an dem mir danach ist, mit der Uhrensammlung von irgend so einem Kerl zu konkurrieren. Tut mir leid, aber das tut mir gar nicht leid.«

Schweigen schlägt mir entgegen, und ich verstehe das als Signal zum Aufbruch.

Valerie tut, als wäre nichts geschehen, und widmet sich dem nächsten Anwärter. »Was ist mit dem?«

Lippen schürzen. Dann: »Converse.«

Sie zieht die Brauen zusammen und mustert mich misstrauisch. »Hä?«

»Converse Sneakers. Nein.«

»Ach, ich finde das süß.« Quinn dehnt ihre Worte zu einem Quengeln, sieht dabei aber nicht den Mann an, sondern ihr eigenes Telefon, von dem sie sich den ganzen Abend nicht trennen konnte.

»Klar. Weißt du, wann das süß war? In der Highschool. Der Nächste. Und hier haben wir ihn schon.« Ich nehme mein Telefon wieder an mich. »›Feste arbeiten/Feste feiern.‹«

»Was passt dir daran nicht?«

»Das ist ein Deppenmotto. NOPE. Und seit wann sind eigentlich alle so *locker*? Ich bin überhaupt nicht locker! Genau, das werde ich in mein Profil schreiben. ›Ich bin so gestresst, wie es schlimmer gar nicht geht. Total verspannt.‹«

»Tu das nicht.« Quinn runzelt die Stirn über den dünnen Brauen und schaut mich finster an.

Wir kommen wirklich ein Stück voran. Wie kommt es, dass es da draußen so viele Singles gibt, und warum sind sie alle so enttäuschend?

»Pah!« Valerie legt die Stirn in Falten. »Bei dem wollte ich eigentlich rechts wischen, und jetzt lassen sie mich das nicht rückgängig machen.« Sie tippt auf das Display. »Tja, jetzt gibt es da etwas, wo man für Spark zahlen kann. Ein *Upgrade* nennen die das. Und wenn man so einen Account hat, dann kann man mehr Rechtswischer haben, sagen die. Ich schätze, die sind sonst limitiert? Und man kann auch einen Linkswisch rückgängig machen.«

Quinn lacht, ohne den Blick von ihrem Gerät abzuwenden. »Etwas sagt mir, das ist eine Funktion, die du nicht brauchen wirst.«

»Ha! Nein. Wenn du so oft grünes Licht gibst, dass sogar Spark sagt: ›Whoa, he, langsam‹, dann solltest du vermutlich mal dein Leben unter die Lupe nehmen. So kann man einfache Singles von der Sorte ›einsam und verzweifelt‹ unterscheiden.«

»Oh, sieh dir den an. Er hat einen Hund«, schwärmt Valerie. »Du liebst Hunde! Schau doch, wie süß!«

Augenbraue wandert aufwärts.

Ich betrachte ihn.

Er hat nur dieses eine Foto. Er und ein Pitbull-irgendwas-Mischling, der unverschämt knuddelig aussieht.

Und dann?

»Nein.«

»Was?«, kreischen meine Freundinnen, um dann zu verstummen und mich mit offen stehenden Mündern anzustarren. Ebenso gut hätte ich gleich da auf dem Tisch den Hund schlachten können, ganz im Ned-Stark-Stil.

»Seht euch an, wie groß der Hund ist … Und jetzt seht euch an, wie groß der Typ ist.«

Ganze fünf Sekunden kehrt Stille ein, während sie meinem Wink folgen. Sogar Quinn gibt jetzt Acht.

Und sie schließen ihre verdammten Mäuler. Gewähren mir einen Moment des stummen Respekts, ganz einfach weil es daran nichts zu diskutieren gibt.

»Darauf wäre ich nie gekommen, aber du hast absolut recht!«

Quinn glotzt mich staunend an, und ihre Augen funkeln auf eine Art, die für mich wie Bewunderung aussieht, vielleicht aber doch nur alkoholinduziert ist.

»Ich möchte niemanden wegen seiner Größe diskriminieren. Ich bin ja auch kein Laufstegmodel.« Als sie – unverfrorenerweise – nicht widersprechen, fahre ich fort. »Aber was er da hält, ist nicht gerade ein Bernhardiner oder ein scheiß Scooby Doo.«

»Nein, du hast recht. Der darf bestimmt nicht überall rein, falls du verstehst, was ich meine.« Valerie zwinkert mir zu.

»Jedenfalls nicht hier.« Daumen Richtung Schlüsselbein, schon geht das Gelächter los.

Wir sind ein bisschen laut, aber wir sind auch so ziemlich die einzigen Leute hier – Donnerstagabend ist offenbar kein Ü30-Abend –, also müssen wir Gott sei Dank auf niemanden Rücksicht nehmen. Alex, der Barkeeper, guckt dann und wann zu mir herüber, und jedes einzelne Mal huscht ein süffisantes Lächeln über seine scharfen Lippen.

»Ich hätte nicht gedacht, dass ich das mal sagen würde«, Quinn greift zu ihrem letzten Pommesstäbchen, »aber das ist schwerer, als ich erwartet habe.«

»Das hat sie gesagt«, rutscht mir prompt heraus.

Valerie prustet und schlägt nach mir, verfehlt mich aber. »Ich sehe es ja ein, trotzdem.«

So ist das.

»Meinst du nicht, du urteilst etwas zu vorschnell auf Basis von viel zu wenig Informationen?« Wieder bedenkt sie mich mit einem Stirnrunzeln.

Ich hole tief Luft und bereite mich darauf vor, ihnen noch einmal den Kopf zurechtzurücken. Es kommt mir ein bisschen albern vor, dass ich das meinen besten Freundinnen erklären muss – vor allem Quinn, die immerhin vor nicht allzu langer

Zeit an genau dem Punkt war, an dem ich jetzt bin –, aber wie dem auch sei. Ich bin Lehrerin. Ich vermittle Bildung.

»Nein, eigentlich nicht. Aber wenn du willst, beweise ich es dir. Wenn's sein muss.«

»Wie?«

Ich spreche mit meiner Gabel. »Du darfst fünfmal rechts wischen, und wenn es eine Übereinstimmung gibt, treffe ich mich mit demjenigen.«

»Auch wenn du ihn eigentlich abgelehnt hättest?«

Ich seufze. »Ja. Und du wirst sehen, dass all diese scheinbar oberflächlichen Kleinigkeiten echte Indikatoren sind. Ich werde sogar selbst ein bisschen nachlässiger wischen. Wie klingt das?«

»Wo liegt der Haken?«

»Der Haken ist, wenn ich richtig liege, müsst ihr es zugeben. Und mich in Ruhe lassen. Und vielleicht … etwas Nettes für mich kaufen.« Meine spontane Ergänzung entlockt mir ein Grinsen.

Die beiden wechseln einen Blick.

»Und ich muss nicht zur Hochzeit.«

Quinn drapiert sich neu auf ihrem Stuhl und verschränkt die Arme vor der Brust. »Du wirst das sowieso sabotieren. Du wirst werten, ohne es auch nur zu versuchen.«

»Ich verspreche, das werde ich nicht.« Ich lege die Gabel weg und umfasse ihre Hand mit meinen beiden Händen, eine Spur theatralischer als beabsichtigt, aber was soll's. »Ich meine, was ist das Schlimmste, was mir passieren kann? Ernsthaft? Womöglich lerne ich einen netten Kerl kennen und gebe ihm eine Chance. Verliebe mich vielleicht.«

Beide grienen.

Und ich pruste das Bier raus, das ich gerade trinken wollte. »Okay, ich kann nicht mehr so tun als ob. Tut mir leid! Aber ihr wisst, was ich meine. Und ihr könnt mir vertrauen. Ich verspreche, ich werde es versuchen. Solange ihr versprecht, dass ihr die Augen nicht vor der Wahrheit verschließen und die Realität anerkennen werdet, sollte ich recht behalten.«

Und dann: *Ding!*

Eine Textnachricht. Begleitet von einem Foto.

Die Zunge: He, Süße. Wo hast du dich die ganze Woche versteckt?

Er trägt ein knallenges T-Shirt mit V-Ausschnitt, graue Trainingsshorts und einen Kopfhörer, der nutzlos um seinen Hals hängt. Den Kopf hat er zur Seite geneigt, und ich kann das Telefon im Badezimmerspiegel sehen. Und er hat die übermäßig markanten Brauen auf eine Weise hochgezogen, von der ich annehme, ich sehe seine Version eines Hundeblicks vor mir.

»Oh! Ty!« Valeries Hand fliegt an ihr Herz. »Antworte ihm«, trällert sie, und ihr Mitgefühl ihm gegenüber knirscht in meinem Gehörgang.

»Du hast ihn in deinen Kontakten *Die Zunge* genannt?«, fragt Quinn.

Ich winke nur ab und schüttle den Kopf vor beiden, denn – *Verdammt!* – kapiert das denn keiner?

Ich: Viel zu tun …

»Das ist gemein.« Valerie schiebt sich eine Fritte ins Gesicht.

»Wieso ist das gemein? Hör mal, wenn der den Tenor nicht wahrnimmt …«

Die Zunge: Zu viel für das?

Noch ein Bild.

Valerie keucht auf, was ihr besorgte Blicke seitens des Personals einträgt, und Quinn verschüttet die Hälfte ihres Getränks.

»Ist das …?«

Seine Männlichkeit lugt zornig aus dem Schlitz einer Anzughose, und im Hintergrund strahlt sein Gesicht mit einer Mimik, die ich nur mit dem Wort *Stolz* beschreiben kann. Er zeigt sogar auf das Ding, als könnte irgendein Zweifel daran bestehen, wo der Empfänger hinzuschauen hat.

Meine Freundinnen brechen in Gelächter aus, aber ich achte nicht weiter darauf, während ich das Schwanzfoto studiere. Diesen immer wieder verblüffenden, unerbetenen Anschlag auf mein Augenlicht.

Etwas an diesem ist anders. Etwas …

»Rae?«

Mir geht ein Christbaum auf!

»Was ist los, Rae?«

»Gerade hat er ein Badezimmer-Selfie geschickt. Und jetzt ist er im Anzug im Büro und lässt sein Gehirn raushängen?«

Die beiden wechseln einen entsetzten Blick.

»Was wir hier haben, Ladys, ist ein recyceltes Schwanzfoto. Ich bin überzeugt, es ist nicht das Erste seiner Art, aber soweit es mich betrifft, ist dergleichen noch nie dagewesen.«

Das nun folgende Keuchen wird bald von Gelächter verdrängt.

Ich: Du schickst mir gebrauchte Bilder?

Eine Pause tritt ein, in der wir alle den Atem anhalten. Was wird er darauf antworten? Was kann er dazu sagen?

Und dann:

Die Zunge: Haha, erwischt.

Ich drehe mich zu Valerie um. »Ich wollte dir noch einmal dafür danken, dass du dieses Date mit Ty arrangiert hast …«

»Tut mir so leid.« Sie prustet so sehr, dass sie kaum noch Luft bekommt. Als sie sich endlich wieder im Griff hat, zuckt sie mit den Schultern. »Was soll ich jetzt machen, wenn ich ihn das nächste Mal sehe? Oh mein Gott!« Und dann wischt sie sich mit ihrer Serviette die Lachtränen aus den Augen.

Als wir uns wieder beruhigt haben – und das dauert eine ganze Weile –, sind sie schon etwas mehr gewillt, mir zuzuhören.

»Also, was unser kleines Experiment betrifft, werden wir ja sehen, wer recht hat. Ich möchte natürlich nicht eure ganze Welt kaputt machen oder so was, aber die meisten Typen da …« Ich deute auf das Telefon. »Und das sage ich nicht einmal auf eine erbitterte Art, sondern nur, weil ich möchte, dass ihr das begreift.«

Wenn man allerdings mit vierunddreißig gegenüber Verheirateten oder Menschen, die in einer Beziehung sind, behauptet, man sei nicht verbittert, bewirkt das nur, dass sie umso überzeugter vom Gegenteil sind.

»Singlemänner vielleicht«, unterbricht mich Quinn und bleckt vage verunsichert die Zähne.

»Ich habe nicht von Phil gesprochen. Oder von Mike, verdammt noch mal«, blaffe ich.

Warum tut Quinn das?

Sie zwinkert mir träge zu, als wolle sie mir sagen, ich solle besser aufpassen, um sie nicht in Rage zu bringen oder so was. Und dann setzen die beiden ihre Suche fort.

Ich starre finster in mein Bier.

Was ist mit Quinn los? Das Gleiche ist mit Valerie passiert, aber es ist schon so lange her, ich habe längst vergessen, dass es einmal eine Zeit gegeben hat, in der Val nur Val war und nicht Val-und-Mike-die-sich-ein-Facebook-Profil-teilen.

Aber Quinn? Sie ist anders. Zumindest war sie das.

Ich sehe sie noch vor mir in dieser Nacht, in der wir beschlossen haben, den Staub von Plantation hinter uns zu lassen und nach Ibiza abzuhauen. Ursprünglich wollten wir nach Irland reisen, weil wir gerade *P.S. Ich liebe dich* gesehen hatten, und da hat dieses scharfe Javier-Bardem-Imitat aus *Grey's Anatomy* in Irland auf Hilary Swank gewartet. Aber wir entschieden uns für Ibiza, weil Quinn dort einen Freund hatte, bei dem wir unterkommen konnten, und wir waren schließlich nur arme Lehrerinnen.

»Das könnten wir sein!«, hat sie auf ihrem Bett stehend gesagt und mit einer halb leeren Packung Käse, die wir gerade erst geöffnet hatten, gefuchtelt. »Lass uns das machen!«

Vielleicht war die Packung doch eher halb voll?

Wir waren dreißig. Erfolgreich geschieden. Jesse war gerade aus meinem Leben verschwunden, und sie hatte soeben eine gescheiterte Verlobung hinter sich.

»Wer braucht schon Ersparnisse im Alter?«, lautete meine Antwort.

Und so zogen wir Plantation eine lange Nase, um Hals über Kopf für zehn Tage das Weite zu suchen.

An einem unserer ersten Abende auf Ibiza haben wir ein paar beschirmte Getränke unbekannter Art an dieser Bar gleich um die Ecke von unserer Unterkunft getrunken, als Quinn so richtig in Fahrt kam.

»Wir sind furchtlos«, konstatierte sie.

Das war wie ein Schlachtruf. Wie ein Versprechen.

Ich erhob mein Glas. »Und gefürchtet.«

Sie spielte mit ihren Haarspitzen, die im Lichtschein der

Hängelampen besonders glänzten. »Das mag sein, aber scheiß auf die anderen. Wenn Frauen uns fürchten, dann nur weil sie festsitzen und neidisch auf uns sind. Die haben Angst, ihre Männer könnten sich für uns interessieren. Wenn Männer uns fürchten, dann weil sie keine echten Männer sind. Wir sind stark. Wir werden kämpfen. Und wir werden gewinnen. Und weißt du was? Die sollten uns fürchten.«

Sie erinnerte mich an einen zu klein geratenen, sauberen, nicht blaugesichtigen Braveheart, als sie ihr Schnapsglas mit Wodka leerte und sich mit dem Unterarm die Lippen abwischte.

Die Erinnerung entlockt mir ein trauriges Lächeln. Wo ist dieser Mensch nur geblieben?

Mir fällt auf, dass ich in mein leeres Pintglas schmolle, während meine Freundinnen wie glückliche kleine Äffchen plappern und vor Aufregung kichern, weil sie bereits ein paar Männer für mich ausgesucht haben.

Als sie den Fünften gewählt haben, signalisiert Valerie Alex, dass wir zahlen wollen. »Wir haben nicht versucht, dich reinzulegen und dir Mist unterzujubeln, Rae-Rae. Wir haben deine Regeln beachtet.«

»Ja, du hast nur ein besseres Auge dafür als wir.«

Vielleicht hat Quinn gar nichts vergessen. Vielleicht erinnert sie sich nur zu gut.

Aber wozu so tun, als hätte es all das nicht gegeben? Ist sie in Hinblick auf Phil so unsicher, dass sie mein Singleleben ablehnen muss? Immerhin hat sie die Erfahrung vor gar nicht langer Zeit noch mit mir geteilt.

Ich weiß nichts über Phil. Und ich glaube nicht, dass er sie hintergehen würde. Aber Quinn weiß so gut wie ich, wie mies Männer sein können.

Verheiratet, verlobt, gebunden.

Nur weil sie nun doch die Liebe ihres Lebens gefunden hat, ist mein Zynismus plötzlich unerwünscht? Ungerechtfertigt?

Im Stillen brüte ich einen Plan aus, um den beiden eine Lektion über Männer zu erteilen. Nicht nur dass ich ziemlich sicher bin, ich werde mit meinem Anti-Spark-Vorhaben absahnen, ich werde ihnen auch beweisen, dass ich nicht verrückt bin. Und auch nicht nur zynisch. Ein guter Mann ist schwer zu finden, und ich bin nicht übertrieben vorsichtig. Oder zu voreingenommen.

Und dann denke ich: *Was zum Henker weiß ich darüber, irgendetwas auszuhecken –, ich kann ja nicht einmal den Handlungsverlauf für mein eigenes Buch entwerfen …* Und ich komme zu dem Schluss, dass ich vielleicht doch noch mehr trinken sollte.

KAPITEL 7

Die Nachtluft streicht geisterhaft über meine heiße Wange und meine Stirn, und Alex' Mund schmeckt genauso, wie ich es mir an dem Abend, an dem ich mit Ty verabredet war und ihm zum ersten Mal begegnet bin, vorgestellt habe. Wie Pfefferminzpastillen, die den Qualm der Zigarette, die er vermutlich während einer Pause geraucht hat, nicht ganz überdecken können. Aber gut. Rauchig und gefährlich. Als würde man mit James Dean rummachen.

»Wie sind wir überhaupt hier gelandet?«, frage ich atemlos zwischen den stürmischen Küssen, aber die Wahrheit lautet: Es ist mir egal.

Er hat sich an meinen Lippen festgesaugt, als wäre Bruce Jenner noch Bruce Jenner gewesen, während Alex das letzte Mal jemanden aus der Bar gevögelt hat, und Alex ums Verrecken nicht bereit, mich auch nur für eine Sekunde loszulassen. Seine Hände stiften Chaos in meinem Haar, ehe er mich fest an den Hüften packt.

Ich bin nur vage besorgt, als seine Zunge sich einen Weg zu meinem Hals und meinem Ohr sucht.

Himmel.

Was macht schon ein Knutschfleck? Dafür hat man doch schließlich die Endlosschals erfunden, nicht wahr? Ein Hoch auf die Mode!

Mein Herz hämmert im Takt zu dem, was auch immer aus dem EDM-Club weiter unten an der Straße herausschallt, und mein Rücken wölbt sich an der Ziegelmauer der Gasse, als Alex sich an mich drängt.

»Willst du hier weg?« Ein leises Grollen. Ein Schnurren.

Der Hauch eines Akzents kitzelt mein Ohr, und das Gefühl rauscht direkt durch mich hindurch. Bis runter zu meinen Füßen, und ich ziehe in meinen Kitten Heels die Zehen an.

Zur Antwort zerre ich ihn noch näher heran und kann kaum noch atmen. Seinem Griff kann ich nicht entkommen. Stattdessen sehne ich mich danach, dass er mich fester packt. Ich will mehr von ihm. Will ihn näher spüren. Es ist einfach zu spät. Es gibt keine andere Lösung mehr.

Irgendwie schaffen wir es zu meiner Wohnung, und ich fummele an dem Schloss herum wie ein verdammter Wärter. Das Geklimper meiner Schlüssel hallt durch den Gang. Es ist nicht leicht, eine Tür zu öffnen, wenn einem ein Barkeeper am Gesicht klebt. Aber wir schaffen es in die Wohnung. Gerade noch.

Kaum drin, ist sein Hemd nicht mehr von Bedeutung. Der Mann besteht nur aus Muskeln, Schultern, Brust – eine Muskelgruppe an der anderen, eingepackt in eine lecker aussehende schwarze Boxershorts.

»Einen Moment, bitte.« Ich stolpere in die Küche und werfe ein paar Leckerchen in Billies grobe Richtung. »Hier, Mädchen.« Kurz erhasche ich ihren missbilligenden Blick und werfe einen weiteren Hundekuchen ins Spiel. »Sag nicht, ich würde dir nie etwas geben. Außerdem, wann bist du das letzte Mal flachgelegt worden?«

»Was?«, ruft Alex, und es hört sich an, als wäre er bereits im Schlafzimmer.

Ich trete mir die Schuhe von den Füßen, werfe die Handtasche irgendwo in die nähere Umgebung der Couch und tapse durch die Wohnung, bis ich die offene Tür erreicht habe.

»Fühl dich wie zu Hause«, kommentiere ich mit einem schiefen Lächeln.

»Komm schon her«, sagt er und fängt mich mit diesem Blick aus dunklen Augen, der mich schon einige Abende zuvor von der anderen Seite des Tresens aus angezogen hat.

Ganz allmählich wird mir klar, dass ich gleich, nachdem Quinn und Valerie sich verabschiedet haben und unsere Blicke sich trafen, gewusst habe, dass er und ich früher oder später hier oder in der einen oder anderen Variante von hier landen würden.

Mondschein dringt durch die Gardinen herein und betont seinen prachtvoll definierten Körper. Er sieht aus, als würde er in einem Meer aus ägyptischer Baumwolle schwimmen.

Kaum bin ich bei ihm, zieht er mir die Bluse über den Kopf, und ich höre ein reißendes Geräusch, als sie sich von meinem Körper löst.

Wir lachen beide.

»Ich hoffe, die war nicht teuer …«

Aber ich bringe ihn zum Schweigen und drücke ihn auf die Matratze.

Während ich über ihm kauere, kann ich das Sirren in den wenigen freien Zentimetern zwischen unseren Körpern spüren. Fühlen, wie sehr er mich will. Ein stürmischer Ausdruck tritt in seine Augen, als er mich mit ihnen verschlingt. Er packt meinen Hintern mit beiden Händen und zieht mich zu sich. Hält mich fest, und ich lasse es zu, weil er so hart ist. So verwirrend hart.

Aber ich lasse mich nur für eine Minute verwirren.

Die Wirkung des Alkohols ist inzwischen vollständig verflogen, aber ich bin trunken vor Macht, und ich will den armen

Alex foltern, so gut ich kann, einfach weil ich es kann. Ich werde seine kleinen Barkeeperträume erfüllen, aber erst, wenn ich es sage. Auf meine Art.

Es ist schließlich auch mein Bett.

Ich gleite über seinen Körper, und als er begreift, worauf das hinausläuft, entfleucht ihm ein leises Wimmern, das so schnell verstummt, wie es gekommen ist.

Endlich streiche ich mit der Hand über seinen Leib, und er bekommt vor lauter Begierde kaum noch Luft und krallt die Finger zu beiden Seiten in das Laken. Und ich bin so zufrieden mit mir, dass es kaum zum Aushalten ist. Ich muss mir auf die Lippe beißen, um nicht vor Begeisterung über mich selbst laut loszulachen.

Als ich meinem Ziel von Angesicht zu Angesicht gegenüber bin, greife ich zu, gleite mit der Hand über ihn …

… und da macht er dieses komische Seitwärts-Zucken-Ding. Als bekäme er einen Krampf, wann immer meine Hand sich abwärts bewegt. Er zuckt weg und richtet sich wieder auf, als hätte er einen Schwanzkrampf, und bei näherem Hinsehen erkenne ich, dass da etwas nicht stimmt.

OH HERRJE HERRJEMINE.

Entweder irgendein Arzt hat seine Beschneidung verpfuscht … oder er wurde so geboren oder … irgendwas.

Keine Ahnung.

Aber ehe ich die Sache genauer untersuchen kann, lockert sich mein Griff, und der Anstoß erregende Appendix federt wie ein Türstopper.

Steht er deshalb hinter dem Tresen? Um sich das Geld für eine Schwanzoperation zu verdienen?

Und dann …

Kriecht der beißende Geschmack der Minihamburger, die ich früher am Abend in mich hineingeschaufelt habe, scharf und schwer meine Kehle hinauf. Meine Arme machen Liegestütz wie Karate Kid auf Ecstasy. Ich befreie mich aus dem Gefängnis meiner Laken und trete sie auf dem Boden fest.

»Bist du …?«

Aber ich rudere bereits weiter in Richtung Bad, und dann beuge ich mich über den Porzellanretter und erbreche einfach alles, was ich je in meinem Leben gegessen habe. Befreie mich von allem – mit Ausnahme der Erinnerung an … das.

Manche Dinge wird man nie wieder los.

Jetzt fühlen sich seine Fingerspitzen auf meinen Schultern an wie Aale, und ich krümme mich bei jeder seiner Berührungen.

»Zu viel getrunken?« Irgendwie … kichert der doch, und ich bin rasend vor Zorn und leidend an einem Körper, der sein Innerstes nach außen kehren will.

Das kann unmöglich an ihm oder seinem Frankenstein-Penis liegen. Es muss an mir liegen. An irgendetwas, das ich getan habe.

Ich stemme mich hoch. Dann wische ich mir mit Klopapier die Lippen ab und tupfe mir den Schweiß von der Stirn.

Ich bin zu müde für einen Widerspruch. »Das muss es sein«, krächze ich. »Du gehst besser.«

Einige Augenblicke ziehen in sprachloser Stille dahin, bis mir aufgeht, dass er sich nicht gerührt hat. Ich richte meine tränenden Augen auf ihn und sehe, dass er in der Tür steht und zutiefst verletzt aussieht.

Aber wenigstens hat er die Boxershorts wieder an.

schauder

»Tut mir echt leid«, sage ich.

Und das tut es. Es tut mir leid, dass er mit dem Ding noch eine Menge Mädchen zum Kotzen bringen wird, weil der Rest von ihm schon ziemlich spektakulär ist.

Aber eine Warnung wäre nett gewesen.

»Willst du nicht einfach warten, bis es besser ist?« Ich kann das *Oh, Scheiße* in seinem Ton hören.

Ich denke eins Komma drei Sekunden darüber nach und will gerade antworten, als in meinem Kopf wieder die Szene aufblitzt, in der mir dieses Ding direkt ins Gesicht zuckt.

Ich würge und würge.

Kotze für all die Gelegenheiten in meinem Leben, bei denen ich hätte kotzen sollen, es aber nicht getan habe. Für all die Gelegenheiten, zu denen je irgendjemand auf Erden hätte kotzen sollen. Ich bin der Jesus Christus des Erbrechens und läutere mich für die Sünden aller.

Ich kneife die Augen zu, als mir klar wird, welchen sturzbesoffenen Gedanken ich da gerade hatte, und aale mich in der Umarmung kühler Keramik …

… bis ich höre, wie die Wohnungstür ins Schloss fällt.

KAPITEL 8

Die Kinder sind in ihren Förderkursen, und ich habe zum ersten Mal an diesem Tag einen Moment Zeit, um … einfach nachzudenken. Ich hole tief Luft und nehme eine Lunge voll von dem *Eau de Klassenraum*: gespitzte Bleistifte und Whiteboard-Stifte. Die Wochenplanung ist abgeschlossen, die E-Mails der Eltern wurden beantwortet, und der Teufel soll mich holen, wenn ich diese Stunde einfach vertändele, ohne an meinem Manuskript zu arbeiten.

Ich öffne die Datei. Überfliege die letzten zehn Seiten.

JAAAAAA!

Dieses Mal kann ich es schaffen. Ich bin eine Kämpferin.

Ich leere die kalte Neige meiner vierten Tasse Kaffee, und schon bin ich bereit, loszulegen.

Ehe ich weiß, wie mir geschieht, geht es schon *Tap-tap-tap* auf der Tastatur, und zwar ganze vierzig Minuten lang, bis das Brummen meines Telefons die Konzentration stört.

Ein kleines Symbol in Form eines gelben Blitzes prangt in der linken oberen Ecke des Startbildschirms.

Sieht aus, als gäbe es eine Übereinstimmung bei Spark. Oder will Google mich irgendwie vor einem aufziehenden Sturm warnen?

Vielleicht beides.

Ich hole tief Luft und klicke das Symbol an. Welcher der

Ritter, die Valerie und Quinn ausgesucht haben, mag es sein? Ich sehe sein Gesicht vor mir.

Anthony, 36

Er hat Grübchen. Und tiefe Furchen zu beiden Seiten des Mundes.

Gar nicht so übel.

Und er ist einer derjenigen, die etwas in ihren Profilbereich geschrieben haben.

Mag: Fitness, Craft-Bier, Baseball und Reisen.

Mag nicht: Launische Leute, Knasttattoos, Political Correctness und miese Grammatik.

Bei den letzten beiden Punkten, die nicht seine Zustimmung finden, tippe ich mir an die Lippen.

Mhm, dabei könnte ich mitgehen. Aber ich blättere trotzdem erst in den Bildern. Noch gibt es keinen Grund zu übertriebener Vorfreude.

Dunkles Haar. Igelschnitt.

Nette Schultern.

Ich frage mich, wer diese scharfe Blondine ist, die da auf dem Hochzeitsbild bei ihm ist, aber gut, darüber sehe ich erst einmal hinweg.

Das sieht alles ganz ordentlich aus, also alarmiere ich meine guten Feen.

Ich: Gerade hat Spark eine Übereinstimmung gemeldet. Hossah.

Valerie: JAAAAAA

Ich: Was mache ich jetzt?

Valerie: Jetzt könnt ihr euch gegenseitig schreiben! Ihr habt beide nach rechts gewischt.
Ich: Sollte ich nicht besser warten, bis er …
Quinn: *kopfauftisch* MACH ES WIE NIKE: JUST DO IT.

Ich knurre mein Telefon an und rufe die App wieder auf.

Anthony, 36, ernsthaft jetzt?

Mein Daumen verharrt eine volle Minute über der virtuellen Tastatur. Ich wünschte wirklich, er würde zuerst schreiben. Ich will nicht verzweifelt wirken.

Ich: Na gut.

Ich nage an der Unterlippe und tippe drei verschiedene Interpretationen von *Hi*, entscheide mich aber schließlich für:

Du hattest mich schon bei der Grammatik.

Mein Magen krampft sich zusammen, als ich auf SENDEN drücke.

Da er nicht sofort antwortet und ich nicht mehr ins Schreiben komme, sehe ich mir weitere Männervorschläge an.

Siebenmal weitgehend derselbe Typ in unterschiedlicher Verpackung. Große V-Ausschnitte. Frischluftfans.

NOPE. NOPE. NOPE.

Kopfschüttelnd mustere ich das Display, als mich ein strahlendes Lächeln kalt erwischt.

Einen Taye-Diggs-Doppelgänger erkenne ich von Weitem.

Ich sehe mich um. Als wäre er hier und wüsste irgendwie, dass ich ihn betrachte.

Geschrieben hat er nur: *Bin für alles zu haben*. Während ich mir seine Bilder ansehe, hören meine Hände nicht auf zu zittern. Als käme gleich ein Attentäter hereingesprungen, um mich auszuschalten, weil ich über sein tiefstes, finsterstes Geheimnis gestolpert bin.

Seine Fotos erinnern ein bisschen an Model-Aufnahmen, und ich weiß nicht recht, was ich davon halten soll. Normalerweise turnt mich das eher ab. Ich bin kein Model, und ich brauche bestimmt keinen Kerl, der hübscher ist als ich, oder einen, der mich nach dem nicht vorhandenen Abstand zwischen meinen Oberschenkeln beurteilt – trotzdem kann ich mich nicht so recht von ihm lösen.

Eine gestellt-ungestellte Aufnahme zeigt ihn lachend, den breiten Rücken an einen hohen Zaun gelehnt. Mit einer Hand umfasst er eine der Metallstreben, mit der anderen fährt er sich durch das kurz geschorene Haar.

Herzhaftes Gelächter, zufällig genauuuuu im richtigen Moment eingefangen.

Ein Schnappschuss, auf dem er auf einem Motorrad sitzt. Aufgenommen aus einer niedrigen Position. Dieses Mal schaut er nach rechts, und ich erkenne einen Hauch von einem Lächeln. Er ist höllisch sexy, und ich komme mir vor, als würde ich nicht in einer Dating-App stöbern, sondern die *GQ* durchblättern.

Diese Bilder zeigen das, was andere gern darstellen wollen, allerdings erfolglos, denn dies sind offensichtlich professionelle Aufnahmen.

Ja, das ist idiotisch. Aber sie sind so gelungen, und er kommt so herrlich großspurig rüber wie Isaiah Mustafa in der Old-Spice-Werbung, dass mir das ganz egal ist.

Er sieht fantastisch aus.

Sein Bizeps ist besser geformt, als die Mädels und ich es uns in Anbetracht des Anzughemds, das er in der Schule trägt, haben vorstellen können.

Mein Herz hämmert.

Igitt. *Hör sofort damit auf!*

Ich sollte mich wieder meiner Schreiberei widmen. Die Hitze, die mir den Hals hochkriecht, in mein Manuskript umleiten.

Aber ich kann mich nicht konzentrieren. Kann nicht wegschauen.

Und natürlich kann ich das auch nicht für mich behalten.

Ich schieße vom Stuhl hoch und trippele zu Quinns Klassenzimmer, stecke den Kopf zur Tür hinein und verharre auf der Schwelle.

»Valeries Klassenzimmer. Jetzt.«

Als wir dort hineinstapfen, ziehen wir ruckartig Vals Aufmerksamkeit auf uns, und während ich die Neuigkeit verbreite, wird aus dem schiefen, unordentlichen Gekritzel, mit dem sie gerade eine Aufgabe an die Tafel malt, eine Zeile, die ganz der Form eines erschlafften Glieds folgt.

»Dein Ernst? Der Vertretungslehrer?« Quinn setzt sich auf einen Schülertisch und stützt mit weit aufgerissenen Augen die Ellbogen auf die Knie.

Wir drängeln uns um sie herum, und ich erwecke mein Smartphone zum Leben.

Nick, 35

Kollektives Aufkeuchen.

»Aber ich dachte, er hat eine Freundin …«

»Pssst!« Ich renne zur Tür und schaue hinaus auf den Korridor.

Gar nicht verdächtig.

Ich schließe die Tür und presse den Rücken daran, als fände gerade eine Amoklaufübung statt und ich wolle unser aller Leben retten.

»Ist vielleicht alt.« Val geht langsam zur Vorderseite ihres Schreibtischs, und ihr Blick wird ein wenig glasig, während sie nach logischen Erklärungen sucht. Scheint beinahe, als wäre das zu viel für ihren unschönen Dingen gegenüber so segensreich ignorant agierenden Geist.

»Vielleicht«, bemühe ich mich, ihr ihren Willen zu lassen, kann aber nicht verhindern, dass eine meiner Brauen sich nach oben wölbt.

»Es wäre immerhin möglich«, blafft sie mich an, und ich schaue mich zu Quinn um, die sich bisher der Stimme enthalten hat.

»Natürlich. Möglich ist alles … aber, ernsthaft, Leute. Glaubt ihr das wirklich?«

Beide haben so verzweifelte Mienen aufgesetzt, dass ich mich schon schlecht fühle. Aber nur ein bisschen.

Die Panik? Aufregung? Angst, die die Entdeckung dieser Bilder ausgelöst hat, verschwindet und macht Raum für ein ganz anderes Brennen unterhalb meiner Brust.

»Könnt ihr nicht einfach zugeben, dass ich recht habe, Leute?« Ich mache mir nicht die Mühe, die Schärfe aus meiner Stimme fernzuhalten. Ich will einfach eine Antwort hören – eine Bestätigung –, die ich nicht erhalte.

Quinn wendet sich ab, und ich reiße die Hände in die Luft.

»Unfassbar«, murre ich.

Und stürme hinaus.

Als ich wieder in meinem Klassenraum bin, lasse ich mich auf den Schreibtischstuhl fallen und bleibe einfach nur sitzen. Drehe mich hin und her. Starre sein Profil an.

Ich bin für alles zu haben, sagt er.

Ja, darauf wette ich.

Verliebt in seine Freundin, am Arsch.

Ich wische nach rechts.

Keine Sekunde später brummt mein Telefon, und in meine Blutbahnen kehrt arktischer Winter ein. Umso mehr, da ich sicher bin, dass er mich erkannt haben muss.

Aber als ich ein Auge aufklappe, um die Nachricht zu lesen, stelle ich fest, dass Anthony, 36, mir eine Antwort geschickt hat.

Er: Du hattest *mich* schon bei: Du bist heiß.

Ich fummle an meinem Telefon herum und kichere wie eine Vollidiotin, während ich mit Billie den abendlichen Spaziergang um den Wohnkomplex mache. Außerdem macht es mir Spaß, die Art Frau zu sein, die im Gehen textet. Normalerweise will ich diese Art Frau mit meinem Camry übermangeln, aber nun sehe ich die Dinge in einem anderen Licht.

Entwicklung!

Anthony, 36, und ich haben während des größten Teils des Nachmittags Nachrichten ausgetauscht, und am Abend hat er wieder damit angefangen. Wir unterhalten uns über alles Mögliche, angefangen damit, welcher Kinoflop am schlimmsten gefloppt ist, bis hin zu der Frage, welcher Präsidentschaftskandidat uns, sollte er gewählt werden, in das nächste Flugzeug nach Timbuktu treiben würde. Hat Spaß gemacht.

Nicht dass ich das Quinn gegenüber zugeben würde, als sie mich über ihn ausfragt, und nicht dass das irgendetwas zu bedeuten hätte.

Inzwischen weiß ich, dass Anthony nie verheiratet war, kein Kinderheer gezeugt hat und dass seine längste Beziehung (die vor über einem Jahr zu Ende gegangen ist) knapp drei Jahre gedauert hat.

Klingt für mich alles ziemlich gut.

Vielleicht sollte ich gegenüber meinen Freundinnen und

ihrer Partnerwahl nicht ganz so hart sein. Vielleicht *bin* ich zu wählerisch gewesen.

Er: Und, was machst du gerade?
Ich: Mich in billigen Dessous rekeln, was sonst?

Ich pruste.

Und dann regen sich Beklemmungen, weil, na ja.
Meine Daumen zucken über das Display.

Ich: *runterguck* Halt, warte. Ne! Führe den Hund aus und trage Joggingsachen. #vertan
Er: Ich glaube, damit kann ich leben.

»Verflixt«, sage ich, und der kleine Junge, der auf seinem Roller vorbeiflitzt, guckt sich mit großen Augen zu mir um.

Ich winke ihm zu. »Du warst nicht gemeint, tut mir leid! Fahr ruhig weiter …«

Linkisches Gelächter.

Er: Hast du einen Kik-Account?

Ich stutze und mustere blinzelnd die Elefantenohrpflanzen, die die Gebäude säumen wie eine Reihe tief purpurner Pompons.

Ich: Nein, und bei Snapchat auch nicht.
Er: Haha, warum nicht?

Ich komme außer Puste, als ich Billie den letzten Hang hinaufzerre.

Ich: Weil ich nicht mehr in der Highschool bin? Hör mal, es tut mir leid, falls ich dir mit dem Dessous-Scherz einen falschen Eindruck vermittelt habe, aber ich werde nicht mit dir sexten oder wie immer man das heute nennt.

Mein Herz schlägt schneller.

Schätze, das war's.

Ich halte die Luft an.

Er: Nein, nein, ich dachte nur, es wäre nett, wenn wir uns außerhalb von Spark unterhalten könnten. Nervt ein bisschen, sich jedes Mal in die App einzuloggen, findest du nicht?

Tatsächlich, ich bin zu voreingenommen.

Ich fletsche die Zähne vor meinem Display – und vor der Erkenntnis, dass meine Freundinnen recht behalten haben.

Ich: Ooooooh. Kapiert. Na ja, wir können uns ja einfach schreiben.

Er: Das ist das, worum es bei Kik in erster Linie geht. Um eine Möglichkeit, Nachrichten auszutauschen, ohne die eigene Telefonnummer preiszugeben.

Ich lache.

Ich: Was denn, gehörst du zur CIA?

Er: Sagen wir mal, es gibt eine Menge Verrückte da draußen.

Ich: Richtig. Heißt das dann, du hast dir bei diesen Online-Geschichten schon mal die Finger verbrannt? Dann verstehe ich, was du meinst. Ich habe aber keinen »Schiss«. Ich wage zu behaupten, dass wir sogar – OH – am Telefon miteinan-

der reden könnten. Meine Finger werden sowieso langsam müde. #meinerstesmal
Hier.

Und dann schicke ich ihm meine Telefonnummer, ehe mein Verstand mit dem fremdartigen Kribbeln mithält, das sein Zynismus in mir hervorruft.

Ich kratze mich an der Brust.

Was zum Geier ist das? Hoffnung?

Aber er antwortet nicht. Ungefähr fünf Minuten nicht.

Billie und ich haben die Hügelkuppe erreicht, und sie keucht, und ich schwitze, nicht nur, weil ich außer Form bin, sondern auch wegen dieser einen Sekunde, in der ich mal nicht vorsichtig war. Ich sehe mir noch einmal an, *wie scheißlang* diese Nachricht war, und würge eine Portion Selbstverachtung hinunter.

Fünf Minuten sind natürlich kein Weltuntergang, aber beim Texten gibt es Regeln, wie ich nach meiner Scheidung gelernt habe. Wenn man hin und her schreibt, und der Kerl dann ganz plötzlich in Schweigen verfällt … und die letzte Nachricht von dir selbst stammt …

Bssss.

Ich falle mehr oder weniger über mein Telefon her.

Er: Okay, damit ich guten Gewissens mit dir texten oder telefonieren kann, muss ich dir erst sagen, dass ich sitze. Keine Sorge, ich bin kein Stalker oder irgendwie gefährlich. Aber ich werde dich nicht anlügen, damit du es später irgendwie herausfindest. Unser Austausch hat mir gefallen, und wenn du nun immer noch mit mir reden willst, erzähle ich dir alles darüber.

Ich blinzele.

Wer-was-wie-wo?

Meine kleine Freundin und ich haben inzwischen den Gehweg vor meiner Wohnung erreicht, und ich lasse mich auf den Bordstein sinken. Der Beton fühlt sich durch die dünne Yogahose kalt an, während ich die Nachricht erneut lese.

Als endlich die passenden Synapsen feuern, befördert mich eine Woge HEILIGER SCHEISSE wieder auf meine Sportschuhe.

Ich: Was sagst du da gerade? Du sitzt? Wie bist du … Was bist du …

Ich schicke die Nachricht ab, und in meinem Kopf dreht sich alles. Den Text mit meiner Telefonnummer kann ich nun nicht mehr löschen. Doofes Spark.

Doofe Rae. Doofe, doofe und bald tote Rae.

Meine Finger fühlen sich an wie elektrisiert vor Schreck. Und Verrat.

Ich: Wie kannst du Nachrichten senden, wenn du im Knast bist? Und die Filme gucken, über die wir geredet haben? Etc.

Warum beschäftige ich mich überhaupt mit dem Kerl? Aber ich kann nicht anders. Ich muss es wissen. Das ist etwas, womit ich nicht gerechnet habe, und meine Neugier übertrifft mein Urteilsvermögen. Eigentlich habe ich mein Urteilsvermögen den ganzen verdammten Scheißtag nicht gesehen.

Er: Knast hat sich verändert. Wir können Handys gegen exorbitante Summen hereinschmuggeln lassen. Wir müssen nur vorsichtig sein. Daher der Kik-Account.

Daher. Dem zeige ich, was *daher* kommt.

Und damit ändere ich seinen Status auf unerwünscht. Einfach so. Und Anthony, 36, ist wieder aus meinem Leben verschwunden. Er mag meine Telefonnummer haben, aber darüber kann ich mir jetzt nicht den Kopf zerbrechen.

Ich schleppe mein dummes, dummes Ich hinein, stürze mich auf den Laptop und schlage alles nach, was ich über Sparks allgemeine Geschäftsbedingungen und Privatsphäreeinstellungen finden kann – und tauche in einem Fass Wein ab.

Das werde ich nie wieder los.

Sarah hat mich genötigt, die Story zu erzählen, den ganzen Vormittag, den ganzen Nachmittag und jedem, den wir nicht kennen. Der Leselehrerin der fünften Klasse. Ihrer Mom via FaceTime.

»Wenigstens war er ehrlich … Das sind so viele Männer heutzutage nicht mehr«, sagt sie und kichert in ihre Mikrowellen-Käse-Makkaroni, als hätte sie auch nur den Hauch einer Ahnung, wie Männer heutzutage sind.

Ich erstarre mit der Gabel auf halbem Wege zum Mund. »Du hast recht. Er war am Ende ehrlich. Aber, nenn mich verrückt, ich warte lieber auf jemanden, der, na ja, nicht im Knast sitzt.«

Die Stammgäste der Cafeteria – die normalerweise keinen Ton von sich geben, sondern sich lediglich ins Gesicht stopfen, was immer sie am Ende der Schlange vor den warmen Speisen erwartet – tun keckernd ihr Mitgefühl kund. Ich bin ziemlich sicher, die glauben nicht einmal die Hälfte von dem, was sie mich erzählen hören, und ich bin auch ziemlich sicher, dass mich das nicht kümmert.

Als Valerie es endlich in die Cafeteria schafft, trägt sie ein Stirnrunzeln, das besagt, sie weiß, sie soll nicht darüber reden. Stattdessen reibt sie kurz meine Arme.

Schweigend sitzen wir da. Das Geräusch, als jemand irgendwo im Raum eine Banane isst, setzt mein Innenleben in Brand, und Valerie fängt meinen Blick auf.

Plötzlich bricht sie in Gelächter aus. Prustet. Erstickt beinahe an ihrem Eiersalat.

»Was?«, herrsche ich sie an. Nun hat mich das Gekicher allerdings auch erwischt. Nach der schlaflosen Nacht, die ich hinter mir habe, bin ich zu übermütig, um noch halbwegs normal zu funktionieren.

Theatralisch zuckt sie mit den Schultern. »Ich weiß nicht … Misophonie, vielleicht? Was meinst du, worüber ich lache.«

Ich schlage ihr auf den Unterarm. »Nicht das schon wieder. Du weißt doch, dass das kein Witz ist!«

»Miso-was?« Sarah legt die Stirn in Falten und schaut Val an.

»Geräuschempfindlichkeit«, erkläre ich. »Hass auf Geräusche.«

»Es hat doch nicht einmal jemand etwas gesagt.« Sarah schüttelt den Kopf und starrt wieder ihre glutenfreie Pasta an.

»Nicht wichtig. Rae-Rae wird zum Hulk, wenn sie jemanden kauen hört. Atmen. Such dir was aus.«

»Ist der altmodische Ausdruck dafür nicht ganz einfach Zickigkeit?« Heiterkeit zeigt sich in Sarahs sommersprossigen Zügen.

»Schlag's nach! Wissenschaft!«, protestiere ich, aber die beiden kriegen sich vor Lachen nicht mehr ein. »Ach, ihr seid einfach nicht zu gebrauchen.« Ich stehe auf und bringe mein Tablett weg.

»Vergiss nicht, wir müssen uns noch etwas für Quinns Junggesellinnenwochenende ausdenken«, sagt Valerie. »Willst du heute Abend zum Essen zu uns kommen?«

KAPITEL 9

Wie immer gehe ich direkt in die Küche von Valerie und Mike. Kein Klingeln und kein Klopfen vonnöten.

»Liebling, ich bin zu Hause«, rufe ich über den Spielzeug-Monsun hinweg, den sie ihr Wohnzimmer nennen, und schreite hinein, bepackt mit chinesischem Essen wie Weihnachtsmann und Putzfrau in einer Person.

Valerie jauchzt auf, und die Kinder sind außer sich vor Freude, dass die dumme alte Tante Rae da ist.

Klick.

Valerie schießt ein Foto, und ich weiß, sie wird es auf Instagram laden, ehe ich auch nur Hallo sagen kann. Als Nächstes reißt sie mir die Essenstüten aus den Händen.

Die Zwillinge Amanda und Mae hängen sich an meine Oberschenkel. »Tante Rae! Komm, spiel mit uns!«, betteln sie unisono, so, wie sie viele Dinge tun.

Aber es ist nicht wie in *The Shining*. Stattdessen vermittelt es mir ein flaumig-warmes Gefühl, und ich lege die Arme um sie, hebe sie hoch und überschütte sie mit längst überfälligen Küssen.

»Entweder bin ich schlechter in Form, als ich dachte, oder ihr zwei werdet langsam zu groß, um euch auf den Arm zu nehmen.«

»Neeeiiin.« Kichernd schlägt Amanda die pummelige Hand

vor den Mund. »Wir sind erst drei.« Altklug reckt sie drei Finger hoch.

»Wenn du das sagst.« Ich zucke mit den Schultern. Strahlend und kreischend drücken sich die beiden herzerweichend an mich, während ich sie kitzele, bis sie nicht mehr können.

»Bleibst du über Nacht?«, fragt Jakey, der am Fuß der Treppe steht, ohne den Ringfinger aus dem Mund zu nehmen.

Die Zwillinge zerren mich zu ihrem Zimmer, um mir ihre Anna-und-Elsa-Puppen zu zeigen, und ich streiche unterwegs Jakey über das blonde, statisch aufgeladene Haar.

»Heute nicht«, sage ich zu ihm. »Beim nächsten Mal bringe ich Billie mit, und das planen wir dann im Voraus, okay?«

In seinem Spider-Man-Pyjama hüpft er auf und nieder und folgt uns die Treppe hinauf, als wären wir eine Kinderkarawane.

Im Vorbeigehen werfe ich einen Blick in das Zimmer des Babys. Blaue Wände, über die sich eine Papierbordüre mit Feuerwehrautos zieht. Leeres Holzbettchen, das im sanften Lichtschein der Deckenlampe schimmert. Schaukelstuhl samt Teddybär in einer Ecke.

So ein großes, schönes Heim. So voller Kinder und Chaos. Und dann stille Momente wie dieser, in denen an jedem Arm ein Kind hängt, um dich zu wärmen und zu lieben.

»Wo ist Frankie?«, frage ich.

»Dad hat ihn im Büro«, sagt Jakey, der inzwischen mit der freien Hand meine umfasst hat.

Ich erschrecke, als ich in das dunkle Büro schaue und Mike wie Schroeder von den Peanuts vorgebeugt vor seinem Computer sitzen sehe, zusammengesunken wie Quasimodo. Frankie sitzt in so einer Babyschaukel und gluckst und prustet vergnügt vor sich hin. Zappelt im Rhythmus des Neunziger-Rocks, der aus Mikes Lautsprechern dröhnt.

»He, du«, sage ich, woraufhin Mike das aktive Fenster auf dem Monitor minimiert und sich ruckartig zu mir umdreht.

»Oh, hi, Rae.« Er streckt sich übertrieben, als wäre er sechsundneunzig oder siebenundneunzig oder eine uralte Schildkröte von den Galapagosinseln, und schon ruht sein Blick wieder auf dem Monitor, und er ist erneut ganz in seine Arbeit versunken.

Es gelingt mir kaum, Baby Frankie einen Kuss auf die Babyspeckwangen zu drücken, ehe seine Geschwister mich weiter zur Höhle der Zwillinge schleifen. Und wie lustig es auch ist, wie sehr wir auch lachen, Mike lässt sich zu keinem Lächeln hinreißen und hat nicht einmal einen zweiten Blick für einen von uns übrig.

Meine Kiefermuskulatur spannt sich, aber dann klatsche ich mir lieber selbst ein Lächeln ins Gesicht, denn außer mir scheint das niemand auch nur zu merken oder sich gar daran zu stören. Vielleicht ist Valerie das Material zum Draufscheißen ausgegangen, oder ihr fällt gar nichts auf, weil sie dafür keine Zeit hat, bei all dem, was sie tut, um ihre Familie über Wasser zu halten. Aber vielleicht ist sie auch nur zu erschöpft, weil sie so viel Energie investiert, um die Vollkommenheit ihrer Familie im Foto festzuhalten und auf Facebook zu posten. Ich weiß es nicht.

Wir schaffen drei Seiten aus dem Buch *Coco – der neugierige Affe*, das Mae mir beim Betreten des Zimmers in die Hand gedrückt hat, bevor Valerie an der Tür erscheint, ein verhaltenes Grinsen in das porzellanartige Gesicht gemalt. »Abendessen ist serviert.«

Die Kinder stöhnen, als hätten sie es tausendmal geprobt, und wir brechen in Gelächter aus.

»Sorry, Leute. Klopf, klopf«, sagt sie dann von der Tür aus zu Mike.

»Bin gleich unten«, antwortet der und kehrt uns immer noch den krummen Rücken zu.

»Soll ich Frankie mitnehmen?« Sie zieht eine Grimasse vor dem zehn Monate alten Jungen, und er prustet los.

»Ne, ich bringe ihn mit.«

Sie wirft die Hände in die Luft, reißt die Augen weit auf und starrt mich an, wie um zu sagen: *Ich weiß auch nicht, welcher Furz dem wieder quersitzt*, ehe sie mir kopfschüttelnd einen Arm über die Schultern legt und wir die Stufen hinabsteigen.

»Was schulde ich dir für dieses Festmahl, meine Liebe?«

Ich wedele abwehrend mit der Hand. »Mach dir darüber keinen Kopf. Ich bin sicher, ich schulde dir Tausende von all den Abendessen, die ich über die Jahre von euch geschnorrt habe.«

Echt wahr.

Sie drückt mich kurz, und wir teilen uns auf. Jede von uns hebt einen Zwilling auf seinen Kindersitz. Anschließend hole ich Jakeys Schnabeltasse mit, wie ich vermute, Milch vom Küchentisch.

Wie erwartet ist der Tisch perfekt eingedeckt. Die Teller gehören zum Alltagsporzellan, das sie zur Hochzeit bekommen haben, und sie passen sogar zusammen. Und die Erwachsenengerichte warten bereits an unseren jeweiligen Plätzen auf uns; jede Packung mit Bratreis wurde sorgfältig auf einer Diagonale platziert, zusammen mit einem Glückskeks und Essstäbchen, die durch die dünnen Drahtgriffe geschoben worden sind.

»Hübsche Note, Martha Stewart.« Ich ziehe eine Braue hoch, und sie schnaubt.

»Martha Stewart hätte die Kinder nicht mit Resten abgespeist, trotzdem danke. Ich gebe mir Mühe.«

Klick.

Noch ein Kleinod für Instagram, ehe wir loslegen und ihr Arrangement zerstören.

Mike kommt runter, als ich schon die Hälfte meines Schweinefleisch-Moo-Shus vertilgt habe. Die Kinder sind längst fertig mit ihren Chicken Fingers, und ihre leuchtenden Augen kleben an ihren Tablets.

»Das Essen ist jetzt wahrscheinlich kalt«, bemerkt Val und wischt sich die Hände an der Serviette ab.

Ohne sie anzusehen, zuckt er mit den Schultern und packt Frankie in seinen Hochstuhl.

Ich versuche, unser Gespräch über Quinn und die Schule fortzusetzen, komme mir aber in Mikes Gegenwart albern vor. Der ganze Spaß ist davongeweht, als er den Raum betreten hat, und ich frage mich, wie das kommt und ob es an mir liegt. Kann er mich nicht leiden? Oder ist er immer so? Also beschließe ich, stattdessen ihm ein paar Fragen zu stellen. Vorwiegend über seine Familie und seine Arbeit.

Und er antwortet. Er stellt sogar dann und wann Blickkontakt her, während er scharfe Senfsoße über sein Rindfleisch und die Brokkoliröschen schüttet. Ich schätze, der Handel mit Computersystemen ist echt sein Ding.

Und dann erwischt er mich unvorbereitet.

»Was meinst du, triffst du dich noch mal mit Ty? Er scheint dich zu mögen.« Er blickt auf, sieht mir in die Augen und steckt sich eine halbe Frühlingsrolle in den Mund.

Mein eigener Mund ist derweil plötzlich sehr trocken, denn ich hatte allen Ernstes vergessen, dass Mike auch irgendwie in dieses Arrangement verwickelt ist.

»Äh …« Der Laut klingt ziemlich kehlig.

»Er hat ihr …« Valerie sieht die Kinder an und überlegt es sich anscheinend anders, jedenfalls beendet sie den Satz nicht, sondern schüttelt den Kopf und sammelt sich. »Wir versuchen uns an einem neuen Experiment«, fängt sie noch einmal an, wirft mir einen Blick zu und haut mich raus.

Gott segne sie.

Mike verdreht die Augen. »So? Und das wäre?«

Jetzt plaudert Val aus dem Nähkästchen und erzählt ihm von Spark, und bei jedem neuen Detail, das sie enthüllt, schrumpfe ich ein Stückchen mehr, bis ich so klein bin, dass ich um den Tisch rennen und mich hinter meinem Glückskeks verstecken könnte.

Zumindest wäre mir das ganz recht.

»Tante Rae heiratet?« Jakey, der immer noch an seinem Finger lutscht, muss mit halbem Ohr zugehört haben.

»Haha, nein«, widerspreche ich und schaufle mir etwas Reis in den Mund.

»Willst du überhaupt irgendwann heiraten?«, fragt er, und es klingt wie der Singsang, den die Kinder in meiner Klasse so gern veranstalten.

Ich verschlucke mich an einem Stück Schweinefleisch.

Ehe ich antworten kann, kommt Mike mir zuvor. »Sie *war* verheiratet, Kumpel.«

»Du warst verheiratet?« Der verwirrte, kleine Fünfjährige reißt sich von seinem Tablet los und fixiert mich aus seinen großen, leuchtenden blauen Augen.

Ich sitze, ich weiß nicht wie lange, mit offenem Mund da, höre immer noch Mikes *war verheiratet* und analysiere krampfhaft die Intonation von *war*. Diese übertriebene Betonung, mit der er das Wort ausgesprochen hat.

Was hat das nun wieder zu bedeuten?

»Sie war, Kumpel, genau. Spiel weiter.« Vals Ton klingt scharf, als sie mir erneut zu Hilfe eilt. Mit einem perfekten Fingernagel tippt sie auf Jakeys Tablet und zieht die Mundwinkel runter.

Einen Augenblick später: »Ich halte es nicht für angemessen, diese Konversation mit einem Fünfjährigen zu führen, du etwa?«, fragt sie Mike und schickt ein *Tsts* hinterher.

Den Rest des Essens verspeisen wir in relativer Stille, bis ich anfange, den Zwillingen ein paar alberne Fragen über ihr Leben zu stellen, beispielsweise, was sie im Hauptfach am College studieren wollen, wie viele Kinder sie einmal haben wollen, wie viel sie ihrer Meinung nach zu ihrem Rentenplan beisteuern werden und so weiter, was beide mit übermütigem Gelächter begleiten. Ein Gelächter, das die sonst eher zugige Küche erwärmt.

Ich werde nicht aufhören, zu quasseln.

Aber schließlich tue ich das nur, um das Thema zu wechseln und mich und meine gescheiterte Ehe so schnell wie möglich aus dem Zentrum der Aufmerksamkeit zu entfernen. Um wenigstens einen Versuch zu unternehmen, an etwas anderes zu denken als an die Spannung, die ich wahrnehme. Die Kälte, die ich wahrnehme.

»Was sagen eure Glückskekse?«, frage ich und breche meinen auf.

»›Das größte Risiko besteht darin, keines einzugehen‹«, liest Val vor. »Und bei dir?«

»›Wenn der Winter kommt, kann der Frühling dann noch weit sein?‹«

»Oh, das gefällt mir.« Sie strahlt mich an. »Den Spruch musst du dir merken.«

»Eine Weissagung ist das nicht gerade«, wirft Mike ein.

»Da hat er recht. Das gilt für beide. Wie steht es bei dir, Mikey-Boy? Was hält das Universum für dich bereit?« Ich stütze die Ellbogen auf dem Tisch auf. Sarkastischer Überschwang trieft von meinen Fingerspitzen.

»›Dein Schicksal ist süßer als ein Keks.‹« Er schnaubt verächtlich. »Äh, ja. Das ist Scheiße.«

Val schlägt ihm auf den Unterarm.

»Ach, die Kinder hören doch gar nicht zu.«

Wie der Vater, so die Kinder. Lächelnd fange ich an, die Teller abzuräumen.

Ich habe angeboten, Valerie zu helfen, die Kinder ins Bett zu bringen, aber das wollte sie allein machen.

»Bleib einfach hier unten und entspann dich«, sagt sie mit einem Lächeln und reicht mir ein riesiges Glas Malbec, ganz die wunderbare Freundin, die sie ist.

Und so sitze ich mit angezogenen Beinen auf ihrem Ledersofa und gebe zwei Bildern, die hochzuladen Valerie irgendwann, als ich nicht hingesehen habe, die Zeit gefunden hat, ein »Gefällt mir«. Und nippe an dem wunderbaren Wein. Mike spült ab, und die Geräusche, das Klimpern der Teller und Tassen, das Klappern von Plastik auf Plastik, erfüllt die Luft zwischen uns.

Dabei laufen all diese Fragen wie der Computercode in *Matrix* vor meinen Augen entlang, und unser Tischgespräch krallt sich in meine Eingeweide.

Was hat Mike im Schilde geführt, als er Jakey erzählt hat, dass ich verheiratet *war*? Wollte er über mich urteilen? Oder hat er einfach nur seinem Kind eine Frage aufrichtig beantwortet?

Habe ich mich defensiv verhalten?

Und weiter: Hat Valerie sich eingemischt, um mir zu helfen … oder wollte sie auch über mich urteilen?

Ich halte es nicht für angemessen, diese Konversation mit einem Fünfjährigen zu führen.

Was hatte das zu bedeuten?

Als ich es nicht länger aushalte, stehe ich auf und gehe zu Mike in die Küche. »Kann ich dir helfen?«

»Ne, schon okay«, lautet seine Antwort.

»Sicher?«

Er sagt nichts. Aber so ist er eigentlich immer, also versuche ich, nichts hineinzulesen. Lehne mich einfach mit dem Rücken an eine Arbeitsfläche, stemme einen mit Kniestrumpf bekleideten Fuß an eine Schranktür – und nehme noch einen Schluck von meinem Wein.

»Hör mal, das wegen Ty tut mir leid. Ich weiß nicht, ob ihr euch nahesteht oder so. Er war schon nett, es ist nur …«

Er schüttelt den Kopf und verzieht das Gesicht, aber seine Konzentration gilt immer noch der Captain-America-Tasse in seiner Hand. »Ich habe Val gesagt, dass das keine gute Idee ist. Ty passt nicht zu dir, glaube ich.«

Ich drehe den Kopf zu ihm. »Nicht?«

»Nein. Aber ich denke auch, du könntest es erheblich schlechter treffen.« Abrupt sieht er mich an. »Seien wir mal ehrlich, ich weiß nicht, was du brauchst. Aber das konnte ich mir einfach nicht vorstellen. Also mach dir keine Gedanken. Ich bin nicht sauer, wenn du dich nicht mehr mit ihm treffen willst. Okay?«

»Okay«, entgegne ich und blinzle, verwirrt ob dieses Redeschwalls.

»Er will sesshaft werden, eine Familie gründen. Du nicht«, erklärt er achselzuckend.

Ich lausche dem Rauschen des Wasserhahns, während ich versuche, seine Worte zu verarbeiten.

Was bildet der Kerl sich ein, über mich zu wissen? Charakterisiert mich mit einem Achselzucken.

Und dann: »Ich nicht?«

»Ach, weiß ich nicht.« Er zieht ein Gesicht, als täten ihm seine Worte nun leid. »Kommt mir so vor. Irgendwie hattest du das ja schon, und es hat dir nicht gefallen. Und jetzt scheinst du nie mehrere Male mit demselben Mann auszugehen. Frag mich nicht nach Datingtipps. Ich weiß gar nicht, wovon ich spreche.«

Ich umklammere das Weinglas, als würde es sich um Mikes Hals handeln, und bete im Stillen, dass es mir nicht in den Händen zerbricht. »Hat Val so etwas über mich gesagt?«

»Hat Val *was* über dich gesagt?«, fragt Val, die gerade hereinkommt und sich träge mit der Hand über die Stirn wischt.

Er lacht. »Nichts. Wir unterhalten uns nur.« Und dann trocknet er sich die Hände an einem mit herbstlichen Szenen bedruckten Handtuch ab und verschwindet wieder die Treppe hinauf.

Während der nächsten Stunde brüten Val und ich über den Einzelheiten zu Quinns Junggesellinnenwochenende. Dabei läuft mein Austausch mit Mike in einer Endlosschleife in meinem Gehirn ab.

Aber ich kann nicht mit ihr darüber reden, denn er ist ihr Mann. Es gehört sich nicht, etwas über jemandes Ehemann zu sagen. Im Grunde darf man nicht einmal etwas über jemandes Freund sagen, wenn man nicht seinerseits die Freundschaft dieses Jemands verlieren will. So läuft das eben.

So sehr ich auch hoffe, dass sie Partei für mich ergreifen oder mich zumindest bemitleiden oder ihm sagen würde, dass es echt scheiße ist, so etwas zu sagen, und er mich kaum kennt, ist das immer so eine Sache, wenn es um die bessere Hälfte der Leute geht, weil ... na ja ... Es besteht eben immer die Gefahr, dass sie doch nicht deine Partei ergreifen. Und dann sind Jahre der Freundschaft zum Teufel.

Und ich glaube nicht, dass ich es verkraften würde, müsste ich feststellen, dass sie in dieser Sache nicht im *Team Rae* spielt. Nicht heute Abend. Also halte ich in diesem Punkt den Mund und plane weiter das Wochenende.

»Ein *Magic-Mike*-Erlebnis?«, wiederholt sie mit funkelnden Augen und spuckt dabei beinahe ihren Wein wieder aus.

»Nur, um das klarzustellen, wir sprechen nicht von deinem Mike«, sage ich und deute mit meinem Glas nach oben.

»Warum eigentlich nicht?« Sie setzt eine vorgeblich verletzte Miene auf, ihre Rehaugen blinzeln gespielt verblüfft, und die Fingerspitzen ihrer freien Hand liegen über dem Herzen. »Ich genieße natürlich täglich ein *Magic-Mike*-Erlebnis!«

Wir lachen uns kaputt, bis ich sage: »Konzentration, bitte. Wir haben jetzt keine Zeit, die Segnungen des Ehestands zu diskutieren; hier geht es um die gottverfluchte Hochzeit.« Den Rest des Abends kichere ich mich von einer Idee zur anderen, während Valerie lediglich errötet –, aber nie auch nur ein schiefes Grinsen unterdrückt.

Mit meinem Handy und, dieses Mal, einem Shiraz rolle ich mich auf dem Sofa zusammen und schiebe die Finger in Billies Fell. Streicheleinheiten und süß-fruchtige Schlückchen helfen, den Schmerz zu dämpfen, den ich empfinde, seit ich in Valeries Küche war.

Vielleicht hat Mike recht. Vielleicht hat auch Valerie recht. Vielleicht sind sie jetzt beide in ihrer Küche und reden darüber, wie wählerisch ich bin, und darüber, was ich mir entgehen lasse, nur weil ich jeden Abend einen neuen Kerl mit nach Hause nehme. Weil ich das nämlich tue. Weil ich exakt das tue.

Nicht wahr?

Ehe ich's mich versehe, ist das Glas leer, und ich aktiviere mein Gerät. Kontrolliere meine Zähne mit der Kamerafunktion und stelle fest, dass sie in einem wunderschönen Purpurton glänzen.

Und dann wische ich.

Ich wische und wische, wische rechts bei jeder Menge Typen, die ich normalerweise abgelehnt hätte, weil all die anderen Leute vielleicht recht haben, was mich betrifft.

Aber ich will nicht, dass sie recht haben. Ich bekomme mein Haus, die Ehe, die Babys. Ich will das alles nur nicht mit der falschen Person erleben.

Ich wollte, dass Daniel der Richtige war. Aber das war er nicht.

Und das war traurig, und es war schwer, loszulassen – auszugehen mit Leuten, die ihm nie das Wasser reichen konnten. Ja, das tut weh.

Aber zwei (oder eintausendzweiundzwanzig, quasi) Fehler heben sich nicht gegenseitig auf.

Ich muss aufhören, mir den Kopf darüber zu zerbrechen, was Mike denkt. Er kennt mich nicht; er kennt nicht einmal seine eigene Frau.

Wisch, wisch, wisch, wisch. Heißhungrig auf das nächste Opfer wie eine blutrünstige Todesfee.

Wisch, wisch, wisch, wisch.

Bekunde Übereinstimmung mit etwa jedem zweiten, aber wer hat schon Zeit, eine Nachricht zu senden.

Und dann sagt Spark:

Keine weiteren Übereinstimmungen möglich.

#traurigguck

Ich wische mir den Schweiß von der Stirn.

»Tja, ich schätze, das ist gar nicht übel für einen Abend Arbeit«, sage ich zu Billie, doch die dreht sich nur schnaufend um und streckt mir ihren Arsch ins Gesicht.

Und ich kann ihr nur zustimmen.

KAPITEL 10

Ich stürze ins Sekretariat, um in mein Postfach zu sehen – nichts – und bleibe wie angewurzelt stehen, als mir Idas Blick auffällt.

»Also, was höre ich da über ein Date heute Abend?«, fragt sie gedehnt von ihrem Platz aus hinter dem Empfangstisch. Schmetterlingsbrille und Möpse zeigen geradewegs auf mich.

»Herrjemine, sprich doch leiser. Ich werde Quinn und Valerie umbringen«, flüstere ich und werfe rasch einen Blick in die Lobby, um nachzusehen, ob noch andere achtbare Menschen zugegen sind, die mich irgendwie mit dieser Information erpressen könnten.

»Wie heißt er?« Das Trällern in ihrer Stimme erfüllt die Luft ohne Rücksicht auf meine Bitte um Diskretion.

»Andrew. Er ist Zahnarzt. Vierzig. Und er war mal fett.«

Sie erstickt beinahe an ihrem Kaffee. »Das steht in seinem Profil?«

»Haha, nein. Aber ich betrachte das als gutes Zeichen. Weil, sieh es dir an.« Ich fische mein Handy aus der Tasche und zeige ihr die Screenshots, die ich von meinem ersten Spark-Date angefertigt habe.

»Holla!«, entfährt es ihr.

»Genau!« Ich nehme mir eine Sekunde Zeit, um sein markantes Kinn zu bewundern. Den Dreitagebart, mit dem es sich schmückt. Die Art, wie er ein Under-Armour-Poloshirt ausfüllt.

Dann – *ähm* – bin ich wieder da.

»Normalerweise würde ich mich von so einem hübschen Kerl fernhalten, umso mehr, weil wir gar nicht so viele Nachrichten ausgetauscht haben. Aber er, na ja, er wollte mich eben treffen.«

»Und woher weißt du dann, dass er mal fett war?«

»Facebook«, sage ich und zwinkere ihr zu. »Aber ich glaube, die Tatsache, dass er mal fett war, bedeutet ... dass er vielleicht nicht so von sich überzeugt ist, dass ihn außer seinem Aussehen nichts mehr interessiert. Vielleicht ist er ein bisschen demütiger, weil er weiß, wie es ist, nicht ganz so perfekt zu sein. Keine Ahnung.« Ich blättere erneut in den Bildern.

Jupp, verdammt, das hoffe ich doch.

»Es könnte auch bedeuten, dass er jetzt umso mehr von sich überzeugt ist, gerade wegen seiner *aktuellen* Perfektion«, ertönt ein basslastiges, männliches Rumpeln aus den Tiefen des Postraums.

Diese aufschneiderische Stimme erkenne ich auf Anhieb – und erstarre. »Wie lange sind Sie da schon?«

»Lassen Sie mich den Burschen mal sehen«, antwortet Nick und nimmt mir eigenmächtig das Telefon aus der Hand. Er gibt ein paar Grunzlaute von sich, die etwa klingen wie *Mhm, vielleicht*, und als ich versuche, ihm das Handy wieder zu entreißen, hält er es hoch und außerhalb meiner Reichweite, und ich bekomme vor Panik Schweißausbrüche.

»Aber, aber, Kinder«, sagt Ida kichernd, und wir nehmen Haltung an.

Nick wirft mir das Telefon zu. Trotz meiner recht ungeschickten Reaktion fange ich es tatsächlich auf.

Er hebt die Hände. »Whoa, mir war nicht bewusst, dass Sie so sportlich sind. Gut gefangen, *Rae* Lewis.«

»Ja, Sie können von Glück reden, dass ich es gefangen habe, sonst hätten Sie mir ein neues kaufen dürfen, Nick ... Jonas«, informiere ich seine Kehrseite, als das frische, blaue Hemd bereits davonstolziert.

Ida legt die Hand an die Stirn und kriegt sich vor Lachen nicht mehr ein. Ihr lautes Gelächter hallt bis zu den Dachsparren hinauf.

»He, war Ray Lewis nicht ein Mörder?«, fauche ich.

»Die Anschuldigungen wurden fallen gelassen«, ruft Nick über die Schulter.

Kaum ist er zur Doppeltür hinausgegangen, erzähle ich Ida, dass ich ihn auf Spark gesehen habe.

»Holla«, sagt sie nur erneut. Mehr ist auch nicht nötig.

»Ich weiß. Das ist so demütigend. Er hat mich also gesehen und nach links gewischt, weil es zwischen uns nämlich keine Übereinstimmung gegeben hat, und ich dachte, er hätte eine Freundin, und, lieber Himmel, kannst du ihn nicht einfach feuern?«

»Tut mir leid, Schatz, das ist oberhalb meiner Gehaltsstufe. Außerdem ist er ein wirklich netter Anblick. Du wirst dich damit abfinden müssen.«

In dem Moment fängt das Telefon zu klingeln an, und Ida streckt eine Hand voller Nagelkunst aus, um dranzugehen.

»Viel Spaß heute Abend mit dem ehemals fetten Andrew«, sagt sie noch und zwinkert mir zu.

Meine Hände zittern, als ich das Schnapsglas umfasse. Ich bin fünfzehn Minuten früher zum Treffpunkt gekommen, damit ich Spannung abbauen kann, ehe der ehemals fette Andrew eintrifft.

Ich schwinge die nackten Beine vom Barhocker und blättere in meinen Telefonkontakten, bis ich die Gruppe mit Quinn und Val gefunden habe.

Ich: Erinnert mich daran, so etwas nie wieder zu tun, ohne vorher mit dem Kerl gesprochen zu haben.

Ein paar Sekunden später.

Quinn: Du schaffst das! Außerdem hast du nicht genug Zeit für Brieffreundschaften. Die Hochzeit ist in vier Wochen!

»Erinnere mich nicht daran«, sage ich zu der Barfrau. Oder dem Barmädchen.

»Bitte?«, fragt sie, und das Diamantpiercing in ihrer Nase funkelt unter den Lichtleisten.

Ich bedenke sie mit einem Lächeln. Die Magie des Fireball-Whiskys zeigt bereits Wirkung. »Nichts, ich bin nur kurz davor, mich zu verramschen.«

Ich erkenne den ehemals fetten Andrew, Dr. med. dent., auf Anhieb, als er um genau acht Uhr hereinstolziert. Er trägt ein graues Sportjackett, dunkle Jeans und Männerstiefel. Eigentlich sieht er eher nach einem Holzfäller als nach einem Zahnarzt aus.

Aber ich beklage mich nicht.

»Sehr pünktlich«, eröffne ich das Gespräch, gleite vom Barhocker und schiebe meine Hand in seine. »Sollen wir jetzt die peinliche Erstes-Treffen-Umarmung hinter uns bringen?«

Blaue Augen funkeln mich an, als er meine Hand ergreift und mein Kleid bewundert.

»Auf jeden Fall«, antwortet er mit einem breiten Grinsen und schlingt den anderen Arm um mich.

Hach, ich rieche seine Männerseife, und sie macht mich ganz schwindelig, als sie mir in die Nase steigt.

»Du musst Rae sein.«

»Ihr Tisch ist bereit«, sagt die Kellnerin mit einem süffisanten Grinsen, das ich ihr am liebsten aus dem zwanzigjährigen Gesicht prügeln würde, aber was soll's. Ich habe ein Date mit diesem Prachtexemplar, und sie muss arbeiten. Eins zu null für Rae.

Während wir auf die Vorspeisen warten, trinkt er ein Bud Light vom Fass.

Verstehe. Er war mal fett. Er ist schweigsam und zappelig, und ich danke dem Jesuskind, dass ich die brillante Idee hatte, die ganze Sache mit einer frühen Dosis Alkohol zu beginnen, denn das hilft mir, nicht zu zappeln. Und nicht wie er jedem Blickkontakt auszuweichen.

Aber seine Nervosität ist süß.

»Also, auf einer Skala von eins bis zehn, wie sehr ist es ein K.-o.-Kriterium, wenn ich nicht so oft Zahnseide benutze, wie ich sollte?«

Er gibt ein mächtiges *Ha* von sich – ein Shaquille O'Neal von einem *Ha*, um genau zu sein – und lehnt sich auf seinem Stuhl zurück, einen Fuß auf den Baumstamm von einem Knie gelegt. Seine offene Jacke enthüllt Schweißflecken unter den Armen, als er einen weiteren Schluck Bier trinkt.

Bonfortionös. Vermutlich ist es unangebracht, dass ich es so genieße, wenn Männer meinetwegen ins Schwitzen geraten, aber so bin ich nun einmal.

Ich senke die Stimme ein wenig. »Ist die Frage zu abgedroschen?«

»Nein. Du bist witzig.« Er erwidert mein Lächeln. »Und es kommt darauf an. Über welche Zeiträume reden wir hier? Alle zehn Jahre?«

Ich fahre mir mit der Zungenspitze über die Schneidezähne und ziehe eine Grimasse. »Nicht *so* lange.«

»Gut!«

Während der nächsten eineinhalb Stunden haken wir die Grundlagen ab. Er hat kürzlich die Praxis seines Vaters aufgekauft, geboren und aufgewachsen in Florida, blablabla. Ich beginne ein geistreiches Wortgeplänkel, und er ist empfänglich dafür, wirft mir aber nicht allzu viele Bissen hin, bis unsere Vorspeisen eintreffen.

Und dann kommen wir zu früheren Beziehungen – in erster Linie die jeweils letzte und was bisher geschah. Als er an der Reihe ist, verändert sich sein bis dahin nettes, etwas einfältiges, aber charmantes Verhalten.

Er starrt mit glasigen Augen, in denen sich die Flamme der Kerze in der Mitte des Tischs spiegelt, ins Nichts, während er spricht. »Sie war ... jünger als ich.«

»Wie viel jünger?«, frage ich. #neugierwillbefriedigtsein

»Fünfundzwanzig.«

»Dann muss ich ja ein gewaltiger Rückschritt sein«, pruste ich los.

Ich wünschte, ich hätte nichts gesagt – warum tue ich das nur immer –, aber ich kann es nicht ändern.

»Ich war fünf Jahre mit ihr zusammen, in den letzten beiden Jahren nur noch sporadisch.«

»Verlobt?«

Er zuckt mit den Schultern. »Nein.«

»Zusammen gewohnt?«

»Nein.«

Ich lache ein wenig verlegen. Alarmsignale blinken über dem ehemals fetten Kopf auf. »Wie kam's?«

Nun starrt er mir direkt ins Gesicht. Als würde er sich gerade hier mit ihr streiten. Als würde er mich anstarren und sie sehen. Gütiger Himmel. Ich reibe mir die Arme und sage nichts, warte nur darauf, dass er antwortet.

»Ich war nicht sicher, ob sie die Richtige ist, verstehst du?«

»Schätze schon, ja. Aber nach fünf Jahren? Wie kam es, dass ihr während der letzten zwei nur noch sporadisch zusammen wart?«

Er beugt sich vor. Lange Unterarme schauen aus den nun hochgekrempelten Ärmeln hervor, und riesige Hände begleiten wild gestikulierend seine Worte. »Die Trennungen haben einfach nie lange vorgehalten. Beispielsweise haben wir uns getrennt, und dann hat sie mich angerufen, und wir haben zusammen zu Mittag gegessen, weil wir einander vermisst haben, und ehe ich wusste, wie mir geschieht, waren wir schon wieder zusammen. Einfach so.« Er schnippt mit den Fingern; zur Betonung, nehme ich an.

Schon kapiert. Vertrau mir, Kollege.

Ich winkte der Kellnerin – *Noch einen, bitte?* – und lehne mich zurück, während Andrew diese toxische Form von Beziehung beschreibt, die ich millionenfach gesehen und erlebt habe. Sein Gesicht ist so voller Hoffnung, während er von ihren guten Seiten berichtet – und verfinstert sich dann abrupt, wenn er von ihren Problemen spricht. Jämmerlicher Mittelstufenkram. Nicht zu fassen, dass ein Vierzigjähriger sich dergleichen gefallen lässt. Oder sich selbst dazu herablässt.

Allerdings ist seine Ex noch in den Zwanzigern.

Und er war mal fett.

Er weiß nicht, dass ich das weiß. Er weiß nichts von meiner Facebook-Recherche. Aber ich fühle mit ihm. *Armer fetter Andrew*, entnehme ich den Geschichten, die er mir erzählt.

Nach einer … Weile komme ich zu der Erkenntnis, dass dieser Bursche viel zu viel Gefühl in diese Geschichten investiert. Er ist genau wie ich, wenn ich etwas erneut durchlebe. Aber ich bin eine Autorin mit einem viel zu weitreichenden Gedächtnis. Bei einem anderen Menschen ist mir so etwas bisher noch nie begegnet. Autoren ausgenommen.

Trotzdem.

Er ist kein Autor, und das ist vermutlich nicht gut.

Der dritte Drink kribbelt mir behaglich die Beine empor, und ich habe genug von Andrews Exenstory. Verdammt, ich habe einen Exehemann und nicht halb so viel über meine Beziehung zu berichten wie dieser Kerl.

Ich könnte ihm ins Wort fallen und das Thema wechseln, aber inzwischen kümmert mich das alles schon nicht mehr. »Also«, frage ich stattdessen, »wann ist es offiziell beendet gewesen?«

Er wickelt die Hand um sein Glas. »Vor zwei Monaten.«

Ich presse die Lippen fest aufeinander. Oh.

»Und woher weißt du dann, dass es vorbei ist? Das nun genug Zeit vergangen ist, damit es kein Zurück mehr gibt? Fünf Jahre sind eine lange Zeit.«

Ich kneife die Augen zusammen, als würde ich versuchen, dem allen einen Sinn abzuringen. Die Frage ist jedenfalls absolut berechtigt.

»Ich weiß es.« Er rutscht mit dem Stuhl näher und lächelt. Seine Züge entspannen sich, bis nur noch ein Hauch eines Fältchens seine Stirn kräuselt, und er greift zu seiner Gabel. »Als ich das letzte Mal versucht habe, Kontakt zu ihr aufzunehmen, um mich mit ihr zu treffen, hat sie Nein gesagt.«

Jede verbliebene Spur von Feenstaub, der seinetwegen um mein Herz gewirbelt ist, löst sich auf, und ich konzentriere mich nur noch auf meine Fettuccine.

Er ist nicht bereit, er ist nicht mal ansatzweise bereit, schreibe ich den Mädels, als ich wieder zu Hause bin.

Zwar hat er gesagt, er hoffe, wir würden uns bald wiedertreffen, und mir ein Küsschen auf die Wange gedrückt, aber ich weiß, ich werde ihn nicht wiedersehen. Und das will ich auch nicht.

Quinn: Ach, warum nicht?
Ich: Er ist nicht über seine Ex hinweg. Der arme Kerl denkt, er wäre es, aber er ist es eindeutig nicht.
Valerie: Okay, okay, aber … Schloch?

Ihre Beharrlichkeit entlockt mir ein Lächeln.

Ich: Zu früh, das zu beurteilen. Aber ich schätze, man kann ihn basierend auf diesem Date nicht als Arschloch charakterisieren, nein.

Es ist spät, aber ich war schon mit Billie draußen und bin die Anspannung des Abends noch nicht ganz los, also lege ich mich in die Wanne und hoffe, das wird helfen, meine Muskeln zu lockern und die Denkprozesse zu dämpfen. Das Wasser ist heiß genug, dass alle untergetauchten Teile von mir rosarot anlaufen. Heiß genug, um wehzutun. Und das tut es auch. Aber, verdammt, es fühlt sich auch richtig gut an.

Film-noir-Nebel verschleiert das Bild.

Die miese kleine Karaokebar ist rammelvoll mit Autoren von der Konferenz. Berühmte Autoren. Weniger berühmte Autoren. Autoren, deren Werke nie veröffentlicht werden dürften. Hier sind wir alle gleich. Alle beschwipst. Drängeln uns um klapprige, hohe Tische und verschütten Bier auf dem splittrigen Holz.

Der Reiseschriftsteller aus Sacramento, der weiß, wie gut er aussieht, schnappt sich das Mikro, als wäre er David Lee Roth per-

sönlich. Sanftes Licht sickert in sein glattes, blondes Haar. Er sieht himmlisch aus. Übernatürlich scharf.

Aber er hört sich an wie ein durch die Luft geschwungener Sack voller Katzen.

Ich quittiere diese Ironie mit einem schiefen Grinsen.

Er zeigt dem Typen am Mischpult immer wieder den hochgereckten Daumen, sieht aus wie: Mehr Lautstärke, warum gibt der Kerl mir nicht mehr Lautstärke? *Seine Stimme liegt nuuuuuuur eine oder zwei Noten daneben. Entweder weiß er es nicht, oder es kümmert ihn nicht. Ich bringe beidem Respekt entgegen.*

Sein Publikum tut, als würde ihm die arrogante, furchtbare Darbietung von Def Leppards Pour Some Sugar on Me *gefallen, also strahlt er. Singt er. Die Augen geschlossen, als wäre er der verdammte Joe Elliott in Fleisch und Blut.*

Nach einigen quälenden Minuten verschwinde ich, um eine zu rauchen. Dies ist ein kühler September, und ich bin im kühlen Boston, also stelle ich den Kragen meines kurzen Trenchcoats auf und nippe an meinem Drink. Drücke das Pintglas gegen die Wange, während ich den Geräuschen der Passanten und der konkurrierenden gedämpften Musik aus benachbarten Lokalen lausche.

»Haben Sie Feuer?«, fragt eine Stimme von rechts.

Ich lenke den starren Blick in seine Richtung und verkleinere den Blinkwinkel. »Halten Sie.« Ich reiche dem Reiseschriftsteller das Bier und nehme ihm die Zigarette aus den gebräunten Fingern. Ein Lächeln umspielt meine Mundwinkel.

»Das war ziemlich unhöflich«, sagt er.

»Was?«

»Sie sind mitten in meinem Song gegangen.«

»Das ist Ihnen also aufgefallen, ja?« Ich ziehe an der Zigarette, um sie anzuzünden, und gebe sie ihm zurück. »Ein Friedensangebot.«

»Es ist mir aufgefallen.«

»Tut mir leid. Ich hasse Achtziger-Mucke.«

Ein Hauch eines Stirnrunzelns zeigt sich auf seinen Zügen, und er zieht die Brauen zusammen. »Hassen Sie auch Männer?«

»Ich bin verheiratet«, antworte ich, und ein Kichern entfleucht meinen Lippen, als ich ausatme, und zerreißt die ebenmäßige Rauchfahne.

Theoretisch bin ich verheiratet.

Daniel und ich sind seit drei Monaten getrennt und damit noch drei Monate von der Scheidung entfernt. Und ich schlafe seit drei Monaten auf Bridgets Futon.

Aber dieser Typ muss davon nichts erfahren.

»Und ich bilde mir gern ein, dass ich niemanden hasse«, fahre ich fort und bemühe mich, den beschwingten Tonfall zu unterdrücken. »Ihr Gesang andererseits …«

»So schlimm, ja?« Er greift sich ans Herz, und ich nutze die Gelegenheit, um einen Blick auf seinen Ringfinger zu werfen. Er ist auch verheiratet.

»Jepp«, antworte ich, und dieses Mal bleibt die Rauchfahne ebenmäßig, und er macht sich nicht die Mühe, sein Gelächter zurückzuhalten.

»Sehen Sie, was ich meine? Unhöflich.«

»Unhöflich ist, jemanden beim Rauchen zu stören, Mutmaßungen anzustellen und nicht einmal seinen Namen preiszugeben.«

»Mhm. Merke ich mir.« Sein Lächeln wird intensiver, und er kommt einen Schritt näher. Dabei verursachen seine Schuhsohlen ein Knirschen auf dem feuchten Pflaster. »Jesse«, sagt er. »Und es tut mir leid.«

Ich starre stur geradeaus und lehne mich mit der Schulter an die Sandsteinwand. Schaue auf die Straße hinaus und verfolge die Rauchwolke, die ich hervorgebracht habe, während ich seinen Namen wiederhole.

»Das dazu. Und Sie sind?« Noch ein Schritt in meine Richtung.

Die Luft zwischen uns knistert, so elektrisch geladen wie der Insektenvernichter, dessen leuchtend purpurner Lichtschein sich über die Szenerie ergießt.

Ich schaue durch die Wimpern zu ihm hinauf. Was für ein verdammt blasierter Geck.

Aber ich kann nichts dagegen tun, dass sein Blick mich anzieht. Er weiß, was er tut. Er weiß es ganz genau.

Ich nicht.

»Ich bin Rae«, sage ich. »Ich bin auch Autorin.«

Ich steige aus der Wanne und fühle mich entspannt und schläfrig. Bis mir auffällt, dass ich drei verpasste Spark-Meldungen habe. Darunter eine Nachricht vom ehemals fetten Andrew, die ich ignoriere, eine Übereinstimmung mit Nick, 35, und eine Nachricht von ihm.

Nick, 35

Offensichtlich haben wir übereingestimmt, während ich mein Bad genommen habe, und offensichtlich hat er mir eine Nachricht geschrieben. Und genauso offensichtlich – *Achduheiligescheiße*!

Er: Okay, wie wäre es mit Mike Rae statt Rae Lewis? Obwohl das etwas obskur ist. Rae Rice? Ihre Fähigkeiten waren heute sehr beeindruckend.

Das hat er vor acht Minuten geschickt.

Ehe ich auch nur vollständig in den Bademantel schlüpfen kann, fliegen meine Finger schon über das Display, und ich schicke ihm eine Antwort.

Ich: Äh. Der heißt Jerry Rice. #erwischt
Er (sofortige Antwort): Oh, es gibt einen Ray Rice. #googleselbst

Was ich tue. Und gottverdammt.

Er: Geben Sie es zu. Sie kennen Jerry Rice nur aus *Dancing with the Stars*.
Ich: Ich gebe gar nichts zu.

Für ein paar Minuten herrscht Stille, was ich dazu nutze, all die üblichen abendlichen Alltagsdinge zu erledigen. Wenn Nick mich jetzt sehen könnte, ein Handtuch um den Kopf gewickelt, das Gesicht voller Creme …

Und dann meldet er sich erneut.

Ich höre die Prahlerei in seinen Worten.

Ja, seine Worte sind prahlerisch.

Er: Das Date mit dem ehemals Fetten hat wohl nicht so hingehauen. Sie sind früh zu Hause, nicht wahr?
Ich: Für Sie »ehemals fetter Doktor«, und ich war um zehn zu Hause. #zurückauffeld1

Ich lasse der App ganze dreißig Sekunden Ruhe, ehe mich etwas zurückzerrt.

Ich: Hey, sind Sie nicht … gebunden? Was machen Sie überhaupt auf Spark?

Ich kann's nicht lassen.

Aber er antwortet umgehend.

Er: Mein Profil ist schon ziemlich alt. Aber als ich Sie heute Nachmittag über Spark habe reden hören, dachte ich, ich melde mich mal an und ärgere Sie ein bisschen. #betrachtensiesichalsgeärgert
Außerdem haben Sie sich nie mit mir in Verbindung gesetzt, um zu besprechen, wann Sie den Bühnenaufbau haben wollen.
Ich: Der Bühnenaufbau, richtig! Haben Sie morgen nach Schulschluss Zeit? Dann haben wir Probe.
Er: Sie können auf mich zählen. Und nach diesem Abend hört es sich ganz so an, als würden Sie das brauchen.
Ich: Harhar. Schön, so gern ich noch bleiben und mir all Ihre Theorien darüber anhören würde, warum mein Date von Anfang an zum Scheitern verurteilt war, ich brauche meinen Schönheitsschlaf. Haben Sie diese Woche überhaupt Vertretungsstunden?
Er: Das wird die Zeit zeigen … Wir sehen uns bei der Probe.

Eine Zeit lang starre ich das Design meiner Zimmerdecke an und warte darauf, dass sich mein Herzschlag beruhigt. Warum macht es mich so nervös, mit ihm zu reden? Ich habe nichts Falsches getan und nichts Falsches gesagt. Das Einzige, was hier falsch ist, ist, dass er in dieser Anzughose so verdammt gut aussieht. Weil das nämlich einfach nicht richtig ist.

Ich starre und starre und frage mich mit jeder Minute, die vergeht, was er wohl als Nächstes gesagt hätte, hätte ich das Gespräch nicht beendet.

Warum er mir überhaupt eine Nachricht geschickt hat?

Um mich zu ärgern? Ernsthaft? Weil ich mich wegen des Bühnenaufbaus nicht gemeldet habe?

Ich konstatiere, dass ich zu viel in die Dinge hineinlese.

Aber, verdammt, warum kann ich nicht verflixt noch mal jemanden kennenlernen, der so plänkeln kann wie er, der so sexy ist wie er, und der nicht gebunden ist wie er?

Welche Signale verbreite ich in der Welt, dass ich das verdient habe? Und habe ich überhaupt genug Energie, mich durch all das hindurchzuarbeiten?

Vermutlich nicht.

Noch lange, nachdem meine Augen zugefallen sind, verfolgen mich diese Dinge, bis hinein in den Morgen, als ich mich zu Spark zurückschleiche, um nachzusehen, ob das gestern Nacht wirklich passiert ist. Noch lange, nachdem ich eine Nachricht von Andrew beantwortet habe und mir im Zickzack einen Weg durch den Verkehr bahne. Noch lange, nachdem ich (wieder einmal) zu spät vor der Schule eintreffe und mir einen Weg durch das Getümmel der Hunderttausend-Dollar-Karren der Eltern bahne. Durch Geplauder, durch Kinderhorden auf dem Gang, durch E-Mails und durch Unterrichtsstunden. Im Zickzack durch einen ganzen neuen Tag.

KAPITEL II

Bei der Probe überlassen Val und Quinn mir die Regie und betätigen sich als Kinderbändiger, was mir nur recht sein kann. Wenn ich sie nicht hätte, würde Damian Adler (passender Name, aber warum nennen Eltern ihre Kinder immer noch Damian?) hinter der Bühne zündeln, und Jenny Lynn hätte es vielleicht geschafft, auf die Beleuchterbrücke zu klettern.

Endlich gelingt es mir, die erste Szene zu inszenieren, und wir sind gerade bei der Stellprobe, als Nick hereinkommt. Und natürlich all die Disziplin und Konzentration zunichtemacht, die aufzubauen ich so hart gearbeitet habe. Wie es bei einer ersten Klasse (oder irgendeiner anderen) unvermeidlich ist, wenn jemand neu hinzukommt oder irgendeine Störung den Schülern einen Grund liefert, sich ablenken zu lassen.

»Mr Greene!« Es ist, als würde uns Justin Timberlake persönlich mit seiner Gegenwart beehren, wenn man darüber hinwegsieht, dass die Kinder vermutlich nicht einmal wissen, wer das ist. Kinder brüllen, andere Kinder schreien, weil ihre Freunde brüllen, und alle rennen herum, als hätten sie zu ihrem Nachmittagsimbiss Badesalz geschnüffelt.

Quinn und Valerie vernachlässigen ihre Pflichten im Lichte dieses neuen Stimulus, denn wie es scheint, bleibt ihnen nur noch, den Dingen ihren Lauf zu lassen – ein rascher, heftiger Schauer, ehe der Sturm sich legt.

Wir sehen zu, wie er grinsend einen langen Finger an die Lippen legt. »He, Leute.«

Und als hätte er irgendeinen Zauber gewirkt, kommen die Kinder tatsächlich zur Ruhe.

»Könnt ihr euch alle eine Minute hinsetzen? Für mich?« Er schaut mich an. »Ist das in Ordnung?«, fragt er.

Ich winke ihm zu, signalisiere wortlos, er solle sich nur keinen Zwang antun.

Er fährt fort. »Wusstet ihr, dass Miss Wallace das Stück, das ihr aufführen wollt, selbst geschrieben hat?«

Zwar habe ich das den Kindern natürlich längst gesagt, doch ihre Gesichter strahlen vor Aufregung über diese unerwartete Neuigkeit.

Ella Ryan gibt sogar ein »Wow, echt?« von sich, das auch über das begeisterte Gemurmel hinweg deutlich zu hören ist.

»Ja, und wusstet ihr auch, dass es wahr ist?«

»Was denn?«, will sie wissen.

»Na, worum geht es denn?«, stichelt er.

»Amerikanische Ureinwohner in Florida«, krähen einige der Kinder im Chor.

»Richtig, und das sind Volksgruppen, die es wirklich gibt, und sie stammen von hier.«

Das beantworten die Kinder mit Ohs und Ahs.

»Es gehört zu eurer Geschichte. Was ich besonders cool finde«, für eine Sekunde dreht er sich zu mir um, »weil ich eigentlich Geschichtslehrer bin. In anderen Schulen habe ich Geschichte unterrichtet.«

»Sehr schön«, melde ich mich zu Wort und geselle mich auf der Bühne zu ihm. »Und sagt mir Bescheid, wenn ihr irgendwelche Fragen zu dem Stück habt. Das passt ziemlich gut zu dem, was wir in Gemeinschaftskunde durchgenommen haben.«

»Miss Wallace?« Madison LaRue wedelt mit der Hand.
»Ja?«
»Kann ich auf Klo?«
»Ich hoffe doch, dass du kannst …«
Sie starrt mich nur an.
»Geh nur, Schätzchen«, sage ich lachend. »Kommt, Kinder, lasst uns weitermachen.«
Als die Kinder wieder ihre Plätze eingenommen haben und wir die Szene erneut proben, gesellt sich Nick zu Val, Quinn und mir in die Mitte des Zuschauerraums.
Er setzt sich vor uns drei und dreht sich ruckartig mit besorgter Miene zu uns um. »Ich wollte nicht typisch männlich überheblich wirken, als ich erklärt habe, warum das Stück so cool ist. Was es übrigens wirklich ist. Deborah hat mir eine Kopie des Textbuchs gegeben. Echt gut.«
»Sie haben nicht überheblich gewirkt.«
»Ne, außerdem sind wir es gewohnt, dass die Kinder männlichen Lehrkräften prompter und aufmerksamer zuhören als weiblichen, ganz egal um wen es dabei geht. So ist das eben in diesem Beruf. Ganz gleich, wie sehr sie uns respektieren. Was sie tun«, klärt ihn Quinn auf.
»Das ist sogar zu Hause so«, wirft Valerie ein. »Mein Mann sagt nicht viel, wenn es um das Verhalten der Kinder geht, aber wenn er es tut, schenken sie ihm auf der Stelle ihre ungeteilte Aufmerksamkeit.«
»Tja, dann … tut es mir leid?« Er verzieht das Gesicht. »Aber ich bin auch froh, wenn ich helfen kann.«
»Gute Antwort.« Quinn tätschelt seinen Unterarm. »Wie ich sehe, sind Sie gut erzogen.«
Nach der nächsten Szene beaufsichtigen Valerie und Quinn die Kinder, während Nick und ich über dem Bühnenbild brüten.

»Eigentlich ist das ganz einfach«, sage ich. »Dies ist eine erste Klasse, und wir haben ein Budget von, na ja … einem Dollar.«

»Ich krieg das hin. Ich werde ein paar Entwürfe zeichnen, die wir dann bei der nächsten Probe besprechen können.«

»Hört sich gut an.«

»Wissen Sie, ich habe das Textbuch gelesen«, sagt er, und seine Zungenspitze huscht über die schimmernden Zähne.

»So?«

»Und ich war ehrlich beeindruckt.«

»Oh, sind Sie jetzt auch Theaterkritiker?«

»Ich meine ja nur … *Die Ureinwohner Floridas*? Nicht gerade das Thema, das Stücke für Erstklässler normalerweise in Angriff nehmen. Ich weiß nicht mal, ob ich in der ersten Klasse schon gewusst habe, was ein *Ureinwohner* ist.«

»Wissen Sie es jetzt?«, frage ich lachend. »Na ja, ich glaube eben, dass diese Kinder mehr können, als wir ihnen zutrauen, wissen Sie? Nicht dass ich sie dazu bringen will, schneller erwachsen zu werden, aber ich halte es auch für falsch, sie wie Kleinkinder zu behandeln. Wir müssen sie herausfordern, ihnen etwas zutrauen. Denn wenn wir das tun, dann stellen sie sich der Herausforderung und wachsen an ihren Aufgaben.«

»Sind Sie immer so?«

»Meistens.«

»Gut. Gefällt mir.«

Wir starren uns ein bisschen länger gegenseitig an, als mir angenehm ist, und dann beansprucht die Apalachee-Szene wieder meine Aufmerksamkeit.

Später, zu Hause, schicke ich ihm eine Nachricht.

Ich: Danke für Ihre Hilfe heute, Mr Greene.

Nick: War mir ein Vergnügen.

Die nächsten Tage gehen in einem verschwommenen Durcheinander aus Spark-Botschaften und Dates unter. Nie zuvor war ich so erschöpft, psychisch und physisch, aber ich habe mich auch noch nie so stark und begehrenswert gefühlt wie jetzt.

»Und wen schleppst du heute Abend ab?«, fragt Sarah, als sie ins Lehrerzimmer kommt, um in der Pause Arbeiten zu benoten, und sich neben mich an den Tisch hockt.

»Wo denkst du hin?«, entgegne ich und breche bei der Andeutung in Gelächter aus. »Du hast doch von Tuten und Blasen gar keine Ahnung, du Tier, du. Von denen hat bisher keiner auch nur ein Abschiedsküsschen von mir bekommen, und da war auch keiner dabei, mit dem ich hätte rumknutschen wollen. Eigentlich ist die ganze Sache bisher eine einzige Katastrophe.«

»War nur eine Frage.« Sie blinzelt mich an. »Aber wenn du keinen Spaß mit diesen Typen hast, warum machst du das dann? Warum dieser Date-Marathon?«

Achselzuckend starre ich meinen Papierstapel an. »Das ist ein soziologisches Experiment.«

»Und?«

»Und …« Ich ziehe eine Braue hoch. »… ich lerne eine Menge. Beispielsweise …« Ich recke einen Finger hoch – *eine Sekunde* – und scrolle durch bis zum Junggesellen des Tages. »Heute ist es Barrett. Ein Marathonläufer. Beim Ironman ist er auch dabei. ›Ich esse viel Kohl, aber dann und wann genieße ich auch einen Hamburger‹, heißt es in seinem Profil. Siehst du? Er ist total bodenständig«, sage ich schnaubend.

»Und willst du jetzt auch zu laufen anfangen?«

»Ha. Nein. Aber ich scheine ja auf meine eigene Weise nicht weiterzukommen, und ich habe den Mädels versprochen, dass ich mich aus meiner Wohlfühlzone herauswage. Hab sogar einige meiner Spark-Regeln gebrochen, um sie zu beschwichtigen. Es muss einfach jemanden geben, der sich als Hochzeitsbegleitung eignet. Außerdem, was ist so falsch daran, mit jemandem auszugehen, der gesund ist?«

Ich unterbreche mich, als ein flotter Pfiff vom Gang zu uns hereinhallt. Gleich darauf betritt Nick das Lehrerzimmer. Das pinkfarbene Anzughemd steht ihm hervorragend, was bei den meisten Männern gar nicht der Fall ist, ganz egal was deren bessere Hälften sagen. Er pfeift geistesabwesend vor sich hin, aber auf eine Weise, die mir vorkommt, als wäre er alles andere als geistesabwesend, und dafür liebe und hasse ich ihn zugleich.

Seit unserer Begegnung bei der Probe habe ich über ihn nachgedacht, ihn aber nicht mehr gesehen, und natürlich erfüllen sich meine schlimmsten Befürchtungen. Ich laufe bei seinem Anblick rot an, so sehr, dass ich wie eine Kirsche aussehen muss.

Die Erde soll sich auftun.

»Alles fit im Schritt, die Damen?« Er rauscht direkt an uns vorbei und parkt seinen leckeren Hintern beim Kaffeeautomaten.

»Alles fan-tastisch«, sagt Sarah und baut eine kecke kleine Dehnung in ihre Antwort ein. »Und, machen die Sechstklässler Ihnen das Leben heute auch nicht zu schwer?«

Seine Augen treten aus den Höhlen, und er hakt einen Finger hinter seinen Kragen, als müsse er Dampf ablassen. »Mann, zwölfjährige Mädchen nehmen kein Blatt vor den Mund.«

»Dank denen und Ida müssen Sie doch diese Woche ziemlich zufrieden mit sich sein«, kontere ich lachend.

»Na, ich weiß nicht recht, aber diese Ida lässt nie locker, was?« Kopfschüttelnd sieht er sich zur Kaffeemaschine um und entblößt lächelnd die schimmernd weißen Zähne.

»Sie ist harmlos«, versichere ich ihm. »Aber wenn Sie glauben, sie würde Sie einfach davonkommen lassen, dann liegen Sie falsch.« Ich gestikuliere mit dem violetten Stift, den ich zum Benoten benutze.

Er lacht. Wir alle lachen.

Offen gesagt, die Laute, die aus mir herauskommen, erinnern eher an das Geschnatter eines tollwütigen Kapuzineraffens, aber mehr bringe ich nicht zustande. Ich bin total flattrig, nur weil er hier ist, und ich bin ziemlich sicher, dass mein Gesicht kurz davor ist, sich zu entzünden.

Ich komme mir schon selbst vor wie eine Sechstklässlerin; und je verlegener ich werde, desto wärmer wird mir. Mein ganzer Oberkörper fühlt sich an, als müsste durch meine Bluse Dampf von ihm aufsteigen. Warum zum Geier trage ich auch Klamotten aus so einem luftundurchlässigen Mat...

Ich will einfach nur, dass er geht.

Idaaaaaaaaaaa.

Mein Telepathieversuch schlägt fehl, also plaudert Sarah weiter mit Nick, während der, ein Bein arrogant über das andere geschlagen, darauf wartet, dass sein Kaffee durchgelaufen ist, und dabei so lebhaft gestikuliert wie er redet.

»Schätze, ich sollte besser zurück in die Höhle der Löwen«, sagt er, als sein Kaffee fertig ist, und latscht gemächlich Richtung Tür, doch statt einfach zu verschwinden, macht er eine Kehrtwende.

Damit habe ich nicht gerechnet, folglich fängt er für einen winzigen Sekundenbruchteil meinen Blick auf, so kurz, dass ich nicht sicher bin, ob das wirklich passiert, aber das wissende Funkeln in seinen Augen ist unmissverständlich.

»Ich wünsche einen wunderschönen Tag, meine Damen.« Er scheint nur aus Grübchen zu bestehen, als er in gespielt prolliger Manier mit beiden Zeigefingern wedelt (oder ist es eher so, dass ich es für gespielt halten will?), erneut herumwirbelt und hinter dem Rücken noch mit ein paar Fingern wackelt, ehe er endgültig verschwindet.

Kaum ist er weg, öffnet Sarah den Mund und boxt mich in die Seite. »Was war denn *das*?«

»Was meinst du?« Ich reibe mir die schmerzenden Stellen, die ihre gel-manikürten Fingernägel auf meinen Armen hinterlassen haben.

»Du bist leuchtend rot angelaufen, kaum dass er reingekommen ist, und hast dich mit deinen scharfzüngigen kleinen Bemerkungen verdächtig zurückgehalten. Spuck's aus.«

Ich fahre mit der Zungenspitze über die Zähne und überlege, ob Sarah vertrauenswürdig ist. Valerie und Quinn möchte ich davon noch nichts erzählen. Zuerst will ich einfach die Aufregung genießen über diese ... was immer das ist ... Schwärmerei? Wenigstens noch ein gaaaaaaanz kleines bisschen länger.

Aber mit irgendjemandem muss ich darüber reden!

Also ergreife ich wie eine Zwölfjährige Sarahs Hand. So bin ich heute. Das habe ich nun akzeptiert.

Und ich spucke es aus.

Als alles auf dem Tisch liegt, wirklich alles über das Nichts, was bisher geschah, lehnt sie sich auf ihrem Stuhl weit zurück und verzwirbelt die Spitzen ihrer platinblonden Locken. »Da läuft also doch was.«

»Nein, da läuft gar nichts. Da kann nichts laufen. Er hat eine Freundin. Rede mir nicht auch noch zu!« Ich kann das Lächeln nicht unterdrücken, das meinen Mund so weit dehnt, wie er sich nur dehnen lässt, und fühle mich vor Lachen ganz schwummrig.

Vielleicht war es doch keine gute Idee, ihr davon zu erzählen, denn das ist, als hätte ich es damit irgendwie legitimiert.

»Ich habe gehört, das hätte er sich aus den Fingern gesaugt«, sagt sie mit herausforderndem Blick. Mit aufforderndem Blick.

»Wo hast du das her?«

»Nur ein Gerücht unter den Lehrern der Vierten …«

»Egal. Arbeit ist Arbeit«, sage ich mit fester Stimme und hoffe, wenigstens mich selbst überzeugen zu können.

»Tja, dann kannst du wohl nur hoffen, dass dieser Barrett dir heute Abend die passende Ablenkung bietet, denn für mich sieht es so aus, als ob da eine ganze Menge läuft.«

Ich verdrehe die Augen, und in diesem Moment brummt mein Telefon.

»Oh. Mein. Gott«, kreischt sie. »Das ist er, nicht wahr?« Sie reißt mir beinahe den Arm ab, als ich wie eine alte Schulbibliothekarin versuche, sie zum Schweigen zu bringen.

Eine Handfläche erhoben, um sie in Schach zu halten, bestätige ich ihren Verdacht und versage jämmerlich bei dem Versuch, verärgert auszusehen. »Er ist es.«

»Was hat er gesagt?« Sie ist quengelig, und zusammen sind wir albern und hinreißend (nehme ich doch an) und so, ja, *so* nervig, aber das geht uns am A… vorbei.

Bis es das dann nicht mehr tut, weil Quinn mit ihrer ledernen Lehrertasche hereinschlendert.

»Was hat wer gesagt?«

Plötzlich bade ich im Licht ihrer Kupferaugen und muss mein Telefon wegreißen und es mit dem Display nach unten auf den Tisch legen.

»Der Mann, den ich heute Abend treffe. Barrett.« Das Kinn vorgereckt, messe ich Sarah mit einem schiefen Blick und bete zum fliegenden Spaghettimonster, dass Quinn nicht auffängt, womit ich um mich werfe.

Doch meine Antwort scheint sie zu beschwichtigen, und Sarah spielt auch mit und steuert ein »Oh, wohin geht ihr?«

bei, also fließt mein Blut bald wieder in seiner gewohnten Geschwindigkeit, und ich komme im Sturzflug wieder runter.

»Nur zu einer Bierverkostung.«

»Du kriegst nichts zu essen?« Sarah verzieht die Oberlippe wie Elvis und konzentriert sich wieder auf die Mathetests, die vor ihr liegen.

»Um ehrlich zu sein, ich habe keine Ahnung«, antworte ich glucksend. »Wir treffen uns um halb sieben, also werde ich wie Schmidts Katze nach Hause rasen müssen, um mich um Billie zu kümmern. Und um die alten Gräten zu rasieren. Ihr wisst schon …«

»Dieses Mal rasierst du dir die Beine? *Muy* beeindruckend!« Quinn und Sarah gackern, wie es sich für Zicken wie sie eben gehört, und klatschen sich gegenseitig ab.

»Was geht denn hier ab? Diese neue kleine Allianz gefällt mir nicht.« Ich deute mit dem Benotungsstift auf die beiden. »Was erlaubst du dir eigentlich? Ich rasiere mir vor einem Date immer die Beine, sogar dann, wenn ich eh weiß, dass es schiefgehen wird.«

Sie lachen immer noch, also beschließe ich, das Thema zu wechseln.

»Was hast du vor, Fräulein?« Ich zeige auf Quinns Tasche.

»Ich muss gleich los, um mich mit der Kuchenfrau zu treffen. Bis ich zurück bin, beaufsichtigt Nick meine Schüler. Bin ihm gerade auf dem Gang begegnet. *Pretty in Pink* in glaubwürdig!« Sie fächelt sich Luft zu.

Sarah drückt mir unter dem Tisch die Durchblutung eines Beins ab, und ich schlucke das Bedürfnis runter, in schallendes Gelächter auszubrechen.

Zwölfjährige, wie gesagt.

»So?«, ist alles, was ich rausbringe, nur um mir gleich darauf ein bisschen zu fest auf die Unterlippe zu beißen.

»Hört sich gut an«, kommentiert Sarah, der es besser als mir gelingt, sich zusammenzureißen.

»Gut, mies. Dasselbe in Grün. Heiratet bloß nicht.« Sie wedelt noch einmal träge mit der Hand, wirft mir einen Luftkuss zu und ist auf und davon.

Und ein Teil von mir brodelt, als ich ihr nachsehe.

Heiratet bloß nicht. Ernsthaft? Wen zum Teufel will sie eigentlich überzeugen, dass sie so cool ist? Sarah? Für mich tut sie das jedenfalls bestimmt nicht.

Aber die Falschheit in ihrem Ton – ihr gelangweiltes Getue – hinterlässt für den Rest des Nachmittags einen bitteren Nachgeschmack in meinem Mund und verdirbt mir den Spaß an den Nachrichten von Nick, die entweder urkomische Beschreibungen von etwas enthalten, das Ida getan hat, oder erstaunlich zweideutige Dinge, die er von Sechstklässlerinnen zu hören bekommen hat (ich sollte vielleicht mal mit deren Lehrern reden!).

Sarah hat mir auf den Zahn gefühlt, kaum dass Quinn weg war. »Jetzt belügst du also schon deine besten Freundinnen?«

Aber ich habe derzeit keinen Sinn für ihre abschätzigen Bemerkungen.

Zum ersten Mal seit langer Zeit habe ich wieder richtig Spaß. Und ich weiß, das ist nur Flirterei, und ich weiß auch, dass das zu nichts führen wird, aber #himmel

Barrett ist schon in der Brauerei, als ich eintreffe – und hat bereits für sich und ein paar »Kostproben« bezahlt, ehe ich den Laden betrete. Folglich bin ich schon ein wenig desillusioniert, als ich aus eigener Tasche die zwölf Mäuse berappe, die allein für den Eintritt fällig werden. Ich meine, #unabhängigefrau und alles, klar, trotzdem. Ernsthaft jetzt, Alter? Er ist mitten in einer Menge erfolgsorientierter Großstadtmenschen Mitte dreißig, statt wenigstens in der Nähe des Eingangs auf mich zu warten. Großartig. Und ich soll jetzt eine unlustige Version von *Where's Waldo?* spielen, umgeben von karierten Button-down-Hemden und schlampiger Geschäftskleidung, locker sitzenden Krawatten und hochgekrempelten Ärmeln. Und von Mädchen, die ihre Blazer abgelegt haben und nun endlich ihre Schultern, vor wem sie auch wollen, entblößen dürfen.

Aber da ist er schon, mitten in der Bierschlange, und er wird seinen Fotos weitgehend gerecht. Über eins achtzig, Band-Shirt unter einem Button-down mit kurzen Ärmeln. Etwas zu nordisch für mein Beuteschema, aber nicht übel.

Triumph.

Es hat endlich zu regnen aufgehört. Als ich mich ausreichend gesammelt habe und wir einander ordnungsgemäß vorgestellt wurden, bahnen wir uns einen Weg zum Innenhof, wo Picknicktische unter einem Baldachin aus Lichterketten stehen. Wäre es nicht so schwül, könnte es richtig nett sein, aber meine Jeansjacke und die Feuchtigkeit schnüren mir mehr oder weniger die Luft ab, als wir ein stilles Plätzchen gefunden haben, an dem wir uns unterhalten können.

Was wir auch tun.

Er ist ziemlich geschwätzig, allerdings bin ich nicht so sicher, worüber er eigentlich redet. Ich bemühe mich, Interesse an seinen Renngeschichten zu zeigen, ähnlich wie er sich bemüht, Interesse für meine Schreiberei aufzubringen.

Wir nicken, wenn der andere spricht. Wir trinken. Wir füllen die Souvenirgläser nach, die wir zum Mitnehmen bekommen haben.

»Also, erzähl mal von deiner Scheidung«, sagt er. Wie aus dem Nichts. Und mit einer Nonchalance, als hätte er mich gerade gefragt, wie mein Tag war.

Das Thema treibt mir den Hopfen aus dem … Wen will ich

eigentlich verarschen? Ich weiß gar nichts über Bier. Aber mal im Ernst: Ich kenne diesen Kerl gerade dreißig Minuten, und ich habe wirklich kein Interesse daran, meine Scheidung mit ihm durchzugehen. Außerdem bohrt sich etwas an der Tatsache, dass er von mir erwartet, jetzt darüber zu reden, wie mit Klauen in meine Eingeweide.

Das innere Weibsmonster, das sich nach außen kämpfen will?

Die Bank, auf der ich sitze, ist feucht, und ich kann es durch das Kleid spüren. Genau das schwarze Kleid, das ich inzwischen als meine Uniform für erste Dates bezeichne, weil ich es diese Woche zu jeder Verabredung getragen habe (Hoch lebe Febreze!). Ich spüre die Feuchtigkeit sogar durch die Jeansjacke, auf der ich inzwischen sitze, und die Luft, die sich in meiner Lunge beinahe klebrig anfühlt, hängt zwischen Barrett und mir und um uns herum wie eine Leine voller dreckiger Wäsche, die er offenbar genau jetzt und hier zum Trocknen aufhängen will.

Ich lasse mir lässig das Lager oder sonst was – für Wodka mit Limonade bin ich definitiv eher zu haben – in die Kehle rinnen, und das Zeug hinterlässt auf meiner Zunge einen Geschmack, der dem Gestank eines Stinktiers nicht unähnlich ist.

Aber ich denke mir einfach, das soll wohl so sein.

Zumindest verschafft mir das eine Sekunde Zeit, ehe ich die College-Aufsatz-Version meiner Scheidung hervorkrame, in der ich so geübt bin, dass ich überzeugt bin, ich kann sie herunterrattern, ohne dabei irgendwie aufgewühlt zu wirken.

Wie ein Serienmörder eben.

Seine Antwort lautet schlicht: »Wir haben alle unsere Päckchen zu tragen. Mach dir darüber keinen Kopf.« Und er lächelt.

Und das schreckt mich auch ab. Scheiß doch auf diesen Typ.

Ich brauche seine Bestätigung nicht, und ich brauche sein Mitgefühl nicht.

Was ich brauche, ist eine gottverdammte Speisekarte und noch so ein Stinktierbier.

»Weißt du, worauf ich mich freue?«, frage ich in heiterem Ton.

»Worauf?« Er beugt sich vor und blinzelt alkoholinduziert träge mit seinen blauen Augen.

»Ich kann es gar nicht erwarten, bis wir alle einen Mikrochip bekommen. Wenn wir dann jemanden kennenlernen, müssen wir nur einen Handgelenksscan machen und können uns den ganzen stundenlangen Austausch von Vorgeschichten sparen. Ich bin es nämlich wirklich leid, meine zum Besten zu geben.«

Er lacht, aber ich meine das durchaus ernst.

»So schlimm ist das nicht.« Er berührt meinen Arm. Dann: »Möchtest du das Weizen probieren?«

Bitte? Nick schreibt mir den halben Abend lang. Als ich gespürt habe, wie mein Telefon in der Tasche vibriert (während Barrett mir eine Geschichte über die Ausarbeitung des Monatssolls in seiner Firma erzählt hat), dachte ich, es wären vielleicht Quinn und Val. Aber ach, das war ein Irrtum. Ich wollte nachsehen, aber ich habe, wie es sich für ein braves Mädchen gehört, gewartet, bis ich mich auf die Toilette verziehen konnte.

Mpfffff lautet meine ganze Entgegnung, weil es komisch ist, mit ihm über meine Dates zu chatten. Allerdings bin ich ziemlich angetrunken, weil es in diesem Bierverkostungsladen absolut nichts zu essen gibt, und da ich nach Schulschluss wegen Billie nach Hause gerannt bin, hatte ich auch keine Zeit, mir im Vorfeld sicherheitshalber eine Banane oder einen Müsliriegel einzuverleiben.

Ich: Ich glaube, das ist eines dieser Meet-and-Greet-Dates. Hatte bisher noch nie eines. Haben Sie so etwas schon mal gemacht?
Nick: Ich weiß nicht recht, was Sie meinen.

Aber da fällt mir auf, dass ich vielleicht schon ein bisschen zu lange im Waschraum bin, da das Mädchen, das nach mir hereinkam, nicht nur gekommen, sondern auch schon wieder gegangen ist. Statt also meinem neuen Textfreund zu antworten, wage ich mich hinaus in die Wildnis und halte Ausschau nach Barretts struppigem Haar.

»Bereit?«, fragt er, als ich zu der Stelle zurückkehre, an der wir schon die letzten eineinhalb Stunden geparkt haben.

»Äh, ja?« Ich fege meinen Regenschirm von der Bank und verstaue ihn in der Tasche. Mein Magen holpert und poltert, und ich hoffe, Barrett will mir vorschlagen, nun essen zu gehen. Nicht weil ich so sehr an ihm interessiert wäre, sondern weil ich mir im Grunde noch gar keine Meinung habe bilden können, und, zum Henker noch mal, ich fühle mich plötzlich total ausgehungert.

Das Telefon vibriert wieder, und ich lege die Hand darauf. *Na, na.* Ich weiß auch nicht, die Ränder meines Blickfelds zerfasern langsam, und ich habe einen dringenden Bedarf an Fetten und Kohlenhydraten. Einen Bedarf, der keinen Aufschub duldet.

»Wo hast du geparkt?«, fragt Barrett, eine Hand in meinem Kreuz, und ich kann nicht erkennen, ob das eine zugetane Geste ist, oder ob er mich einfach nur so schnell wie möglich zur Tür hinausschieben will.

Als wir uns dem Camry nähern, zeige ich mit dem Telefon auf meinen Wagen, worauf er verkündet, das sei toll, weil sein Auto auch ganz in der Nähe stünde.

Jeep. Passt perfekt.

Schweigend gehen wir weiter, und ich frage mich, was ich getan habe, dass dieser Kerl nach eineinhalb Stunden gehen will. Nicht dass ich gerade am Boden zerstört wäre, trotzdem. Ich finde, ich bin eine wahre Freude gewesen.

»Das ist meiner«, sage ich und fummele nach meinen Schlüsseln.

»Ich habe mich gut amüsiert«, erwidert Barrett und lehnt sich an meine Fahrertür. Ein bisschen zu vertraut für meinen Geschmack. Und ich kann seine Miene nicht entziffern.

Endlich finde ich meine Schlüssel. Ja!

»Ich hoffe, wir können das irgendwann wiederholen«, sagt er und legt mir die Arme um die Schultern. Fängt an, sie zu reiben, sie auf irritierende Art mit seinen langen Investmentbankerfingern zu streicheln.

»Wow, du … gehst aber ganz schön ran«, ist alles, was ich herausbringe. Ich weiß nicht einmal, wo das hergekommen ist. Ich bin so verdattert über die Kürze dieses Dates, seinen trüben, starren Blick, die tonlose Stimme – und jetzt diese sonderbare Rückenmassage.

Mein Magen brüllt ihn an – *Nimm deine Flossen von ihren Schultern, und schieb mir was zu essen rein!* –, als er sich vorbeugt, um mich zu küssen.

»Ernsthaft?«, frage ich. Und mein Ton ist nicht zickig. Er ist ganz einfach verwirrt. Das ist beinahe, als hätte ich keine Kontrolle über das, was ich sage. Die Worte kommen einfach heraus, wenn eigentlich Essen hinein sollte.

Er gluckst, und seine überraschende Dreistigkeit – der nach gerade neunzig Minuten von Was-das-auch-war keinerlei passende Chemie zugrunde liegt – macht mich kirre.

»Was meinst du?«, fragt er, und ein Grinsen zupft an seinen dünnen Lippen.

»Ich … war nur nicht sicher, was du vorhast. Es ist nicht leicht, aus dir schlau zu werden, schätze ich.«

Aus irgendeinem Grund versteht er das als Einladung und küsst mich. Da ist nichts Spektakuläres dran, nur Lippen auf Lippen. Kein Feuerwerk, kein Funkengestöber – nicht einmal Nationalfeiertagsknallerbsen.

Er löst sich von mir, und ein Lächeln kriecht träge in sein Gesicht und kräuselt seine Augenwinkel.

Es kommt mir trotzdem nicht wie ein echtes Lächeln vor. Aber was weiß ich schon? Ich kenne den Kerl ja gerade neunzig Minuten.

»Ich … musste das einfach tun«, erklärt er mir.

Es hört sich an, als würde er aus irgendeinem schrecklichen Film zitieren, und plötzlich elektrifiziert meine Geringschätzung ihm gegenüber meinen ganzen Körper. Es ist, als würde er das nur sagen, weil er glaubt, dass das von ihm erwartet wird. Als wäre das besonders charmant.

Außerdem ist es verdammt noch mal acht Uhr abends. Wenn er mich schon so angräbt, sollte er auch noch woanders mit mir hingehen, wo wir uns weiter unterhalten können. Essen. Mehr Zeit miteinander verbringen. Das Wunder namens Rae kennenlernen.

Noch einmal, er interessiert mich nicht, aber, Himmel noch mal, was zieht dieser Kerl ab?

»Danke, noch mal«, sage ich, ehe ich in den Wagen steige.

Und selbst das macht mich wütend, denn wofür genau bedanke ich mich eigentlich?

»Ach, hast du selbst bezahlt …?«, war sein ganzes Bekenntnis, als ihm das Bierglas in meiner Hand auffiel, nachdem ich ihn gefunden hatte. Mit Punkt-Punkt-Punkt am Ende des Gedankens und sonst weiter nichts.

Beschädigte Ware, erklärt mir Nick, nachdem ich ihm in der

Sicherheit meiner Wohnung den Verlauf meines Dates in allen Einzelheiten dargelegt habe.

Nick: Vermutlich ist er ein Serien-Online-Dater und will deswegen möglichst wenig Geld und Zeit investieren, und vermutlich inszeniert er diese Kurz-Dates, um herauszufinden, ob die Person für ihn von Interesse ist, und wenn sie es ist, versucht er, sie ins Bett zu kriegen.

Nicht dass mich das auch nur einen Dreck gekümmert hätte. Trotzdem.

Nick: Na ja, jedenfalls hört es sich nicht so an, als wären Sie allzu empfänglich dafür, Schätzchen.

Die Erinnerung an Gespräch bringt mich zum Lächeln.
Wow, du … gehst aber ganz schön ran.
Jaha! Ich bin die Beste!

Ich: Sie meinen, er wollte mit mir schlafen?
Nick: *wirft Ihnen einen Blick zu*
Ich: Was für einen Blick?
Nick: Natürlich wollte er mit Ihnen schlafen.

Nach einigen nachdenklichen Minuten.

Ich: Kerle sind komisch. *kippt sich mit Alkohol voll*
Nick: Wie wäre es, wenn Sie sich stattdessen mit Nahrung vollschütten? Haben Sie schon etwas gegessen?
Ich: Schon erledigt. Hab noch in der Minute, in der ich zur Tür hereingekommen bin, eine Pizza reingeschoben. Du musst dir keine Sorgen um mich machen, Mom.

Zu spät lautet Nicks Antwort, und ich sitze da und starre die Nachricht an und zwar länger, als ich sollte.

Und dann.

Ich: Übrigens hat mir heute ein kleines Vögelchen gezwitschert, Ihre Freundin sei erfunden. Richtig oder falsch?

Ich kann einfach nicht anders.

Nick: Verdammt direkt! Das gefällt mir. Dieses Gerücht trifft zu. Ich habe erst kürzlich etwas hinter mir gelassen, aber ich finde, es ist leichter, einfach zu behaupten, man wäre gebunden, wenn man in einer Schule arbeitet. Da gibt es immer Idas, da gibt es immer Verlockungen. Aber wenn ich sage, ich bin in einer Beziehung, dann, so kommt es mir vor, nehmen die Leute mich eher ernst. Ich bilde mir nicht ein, ich wäre der Mann aller Frauenträume oder so was, aber es ist schwer, als Kerl in einer Schule voller Frauen zu arbeiten.
Ich: Oh, Sie tun mir so leid. Wie tapfer von Ihnen, jeden Tag aus dem Bett aufzustehen. #bittenimmdensarkasmuswahr
Nick: Na gut. LOL.
Ich: Wie komme ich zu der Ehre, diejenige zu sein, die die Wahrheit erfährt?
Nick: Etwas sagt mir, dass Sie anders sind. Und ich glaube, wir könnten Freunde sein. Wollte Sie nicht anlügen.
Ich: Ich bin anders, aha. Haha.

KAPITEL 12

Freitagnachmittag. Kann. Nicht. Schnell. Genug. Kommen.

»Zieht ihr gleich nach der Arbeit los?«, fragt Sarah, und ich höre an ihrer Stimme, wie gekränkt sie ist, weil sie nicht eingeladen wurde, an diesem Junggesellinnenwochenende der großen Mädels in Miami teilzunehmen.

»Jawoll, ja!«, sage ich, zerknülle ein Stück Küchenkrepp und werfe es in den Papierkorb neben meinem Schreibtisch. »Zwei Nächte reinen, unverfälschten Vergnügens. Das wird genauso wie damals im College. Nur, na ja, du weißt schon, jetzt sind wir hundert Jahre älter. Danke noch mal, dass du für mich auf Billie aufpasst.« Ich gebe ihr meinen Ersatzschlüssel. »Aber nicht vergessen, keine bedenklichen Säfte auf meinen Laken hinterlassen. Oder auf meiner Couch.«

Sie schlägt mich. »Billie und ich werden ein herrliches Kuschelwochenende miteinander verbringen. Ihr seid diejenigen, die sich Sorgen über bedenkliche Säfte machen sollten. Bitte achte darauf, dass du dein Telefon immer dabei hast! Und bestenfalls ein Desinfektionsmittel für die Hände.«

Ich umarme sie und ergehe mich in tausend Luftküssen – ein bisschen Show muss sein –, und schon bin ich unterwegs, um meine Chicas abzuholen, vorausgesetzt, sie haben das Nachmittagsgedränge der Elterntaxis gesund überstanden.

»Warum fährst du meinen Wagen? Oder, besser, warum lasse

ich dich Phils Wagen fahren?«, fragt Quinn, als ich sie zur Beifahrerseite dirigiere.

»Weil ich an diesem Wochenende das Sagen habe, und was ich sage, gilt. Vergiss nicht, Phil dafür zu danken, dass wir seinen Porsche Cayenne bekommen haben. Ich wette, der passt ganz wunderbar zu diesem Wochenende. Er ist größer und sicherer als mein Wagen. Wenn ihr mich fragt, ist das genau das richtige Fahrzeug für uns.« Sekundenpause. »Und da wir die Sicherheitsfragen für das Wochenende nun geklärt haben, fahre ich auch, weil … Hallo? Ich bin hier, um dafür zu sorgen, dass ihr Spaß habt.« Ich schaue mich zu Val um. »Ihr beide.«

»Können wir es ihr jetzt sagen?« Valeries Stimme zittert. (Vor Aufregung? Vor Angst?)

»Mir was sagen?«

»Was Rae für dich geplant hat …«

»Gib nicht mir die Schuld.« Finster schaue ich in den Rückspiegel. »Du hast höchstpersönlich in allen Einzelheiten dein Okay zu unserem Reiseplan gegeben.«

»Wir haben einen Reiseplan?« Quinn hört sich enttäuscht an.

»Na ja, ich meine, Valerie war beteiligt«, sage ich, und wir brechen in Gelächter aus, während wir die I-95 hinunterfahren.

Eine Stunde später treffen wir in South Beach ein. Der Ozean zieht sich endlos in einem Blaugrün dahin, bei dessen Anblick man sich unwillkürlich fragt, warum irgendjemand sich je mit einem Pool zufriedengeben sollte. Der Strand breitet sich vor uns aus – in makellosem Weiß. Wäre da nicht die angriffslustige Nachmittagssonne, hätte die Szenerie an eine Winterlandschaft erinnert, frostige Blautöne vermengt mit Weiß auf einer Leinwand.

Bei diesem Anblick quiekt Quinn vor Freude, während wir zum Hotel hinauffahren, also finde ich, dass ich mit meiner Entscheidung recht zufrieden sein kann.

»Was machen wir zuerst?« Sie leckt sich förmlich die Lippen und klatscht dabei mit auffallend knappen Bewegungen in die Hände, als müssten, sollte sie weiter ausholen, ihre Fingernägel abbrechen. Oder die Hände explodieren.

Die Aufregung in ihrer Stimme macht das Preisschild, das an der Sache hängt, beinahe wett. Hehe. Und als sich die Mädels aneinander festhalten und jede neu entdeckte Annehmlichkeit kreischend zur Kenntnis nehmen, fange ich an, von innen zu leuchten.

Der spiegelnde Marmor in der Lobby, der so schimmert, dass er beinahe flüssig aussieht, der Geruch, der uns umwogt, als wir zum Empfang schlendern …

»Das ist beinahe wie … wie im Zuckerwattehimmel!«, verkündet Val, schließt die Augen und atmet so verträumt den Duft ein, als wäre sie der Ehrengast in Willy Wonkas blöder Fabrik.

»Die pumpen spezielle Aromastoffe in ihre Klimaanlage heißt es im Netz«, erkläre ich und komme mir selbst vor wie Willy Wonka, als ich einem Pagen die letzte Tasche übergebe. Er ist zwar nicht orange, badet aber im goldenen Schein der Sonne, und ich schätze, das ist die Stelle, an der die Metapher enden muss.

»Hoffentlich sind da keine halluzinogenen Drogen drin …« Ich werfe dem Knaben einen Blick zu, den er mit einem Lächeln beantwortet, worauf Mario-Lopez-Grübchen zum Vorschein kommen, um Hallo zu sagen.

»Hoffentlich sind welche drin.« Quinn nagt an der Unterlippe, während sie schamlos seinen Arsch fixiert, als wir uns aufmachen, ihm zum Fahrstuhl zu folgen.

»Welchem Anlass verdanken wir es, dass sich an diesem Wochenende so schöne Damen zu uns gesellen?« Der Page drückt auf den Knopf für das erste Obergeschoss.

Ich habe mir ein Zimmer mit Zugang zum Meer gewünscht, aber Mike hat dem Upgrade nicht zugestimmt, also mussten Valerie und ich uns mit Meerblick begnügen.

Jammern auf hohem Niveau.

»Das Mädel hier heiratet in drei Wochen«, sage ich und verwuschele die langen Enden ihrer lockigen Haare, »also gönnen wir uns einen verlängerten Mädelsabend.«

Sein Lächeln wird breiter. »Schön. Lassen Sie uns wissen, wenn Sie irgendetwas brauchen. Mein Name ist Armando.« Mit einem sonnengebräunten Arm hält er die Fahrstuhltür auf, und wir treten hinaus.

»Machen wir.« Ich bedenke ihn mit einem Fünfer und einer hochgezogenen Braue.

»Eine Suite?«, keucht Quinn, kaum dass wir dort sind. Tränen treten ihr in die Augen, als sie unsere Unterkunft beäugt – die breiten Betten, die aussehen wie eine Landschaft aus Marshmallows, die blitzende gläserne Duschkabine, die Ausmaße unseres privaten Balkons.

»Nur das Beste für meine Mädchen an diesem Wochenende.« Träge lege ich einen Arm um jede von ihnen.

»Okay, aber du hörst dich an wie eine Puffmutter.«

»Machst du dich jetzt verdammt noch mal locker?«, frage ich und hole eine Flasche aus der Korbtasche, die ich mir extra für diese Gelegenheit zugelegt habe.

Die – äh – Flasche auch.

Ich reiche sie ihr. »Vertraust du mir?«

»Berühmte letzte Worte«, kommentiert sie und reißt mir das Ding aus den Fingern. »Gar nicht verdächtig.«

Sehr zu meinem heillosen Vergnügen lümmeln wir keine dreißig Minuten später in einer Strandhütte in der Nähe des Pools herum. Okay, welchen Reiz dieser spezielle Pool hat, begreife ich durchaus – endlose, schäumende Kaskaden, die so beruhigend wirken wie Badewasser, als wir unsere Füße hineintauchen.

»Oh, Sven.« Quinn wackelt mit den Fingern in Richtung des gebräunten, gut gebauten Poolkellners, der aussieht wie Thor persönlich. »Wir sind bereit, wenn du es bist.«

»Ist das sein Name?« Ich spüre bereits die Schlucke aus der Flasche, also kann ich mich nicht erinnern, dass er uns diesen Namen genannt hat, oder ob Q einfach nur beschlossen hat, dass er aussieht wie ein *Sven*.

Randbemerkung: Ich habe noch nie auf Kerle in knappen Badehosen gestanden, aber als Sven in einer tiefgrünen solchen zu uns herüberschlendert, fange ich an, ihre Anziehungskraft zu verstehen.

»Ist es wichtig, wie sein Name lautet?« Sie richtet ihren gewaltigen, geschwungenen Sonnenhut und mustert mich über ihre nicht minder gewaltige Sonnenbrille hinweg.

»Pssst!«

Wir lachen und lachen und lachen.

Quinn – meine Quinn – ist wieder da. Und ich kann es gar nicht erwarten, dieses ganze Wochenende mit ihr zu verbringen.

Ich drehe mich zu Valerie um, die in ihrem klassischen schwarzen Badeanzug mit den Cut-outs an den Seiten einfach großartig aussieht. Goldene Bänder an beiden Hüften. »Du füllst diesen Monokini teuflisch gut aus, Mädchen. Wo hast du den her?«

»Meine Rede!« Quinn prostet ihr mit der Piña Colada zu, die Sven gerade vor ihr abgestellt hat. »Besonders, nachdem du all diese Babys zur Welt gebracht hast. Wie viele waren es noch gleich?«

»Oh mein Gott. Du bist ja schon betrunken«, prustet Valerie laut genug, um mir zu verraten, dass sie auch gut unterwegs ist und dass dies jetzt schon das beste Wochenende aller Zeiten ist.

»Was steht für heute Abend auf dem Programm?« Quinn nimmt einen Schluck mit dem Strohhalm.

»Vielleicht Armando.« Mir kommt Sarahs Gefrotzel in den Sinn, und ich ticke total aus.

Ich richte mich auf. Nehme einen prachtvollen Schluck von meinem Daiquiri. Sein Erdbeergehalt elektrifiziert meine Geschmacksknospen und jagt mir einen Schauder über den ganzen Leib, während sich die Flüssigkeit einen Weg in meinen Magen bahnt.

So süffig.

»Wir müssen aufhören, so zu geiern«, sage ich und habe plötzlich Gewissensbisse, weil ich nach jedem männlichen Zuckerstück lechze, das sich in dieser wunderbaren Bonbonschale namens Pool aufhält.

»Warum?«, fragt Valerie wie aus der Pistole geschossen, und dafür liebe ich sie. »Wann haben die je damit aufgehört?«

Ich lasse mich zu einem schulterzuckenden Zugeständnis herab und beantworte Quinns Frage.

»Heute Abend verwöhnen wir uns, haben Valerie und ich gedacht. Wir ziehen uns irgendwo ein Abendessen rein und gönnen uns Massage und Pediküre im Wellnessbereich des Hotels. Der hat vierundzwanzig Stunden geöffnet, Baby.«

»Das hört sich ja alles traumhaft an, aber … Igitt!« Quinn setzt eine angewiderte Miene auf. »Wer geht denn um vier Uhr morgens zur Pediküre?«

Ich verziehe meinerseits das Gesicht und starre den pinkfarbenen Schirm in meinem Glas an. »Das, äh … ist wahrscheinlich nicht das, was den Leuten um die Zeit geboten wird.«

»Da geht es wohl eher um Handarbeit«, kommentiert Valerie und prustet wieder los, worauf wir allesamt in Gelächter ausbrechen.

Ich verharre im Glanz eines leichten, fortdauernden Schwipses, durch den alles ein bisschen flauschig aussieht. Und schimmernd. Wie bei einem Instagram-Filter.

»Also, Barrett? Geht gar nicht?« Valerie zieht die Worte in die Länge und gibt dann einen langen Seufzer von sich, einen von der Sorte, die, um ganz ehrlich zu sein, Quinn und mich schon seit bestimmt vierzig Minuten ein bisschen beunruhigen, weil sie sich anhören wie Liebesgeräusche. Wieder und wieder haben wir uns aus geweiteten Augen angesehen und uns redlich bemüht, nicht zu lachen.

Nachdem das nun geklärt ist, bleibt zu sagen, die Tiefenmassage fühlt sich so grandios an, dass ich selbst dann und wann Mühe habe, Liebesgeräusche zu unterdrücken, also darf ich wohl nicht zu streng urteilen; diese Chicas wissen wirklich, was sie tun. Und ich bin tatsächlich ein bisschen erleichtert, dass sie uns Frauen zugeteilt haben und keine Männer, denn meine besten Freundinnen scheinen ausreichend bereit zu sein, die Sau rauszulassen, dass ich befürchte, man hätte uns bald rausgeworfen, würden wir von Kerlen massiert werden.

»Welcher ist Barrett noch mal?«, frage ich, und sie schlägt knapp außer Reichweite in der leeren Luft nach mir.

»Sieht ganz so aus«, beantworte ich dann doch endlich ihre Frage. »Es war einfach nur gruselig. Keine Chemie. Aber er hat versucht, sie herbeizuzwingen. Nick hat gesagt …«

Mist.

»Nick? Vertreter-Nick?«, will Valerie wissen. Im Nu ist sie Feuer und Flamme.

»Ja, er arbeitet schwarz im Quiznos«, antworte ich mit ausdrucksloser Miene.

»Gibt es das Quiznos überhaupt noch?« Quinn schlägt die Hand vor den Mund. »Jetzt habe ich Hunger.«

»Äh, ja, den hatte ich auch, und das ist einer der Gründe, warum Barrett gar nicht geht.«

»Ich kapier's nicht. Du hast mit Nick über dein Date geredet?«

Ich winke der Masseurin. »Danke«, sage ich. »Das reicht mir.«

Sie bedenkt mich mit einem knappen Lächeln, das mir sagt, ich soll die Liege freimachen. Das Mädchen versteht mich total.

»Nein, ich habe nicht mit Nick über mein Date geredet«, lüge ich. Setze mich auf. Klemme mir das Handtuch fest unter die Achseln. »Ich habe mit Ida darüber gesprochen, und er hat es zufällig mitgehört. Und dann hat er seinen Senf dazugegeben.«

Das … kommt der Wahrheit ziemlich nahe?

»Was hat er gesagt?« Quinn breitet sich aus wie ein Seestern, und ihre Masseurin verzieht das Gesicht, zeigt sich aber am Ende unfassbar geduldig gegenüber uns drei beschwipsten Trotteln.

Das müssen sie wohl gewohnt sein.

Mit einem trägen Finger folge ich der feinen Paspelierung am Rand des Massagetischs, stelle aber keinen Blickkontakt zu ihr her. »Er hat gesagt, Barrett hat wahrscheinlich nur versucht, mich ins Bett zu kriegen.«

»Ach nee«, sagt sie, und ihre Massage ist beendet.

Ich ergehe mich in einem traurigen verunglückten Grinsen.

Quinn, die Unverblümte, ist mir die liebste. Ich habe sie vermisst.

»Das hätte ich dir auch sagen können. Aber wenn er dich ficken will, muss er dich auch füttern, hab ich recht?«

»Oh Gooott.« Ich berge das Gesicht in den Händen. »Seid ihr zwei wirklich sicher, dass ihr Cocktails an der Strandbar trinken wollt? Ich fürchte, wir sind auf dem besten Weg, verhaftet zu werden.«

»*Ay dios mio.* Ja.«

Womit das geklärt wäre. Nachdem wir uns in dem Fünf-Sterne-Restaurant des Hotels Gourmetburger und in Entenfett frittierte Pommes ins Gesicht gestopft haben, komme ich zu dem Schluss, dass ich mich bisher megageil geschlagen habe. Alles ist in Gehweite, ich sorge dafür, dass wir ausreichend trinken und gut genährt sind, und die Mädels scheinen das Wochenende ihres Lebens zu haben.

Im Handumdrehen liefern Valerie und ich eine weiße Version des sexy Salsas ab, den Quinn perfektioniert hat. Sie ist Sofía Vergara in einem paillettenbesetzten Minirock und wirbelt fehlerlos im Takt der Musik über den Parkettboden. Ein paar der hiesigen Tanzlehrer haben Gefallen an uns gefunden (weil *was schon*), und wir belohnen sie mit Julia-Roberts-Lache, glamourös über die Schulter geworfenen Haaren und Tequila, bis unsere Schlafenszeit weit überschritten ist.

Als wir schließlich, die hohen Schuhe in den Händen, in unser Hotel zurücksegeln und der warme Wind uns die Haare aus den Gesichtern weht, als wären wir ein Trio gottverdammter Göttinnen, kann ich einen Seufzer nicht unterdrücken.

»Das ist besser als Ibiza. Ich meine, das war eine tolle Reise, aber wie findet ihr das?« Ich drehe mich zu Quinn um, die aussieht, als schwebe sie über den kühlen Sand, der unter unseren Füßen nachgibt, statt auf ihm zu gehen.

»Sehe ich genauso. Das ist viel besser. Weil wir alle zusammen sind. Wir alle drei. So wie es immer war.« Sie legt Val und mir einen Arm um die Taille.

»Und wisst ihr was, wir müssen uns gar keine Gedanken über die grässliche Geschichte mit diesen grässlichen Männern machen«, prustet Valerie.

»Allerdings nicht.« Ich nicke bekräftigend.

In dem immer noch starken Wind gleiten wir über den Sand, als würden wir – nennen wir es beim Namen – dem Rhythmus einer Choreografie folgen.

Und dann Valerie: »Ich war eifersüchtig.« Ihr Blick fixiert ihre nackten Füße, aber sie geht weiter. »Dass ihr losgezogen seid, meine ich.«

Ein paar Schritte gehen wir schweigend weiter, die anrollenden Wellen liefern die einzige Geräuschkulisse, und mich beschleicht ein ernüchterndes Gefühl, das irgendwie gespenstisch ist.

»Aber du hast Mike«, sage ich, darauf bedacht, an diesem Wochenende ganz die Kummerkastentante zu geben, wenn es um die Kerle und die Liiiiiiiebe meiner Freundinnen geht.

»Und die Kinder, ja, ich weiß. Ist mir bewusst.«

Etwas an ihrem Ton ist herzerweichend. Der Mondschein ergießt sich über ihre Haare und die milchigweißen, nackten Schultern.

»Wir hatten keinen Sex mehr, seit ich mit Frankie schwanger war, und ich will nicht mal mehr welchen.«

Da. Sie hat es ausgesprochen.

Vermutet habe ich so etwas schon eine ganze Weile, und ich habe Quinn und Sarah gegenüber auch fraglos Witze darüber gemacht, gerade wegen all ihrer dämlichen kosmetisch korrekten Posts auf Facebook und der Pinterest-perfekten Porträts … aber nun zu hören, wie sie es selbst zugibt, ganz offen, tut richtig weh, und ich leide mit meiner Freundin. Meiner Valerie. Die im College echt Spaß mit Männern hatte. Ach was, in der Highschool.

Wie ist es möglich, dass sie verheiratet ist – der ultimative Daseinszweck für uns Weibsvolk, nicht wahr? – und sich so entsetzlich mies fühlt, wie sie es, das weiß ich tief im Inneren, tut?

Ich habe immer gehofft, ich würde mich irren, aber sie hat es selbst gesagt. Nun gibt es kein Zurück mehr.

»Du bist nur betrunken«, biete ich ihr einen Ausweg an.

»Und wenn schon«, geht sie zum Angriff über, nur um sich ebenso schnell wieder zurückzunehmen. Bei ihren nächsten Worten klingt ihre Stimme milder. »Er ist kein schlechter Kerl«, sagt sie.

Quinn trottet wortlos neben uns her.

»Er ist nur …«

»Du musst das nicht tun«, unterbreche ich sie, bleibe stehen, werfe meine Schuhe zu Boden und drücke Val an mich. »Lasst uns einfach den Zimmerservice rufen. Und unseren Rausch ausschlafen.«

»Ich bin kein Teenager«, blafft sie über meiner Schulter, hält mich aber immer noch umfasst, und ich spüre die Verzweiflung in ihrem Griff.

»Ich weiß. Und ich glaube nicht, dass irgendjemand das behaupten würde. Richtig, Quinn?« Ich bedenke sie mit einem Blick, der sagt: *Könntest du mich vielleicht ein bisschen unterstützen?*

»Natürlich nicht«, stimmt sie zu. »Aber es ist spät.«

»Klar.« Valerie zuckt mit den Schultern. »Aber wenn ich mit euch beiden nicht darüber reden kann, mit wem dann?«

»Du kannst immer mit uns reden. Ganz bestimmt. Lasst uns reden«, sage ich.

Aber so abrupt, wie das Thema aufgekommen ist, geht Valerie nun schnurstracks zum Meer, und der Wind peitscht ihr durchs Haar, als sie auf die Knie fällt. Und sich übergibt.

»Wie wäre es mit einem Therapeuten?«, witzelt Quinn.

Ich zeige ihr ein Stirnrunzeln, ehe ich losziehe, um unserer Freundin zu helfen.

Das ist nichts, was ein Dutzend Gatorades und eine extragroße Pizza vom Zimmerservice nicht heilen könnten.

Nicht allzu viel später liegt Valerie behaglich schnarchend in ihrem Zimmer, und Quinn und ich lungern auf dem Balkon herum und rauchen Zigaretten, die wir von Armando geschnorrt haben, ganz einfach, weil wir bescheuert sind und so etwas gern tun, wenn wir zu viele Cocktails intus haben. Und genauso haben wir ihn auch nach den Zigaretten gefragt: »He! Wir sind bescheuert und rauchen gern, wenn wir trinken. Was dagegen, wenn wir uns ein paar schnappen?«

»Findest du immer noch, dass das besser ist als Ibiza?« Quinns lange Wimpern schimmern im Mondschein, während sie auf das tintenschwarze Meer hinausschaut.

»Und wie«, entgegne ich ironisch wegen #hochzeit, und sie lacht. Ich nehme einen tiefen Zug und sehe zu, wie sich der Rauch vor dem Nachthimmel auflöst. »Sie hat eben dramatisiert. Na und? Wahrscheinlich erinnert sie sich morgen früh nicht einmal mehr daran. Zumindest wird sie so tun, als würde sie sich nicht erinnern. Du kennst doch Valerie.« Ich gebe mich unbekümmert, aber die Worte unserer Freundin lasten immer noch schwer auf mir, verankern mich an Ort und Stelle, und es fällt mir schwer, gute Laune zu heucheln. Ich weiß nicht, wie Valerie das die ganze Zeit schafft, wenn sie sich tatsächlich so fühlt.

»Und was machen wir morgen? Ich bin so aufgeregt!«

Quinns Worte passen nicht so recht zu ihrem düsteren Ton, und so sitzen wir nur entspannt zusammen. Rühren eine Ewigkeit, soweit ich es beurteilen kann, keinen Finger.

»Ich bin nicht so sicher, ob dir das gefallen wird.« Ich bedenke sie mit einem Seitenblick und einem schiefen Grinsen.

»Base-Jumping?«, fragt sie mit großen Augen.

»Teufel, nein. Stripclub.«

Ihr Gelächter klingt locker, und sein Echo tanzt vom Balkon und verschwindet. »Ich hab dich verdammt lieb.«

»Ha! Ich wusste wirklich nicht, wie du reagieren würdest. Aber ich dachte mir, wir sollten das wenigstens einmal tun, ehe wir sterben, nicht wahr?«

»Warst du noch nie in einem?« Ihre Modulation verrät mir irgendwie, dass sie durchaus schon in einem war.

Oder vielleicht glaubt sie auch, das wäre die Art, wie ich inzwischen meine Wochenenden verbringe.

»Warum denkt ihr eigentlich, ich wäre so etwas wie eine verrückte Partyschnecke? Nein, ich war noch nie in einem«, sage ich und nehme noch einen Zug.

»Das wird der Wahnsinn morgen Abend.« Sie nickt bekräftigend, und ihre Mundwinkel biegen sich aufwärts wie die des Grinchs, als er sich bereit macht, Weihnachten zu stehlen.

KAPITEL 13

Eine Dusche und ein fettiges Frühstück helfen uns am folgenden Tag wieder auf die Beine und geben Valerie ihr übliches quietschfideles Selbst zurück. Kein Wort über das Gespräch der letzten Nacht und auch keine Augenblicke der Traurigkeit. Wir kontrollieren unsere Telefone und arbeiten an unserer Bräune, und um acht erwartet uns der reservierte Tisch zum Abendessen.

»Vitamin P ist genau das, was der Arzt empfiehlt.« Valerie fächelt uns mit der *Us Weekly* Luft zu, in der sie den ganzen Nachmittag geblättert hat, und Quinn und ich können uns vor Lachen kaum halten wegen #schwanzwitze.

Während ich gerade Schwertfisch mit Kürbisfarrotto in mich hineinschaufele, brummt mein Telefon. Ich krümme mich innerlich, weil Nick mir letzte Nacht eine Nachricht geschickt hat, die ich einfach ignoriert habe.

Nick: Große Pläne für das Wochenende?

Und ich wollte gar nicht darüber nachdenken, was diese Frage implizierte. Oder mir den Kopf darüber zerbrechen, ob ich zu viel hineinlese. Was ich vermutlich tue.

Aber als ich mein Telefon hervorhole, stelle ich fest, dass ich eine Übereinstimmung bei Spark habe.

Es brummt wieder.

»Was ist los? Was gibt es?« Valerie speichelt mehr oder weniger ihre frittierten Okraschoten ein.

»Das ist … James. Achtunddreißig.« Ich spüre, wie mir die Röte ins Gesicht steigt, als mir bewusst wird, dass dieser Typ … dass ich bei ihm in der Nacht rechts gewischt habe, in der ich mich Spark exzessiv hingegeben habe. Und ich wage zu behaupten, er scheint toll zu sein. »Nichts Anstößiges oder Fragwürdiges im Profil. Immer vorausgesetzt, er ist echt, dann könnte er mein Date für deine Hochzeit sein. Du weißt schon, falls ich mich mit ihm treffe und ihn nicht gleich verabscheue.«

»Gib her.« Quinn greift nach meinem Telefon, aber ich halte es außer Reichweite.

»Ich habe die verdammte Nachricht ja selbst noch nicht gelesen«, belle ich.

»Und?«

James: Hallo, ich bin's.

»Hört sich irgendwie nach Adele an.« Naserümpfend mustere ich das Display. Und antworte umgehend.

Ich: Ich habe mich gefragt, ob wir uns nach all diesen Jahren vielleicht mal treffen sollten.

Bzzzt.

James: Um mal über alles zu reden.

»Das ist so lahm, Leute«, sage ich, muss aber lachen. Und da kribbelt etwas in meiner Brust.

»Ich will ihn sehen!« Quinn kreischt beinahe, und nachdem

sie ihn gesehen hat, nickt sie in einer Weise, die tatsächlich anerkennend wirkt, und gibt mir mein Telefon zurück.

»Das ist süß. Schreib ihm noch mal!« Valerie hämmert mit der Gabel auf der Tischplatte herum wie ein Kleinkind.

Ich: Man sagt, die Zeit heilt alle Wunden, aber ich habe nicht viel Heilung bekommen.

Ein paar Minuten ziehen dahin, ohne dass eine Nachricht eintrifft, und das Kribbeln, das ich verspüre, bewegt sich langsam in Richtung Panik, aber dann antwortet er doch.

James: Okay, genug davon. Die erste Nachricht zu schicken, ist der schwerste Schritt, aber danke fürs Mitspielen. Ich bin James. Was dir bestimmt nicht entgangen ist, denn du bist erkennbar keine Idiotin.

Breites Grinsen.

»Oh, James«, himmele ich mein Telefon und die Mädchen an. »Ich glaube, wir haben einen Gewinner.«

In unseren Köpfen braust es genauso wie in dem Champagner, den wir im Restaurant zum Getränk der Wahl erklärt haben. Und, wenn wir es genau nehmen, auch während unseres Brunchs. Weil #bellinis, ist klar.

Der Champagner ist vermutlich der Grund, dass ich Ja sage, als Armando vorschlägt, wir »schönen Damen« sollen uns an diesem Abend eine Limo zur The Dude Ranch nehmen, unserem Zielort für edle, maskuline Unterhaltung. Aber er verspricht hoch und heilig, das wäre nicht so viel teurer. Außerdem haben James Spark und sein Esprit mich ausreichend verunsichert, dass ich vermutlich zu allem Ja sagen würde.

Wir fahren vor dem Stripclub vor und sichern uns die Aufmerksamkeit aller Männer, Frauen und Kinder – okay, Kinder gibt es hier nicht, nehme ich an –, die vor dem Laden Schlange stehen. Ein Meister-Proper-Typ mit einem Klemmbrett, dessen Ohr ganz im Stil des Secret Service verkabelt ist, winkt uns rüber.

»Wir sind die Wallace-Junggesellinnen-Party«, sage ich und inspiziere meine Fingernägel. Ist gar kein Ding.

Er fährt mit einem fleischigen Finger über die Liste. »Sind Sie Rachel Wallace?«

»Bin ich, aber …«

»Sie können direkt rein.«

»Verdammt, wir sind VIPs!«, trällert Quinn, als er uns die Tür öffnet und wir in einen musikalischen Donnerschlag treten. Die Geräusche schießen auf uns zu wie ein Champagnerkorken aus der Flasche.

»Gibt es hier einen mechanischen Stier?« Valerie guckt nach oben, unten, links und rechts. Als wären all ihre Sinne auf einmal stimuliert worden und sie stünde kurz vor der Explosion.

Kakteen! (Sehen gefährlich aus …)

Private Tanzflächen, abgeteilt mit Weidezäunen! (Authentizität!)

»Valerie, der Laden heißt *The Dude Ranch*. Natürlich gibt es hier einen mechanischen Stier. Oder etwa nicht?«, frage ich einen Cowboy mit blankem Oberkörper, der sich gerade mit der Getränkekarte an uns herangeschlichen hat. (Helloooo, Dolly!)

»Klar doch, Schätzchen«, sagt er und tippt sich an den Hut. Zeigt zum anderen Ende des Gastraums, wo sich bereits eine Gruppe geifernder Zuschauerinnen versammelt hat.

»So ein artiger Kerl.« Ehe ich mich zurückhalten kann, wird

meine Hand magnetisch von der Cowboybrust angezogen. Hastig reiße ich sie weg. »Tut mir leid. Ich bin neu hier«, sage ich. Ich rede zu viel. »Sie werfen mich doch jetzt nicht raus, oder?«

Er gluckst ein kerniges Männerglucksen und zieht mich zu sich. »Anfassen erlaubt«, brüllt er über das Stampfen der Musik.

Er riecht erheblich besser als ein Cowboy. Nehme ich jedenfalls an.

»Mit wem muss ich wegen des *Magic-Mike*-Erlebnisses reden? Wir feiern Junggesellinnenabschied …«

»Nur ihr drei?«

»Was soll ich sagen?« Meine Hand kehrt zu seiner Brust zurück. »Wir sind alt. Wir sind die Letzten.«

»Alter ist nur eine Zahl, Schätzchen.« Wieder tippt er sich an den Hut. »Und wir hier auf der Ranch werden uns gut um euch kümmern. Also, wer ist die Braut. Du?«

Ich lache und lache und lache, bis ich keine Luft mehr bekomme. Die Lichter, das Konfetti, der Farmarbeiter, das alles macht mich schwindelig.

»Ich bin die Braut.« Quinn tritt vor und breitet die Hände aus wie die Assistentin eines Zauberkünstlers.

»Gut«, sagt er, sieht aber immer noch mich an, dringt mit dem Blick seiner babyblauen Augen geradewegs in mein kaltes, schwarzes Herz ein.

Ich weiß, das ist nur Getue, aber heiliger Bimbam.

Und dann nimmt er Quinn an der Hand, und wir schlängeln uns gemeinsam in seinem Gefolge durch die Menge.

Ich halte mir den Bauch, weil er von dem ganzen Gelächter so wehtut. Ich weiß nicht, wann ich zum letzten Mal so viel gelacht habe. Sofern die den Laden nicht mit Stickoxid vollpumpen, muss das wohl an all den Wodka-Red-Bulls liegen, zu denen wir gewechselt haben (immer eine gute Idee). Irgendwie haben wir gesoffen, als stünde der Weltuntergang kurz bevor. Und an der irren Aufmerksamkeit, die uns zuteilwird. An all den urkomischen Dingen, zu denen die Stripper ihre Gönner verleiten. Zu denen sie Quinn verleiten. Sie ziehen sie auf eine Traktorattrappe und sagen ihr, dass sie sie jetzt so lange beackern werden, bis sie A1-Sauce vom Waschbrettbauch dieses einen Kerls leckt.

Ich bin entsetzt (und ein bisschen neidisch), und ich habe so einen Spaß an Valeries Gejohle und Gebrüll gleich neben mir, dass ich buchstäblich vor lauter Vergnügen keine Luft mehr bekomme.

Ich lasse mich an der Bar nieder und beschließe, den mechanischen Stier nicht auszuprobieren, denn ich mag meinen Hals, wie er ist, nämlich ungebrochen. Aber Quinn und Val halten sich tapfer. Valerie bleibt länger oben als jede andere Frau in dem Schuppen und gewinnt irgendwas, das mir im Moment nicht einfallen will, obwohl ich bei den letzten drei Kurzen nur so getan habe, als hätte ich sie getrunken (und sie stattdessen über den Plastikkaktus gekippt habe, als alle anderen getrunken haben, weil ich Angst hatte, dieser Ort könnte unser Tod sein –, und ich habe schließlich versprochen, sie könnten sich darauf verlassen, dass ich mich um sie kümmere).

Aber meine Zeit als Beobachterin findet ein jähes Ende, als ich höre, wie mich der Moderator – Cowboy Steve – auf die Bühne ruft.

»Unsere liebreizende Junggesellin möchte ihre Liebe mit euch teilen«, kräht er ins Mikrofon. »Holen wir den Rest der Party hier rauf und veranstalten ein gutes, altmodisches Rodeo!«

»*Yee-haw*«, grölt die Menge.

Als sich die Scheinwerfer auf die Suche machen, spüre ich,

dass ich rot anlaufe. Verrückte Idee, aber ich glaube nicht, dass an diesem Rodeo irgendetwas *altmodisch* ist. Und es gibt kein Entkommen. Cowboy Steve und Quinn machen inzwischen gemeinsame Sache – oder Jagd – und suchen in dem Gedränge nach Valerie und mir.

Ich gebe mir alle Mühe, davonzukommen, kralle mich an jeder Frau im Laden fest, um mich hinter ihr zu verstecken, als plötzlich etwas über mich fällt und sich um meine Taille legt. Ich schaue hinunter und packe das weiche, seilartige Etwas. Es ist ein Seil aus pinkfarbenem Elastan. Und dann, mit einem *Wuuusch*, überfällt mich die Hitze, und ich bin geblendet, als mich der Scheinwerfer in weißem Licht badet.

Ruckartig geht es mit mir zurück zur Bühne – alle Blicke ruhen auf mir –, und nun wird mir auch klar, dass man mich mit dem Lasso eingefangen hat. Die Menge verliert kollektiv den Verstand. Und ihr Gebrüll – *»Los! Los! Los! Los!«* – macht mich schwummrig. Blinzelnd starre ich auf das Meer tollwütiger Weiber, und die Musik vibriert in meinem ganzen Körper. Ich kann nichts dagegen tun, dass dieser Cowboy mich mit einer schwungvollen Bewegung seines starken Arms auf die Bühne zieht.

Als er mich dort wieder auf die Beine stellt, schwanke ich. Um nicht umzufallen, greife ich auf seinen Bizeps zurück. Blinzelnd, als gäbe es kein Morgen mehr, versuche ich, mein Gleichgewicht wiederzufinden. Meine Orientierung.

Als sich der purpurne Fleck, den der Scheinwerfer auf meinen Netzhäuten zurückgelassen hat, wieder auflöst, begreife ich allmählich, was um mich herum vorgeht. Hunderte von Frauen springen auf dem Boden durcheinander, verschütten ihre Drinks, schubsen und stoßen sich gegenseitig, um näher an die Bühne heranzukommen.

Valerie wurde auch von einem Elastan-Lasso eingefangen

und wird gerade von einem anderen Kerl in einer braunen, ledernen Cowboyhose auf die Bühne gehoben. Ihr Gesicht leuchtet wie Las Vegas –, und da komme ich auf die Idee, mir den Cowboy näher anzusehen, der mich geschnappt hat.

Er trägt schwarze Beinschützer, unter denen eine Jeans hervorlugt, und ein enges Flanellhemd mit hochgekrempelten Ärmeln. Es ist zur Hälfte aufgeknöpft und gibt den Blick auf seine glänzende muskulöse Brust frei. Genau der Stoff, aus dem Tyson-Beckford-Werbung gemacht ist …

Dieser Gedanke lässt mich plötzlich erschaudern.

Tyson Beckford.

Ich denke, ich sollte ihm in die Augen sehen.

Bohrender Blick, geweitete Augen, in denen sich ein Hauch von etwas zeigt, das aussieht wie das blanke Entsetzen. Vermutlich ein Spiegelbild meines eigenen.

Für einen Moment lockert sich sein Griff, und ich stürze beinahe zu Boden, doch wir blicken uns weiter in die Augen, sogar noch, als er mich wieder auffängt. Mir hilft, auf eigenen Füßen zu stehen, während das Wiedererkennen einsetzt und sein Entsetzen in etwas übergeht, das aussieht wie Amüsement, vermengt mit einem schiefen Lächeln.

Ein vertrautes Funkeln in seinen warmen, dunklen Augen bringt mich beinahe erneut aus dem Gleichgewicht. Mein Mund ist außerstande, Worte zu formen, während Nick auf mich herabblickt.

»Howdy?«, ist alles, was er achselzuckend herausbringt. Ein dümmliches Grinsen huscht über seine Lippen, und ein neuer Song beginnt. Die Stripper schlingen das Seil um uns alle, und ich fühle mich nach all dem völlig benebelt.

Nick …

Er dreht mich im Kreis.

… ist hier.

Drehung.

Zwei Drehungen auf einmal. Abwechslung muss sein.

»Dir ist schon klar, dass du förmlich darum bittest, dass sich irgendwelche Mädchen auf dich übergeben«, brülle ich. Und höre das tiefe Rumpeln seines Gelächters vor dem Hintergrund der Musik.

»Ist das eine Warnung?«, fragt er und dreht mich wieder um die eigene Achse. »Keine Sorge, es ist fast vorbei.«

»Also, du bist …«

Aber dann drückt er mich an seine Brust. Wärme durchströmt mich, als hätte ich gerade eine Flasche, na ja, irgendwas, reingekippt. Dann setzt er mich auf einen Hocker. Verstohlen blicke ich über die Bühne zu Quinn und Valerie, die gerade der gleichen Behandlung unterzogen werden – und *Zack!* – weg ist sein Hemd, und der Luftzug, den er dabei auslöst, bläst mir die Ponyfransen aus der Stirn.

Fünf Stripper – die drei, die sich mit uns befassen, und zwei weitere, die den Raum zwischen uns füllen – folgen nun einer komplizierten Choreografie von der Sorte, von der Usher und Justin Timberlake nur träumen können. So präzise wie der Tanz einer Boyband, aber halb nackt und folglich viel besser. Oder schlimmer? Mit Breakdance-Verrenkungen – in der Luft, aufgestützt auf einem Arm – umkreisen sie uns drei »Schätzchen« in einem Rausch aus Testosteron und AXE-Deo.

Irgendwie – Osmose, vielleicht? – reißen sie sich die Jeans unter den mit Fransen gesäumten Beinschützern weg.

»Hast du dir gerade die Eier abgerissen?«, rufe ich Nick zu, unfähig, mich zu beherrschen, und kleistere vor Lachen beide Hände auf den Mund.

Er wirft mir nur einen seiner Blicke zu und schüttelt den Kopf, als er mir das abgelegte Kleidungsstück zuwirft und zum Rand der Bühne tanzt.

Panik kribbelt in meiner Brust, als wir zum Ende des Tanzes kommen (ich habe *Magic Mike* gesehen – wozu zum Henker werden die uns bringen?), und die Angst muss sich in meinem Gesicht gespiegelt haben, denn als die Stripper die Lassos abwickeln und uns mit Lederwesten und Cowgirlhüten ausstaffieren und einer von ihnen Quinn auf einen Sattel schnallt, drückt Nick mich kurz, um mich zu beruhigen.

»Wie stark sind deine Oberschenkel?«

»Was?«, kreische ich.

Er lacht und hebt mich hoch, ehe ich überhaupt kapiere, was los ist.

»Schling die Beine um meine Taille.«

»Wie bitte?«

»Tu's einfach.« Grob packt er mich und positioniert meine Beine. Vermutlich so, wie er mir gesagt hat, dass sie sein sollen, aber genau kann ich es nicht sagen. Zu verzweifelt klammere ich mich an seiner Mitte fest. Und er schreitet im Takt mit mir voran – ich bewege mich rückwärts – zum Rand der Bühne. Seine starken Hände liegen in meinem Rücken, stützen sanft meinen Hals, als er mich über die Menge kippt. Über ein Meer aus geilen Schlampen, die vor Eifersucht außer sich sind, während ich nur versuche, nicht von seiner vor Schweiß inzwischen schlüpfrigen Taille zu rutschen.

Mit einem Arm reißt er mich wieder zurück, bis ich Kontakt mit seiner Brust schließe. Ich kann seinen Herzschlag spüren.

»Du bist stärker, als ich gedacht habe«, säuselt er und kippt mich wieder nach hinten, ehe ich irgendwie reagieren kann.

Als er mich erneut hochreißt, kann ich auch die anderen Cowboys in ihren schimmernden, knappen Teenie-Speedos bei meinen Freundinnen sehen.

Hat Nick jetzt auch nicht mehr an? Schon der Gedanke daran, hinzuschauen, ist demütigend.

Also lasse ich es.

Über Valerie, die mit dem Rücken auf der Bühne liegt, macht gerade einer den Wurm, und jedes Mal, wenn sein Körper absinkt, ist es wie pure Poesie. Wie ein Stripperballett. Er landet so kalkuliert und sanft, immer gerade zwei Zentimeter davon entfernt, sie zu berühren. Valeries Körper erbebt, wann immer er runterkommt, aber sie wirkt nicht besorgt oder ängstlich; die Glut in ihren Wangen sieht eher nach einem echten Hochgefühl aus. Quinn reitet derweil ihren Stripper, der unter ihr bockt wie ein Bronco. Ihre Beine liegen fest an seinen Seiten, und nur der Sattel trennt sie von seinem Rücken. Das ist alles so überzogen und so witzig, dass ich jedes Mal, wenn Nick mich über die Menge hält, in Gelächter ausbreche.

Als wir irgendwann die letzte Pose einnehmen, regnet silbernes Konfetti auf uns herab, und donnernder Applaus rast durch den Club. In Anbetracht der wilden Begeisterung des Publikums und all der halb nackten Virilität komme ich mir vor wie Madonna, Janet Jackson und Lady Gaga in einer Person.

Und dann geht das Licht aus, und ich bin blind. Ich werde hinter die Bühne geführt, und mir wird erst, als wir im Greenroom sind (nennt man das in einem Stripclub auch so?), bewusst, dass Nick mich an der Hand genommen und in Sicherheit geleitet hat.

Quinn und ich sinken tief in ein klischeemäßiges Knautschsamtsofa im Umkleidebereich und nippen an unseren Wodka-Red-Bulls, während wir darauf warten, dass sich Valerie ihren Gewinn abholt.

»Können wir auch sicher sein, dass sie okay ist?«, frage ich Leo, den Mann, der sich auf der Bühne um Quinn gekümmert hat.

Er und einer der anderen Jungs grinsen verständnisvoll.

»Ich bin sicher, dass Sylvester sich wirklich gut um sie kümmern wird, keine Sorge.« Er salutiert vor mir.

»Ist nur, weil, na ja, ich habe versprochen, dass ich die Mädchen in einem Stück wieder nach Hause bringe«, sage ich und ordne meine Beine unter dem Körper neu an.

Leo beugt sich über Quinn. Tief. »Irgendwelche Beanstandungen, Süße?«

Gekicher bahnt sich einen Weg aus ihrem Mund, der immer noch aussieht, als hätte sie ihren Lippenstift gerade erst aufgetragen. »Nicht eine«, sagt sie. »Schön für sie, dass sie einen privaten Tanz gewonnen hat. Dieser mechanische Stier war nicht ohne!« Sie nippt an ihrem Drink. »Sie ist bestimmt okay. Irgendwie fühlt es sich an, als würden wir uns hier alle kennen.« Sie zwinkert Nick zu.

»Ja, geht mir genauso. Komisch …« Und auch ich werfe ihm einen Blick zu.

Er trägt jetzt eine Basketballshorts und ein T-Shirt, das deutlich mehr von ihm verhüllt als die After-Show-Kleidung seiner Kollegen, aber ich kann trotzdem nicht ungesehen machen, was ich auf der Bühne gesehen habe.

Und ich sehe es immer noch, spüre immer noch seine Hände, während ich dort sitze.

Ich bemühe mich darum, ihn nicht anzuschauen, weil ich ahne, dass er mir das ansehen kann. Und weil ich mir unter seinem Starren nackt vorkomme. Weil ich …

»Nun kennt ihr also mein kleines Geheimnis«, sagt er. »Macht ihr mir deswegen Ärger in der Schule?«

Vermutlich fühlt er sich inzwischen angesichts seiner Nacktheit wohl auch ein bisschen schutzlos.

»Natürlich nicht«, antwortet Quinn und trinkt den Rest ihres WRB.

»Ich kann das erklären …«

»Keine Erklärung nötig«, sage ich. »Wir verstehen das schon. Du musst dein Medizinstudium finanzieren«, pruste ich, und alle brechen in Gelächter aus.

Aber für eine Sekunde kommt es mir vor, als würde mein Magen einfach aus mir herausfallen. War das gehässig von mir?

Nick gluckst nur zur Antwort, und ich komme zu dem Schluss, dass es wohl sicherer ist, wenn ich zu der Korrespondenz mit James zurückkehre, der sich, wie sich herausstellt, gern mit mir treffen möchte, wenn wir wieder in der Stadt sind – yeah! Also mache ich es wie Taylor Swift und schüttle den Gedanken einfach ab.

KAPITEL 14

Wir haben gerade gepackt und stopfen uns mit Waffeln vom Zimmerservice voll, als Quinn und mir auffällt, dass mit Valerie irgendetwas nicht stimmt. Letzte Nacht war sie ziemlich still, heute Morgen auch, so ist sie eben manchmal, aber mir fällt auf, dass sie meinem Blick ausweicht, als ich ihr mehr Orangensaft anbiete, mehr Butter und mehr Neckereien.

Quinn sieht mich nur achselzuckend an und hebt ihren Orangensaft zu einem Toast. »Auf das Beste. Aller. Wochenenden.«

Ich fühle mich besser, als ich es nach einer Nacht mit *All Dem* erwartet habe. Gott sei gedankt für Mitternachtsimbiss und Schmerztabletten vor dem Zubettgehen. Da springt Valerie plötzlich auf und rennt ins Badezimmer.

»Geht es dir nicht gut, Schatz?«, rufe ich ihr nach und schürze Quinn gegenüber schaudernd die Lippen.

Wir hören sie würgen. Und verziehen beide das Gesicht.

Dann, einen Moment später, krächzt sie: »Alles in Ordnung.«

»Wenn du willst, frage ich, ob wir später auschecken können, dann hast du ein bisschen mehr Zeit. Anderenfalls müssen wir ziemlich bald los.«

»Alles in Ordnung, habe ich gesagt«, blafft sie.

Ich werfe die Hände in die Luft, ehe ich mir mehr Speck nehme. »Schon gut.«

Als wir die breite Treppe zur Lobby hinuntersteigen und uns an dem kühlen, schmiedeeisernen Geländer entlang einen Weg zum Empfang bahnen, scheint es Valerie etwas besser zu gehen. Sie hält sich aufrecht, ihr Teint ist nur einen Hauch grün – meerschaumgrün, wenn man so will –, und sie hält einen Kaffee in der Hand.

»Das war lustig, aber ich freue mich darauf, nach Hause zu kommen«, sagt sie, schlingt einen Arm um den Oberkörper und inhaliert den dichten Dampf, der aus ihrer Tasse aufsteigt.

Doch als wir hinausgehen, stehen haufenweise aufs Geratewohl geparkte Polizeiautos um das Hotel herum. Staunend bleiben wir stehen.

»Was ist los?«, erkundigt sich Quinn bei Armando, der auf seinem Posten die Hände ringt. Schweiß tropft ihm von der markanten Stirn.

»Wir wollten das eigentlich diskret behandeln, aber wenn sich überall Polizisten herumtreiben … Ich schätze, alle unsere Gäste werden es mitkriegen.« Er senkt die Stimme und winkt uns näher heran. »Letzte Nacht wurden einige Wagen von unserem Gelände gestohlen.«

Quinn lässt ihre Tasche fallen. Blinzelt. »Wie viele?«

Sie greift nach ihrem Koffer, und es sieht aus, als suche sie in Erwartung seiner Antwort irgendeinen Halt.

»Wir versuchen immer noch, die genaue Zahl festzustellen und die betroffenen Gäste ausfindig zu machen …«

»Was ist mit meinem Wagen? Der weiße Porsche Cayenne?«

Ehe sie zu Ende gesprochen hat, kennen wir die Antwort.

Er schüttelt den Kopf. »Es tut mir so leid, Miss, aber wie es scheint, gehört Ihr Wagen zu den verschwundenen Autos.«

»Warum erfahren wir das erst jetzt?«, platze ich heraus.

»Das kann ich Ihnen erklären.« Ein Officer in Dunkelblau tritt auf uns zu.

»Es liegt daran, dass der Wagen nicht auf Sie zugelassen ist. Sind Sie eine Miss …« Er wirft einen Blick auf seine Notizen. »Quinn Morales?«

»Oh mein Gott«, antwortet Quinn und sinkt auf das Pflaster.

Ich kauere mich zu ihr, stelle aber fest, dass sie nicht in Ohnmacht gefallen ist; sie ist einfach nur entsetzt.

»Ihr Verlobter ist ein Mister Phillip Hayes? Er ist auf dem Weg hierher, da der Wagen auf ihn zugelassen ist. Haben Sie heute schon mit ihm gesprochen? Er dürfte in Kürze hier sein.«

»Äh, nein, ich … ich …«, setzt Quinn an, während sie in ihrer Tasche nach dem Handy sucht.

»Ich glaube, ich weiß, warum«, kommentiert der Officer süffisant, als er das zerbrochene Display sieht.

»Wie ist das …?« Beinahe gleitet Quinn in eine Hyperventilation ab. Sie ist nur noch ein Bündel aus Tränen und unregelmäßigen Atemzügen.

Val und ich hocken neben ihr und halten sie von beiden Seiten, bis Phil mit geweiteten Nasenflügeln in seinem Lincoln vorfährt.

»Findet ihr allein nach Hause, Ladys? Ich glaube, Quinn und ich werden noch eine Weile bleiben müssen, bis hier alles geregelt ist.« Dabei fixiert Phil mit finsterem Blick den Officer. Uns schaut er gar nicht an, als Quinn ihn so kraftvoll umarmt, dass ihm beinahe die Luft wegbleibt.

»Ja, schon gut«, sage ich. »Wir kriegen das hin.«

Valerie und ich holen unsere Koffer vom Gepäcksammelwagen und machen uns in Richtung Café aus dem Staub.

»Ist das zu fassen? Was für ein Idiot!« Ich hole mein eigenes Telefon hervor, das offenbar noch voll funktionstüchtig ist. »Kein: ›Geht es euch gut?‹, ›Wie konnte das passieren?‹, einfach gar nichts. Er echauffiert sich nur und schickt uns weg, damit er seinen heißgeliebten Wagen suchen kann. Pah!«

»Was machen wir jetzt?«, fragt Val auf eine gespenstische Art, ganz so, als hätte sie kein Wort gehört.

»Ist dein Telefon in Ordnung, kannst du Mike anrufen?«

Ihr blasses Gesicht leuchtet wieder grün auf. »Nein. Ich rufe ihn nicht an.«

»Okay, okay, beruhig dich. Was ist denn heute mit dir los?«

Sie packt mein Handgelenk und zieht mich zu einem ruhigeren Plätzchen. Dort stehen wir scheinbar eine Ewigkeit schweigend herum, und mir fällt auf, wie ernst und blutunterlaufen ihre Augen sind.

Endlich spuckt sie es flüsternd aus: »Ich hatte letzte Nacht Sex mit diesem Stripper. Während der Privatvorführung. Ich weiß nicht, ob die so was immer tun oder ob das erwartet wird, aber …«

Sie schnattert weiter, als mir ein »WAS?« entschlüpft. Ich kann nichts dagegen tun, ich brülle es regelrecht hinaus, und etliche Hotelgäste drehen sich zu uns um.

»Ich weiß nicht, was ich mir dabei gedacht habe.« Tränen laufen ihr über die zarten Züge, und pinkfarbene Flecken erblühen auf ihrer Brust. »Darauf war ich nicht mehr scharf seit …«

»Seit Frankie geboren wurde, ich weiß.«

»Seit dem College«, korrigiert sie mich. »Und ich weiß, das war nicht echt, aber er war so … so …« Ihr Blick verschleiert sich, und mir ist klar, dass sie es wieder vor sich sieht, es wieder fühlt. Die Röte ihrer Wangen vertieft sich, und ihre Zähne packen ein Stück ihrer Unterlippe …

Und auf einmal klammert sie sich schluchzend an mich, und ich weiß nicht, was ich tun soll.

Ich streiche ihr das Haar aus dem Gesicht und ergehe mich in, wie ich hoffe, besänftigenden Lauten. Tätschele ihr beruhigend den Rücken. Lasse sie zu Atem kommen.

»Das kommt schon wieder in Ordnung«, sage ich. »Wir werden Mike nicht anrufen. Und ich werde es niemandem erzählen. Niemals. Okay?« Ich rücke von ihr ab und starre ihr direkt in die Augen, in denen sich ein Gefühlschaos spiegelt. Halte ihr Kinn hoch. »Nicht mal Quinn.«

Ich sehe mich zu unserer Freundin und Phil um, und in meinem Inneren regt sich Übelkeit.

Meine Quinn ist fort. Dieses Wochenende könnte die letzte Zeit gewesen sein, die ich je mit ihr verbracht habe.

Ich drücke Val wieder an mich, und mein eigenes Blickfeld versinkt in Tränen. Aber dann reiße ich mich zusammen, ganz einfach weil man das tut. Ich drücke Val noch einmal und löse mich dann endgültig von ihr.

»Ich weiß, was wir machen. Keine Sorge, ich bringe uns nach Hause.«

Sie nickt geistesabwesend, und ehe ich mich eines Besseren besinnen kann, huschen meine Finger schon über meine Apps.

Valerie stellt keine Fragen, als ich ihr erkläre, wir würden an einem anonymeren, nicht so sehr von Polizisten gefluteten Ort abgeholt werden. Um genau zu sein, sagt sie überhaupt nichts, also schleifen wir unser Gepäck ein paar Blocks weit zu dem Diner an der Ecke und setzen uns auf den Bordstein wie ein paar Vagabunden. Da ich gesehen habe, dass sie sich ein Xanax eingeworfen hat, als wir das Hotel verlassen haben, interpretiere ich ihr Schweigen als Zeichen dafür, dass sie zu einem schöneren Ort unterwegs ist – und hole mein Telefon hervor, um nachzusehen, ob James sich gemeldet hat.

Er hat.

James: Also, wegen des Drinks …? Immer vorausgesetzt, die Damen sind nach dem Wochenende nicht tot, dann würde ich dich heute Abend gern zum Essen einladen. Vorschläge?

Oh, ja, einige.

Ich kann das Lächeln, das sich über mein Gesicht ausbreitet, nicht zurückhalten, aber als ich aufblicke, immer noch mit einem dämlichen Grienen auf den Lippen, begegne ich prompt Nicks Blick, der gerade in irgendeinem kastenförmigen Nissanmodell eingetroffen ist. Er muss wohl annehmen, mein Lächeln gelte ihm, denn es spiegelt sich in seinem Gesicht, und mir wird bang ums Herz.

Aber ich kann nicht so recht sagen, warum.

Glücklicherweise können wir keinen Blickkontakt herstellen, während er fährt, also war das alles. Zumindest für die nächsten sechzig Minuten.

»Nick nimmt uns mit?« Valerie tritt ein in das Land der Lebenden, gerade eine Sekunde, bevor Nick ausgestiegen ist, um uns mit dem Gepäck zu helfen.

Ich zucke nur mit den Schultern. »Ich dachte, ich versuche es einfach«, sage ich. »Immerhin sind wir jetzt so was wie Freunde, und ich fand, dass Uber für diesen Trip ein bisschen zu kostspielig ist.«

Und schon kehrt sie zurück ins Reich der Stille. Schwer zu durchschauen.

Als wir einsteigen, stelle ich fest, dass der Wagen nach Kokosnuss riecht. Der baumförmige Lufterfrischer, der am Rückspiegel baumelt, leistet ganze Arbeit. Was ist das nur mit den Kerlen und ihren Lufterfrischern? Ich sehe mich im Innenraum auf der Suche nach anderen Dingen um, die mir etwas über Nick verraten können. Der Wagen sieht aus, als wäre er gerade erst grundgereinigt worden. Da gibt es keinen zerquetschten, halb gegessenen Bacon-Cheeseburger auf dem Grund einer Fastfoodtüte, keinen Haufen Post unter meinen Füßen. Nicht ein Krümel ist zu sehen. Nirgends. Ich vermerke im Geiste, dass ich nicht zulassen darf, dass Nick je den *Hort des Schreckens* zu sehen bekommt, den ich meinen Camry nenne. Ein paar alte CDs stecken im Türfach, und ich blättere in ihnen, während er fährt. Größtenteils altmodischer Hip-Hop.

»Irgendwas gefunden?«, fragt er nach einer Weile in sarkastischem Ton.

»Ich bin eher ein Mädchen für die Top Vierzig.«

»Vorhersehbar.« Er garniert seine Antwort mit einem *Tsts*. »Zu schade«, fügt er hinzu.

»Sugarhill Gang? Die fand ich toll.« Ich zeige ihm die CD-Hülle.

»Der Wagen hat sowieso keinen CD-Player, also überschlag dich nicht gleich«, gibt er trocken zurück. »Also …«

»Haha, ja, und worüber reden wir dann eine ganze Stunde lang?« Ich trommle mit den Fingerspitzen auf der Armlehne herum.

»Wir könnten darüber reden, wie ihr dieses Wochenende überlebt habt …«

»Wir haben es geschafft, ja. Weitgehend. Aber Quinn möglicherweise nicht. Ich fühle mich schrecklich.«

»Darauf wette ich. Aber das war nicht deine Schuld.«

Seine Stimme klingt liebevoll – beinahe, als hätte er mir die Hand aufs Knie gelegt oder greife nach mir, um mir Trost zu spenden.

Aber das hat er nicht getan. Gott sei Dank. Ich muss diese Schwärmerei in den Griff kriegen.

Ich lasse einen Moment vergehen und sehe zu, wie eine Baumreihe verschwommen vor dem Beifahrerfenster vorbeizieht.

»Ich weiß, dass das theoretisch nicht meine Schuld ist«, sage ich schließlich. »Aber ich habe das Gefühl, dass man mir die Schuld geben wird.«

»Warum?«

Ich schaue mich zu Val um, die anscheinend tief und fest schläft. Ihr Kopf hängt schlaff zur Seite und wackelt mit jeder Unebenheit in der Straße.

»Weil ich das einfach tue. Weil die das immer tun. Na ja, nicht immer. Aber seit der Heirat. Seit Typen.«

»Und darum hasst du Typen?«

Ich lache. »Ich hasse Typen nicht.«

Er bedenkt mich mit einem schiefen Seitenblick.

»Okay, schön, aber ich hasse nicht alle Typen. Jedenfalls nicht immer. Eigentlich …« Ich nage für eine Sekunde an der Lippe. Auf einer Skala von eins bis zehn: Wie schräg ist das, dass ich Männerprobleme mit Nick diskutiere? Aber dann gewinnt der Engel auf meiner Schulter (Ha! Als würde ein Engel auf meiner Schulter nicht einfach verbrennen.) oder irgendetwas Ähnliches die Oberhand und erklärt mir, es sei in Ordnung, mit Typen wie Nick zu reden, weil Nick jemand ist, mit dem ich arbeite und offenbar befreundet bin. Und vielleicht hilft es auch, diese schulmädchenhafte Schwärmerei zur Ruhe zu betten.

»Eigentlich?«

»Na ja, ich habe vielleicht jemanden auf Spark kennengelernt, der normal ist, und ich glaube, ich gehe heute Abend mit ihm aus.«

Er lacht leise. »Ich würde nicht sagen, dass du mich zwingend auf Spark kennengelernt hast, und ich habe einem Date für heute Abend noch nicht zugestimmt, aber …«

»Deine Arroganz ist atemberaubend.«

»Danke«, sagt er, und ich schlage ihm auf den Arm.

Und als ich seine Haut für diesen kurzen Moment unter meinen Fingerspitzen spüre, lebt die vergangene Nacht in meinem Geist wieder auf. Meine Beine um seinen Leib geschlungen …

Nicht hilfreich!

Mein Gesicht fängt an zu glühen.

Konzentrier dich!

»Nicht du. Jemand Vorzeigbares.«

»Aua«, sagt er und reibt sich den Unterarm.

»Du weißt, was ich meine.«

»Oh, also … kein ›Stripper mit einem goldenen Herzen‹, der zufällig dein Kollege ist? Kapiert.«

»Ich meine es ernst!« Ich schlage ihn noch einmal.

Ich kann nicht anders. Es ist, als könne ich nicht aufhören, ihn zu berühren.

Hör auf damit!

Und dann reden wir plötzlich irgendwie nicht mehr über James oder überhaupt über Typen. Irgendwie reden wir über die Schule und Ida und darüber, wie Valerie, Quinn und ich uns in der Highschool kennengelernt haben und wie wir beide in der Highschool waren (er Schülersprecher, ich Debattierclublangweilerin) und wie er als Vertretungslehrer an der Wesson Academy gelandet ist.

»Ich habe in Tallahassee gelehrt, aber dann ist mein Bruder im Sommer krank geworden.«

»Ach du Schande, das tut mir leid.«

Er presst kurz die Lippen zusammen, sodass sie eine dünne Linie bilden. »Ja. Er ist fünfzehn. Und mein Dad ist schon vor fünf Jahren gestorben, keine große Rente für meine Mom, um ihren Lebensunterhalt zu bestreiten und sich um Bryce und die Kosten zu kümmern. Darum habe ich mich nach einem Job in ihrer Nähe umgesehen. War ein bisschen zu spät im Jahr, um noch offene Stellen zu finden.«

Ich will ihn fragen, was mit seinem Bruder los ist, aber die Worte geraten schon auf meiner Zunge ins Straucheln. Anscheinend habe ich mir eine Sekunde zu viel Zeit gelassen, denn Nick scheint es zu merken, und er hilft mir aus der Patsche.

»Leukämie. Ein Rückfall. Er hatte es schon, als er noch sehr klein war. Darum konnte ich es vor mir nicht rechtfertigen, vier Stunden von meiner Familie entfernt zu leben, während die mich doch braucht, verstehst du?«

»Das ist schrecklich, Nick. Und so lieb von dir.«

Ich unterdrücke das Verlangen, die Hand auszustrecken, um erneut seinen Arm zu berühren. Was ist heute nur mit mir los? Stattdessen sitze ich einfach da und versuche, das alles zu verdauen.

Er schweigt, bis ich frage: »Warum Wesson?«, und dann lächelt er das Lächeln, das ich seit ein paar Meilen nicht mehr zu sehen bekommen habe.

»Ganz einfach. Es ist nicht weit von der Wohnung meiner Mutter, und es ist die teuerste Privatschule weit und breit, also dachte ich mir, sie müssen auch ihre Lehrer gut bezahlen.«

Ich pruste.

»Das Problem ist, dass die auch keine offenen Stellen hatten, also bin ich auf der Vertretungsliste gelandet.«

»Und normalerweise unterrichtest du Geschichte, ja?«

»Wenn eine Stelle verfügbar ist, ja. Aber vorerst muss ich kreativ werden, um Geld zu verdienen. Ich muss Ma mit den Arztrechnungen helfen.« Er verstummt für eine Minute. »Im College habe ich ein bisschen gemodelt – Klappe! – und, na ja …« Er räuspert sich. »Als ich hergekommen bin, habe ich mich mit meinem Agenten getroffen. Er hat mir den Stripperjob vorgeschlagen.« Er schüttelt den Kopf, und ein schiefes Lächeln ziert das Gesicht, das ich gerade anstarre. »Ich mache das nur dann und wann«, sagt er, »und das Honorar ist ziemlich astronomisch. So gesehen hänge ich da momentan fest.« Wieder tritt eine Pause ein, kürzer dieses Mal. »Ich bin nicht nur irgendein schmieriger Stripper.« Sein Ton klingt locker, aber da schwingt ein Hauch von etwas mit, das ich nicht ganz greifen kann.

»Und ich dachte, du versuchst, in Channing Tatums Fußstapfen zu treten.« Ich zwinkere ihm zu, und er lacht. »Mir musst du nichts erklären«, sage ich. Und es tut mir leid, dass er sich mir gegenüber rechtfertigt.

»Ich weiß.« An einer roten Ampel schaut er mir direkt in die Augen, und eine Woge spült über mich hinweg. So eine Anziehungskraft habe ich nicht mehr erlebt seit … ich mich erinnern kann. So eine Erregung, die sich einfach nicht unterdrücken lässt.

Aber er widmet sich schon wieder seinen Chauffeurspflichten, ehe ich irgendwie reagieren oder alles noch schlimmer machen kann.

Eine Weile schweigen wir beide, und ich fühle mich ungezwungen. Nichts zu spüren von der unheimlichen steifen Anspannung, die das üblicherweise unbehagliche Schweigen begleitet, wenn ich mich in Gegenwart eines Mannes befinde, den ich nicht allzu gut kenne. Einige Ausfahrten ziehen vorüber, während ich meinen Gedanken nachhänge. Darüber, dass es sich so natürlich anfühlt. Dass es Spaß macht. Dass ich mit Nick so unbeschwert reden kann. Und auch wenn ich zufällig nicht daran glaube, dass Männer und Frauen wirklich Freunde-ohne-Freundschaft-plus sein können, komme ich nun allmählich auf den Gedanken … Sie können vielleicht doch.

Ehe ich es merke, ist die Fahrt fast vorbei.

»Wie spät ist es?«, fragt Valerie und streckt ihr neu erwachtes Ich auf dem Rücksitz.

»Fast zwei«, antwortet Nick. »Wo darf ich die Damen absetzen?«

»Wie wäre es, wenn du uns beide zu mir bringst? Ich kann Val nach Hause fahren.«

Da Valerie nun wach ist, hat unsere Neckerei ein Ende, und mir geht auf, dass ich James wegen heute Abend noch gar nicht geantwortet habe, also zerre ich mein Telefon hervor. Seine Nachricht ist immer noch da, die Arme vor der Brust verschränkt. Und ungeduldig mit dem Fuß auf den Boden trommelnd.

Ich: Tut mir so leid – JA. Hatte einen verrückten Vor-/Nachmittag. Nichts, was die Cops nicht regeln könnten – hehe. Nicht so ernst gemeint. Wann und wo sollen wir uns treffen?

James' Antwort mit den entsprechenden Details trifft rasch ein, und ich habe immer noch Schmetterlinge im Bauch, also muss ich mir wegen meiner lächerlichen Schwärmerei für Nick wohl doch keine Sorgen machen. Aber mir fällt auf, dass ich beim Tippen das Display vom Fahrersitz weghalte.

Nick hat es offenbar auch gemerkt. Er räuspert sich. »Wichtiges Date heute Abend?«

Die Frage wirkt wie eine elektrische Insektenfalle auf die Schmetterlinge; im Handumdrehen sind sie tot.

»Muss sich noch herausstellen«, sage ich und zwinge mich zu einem ausgelassenen Tonfall.

Aber bei diesem Eingeständnis bricht mir ein wenig das Herz.

Der Rest des Weges vergeht auf ganz sachliche Weise: Ich dirigiere Nick Abzweigung um Abzweigung zu meinem Apartmentkomplex. Als ich aus dem Wagen ausgestiegen bin und er uns mit unserem Gepäck geholfen hat, trödeln wir noch eine Weile herum, während Valerie mit Mike telefoniert. Nick lehnt sich mit vor der Brust verschränkten Armen an den Kofferraumdeckel; ich stehe auf dem Bürgersteig und starre meine Zehen an, die ich an den Rillen im Pflaster ausgerichtet habe.

Ich spüre eine Energie zwischen uns. Als gäbe es noch mehr

zu sagen, aber ich habe keine Ahnung, was ich sagen könnte. Und außerdem weiß ich, dass ich nichts sagen sollte.

James.

Atmen.

James.

Ich schaue Nick an. Er sagt auch nichts – lächelt nur –, also ergehe ich mich im Gegenzug in einer verlegenen Version und danke ihm dafür, dass er uns hergefahren hat.

Auf dem Weg zu ihrem Haus sind Valerie und ich auch ziemlich schweigsam, und ich weiß nicht recht, ob sie es im *Fight-Club*-Stil machen will und wir niemals wieder darüber sprechen werden ... oder ob das eine Art gegenseitiges Einvernehmen darüber ist, das besagt: Was in South Beach passiert ist, bleibt in South Beach. Oder ob ihr und mir noch ein sehr ernstes Gespräch bevorsteht, denn WIE KANN EIN MENSCH NUR SO VIEL FÜR SICH BEHALTEN?

Aber ich bringe es nicht über mich, das Thema »Mike oder Sex mit Stripper Sylvester oder was das zu bedeuten hat« anzusprechen, weil das für uns beide fremdes Terrain ist und ich sie nicht in Verlegenheit bringen will, sondern nur nach Hause.

Ehe ich auch nur aus Valeries Einfahrt zurück auf die Straße setzen kann, brummt mein Telefon, und ich überlege, ob sie etwas vergessen hat. Ich schaue mich zum Rücksitz um, aber da ist nichts.

Nick: Viel Spaß heute Abend. =P

Das heitert mich auf und schmettert mich nieder.

Er kann einfach keine Ruhe geben.

Ich: Musst du immer das letzte Wort haben?
Nick: Natürlich, Schätzchen.;)

KAPITEL 15

Sarah hat sich offenbar sehr gut um Billie gekümmert; sie ist noch genauso, wie ich sie zurückgelassen habe – lebendig, pummelig und liebeshungrig. Sarah ist nicht da, als ich nach Hause komme, aber sie hat mir eine Nachricht hinterlassen, die besagt, dass sie bis halb zwei gewartet habe und Billie so ein Schatz sei.

Was sonst?

Ich verbringe eine Menge Zeit damit, besagtes Schnuckelchen zu umschmeicheln, das bei meinem Anblick wie ein Welpe mit dem halben Hinterleib wedelt, ehe ich beschließe, mit ihr rauszugehen, um ein wenig von der hektischen Energie zu verbrauchen, da ich sie heute Abend wieder allein lassen werde, um mich mit James zu treffen.

Außerdem muss ich das Wochenende noch verarbeiten.

Ich habe Quinn ungefähr siebzig Nachrichten geschickt und mich nach dem Status ihres Wagens erkundigt, aber sie hat noch nicht geantwortet, also bleibt mir nicht viel anderes übrig, als allein meinen Gedanken nachzuhängen, weiterzutrotten und unterwegs Beaglehaufen einzusammeln. Alles wie immer.

James hat dieses neue, piekfeine italienische Restaurant vorgeschlagen, das auszuprobieren ich kaum erwarten kann. Seine

Innenausstattung im Art-déco-Stil soll ihm eine Zwanziger-Jahre-Atmosphäre verleihen. Außerdem preisen sie es als Weinbar an, also keine Einwände von meiner Seite.

Aber meine Hände zittern ein bisschen, während ich meine Haare glätte. Lidschatten auftrage.

Dieses Mal mache ich alles anders – heute keine Kennlern-Uniform. Ich habe mich für ein burgunderrotes Wickelkleid entschieden, das ein paar Schattierungen dunkler ist als der Rosé, den ich bestellt habe, aber nicht weniger appetitlich. Es schmiegt sich genau an den richtigen Stellen an und versteckt, was versteckt werden soll. Außerdem ist es geschmeidig und macht einfach Freude, genauso wie ich mir die Konversation wünsche.

Ich drehe mich auf dem Barhocker um. Der Wein liegt süß auf meiner Zunge. Kaum zu fassen, dass ich nach gestern Nacht schon wieder Alkohol trinke, aber dieses Mal bin ich ernsthaft nervös – gespannt auf diesen Mann; ich tue das nicht, um mich zu betäuben oder irgendwas in der Art.

Das muss einfach gut laufen. Ich hoffe, es wird gut laufen.

So fühle ich mich zum ersten Mal, seit wir dieses kleine Experiment begonnen haben, und obwohl es mir vorkommt, als hätte ich meine Freundinnen irgendwie im Stich gelassen, muss ich es dieses Mal wirklich probieren. Außerdem könnte es ja sein, dass ich diesen James Spark wirklich mag. Ich habe ihn schließlich nach meinen eigenen Regeln ausgewählt.

Und ich muss aufhören, so auf Nick abzufahren. Warum muss der Kerl so verdammt faszinierend sein?

Ich lasse den Wein in dem Glas ohne Stiel kreisen und denke an unsere Unterhaltung im Auto heute Nachmittag. #traum #haft

Langsam trinke ich den nächsten Schluck.

Nicht traumhaft. *Schluss damit!*

Ich kippe auch den Rest Rosé hinunter und tupfe mir die Lippen mit einer schwarzen Cocktailserviette ab.

»So gespannt darauf, mich zu treffen?«, fragt eine Männerstimme, und warme Fingerspitzen streifen meinen Ellbogen.

Bei seinem Anblick erschrecke ich. James, 38. In Fleisch und Blut. Sahnesahnesahneschnitte.

Er hat dichtes, welliges Haar – dunkel, genau wie auf den Fotos. Unter einem frischen Button-down-Hemd verbirgt sich ein Oberkörper, der den Eindruck vermittelt, er wäre genauso gut gebaut, wie sein Profil angedeutet hat.

Weiter komme ich nicht, weil er mich etwas gefragt hat. Zumindest glaube ich, dass er das hat, weil er mich mit großen Augen ansieht, als warte er auf eine Antwort.

»Soll ich verduften?« Mit beiden Daumen deutet er zurück zur Tür, und ich lache.

»Wer benutzt denn noch das Wort *verduften*? Und, nein. Ich meine, ich …«

»Immer mit der Ruhe.« James gluckst und umarmt mich freundschaftlich. »Ich habe auch ein bisschen Mut gebraucht, glaub mir. Aber jetzt bin ich erleichtert.« Er tritt einen Schritt zurück und mustert mich vom Scheitel bis zur Sohle. »Ich will mich ja nicht benehmen wie ein Vollhonk, aber ich war ziemlich überzeugt, du wärst …«

Ich blinzele ihn an und setze ein sarkastisches Lächeln auf. »Bist du sicher, dass du den Satz beenden willst?«

»Ja.« Er nickt entschlossen. »Ich wollte sagen, ich war ziemlich sicher, du wärst ein Fake und hättest dich nur in Szene setzen wollen.«

»Ich?« Ich schlage eine Hand an die Brust und spüre schon das Trällern in meiner Stimme, ehe ich die Worte herausbringe. »Oh, ich bin echt, aber ich kann dir gern eine Szene machen, Herzchen.«

»Tatsächlich?« Er scheint amüsiert, und seine hellbraunen Augen leuchten im Lichtschein des Kristalllüsters.

Er setzt sich neben mich und bestellt noch einen Wein für mich und einen Scotch für sich.

»Wie heißt das noch? ›Schnaps und Wein, fröhlich sein‹?«

Er legt das ganze Gesicht in Falten, wobei ein Grübchen an seinem Kinn zum Vorschein kommt, das er vermutlich hasst, weil alle, die eines haben, es hassen.

Aber ich nicht. *Neinneinneinneinneeeeeein.* Ich bin ein Riesenfan.

»Das kann ich mir nie merken«, antwortet er. »›Bier und Wein, lass das sein‹? Und irgendwas vor Bier ›rat ich dir‹ … Wein, ›fröhlich sein‹.«

Ich hebe mein Glas. »Ich bin jedenfalls im Moment recht fröhlich. Und, ja, ich wünschte, wir hätten dieses Wochenende an diese hilfreichen kleinen Sprüche gedacht.« Ich muss lachen.

»Zu tief ins Glas geschaut?« Sein Blick ist glutvoll, sein Lächeln ansteckend.

Wir leeren unsere Getränke an der Bar, während ich ihm die Blabla-Version der Ereignisse liefere und dabei irgendwie übergriffig bin, was ihn nicht zu stören scheint. Sein Knie, sein Bizeps, für mich ist alles Freiwild.

»Erstaunlich, dass ihr da lebend rausgekommen seid«, kommentiert er, als ich mit meinem Geschwafel fertig bin.

Ich denke an Quinn und den Wagen, und ein schlechtes Gewissen bohrt sich in meinen Gefühlshaushalt, aber diesen kleinen Tiefpunkt erspare ich ihm vorerst.

Er sagt dem Barkeeper, er solle alles auf unsere Speiserechnung setzen –, und ich bin hin und weg. Und, ohne Witz, es fühlt sich aus irgendeinem Grund nicht so an, als würde er das tun, um mich zu beeindrucken oder mit seiner Kohle anzugeben. Es fühlt sich an, als … wolle er nur nett sein.

Während ich gewöhnlich eher misstrauisch auf so ein Verhalten reagiere (Was führt er im Schilde, dass er so nett tut?), denke ich nun, während wir uns einen Weg zu einem heimeligen Tisch in der Nähe eines Brunnens bahnen, in dem es nur so vor prachtvollen Kois wimmelt, dass ich irgendwie irre bin.

Und irgendwie blöd.

Weil das keine miese Nummer ist. Er ist wirklich nur nett.

#bizarr

Das Licht wird gedämpft, wahrscheinlich nur während der Essenszeit, und ich reiße denselben dämlichen Witz, den ich immer mache, wenn das passiert: »Oh, plötzlich sehen alle viel besser aus.« Aber die Schwimmkerzen verbreiten einen sanften, verträumten Lichtschein, und mein abgedroschener Spruch scheint ihn nicht zu stören.

Kaum haben wir Platz genommen und uns die Tagesangebote vortragen lassen, fange ich an, den Mann, wer immer er ist, wo immer er mein ganzes Leben lang war, genauer zu beäugen, und meine Fingernägel knallen auf das weiße Leinentischtuch.

Es dauert nicht lange, dann lacht er. »Was?«

»Abwarten, Freundchen.« Ich lächle mit zusammengekniffenen Augen. »Abwarten.«

Er schüttelt nur den Kopf.

Während des Essens liefert er eine perfekte Mischung aus Sarkasmus und echtem, anziehendem und respektvollem Esprit ab, ohne dabei überheblich zu wirken; ich falle von einem Extrem ins andere, so sehr wünsche ich mir, dass dieses Date hinhaut. Er scheint einfach perfekt zu sein. Mein Telefon brummt zweimal, ohne dass ich auch nur mit der Wimper zucke. Ich bin so vertieft in James' Geschichten darüber, wie er dazu gekommen ist, Immobilien zu kaufen, zu sanieren und wieder abzustoßen, und wie er das Geschäft zusammen mit seinem Bruder führt et cetera, dass ich nicht einmal nachsehe, wer mir eine Nachricht schickt.

Bis er sich entschuldigt, um zur Toilette zu gehen, um genau zu sein, denn dann fällt es mir wieder ein – oh yeah –, und ich frage mich, ob Quinn und Phil inzwischen zurück sind und ob Valerie womöglich gerade in Selbsthass ertrinkt.

Aber als ich sehe, dass die Textbotschaften von Nick sind, lösche ich die Benachrichtigungen, ohne sie zu lesen, und nun habe ich ein schlechtes Gewissen, weil er mir schreibt, während ich mit James zusammen bin, statt, wie heute Nachmittag, genau umgekehrt.

Und bei dem Gedanken fühle ich mich tatsächlich richtig gut. Als würde ich endlich etwas richtig machen. Weil ich ernsthaft auf den Mann abfahre und nun nichts tun will, was dieses Date versauen könnte. Nicht einmal Nick antworten.

Ich kann ein Lächeln nicht unterdrücken, als James zurückkommt und mich dabei nicht aus den Augen lässt.

»Sieht aus, als hätten wir heute einen schönen Mond«, sagt er und schaut zum Panoramafenster hinaus. »Wollen wir einen Spaziergang auf dem Platz machen?«

Ich will. Und wie ich will.

»Das hört sich … perfekt an.« Mit einem verlegenen Lächeln stecke ich das Telefon wieder in seine Hülle.

»Und?« Sarah sabbert förmlich in ihre Trinkflasche, als wir uns an den Schülertischen vorbei einen Weg durch die Cafeteria bahnen.

»Ich plaudere nie aus dem Nähkästchen.« Ich zwinkere ihr zu und schwinge theatralisch das Bein im Stil von Katherine Hepburn oder Grace Kelly oder jemandem, der total toll und züchtig und das totale Gegenteil von mir ist.

Sie schnaubt verächtlich. »Seit wann? Heb die Traube auf, Thomas!«

»Nichts passiert«, gestehe ich.

»Nichts?«

»Na ja, nicht nichts. Wir haben eine Weile in dem kleinen Pavillon geknutscht.«

Sie bleibt stehen und mustert mich mit geneigtem Kopf. »Denkst du dir das aus?«

»Nein.«

»Wer bist du? Die verdammte Liesl von Trapp?«

Wir lachen immer noch, als Valerie und Quinn mit ihren Tabletts an uns vorbeigehen, aber ihre mürrischen Mienen reißen uns die Heiterkeit mitten aus dem Gesicht.

»Wie war dein Date?«, fragt Quinn in scharfem Ton.

Mich wundert, dass sie das nicht vergessen hat.

»In Ordnung«, sage ich und wedele desinteressiert mit der Hand. »Was war mit Phil und dem Wagen? Ich habe mir Sorgen um dich gemacht. Warum hast du meine Nachrichten nicht beantwortet?«

»Tut mir leid.« Tränen treten ihr in die Augen. »Es war einfach ein anstrengender Tag. Und ich weiß, dass das nicht deine Schuld war.«

»Wirklich?« In meiner Stimme liegt ein schnippischer Ton.

»Ja. Aber Phil ist natürlich sauer …«

»Das ist sein gutes Recht, nehme ich an.«

Für einen Moment tritt unbehagliche Stille ein, und ich kann mich des Gedankens nicht erwehren, dass ich etwas Hochprozentiges vertragen könnte.

Werde ich etwa zur Alkoholikerin?

#zukunftsvisionen

»Hört mal«, sage ich endlich und rühre ein bisschen Honig in meine Stimme. »Lasst uns doch irgendwann in dieser Woche zusammen zu Abend essen, okay? Können wir das machen? Alles noch mal durchgehen, was wir noch vor der Hochzeit erledigen müssen? Das sind nur noch … drei Wochen«, quieke ich. »Weil wir nämlich am Wochenende überhaupt nicht darüber geredet haben. Müssen wir nicht noch eine letzte Anprobe machen und so was?«

Das entlockt ihr ein Lächeln, und schon ist die Stimmung hundertmal besser. »Ja, das wollte ich gerade sagen. Donnerstag. Könnt ihr da beide?« Quinn blickt von mir zu Valerie, die ganz wie die Alte aussieht, aber ich weiß, sie ist es nicht.

»Ja«, antwortet sie mit großen, strahlenden blauen Augen.

»Und ich möchte alles über dein Date hören. Meinst du, dieser Kerl könnte deine Begleitung für …«

»Pst. Beschrei es nicht!« Ich lache und spreche dann im Flüsterton weiter. »Aber, ja. Er könnte es sein.«

Sarah, die am Spülbecken steht, stöhnt vernehmlich. »Würg! Wann siehst du ihn wieder?«

»Genau genommen heute. Er hat mir vor der Arbeit einen Morgengruß geschickt und gefragt, ob ich heute Abend Zeit habe. Also … Er kommt rüber, um Billie kennenzulernen, und dann holen wir uns irgendwo was zu essen, schauen vielleicht Fernsehen oder einen Film oder irgendwas. Ich bin nervös.«

»Entspannen mit Netflix?«

»Ohne entspannen.« Ich mustere sie aus zusammengekniffenen Augen.

»Wenn du es sagst. Aber irgendwie kommt es mir vor, als hättest du dich schon eine ganze Weile nicht mehr ›entspannt‹.« Sie kichert. »Wann hattest du zum letzten Mal ein zweites Date?«, fragt sie.

Und ich kratze mich eine ganze Minute am Kopf, bis ich ihr eine Antwort liefern kann. »Neunzehn … zweiundsiebzig?«, sage ich schließlich. Könnte glatt passen.

Ich bin erleichtert, dass mir Nick den ganzen Tag nicht begegnet. Als ich nach dem Abend mit James nach Hause gekommen bin, habe ich mir seine Nachrichten angesehen, und obwohl sie nicht gerade vielsagend waren (er hat nur gefragt, wie mein Date läuft, und gescherzt, er würde die Neuigkeit über mein Bühnendebüt am Wochenende nicht ausplaudern), fühle ich mich irgendwie schuldig. Also habe ich nicht geantwortet.

Und ein Teil von mir fühlt sich schuldig, weil ich nicht geantwortet habe.

Ich habe immer noch nicht geantwortet.

Auch dann noch nicht, als ich in der Pause an meinem Tisch sitze und mein Manuskript anstarre und die Worte einfach nicht kommen wollen.

Von Zeit zu Zeit ertappe ich mich dabei, zur Tür zu schauen, und ich schlage die Hände auf die Kladde.

Er ist nicht da. Hör endlich auf damit.

Mein Telefon brummt, und ich erstarre.

Aber es ist nur eine Spark-Nachricht von James, und ich danke dem Christuskind.

James: Freue mich auf unser Treffen heute Abend!

Entzückend verzückend!

Und dann fließen die Worte plötzlich einfach so, und ich schaffe auf die Schnelle achthundert davon, ehe die Pause vorbei ist und ich Naturwissenschaft unterrichten muss.

Während ich mich in Vorbereitung auf den Abend mit James style, geht mir Sarahs Frage wieder durch den Kopf. Wann *hatte* ich zum letzten Mal ein zweites Date mit irgendjemandem?

Das ist ungefähr sechs Monate her. Es war dieser Feuerwehrmann, den ich ein paarmal getroffen habe. Ich weiß noch, wie unbehaglich mir zumute war, als wir mein Netflixkonto nach irgendetwas durchsucht haben, das wir uns zusammen ansehen könnten. Ich habe tatsächlich so geschwitzt, als wollte ich gerade mein verdammtes Juraexamen ablegen oder so was in der Art.

Aber ich hatte einfach das Gefühl, alles müsse perfekt sein. Dass es ein schlechtes Licht auf mich werfen würde, sollten wir uns das Falsche anschauen, auf mich und auf unsere Kompatibilität. Und während ich mich durch das Angebot geklickt habe, ist mir aufgegangen, dass es wahrscheinlich egal ist, was wir uns ansehen, weil er vermutlich sowieso nur mit mir ins Bett will.

Worauf ich mich noch mehr verspannte und noch mehr geschwitzt habe.

Also habe ich irgendwann gedacht, scheiß drauf, und mir einen Schwips angetrunken. Und er wollte in der Tat mit mir ins Bett. Und ich war so erleichtert, dass ich mir keine Gedanken darüber machen musste, worüber wir reden könnten oder ob ich mich zum Narren mache, dass ich es einfach geschehen lassen habe.

Und mir geschworen habe, nie wieder bei Netflix zu entspannen.

Trotzdem bin ich gerade dabei, meine ganze Wohnung oberflächlich auf Vordermann zu bringen wie Meister Proper persönlich. Ich werfe den Haufen alter, getragener Arbeitskleidung, der sich inzwischen in eine sperrige Masse verwandelt hat, ins Wäschezimmer und schließe die Tür; staube Tische ab, den Kamin, meine Nachttische, immer um die ganzen Kinkerlitzchen herum; putze die Toiletten; und mache das Bett (weiß ich überhaupt noch, wie das geht?).

Alles erwachsene Dinge.

Aber ich gestatte mir nicht, mich mies zu fühlen. Ich habe

genug Internet-Memes gesehen, um genau zu wissen, dass ich nicht die einzige Chaotin in Amerika bin. Wenn es um Schmutz geht, bin ich bestenfalls Durchschnitt.

Auf dem Weg zum Barschrank lege ich ein letztes Mal Hand an mein Outfit – abgeschnittene Jeans und ein Top, da wir beschlossen haben, den Abend leger zu gestalten. Dort finde ich haufenweise halb leere Flaschen mit Zeug, das ich vermutlich wegwerfen sollte, weil sie Gott weiß wie alt sind, als mir plötzlich eine Miniflasche Malibu in die Hände fällt.

Geschafft.

Ich kippe die Hälfte davon in mich rein, und der süße Kokosgeschmack klebt mir an den Lippen. Sie kribbeln. Ich spüre, wie sich der halbe Schluck seinen Weg durch meinen Magen freibrennt wie eine Flamme, die an einem langen Docht herabgleitet.

Naserümpfend mustere ich die Flasche.

Leer machen?

Doch ehe ich den Verschluss des Zwergengebräus noch einmal abschrauben kann, klopft es an der Tür, und ich zucke erschrocken zusammen. Billies Gebell wird von der Decke auf dem Sofa in einer Weise gedämpft, die mir sagt, dass sie tief und fest geschlafen hat. *Brrrrr!*

Auf dem Weg zur Tür schicke ich ein kurzes Gebet zum Himmel, dass dieser Mann mit meinem Hund zurechtkommen möge. Denn wenn er das nicht tut, werde ich ihn hassen. Augenblicklich. Und es wird kein Zurück geben.

Einmal hatte ich ein erstes Date, und der Mann wollte sie nicht einmal streicheln. Sie hat unentwegt mit dem Schwanz gewedelt. Hat aus verzweifelten Augen zu ihm aufgeblickt. *Was mache ich denn falsch, Mister?*

Denn sie wäre natürlich so höflich, ihn *Mister* zu nennen.

Und nachdem ich ihn das dritte Mal zunehmend verärgert

gebeten habe, einfach mal *den Hund zu streicheln (dann lässt sie dich in Ruhe)*, hat der Kerl geantwortet: *Sieh mal, ich mag Hunde und alles, aber ich streichele sie, wenn* ich *es will. Nicht wenn* die *wollen, dass ich sie streichele.*

kreischende bremsen

Nie zuvor habe ich irgendjemanden so etwas Groteskes sagen hören oder, seien wir ehrlich, so etwas Abstoßendes, und genau da stand mir das Ende vom Lied klar vor Augen.

Valerie und Quinn haben, nachdem sie zunächst Einwände erhoben und behauptet haben, seine Bemerkung sei doch *keine große Sache* und ich wäre *zu wählerisch*, zugegeben, dass jemand, der nicht nur so empfindet, sondern sich auch noch gegenüber einer Hundehalterin, mit der er etwas anfangen will, so äußert, *vermutlich* ein Wichser ist und *vermutlich* einen Kontrollzwang hat, der sich nicht auf die Frage beschränkt, wann ein Tier zu streicheln ist und wann nicht.

Wie dem auch sei, das war unser letztes Date – und der Grund, warum es für mich eben doch verdammt wichtig ist, wie ein Mann Billie behandelt.

Ich setze auf dich, James!

Ich lockere noch ein letztes Mal meine Haare auf und öffne die Tür.

»Verdammt«, sagt er, ein Sixpack von irgendeiner extravagant aussehenden Biersorte unter dem Arm. »Ich wollte gerade kehrtmachen.«

»Wolltest du nicht.« Ich verdrehe die Augen, aber mein Lächeln und die Röte, die mir jetzt schon in die Wangen steigt, als wäre ich gerade vierzehn, verraten mich. »Komm rein«, sage ich und halte Billie mit dem rechten Fuß zurück, als er eintritt.

»Komm her.« Er schlingt den freien Arm um mich und drückt mir einen Kuss auf, gegen den die Schmatzer von letzter Nacht beinahe verblassen. Was mich daran erinnert, warum ich mich immer wieder rausgeschleppt habe. Und wieder und wieder (und wieder).

Billie ist völlig außer sich. Ihre kleinen Beine bepfoten James' dunkle Jeans, und er fängt mitten im Kuss zu kichern an und löst sich von mir.

Mein Bauch krampft sich zusammen. Der Augenblick der Wahrheit ist gekommen.

»Hallo, wer ist denn dieses süße Ding?« Er bückt sich, um sie zu begrüßen. Ihr mangelndes Gehorsamkeitstraining scheint ihn nicht zu stören, und er krault sie hinter den Ohren.

Und sie ist zufrieden, genau wie ich es diesem anderen Volltrottel gesagt habe.

Als sie ins Wohnzimmer entschwindet, weiß ich, dass sie ihm jedes stinkende alte Spielzeug aus ihrem Korb bringen wird, also scheuche ich James in die Küche und führe ihn kurz herum.

»Nett, dass du Bier mitgebracht hast«, sage ich und schaffe im Kühlschrank Platz dafür.

»Na ja, ich bin ein netter Kerl«, sagt er achselzuckend, aber das wirkt nicht überheblich, sondern sachlich. Und er hat recht, er ist ein netter Kerl.

»Bist du hungrig?«, frage ich.

»Halb verhungert.« Auf einmal klebt er wieder an mir, und ich verliere für eine Sekunde jegliche Orientierung.

Seine Küsse sind bedächtig. Süß. Er rammt mir nicht die Zunge in den Hals. Fummelt nicht überall an mir herum. Das ist mal ein angenehmer Tempowechsel. Am Ende drückt er mich kurz, und wir lösen uns voneinander, aber seine Hände liegen immer noch an meiner Taille wie in einem Standbild aus einem Cary-Grant-Film.

#seufz

»Ich dachte, wir könnten zu der kleinen Pizzeria um die Ecke gehen. Ist das okay?«

Seine hellbraunen Augen strahlen mich an. »Pizza ist toll«, sagt er.

Keine zwanzig Minuten später sitze ich ihm gegenüber an einem schwarz-weiß karierten Tisch, schiebe mir Knoblauchbrot in den Mund und muss unwillkürlich kichern.

»Was?«, will er wissen.

»Nichts.« Ich kann das Grienen nicht abstellen, und es ist mehr als nichts.

Ich will ihm sagen, dass ich üblicherweise in Panik gerate, wenn ich bei einem Date etwas stark Gewürztes esse oder etwas, das Knoblauch enthält, etwas, das kleckert, einfach alles, was offenbart, dass ich esse wie ein gewöhnlicher Mensch (oder wie das kohlehydratgierige Monster, das ich bin). Aber nun bin ich total entspannt.

Ich will ihm das sagen, also … sage ich es ihm. Was auch außergewöhnlich ist.

Und als ich es sage, lacht er, und das ist hinreißend, und ich bin hinreißend, und ich bin sicher, dass die anderen Gäste in dem Lokal ein bisschen angewidert davon sind, wie verträumt ich James anschaue, aber ich kann nichts dagegen tun, dass ich irgendwie in seine Richtung dahinschmelze. Davon abgesehen ist es mir herzlich egal, was die anderen denken.

»In meiner Gegenwart musst du dir über so etwas keine Gedanken machen«, sagt er. »Außerdem essen wir beide Knoblauch. Es hebt sich also auf.«

»Wirklich?« Ich schaufle mir mehr davon in den Mund und genieße einen Moment der Ehrfurcht, weil mir James vorkommt wie ein verdammtes Genie, wenn es um Essen geht. Über das Peperoni-Salami-Pilz-Meisterwerk hinweg strahle ich ihn an.

Als wir wieder in meiner Wohnung sind, führen meine Nerven einen irischen Line Dance auf, weil wir jetzt entscheiden müssen, was wir uns anschauen. Ich gebe ihm die Fernbedienung und verschwinde im Bad – in der Hoffnung, dass er bereits etwas ausgewählt hat, wenn ich zurückkomme, und ich den Druck – *Puff!* – los bin. Tolle Methode!

Ich mustere mich im Spiegel, und dadurch erkenne ich, dass ich ein winzig kleines bisschen angeheitert bin, denn ich neige immer, wenn ich einen im Tee habe, dazu, Grimassen vor dem Badezimmerspiegel zu ziehen. Wie jeder aufrechte Amerikaner.

Aber dieses Mal spreche ich, während ich mir die Zunge herausstrecke, auch gleich ein Pseudogebet.

Wenn dieser Typ keine reine Zeitverschwendung ist, dann, bitte, lass ihn nicht heute Nacht mit mir schlafen wollen.

Ich verziehe für einen Moment das Gesicht. Schürze die Lippen.

Nicht dass ich glaube, es würde keinen Spaß machen, mit ihm zu schlafen, oder dass er mich nicht reizen würde, aber bitte. Wenn das alles ist, worauf er aus ist, dann sag es mir jetzt.

Ich balle die Hände zu Fäusten, um den Deal zu besiegeln – so betet man doch, oder? – und wage mich wieder hinaus in den Dschungel.

Als ich ins Wohnzimmer komme, zappt James immer noch durch die Programme. Verdammt. Billie hat den Kopf auf sein Knie gelegt und einen Stoffigel zwischen den Zähnen, der schon bessere Tage gesehen hat.

»Billie«, rufe ich lachend und nehme ihr das Ding aus den arglosen Kiefern. Werfe es in den Flur.

»Setz dich zu mir«, fordert mich James grinsend auf und klopft auf das Sitzkissen neben sich.

Nach einigen überraschend schmerzlosen Minuten schlägt

er *Der Bachelor* vor, und das ist perfekt. Das bietet Gelegenheit für abfällige Bemerkungen (die wir nutzen); es hat eine schmierige Romantik (und wir scheinen selbst auf dem direkten Weg dorthin zu sein); und, das Wichtigste überhaupt, wir kuscheln, und das fühlt sich überhaupt nicht merkwürdig an (was sich wiederum höchst merkwürdig anfühlt). Billy hat es sich ebenfalls gemütlich gemacht und schnarcht zu unseren Füßen.

Ich genieße die Idylle, und das Bier lässt mich behaglich überschäumen. James hat einen Arm um mich gelegt, und die Finger seiner freien Hand mit meinen verschränkt. Sein Daumen beschreibt geistesabwesend träge Kreise auf meiner Haut.

Irgendwie bin ich gar nicht steif oder verschwitzt. Das Gespräch plätschert mühelos dahin, und der einzig heikle Moment – und der ist vermutlich auch nur für mich heikel – tritt ein, als eines der Bachelor-Mädchen versucht, sich bei einem Einzeldate die Rose zu schnappen und anfängt, über Liebe auf den ersten Blick und die Frage, ob so etwas möglich ist, zu reden. Keiner von uns sagt ein Wort, keiner macht sich über sie lustig, wie ich es normalerweise getan hätte, also frage ich mich, was er wohl denkt, und hasse mich gleichzeitig dafür, mich zu fragen, was er wohl denkt. Das weckt in mir den Wunsch, jemand würde die Auswurftaste drücken, um mich aus seinen Armen und von der Couch zu schießen –, aber schließlich geht mir auf, dass das nur an meinen eigenen schmachtenden Gefühlen ihm gegenüber liegt und daran, dass ich damit nicht gerechnet habe.

Und das letzte Mal, dass ich für jemanden geschmachtet habe …

James küsst mich. Er tut es in diesem Moment, als wüsste er, dass er meinen internen Tumult so zum Schweigen bringen kann, und ich weiß das durchaus zu schätzen.

Er küsst mich in den Werbepausen und zwischendurch auch, aber weiter geht er nicht. Eine Hand an meinem Gesicht. Finger, die durch mein Haar gleiten. Aber nie tastet er nach dem Knopf meiner Jeans. Und obwohl ich weiß, dass ich mir im Zuge meines beschwipsten Pseudo-Spiegel-Gebets exakt das gewünscht habe, ist irgendein dämlicher Teil von mir enttäuscht.

Will er mich nicht?

Während Bachelor Ben, oder wie immer der blöde Name auch lautet, die Porträts der sechzehn Geliebten betrachtet und über ihr weiteres Los entscheidet, stauche ich mich innerlich dafür zusammen, dass ich auch nur auf den Gedanken gekommen bin, ein Mann, der nicht versucht, mich umgehend ins Bett zu zerren, würde mich nicht wollen.

Als James fort ist, bleibt das Gefühl des Friedens, das mich fast den ganzen Abend umfangen hat, bei mir. Ich räume die Flaschen weg, und das ist irgendwie wohltuend.

James ist irgendwie wohltuend.

Und er kommt von Spark und alles! #hach

Ich will nicht, dass Quinn und Valerie recht behalten, aber fühlt es sich nicht toll an, dass es vielleicht genauso kommen wird?

Als ich mit dem Aufräumen fertig bin, rätsele ich, wann ich mich das letzte Mal so gefühlt habe. Als es mir einfällt, erstarre ich; es zerreißt mir die Brust, und die Erinnerung verschlingt mich wie ein tiefer Abgrund.

Wir sind die letzten Gäste und die letzten zwei aus unserer Gruppe. Alle anderen müssen morgen früh zu einer Veranstaltung oder einen Flug erwischen, und so sind nur Jesse und ich übrig und erzählen uns im Neonlicht der Hotelbar unsere Geschichten.

»Ich schätze, der Rest dieser sogenannten Schriftsteller ist nicht

so trinkfest wie wir.« Jesse prostet mir mit seinem Jack Daniels mit Cola zu.

Sittsam nehme ich einen tiefen Zug von meinem, während sich ein ebenso sittsames Lächeln auf meinen Lippen ausbreitet. »Ich bin nicht so sicher, ob wir darauf stolz sein sollten.«

Er lacht. Ein lautes, schallendes Gelächter, bei dem ich mich für einen Augenblick frage, wie stark er wohl ist. Ob ich ihn dazu bekomme, diesen Laut noch einmal von sich zu geben. Was genau geht hier eigentlich vor?

Sicher, ich kann schon ganz gut was vertragen, aber das ist nicht der Grund, warum ich immer noch an der Bar sitze.

Und es ist auch nicht der Grund, warum er noch hier ist.

Die meisten anderen sind schon vor einer guten Dreiviertelstunde gegangen, und wir haben es kaum gemerkt, während wir unsere Erfahrungen über unsere Schreiberei ausgetauscht haben. Oxford Comma oder kein Oxford Comma? (Oxford Comma, liegt ja wohl auf der Hand.) Dinge, die normale Menschen total uninteressant finden würden, aber auch Dinge, die dafür sorgen, dass ich schon für ihn brenne, wenn es aussieht, als könnte er wissen, worum es geht. Wenn es aussieht, als würde er tatsächlich über sie nachdenken.

»Ich bin froh, dass wir uns heute über den Weg gelaufen sind«, bekundet er. »Ich hatte gehofft, ich bekomme nach gestern Abend eine neue Chance, dir ein Ständchen zu bringen.« Er wackelt mit den dunklen Brauen.

»Oh Gooott«, pruste ich los. »Wenn du mir nicht versprichst, mir nie wieder etwas vorzusingen, sollten wir dies als die letzte Gelegenheit betrachten, zu der wir uns über den Weg laufen.«

»Och. Das wäre zu schade.« Er leert seinen Drink und reckt in Richtung des Barkeepers den Zeigefinger in die Luft, um noch einen zu bestellen. Wischt sich die Lippen ab. Dreht sich zu mir um. Rutscht näher heran. »Also, wie kommt es, dass dein Mann dich

auch nur für eine Sekunde aus den Augen lässt? Wenn du meine Frau wärst …«

Die fünf Worte hängen zwischen uns in der Luft. Mitreißend.

Und er belässt es auf eine vielsagende Weise dabei. Er ist sich bewusst, welches Feuerwerk er gerade unter meinen Rippen in Gang gesetzt hat. Ich sehe es ihm an. Er hat einen gottverdammten Röntgenblick. Und er genießt jede Minute. Aber er verbirgt es, verstummt einfach, da er meinen Status nicht kennt und vermutlich nicht ganz sicher ist, ob ich ihm womöglich gleich meinen Drink ins Gesicht kippe oder was.

Mein Blick fällt auf meinen Ring. »Ich glaube, der ist ein bisschen irreführend«, sage ich und starre immer noch den funkelnden Ring an. »Ich lebe in Trennung. In einer Die-Scheidung-ist-noch-nicht-durch-aber-bald-Trennung. Getrennt seit beinahe einem Jahr. Getrennt durch über tausend Meilen. Getrennt.« Ich zucke mit den Schultern. »Er ist kein schlechter Kerl; er ist nur nicht der richtige Kerl für mich.«

Ich fühle mich wund, nachdem ich all diese Details preisgegeben habe, also nehme ich noch einen Schluck von meinem Drink. Das ist so eine nüchterne Art, Rechenschaft über fünf Jahre eines Lebens abzulegen. Über eine Ehe.

Und es ist eine sichere Methode, sich anzuhören wie eine Verrückte.

Stattdessen umgibt etwas, das aussieht wie Amüsement, sein markantes Kinn. Fältchen erscheinen in seinen Augenwinkeln.

»Warum trägst du den dann noch?« Er ergreift den Weißgoldring, und seine Finger fühlen sich an meinen dauergefrosteten wunderbar warm an.

»Ich weiß es nicht.« Ich blicke zu ihm auf. Und denke kurz darüber nach, denn ich habe mir im Grunde nie Gedanken darüber gemacht. Meine Kehle fühlt sich trocken an, und die Worte kratzen auf dem Weg hinaus in meinem Hals. »Ich schätze, ich habe mich einfach

so sehr an ihn gewöhnt. Ich habe ihn jahrelang nicht abgelegt, und irgendwie fühle ich mich ohne ihn nackt. Leer.«

Er hält immer noch meinen Ringfinger. Hitze strömt von ihm zu mir. Verbindet uns.

»Wir haben mehr gemeinsam, als du ahnst«, sagt er und lässt meinen Finger los. Nimmt mein Gesicht in beide Hände. Schaut für einen kurzen Moment von einem Auge ins andere, und dann … hechtet er voran.

Jesse küsst mich, als wäre er unter Wasser und ich die einzige Sauerstoffquelle. Seine Zunge sucht meine, als würde er nach Antworten auf alle bedeutenden Fragen der Welt suchen und ich wäre die Einzige, die sie hat.

Auf einmal begehre ich ihn auf eine Weise, wie ich noch nie jemanden begehrt habe.

Irgendwie haben wir unsere Rechnung bezahlt – glaube ich –, und er drückt mich direkt vor seinem Zimmer an die Wand, und seine Stärke, über die ich vorhin noch nachgedacht habe, ist beeindruckender, als ich es mir hätte vorstellen können. Die Art, wie er mich auf das Bett hebt, als wäre ich nur ein winziges Ding. Es ist pure Magie.

Wir verpassen die Vormittagsveranstaltungen des nächsten Tages und das Forum vor dem Mittagessen. Aber ich habe mich nie ruhiger gefühlt, nie entspannter, nie ungezwungener als in seinen sanften, tätowierten Armen. Während ich seinem Atem gelauscht habe. Gespürt habe, wie sich seine Brust an meinem Rücken mit jedem Atemzug bewegt.

Und mir wünschte, dieser Moment solle niemals enden.

KAPITEL 16

»Wo ist Nick? Und was läuft da überhaupt?«, fragt Sarah bei ihrem Nachmittagsgastspiel. Sie sitzt auf einem der Tische im vorderen Bereich des Klassenzimmers und lässt die langen Beine baumeln.

»Ich habe keine Ahnung. All unsere Kollegen sind verdächtig gesund«, entgegne ich schnaubend. »Und da läuft gar nichts.« Ich bedenke sie mit einem finsteren Blick.

Aber ich bin erleichtert, dass es mir irgendwie gelungen ist, einen weiteren *nicklosen* Tag in der Schule zu ergattern. Offenbar braucht gerade niemand eine Vertretung, also nehme ich das als Zeichen dafür, dass sich die Monde genauso ausrichten, wie es sein sollte: *kein Nick. Dafür James.*

»Richtig.« Sie zieht eine perfekt nachgezogene Braue hoch.

»Ich bin von einer Wann-sehen-wir-uns-wieder-Nachricht von James aufgewacht. Mir gefällt sein totaler Verzicht auf Raffinesse. Passt wunderbar zu meiner totalen Unfähigkeit, raffiniert zu sein.«

»Allerdings.«

Ich schlage ihr mit einem Stapel Arbeitsblätter gegen den Bauch.

»Au! Und wo sind Valerie und Quinn? Ich habe sie die ganze Woche noch nicht gesehen, dabei kleben sie normalerweise an deinen Beinen.«

»Das weiß ich auch nicht.« Ich lege die Blätter in das farbcodierte Fach für Hausarbeiten und weiche Sarahs Blick erfolgreich aus.

Ich habe ihr nichts von dem Wochenende erzählt, und ich habe auch nicht die Absicht, das zu tun, aber ich muss so verdammt viele Geheimnisse wahren (Nick, der Stripper; Valeries Strippersex; Quinns gestohlener Wagen; Nick, der uns heimgefahren hat), dass ich gegen drei Uhr wahrscheinlich ein Aneurysma haben werden.

»Ach, du willst mich hinhalten.« Ihre Augen funkeln, und sie macht Anstalten, nach meinem Arm zu greifen. »Erzähl mir irgendwas. Nur eine Kleinigkeit.«

Ich beiße auf der Wange herum. »Ich glaube, du würdest James mögen.«

»Wer ist James?«

#kopfauftisch

»Weißt du, wenn du die Aufmerksamkeitsspanne einer Mücke oder eines Eichhörnchens hättest, könnte unser Gespräch vielleicht besser verlaufen.«

»Ach, ja, richtig, der Immobilientyp. Hat er dich schon immobilisiert?«

Ich lache. »Noch nicht.«

»Hey, der gefällt mir.« Nun wechselt sie zu einem ernsthafteren Tonfall. »Er ist kein Halloweenkostüm. Normalerweise haben es dir Halloweenkostüme angetan. Feuerwehrmänner, Zahnärzte …«

»Axtmörder. Himmel, ich glaube, du hast recht!«

Sie schüttelt nur lächelnd den Kopf. »Also, triffst du dich heute Abend mit James? Zum Immobilisieren?« Bei jeder Silbe zucken ihre Brauen.

»Ne, ich denke, ich werde mir diesen Abend freinehmen. Alles in Maßen, nicht wahr? Ich möchte dieses gute Gefühl auskosten und die unausweichliche Enttäuschung hinauszögern, die sich einstellt, wenn man sich erst mal besser kennt. Im Augenblick bin ich glücklich, also bin ich auch ziemlich sicher, dass das katastrophal enden wird.«

»Ach, sieh es einfach positiv«, sagt sie und schiebt die Unterlippe vor.

»Okay. Ich sehe es positiv, und es wird katastrophal enden.«

Wir lachen beide, bis die Glocke läutet und alles ruiniert, weil #arbeit.

Während sich der Donnerstag dahinwälzt, vergesse ich beinahe, dass Nick existiert, abgesehen davon, dass wir wieder eine Probe haben und ich ziemlich sicher bin, dass er dort sein wird.

Seine Nachrichten habe ich immer noch nicht beantwortet, und das dreht mir immer noch alles um. Er hat uns immerhin einen Riesengefallen getan, als er uns mitten in einer Krise heimgefahren hat.

Folglich kann ich es kaum abwarten herauszufinden, wie unangenehm das werden wird …

Ich bin nur froh, dass mich das Ding mit James so in Atem hält und ich immer das Ziel im Blick behalten muss, denn anderenfalls hätte ich Nick definitiv geantwortet und mich vermutlich höllisch in Schwierigkeiten manövriert. Oder zumindest in eine kompromittierende Lage am Arbeitsplatz.

#dramaqueen

James und ich haben einen weiteren verträumten, aber sexfreien Abend zusammen verbracht – dieses Mal bei ihm –, und wir haben Pläne für Freitag gemacht, bevor ich gegangen bin, weshalb ich im Grunde den ganzen Tag durch mein Klassenzimmer geschwebt bin.

Valerie steckt den Kopf zur Tür herein, während die Kinder

Musikunterricht haben, und erwischt mich dabei, wie ich vor mich hinsumme. WIE ICH VOR MICH HINSUMME.

»Bist du …« Sie verharrt auf der Schwelle.

»Krank? Todkrank? Ja, ja, schon klar. Nein! Ich bade nur im Licht d…« Ich rudere zurück, als mir der Samstag einfällt. Der Sonntag. Igitt. *Regel das runter, du Freak.* »Wie geht es dir?«, frage ich und versuche, wieder zu mir zu kommen.

»Gut.« Anscheinend ist sie immun gegen das Saccharin, das aus meinen Poren sickert. »Aber ich kann Quinn nach der Anprobe und allem heute Abend nicht nach Hause fahren. Kannst du sie mitnehmen?«

»Sie lässt sich zur Arbeit mitnehmen? Wie kommt es, dass ihr … Natürlich kann ich sie mitnehmen. Kein Pr…« Aber ehe ich ausreden kann, ist Valerie schon verschwunden. Und mir bleibt nur noch das *Wusch!* kalter Luft, als die Tür ins Schloss fällt.

Bei der Probe geht es unter den Kindern so hektisch zu, dass sich zwischen mir und Nick kaum Unbehagen einstellen kann. Auch wenn er lieb zu den Kindern ist und mir gleich zu Beginn ein Lächeln schenkt, verbringt er den größten Teil der Zeit hinter der Bühne und schwingt den Hammer, was das laute Donnern beweist, das alle paar Sekunden ertönt und mir das Gehirn durchschüttelt. Aber ich bin froh, dass er da hinten ist und das tut und nicht hier draußen irgendwelchen Schweiß hervorbringt, der es mir unmöglich machen würde, meine Regieverantwortung zu erfüllen.

Ja, so ist das.

Als wir in dem Kleiderladen ankommen, klebt bereits körperbetonte Spitze an Quinns Kurven und verhüllt ihre zierlichen Füße. Dieses Mal ist das Kleid nicht weiß, sondern schimmert in einem ätherischen Silberton, der im fluoreszierenden Licht aufleuchtet. Es fällt in einem wunderschönen Meerjungfrauenstil, und die Rückseite ergießt sich in einer glitzernden Schleppe.

Ihr Anblick schnürt mir die Kehle zu. Sie sieht atemberaubend aus.

Nach einer Runde angemessener Umarmungen und getrockneter Tränen nehmen Val und ich Quinns Hände und helfen ihr, auf das Podest vor der Spiegelwand zu klettern, damit die Schneiderin uns sagen kann, wie wir das Kleid zurechtziehen sollen.

Kaum haben wir den Dreh raus und sie hat alles festgesteckt und korrigiert, sind wir an der Reihe, unsere Brautjungfernkleider anzuprobieren – pinkfarbene Cocktailkleider. Sehr tiefe Ausschnitte, sehr Quinn. Ich bin froh, dass ich in dem Ding nicht aussehe wie eine alte Hexe, und glücklicherweise benötigt keine von uns allzu umfassende Änderungen vor dem großen Tag.

Als wir beim Abendessen sitzen und ein paar Schlucke von unserer jeweiligen Weinbestellung gekostet haben, fühlen sich die Dinge wieder normal an. Der Stock in Valeries Arsch ist halb draußen, und Quinn weicht meinem bohrenden Blick nicht mehr aus. Beinahe hätte ich es laut gesagt – *Schön, dass wir uns alle von dem Wochenende erholt haben* –, aber etwas hält mich zurück. Ich kann nie im rechten Moment Ruhe geben, und das geht immer nach hinten los, also beschließe ich, dieses Mal meine Klappe zu halten.

Alle sind in einer so prickelnden Stimmung (#wortspiel), dass ich die anderen auf den neuesten Stand in Bezug auf meine paar Dates mit James bringe. Val klatscht wie ein Teenie, und Quinn pikt mich mit ihren frisch lackierten Klauen. Es ist wirklich ein Wunder, dass ich nicht ständig voller blauer Flecken bin.

»Hast du ihn gefragt, ob er dich zur Hochzeit begleitet?«,

will Val wissen und strahlt dabei noch mehr als auf dem mechanischen Stier, was mir verrät, dass sie echt aufgeregt ist.

»Das mache ich dieses Wochenende«, sage ich. »Aber ich habe ein ziemlich gutes Gefühl bei dieser Sache.« Und ich kann das Grinsen nicht unterdrücken, das sich einen Weg durch mein ganzes Sein bahnt. Zum Erbrechen, ich weiß. »Also, was bleibt uns jetzt noch zu tun?«, frage ich.

»Eigentlich nicht viel«, antwortet Quinn, die wieder ihre Liebe zu ihrem Telefon pflegt. »Platzkarten schreiben, dabei könntet ihr mir wirklich helfen. Aber nichts Großes.«

»Das würde ich zu gern machen«, sage ich zu meiner eigenen Überraschung. »Heute Abend?«

Quinn bleibt der Mund offen stehen. »Äh, ja, klar, wenn du willst. Ist das okay?«

»Natürlich.«

Ruckartig lehnt sie sich zurück. »Wow, dieser James muss einen Zauberstab haben, denn ich weiß nicht mal, wer du gerade bist.«

»Von diesem Zauberstab würde ich sowieso nichts wissen«, erwidere ich, lege die Hand auf die Brust und setze einen Wie-kannst-du-es-wagen-Blick auf.

»Also, bist du nun bereit, zuzugeben, dass wir damit recht hatten? Mit der Liebe?«, fragt Valerie, und ich richte besagten Blick auf sie.

»Noch nicht, bist du irre? Aber nach allem, was ich bisher gesehen habe, sieht dieser James wirklich vielversprechend aus.«

»Sehr diplomatisch.« Sie verdreht die Augen.

»So bin ich, die Diplomatie in Person!«

Wir verbringen einen sehr angenehmen, sehr normalen Abend zusammen, doch als ich Quinn zu ihrer Wohnung fahre, ist sie sehr still und angespannt.

»Was ist los?«, frage ich und nehme die Kurven wie ein Formel-1-Fahrer.

Als sie nicht antwortet, spüre ich wieder dieses quälende Kribbeln unter der Haut, also bohre ich weiter: »Wo warst du die ganze Woche? Bist du mir aus dem Weg gegangen?«

Sie nimmt sich ein paar Sekunden, gerade genug, um bei mir Paranoia auszulösen, atmet tief durch und sagt dann todernst: »Muss es eigentlich immer nur um dich gehen?« Auch danach lacht sie nicht. Sie lächelt nicht mal, und ich bekomme das Gefühl, es geht nur um mich.

»Was ist los, Q?«

Als wäre ihr Schweigen nicht schlimm genug, bricht sie in Tränen aus. »Es ist Phil.« Ihre Stimme ist beinahe in den Ultraschallbereich entschwunden. »Er ist einfach ... absolut nicht begeistert von unserem Wochenende. Ich habe ihm alles erzählt, und ...«

»Alles?«

Ihr Kopf ruckt zu mir herum. »Ja, alles, Rae.« Als wäre ich der letzte Trottel.

Sie hat meinen Namen genannt, daher weiß ich, dass das eine ernste Sache ist.

Quinn schnaubt und wischt sich mit dem uralten Taschentuch über die Augen, das sie in den Tiefen ihrer Michael-Kors-Tasche gefunden hat. »Gerade du solltest doch wissen, wie wichtig Ehrlichkeit in einer Beziehung ist. In einer Ehe.«

»Ruhig, Braune.« Als wäre sie ein Pferd. Ich hebe die Hand.

»Ich sag ja nur.« Sie beruhigt sich ein wenig. »Er ist sauer wegen des Wagens, und darum fährt er diese Woche meinen ...«

»Zur Strafe?«, spotte ich. Ich kann einfach nicht anders. »Was bist du? Ein Kind?«

»Ich habe darauf bestanden.« Das letzte Wort zieht sie in

die Länge, ehe sie hörbar ausatmet, als wäre ich der albernste Mensch auf Erden.

»Ich dachte, du hättest gesagt, das wäre nicht meine Schuld. Was es übrigens auch nicht war. Abgesehen davon, dass wir den Wagen zur falschen Zeit am falschen Ort geparkt haben, was habe ich damit zu tun? Du heiratest. Wir sind seit Jahren befreundet. Also haben wir deinen Junggesellinnenabschied gefeiert. Ich habe auf euch aufgepasst und dafür gesorgt, dass nichts passiert. Wir sind erwachsene Frauen. Ich habe niemanden zu irgendetwas gezwungen, das er nicht wollte. Und ich habe niemanden hängen lassen.« Ich denke an Valeries kleines Techtelmechtel, und mein Magen fängt zu brodeln an.

Trotzdem – ich schüttele das ab – *ist das nicht meine Schuld.*

Ich schieße in Quinns Einfahrt und ramme den Ganghebel in die Parkstellung. Mein Blut droht geradewegs durch meine Haut zu platzen.

»Ich weiß«, gurrt sie. »Aber Phil wirft dir das irgendwie vor …«

»Warum? Bin ich der Drahtzieher hinter diesen beschissenen Autodieben, die seinen heißgeliebten Porsche geklaut haben?«

»Natürlich nicht. Nein.« Sie presst die Finger an die Schläfen und fängt an, sich vor und zurück zu wiegen, als hätte ich ihr Gehirn kaputt gemacht. »Ich kann nicht …«

»Du kannst was nicht?«, frage ich in erwartungsvollem Ton.

»Ich weiß es nicht«, sagt sie und weicht meinem Blick immer noch aus.

»Hast du mich überhaupt verteidigt?«

»Na ja, nein, aber …«

Dieses Eingeständnis raubt mir den Atem. Mein Mund steht offen, als hätte meine Kiefermuskulatur den Dienst eingestellt, und es dauert Sekunden – Minuten –, bis ich mich davon erholt habe. Ich muss meine Atmung unter Kontrolle bringen.

Ganz ruhig. Sag jetzt nichts, was du später bedauerst.

Aber dann bahnen sich die Worte ungefiltert ihren Weg, ohne Scham, ohne irgendeine Chance, das Gesicht zu wahren – oder unsere Freundschaft. Dass sie mich durch bloßes Schweigen verraten hat, ist mehr, als ich verarbeiten kann.

»Wir haben so viel zusammen durchgemacht, Quinn. So viel. Und dann so was?« Pure Ablehnung spiegelt sich in meiner Haltung.

Eine ohrenbetäubende Stille tritt ein, beinahe wie ein Summen, das über die vorderen Sitze hinwegspült, während wir einfach nur dasitzen. Es geschehen lassen.

Und dann: »Er ist mein Mann.«

Ich schnaube verächtlich. »Noch nicht, nein. Und außerdem …« Ich starre sie an. »Ich bin deine Freundin. Seit Ewigkeiten. Wie viele Kerle haben wir überstanden? Freunde, Verlobte, Ehemänner? Wie viele Idioten?«

»Phil ist kein Idiot.«

»Schön. Habe ich ja auch nicht behauptet. Aber dass du ihn heiratest, bedeutet nicht, dass er dich besser kennt als ich. Es bedeutet nicht, dass alles, was er verdammt noch mal sagt, richtig ist. Und es bedeutet nicht, dass alles, was ich tue, falsch ist. Richtig?«

Sie antwortet nicht. Ihre Unterlippe bebt ein wenig, aber ihr Mund bleibt geschlossen.

»Richtig?«, frage ich noch einmal, aber sie ist weg. Sie öffnet die Tür, knallt sie von außen zu und ist schon beinahe verschwunden, ehe ich auch nur fragen kann, was mit den Platzkarten ist.

KAPITEL 17

Während der Teambesprechung der Lehrerinnen der ersten Klassen am Freitag herrscht noch immer eine angespannte Stimmung, was daran liegen könnte, dass dieses Team nur aus Quinn, Valerie und mir besteht. Für mich ist klar, dass die beiden über gestern Abend geredet haben, aber #mirdochegal. Folglich höre ich mir ihre Vorschläge achselzuckend an, behalte meine Ansichten für mich und versuche den Blickkontakt mit beiden so gut wie möglich zu meiden.

Als mein Telefon eine Textnachricht meldet, sehe ich nur zu gern nach. Sie ist von Sarah.

Gern geschehen ist alles, was sie schreibt, und ich weiß sofort warum, als ich Nick über den Innenhof tigern sehe, einen braunen Lederranzen über diesen attraktiven, breiten Schultern.

Quinn schüttelt den Kopf.

»Was?«, platze ich heraus.

Das ist das erste Mal, dass ich an diesem Tag irgendetwas zu ihr gesagt habe.

»Nichts. Ich … kann einfach nur kaum glauben, dass wir einen Stripper hier haben, der mit den Kindern arbeitet, das ist alles.«

Valerie lacht ein bisschen gekünstelt – ein bisschen wie eine Wahnsinnige –, und ihr Gesicht nimmt die Farbe meines Himbeereistees an.

»Er ist kein …« Aber dann schließe ich den Mund. Hat doch keinen Sinn, mit der *allmächtigen Quinn* zu diskutieren, die so oder so immer recht hat, auch wenn sie nicht recht hat.

»Was?« Ihr starrer Blick ist brennend genug, dass er beinahe meine Haut versengt, und ich starre mein Notizbuch an. Dieses Terrain will ich heute definitiv nicht betreten.

»Nichts. Es ist nur … Ihr kennt ihn einfach nicht, das ist alles«, sage ich zu dem Kalenderabschnitt.

»Aber du, ja? Hast du uns deswegen in diesen Schuppen gebracht? Weil du gewusst hast, dass er dort ist?«

»Hört das nie auf?« Ich schlage beide Hände auf den Tisch, etwas heftiger, als ich eigentlich wollte. »Nein. Gott, das war nur so gesagt. Ihr wisst nicht, warum er …«

»Mich interessiert nicht, warum«, blafft sie mich an. »Nur weil du eine Schwäche für ihn hast, kann er sich nicht alles erlauben, und das macht ihn auch nicht zu einem guten Menschen.«

Valerie kichert.

»Ach, willst du auch deinen Senf dazugeben, Val?« Ich stehe auf. Mein Stuhl rutscht mit einem schaurigen Kreischen über den Linoleumboden, und ihr Blick kehrt ruckartig zum Tisch zurück. Genauso schnell verklingt ihr Kichern.

»Ich bin sicher, sie lacht nur über die Ironie der Geschichte.« Quinn gibt einfach keine Ruhe.

»Welche Ironie?« Mein Ton sagt: Na los, trau dich.

»Nur, dass er vermutlich tatsächlich kein guter Mensch ist, wenn du eine Schwäche für ihn hast.«

Na ja, ich meine, ich habe sie ja herausgefordert.

Ich werfe meinen Stift, mein Notizbuch und mein Telefon in meine Tasche. »Ich weiß nicht, was ich getan habe, um das alles zu verdienen, aber ihr könnt mich mal. Du kannst mich mal, Quinn. Und, Val«, ich fange ihren Blick ein, »du solltest es besser wissen.« Und damit stürme ich hinaus.

In der Mittagspause esse ich in meinem Klassenraum bei geschlossener Tür und zugezogenen Rollos. Ohne Sarah habe ich offiziell keine Freunde mehr in der Schule, und ich möchte nicht riskieren, Nick, der Sarah vertritt, an diesem speziellen Nachmittag über den Weg zu laufen. Auf keinen Fall.

Ich habe meinen halben Makkaronisalat verspeist, als mein Telefon brummt. Nick, natürlich, als wüsste er genau Bescheid.

Nick: Gehst du mir aus dem Weg?

Dieser Vorwurf – von ihm an mich – jagt mir einen Schauer über den Leib. Ich starre die Nachricht an, die sich anfühlt wie ein Schuss in mein schweres Herz.

Er hat es also gemerkt. Verdammt.

Wie kann ich das möglichst unbekümmert in Ordnung bringen?

Ich: Oh, Gott, nein! Ich hatte nur super viel zu tun! Du weißt doch, wie das ist …

Gleichgültig. Brillant.

Ich bereite mich auf irgendeine prägnante Antwort vor, aber nach einigen Minuten, in denen nichts passiert, atme ich auf und beschließe, dass ich offenbar damit durchgekommen bin.

Hervorragende Lüge, Rae.

#keinefortsetzungnötig

Nachdem ich die Kinder mit ihren jeweiligen Lesekreisen beschäftigt habe, lasse ich meinen Ärger an meiner Tastatur aus.

Meine Finger klopfen auf dem armen Laptop herum, der bei all dem eigentlich nur ein unbeteiligter Zuschauer ist. Aber ich haue ganze sechshundert Worte in die Tasten, ehe es Zeit ist, mit Gemeinschaftskunde weiterzumachen, und mein Manuskript ist nun um die ängstlichen Gefühle bereichert, von denen ich sicher bin, dass jeder Literaturagent sich die Finger nach ihnen lecken wird.

Genau.

Zwar hat das Schreiben etwas von der miesen Stimmung abgebaut, trotzdem bin ich, als ich am Abend zu James gehe, kurz davor, mir die Pulsadern aufzuschlitzen. Aber er ist so süß und so fürsorglich – er hat alles für das Essen vorbereitet, das wir heute Abend zusammen kochen wollen –, dass ich beinahe in Tränen ausbreche.

Das Hühnchen ist aufgetaut, das Fleisch in Würfel geschnitten, die Ampelpaprika (rot, gelb und grün) ist gewaschen und wartet darauf, dass meine tauben Finger sie in klitzekleine Stücke hacken, das Wasser kocht, und der Reis ist bereits abgemessen.

Trotzdem kann ich mich an all dem nicht richtig erfreuen.

»Was ist los?« Mit einem Finger hebt er mein Kinn.

»Weiberprobleme«, antworte ich, unfähig, ihm in die Augen zu schauen. Mein Sichtfeld verschwimmt, und ich will nicht, dass er mich weinen sieht. Nicht jetzt schon. Nicht so.

Igitt – Gefühle!

Aber er gibt mir nur einen sanften Kuss, der mich für eine Sekunde den ganzen Ärger vergessen lässt, zieht mich in seine Arme und drückt mich lange an sich, fest genug, dass nicht nur mein Rücken knackt, sondern auch ein Teil der Anspannung aus meinem Torso entweicht.

»Das sind die schlimmsten«, sagt er. »Aber vergiss nicht, deine Freundin heiratet in zwei Wochen. Sie ist vermutlich total gestresst. Nicht dass ich sie verteidigen will. Ich bin natürlich auf deiner Seite.« Er grient mich an, und ich küsse ihn.

»Danke«, ist alles, was ich sage, ganz einfach weil es alles ist, was ich sagen kann. Ich will diesen Abend mit ihm genießen, und gottverdammt, das werde ich auch.

Und ehe ich auch nur fragen kann, hat er schon eine Flasche Rotwein geöffnet und schenkt mir ein Glas von der Größe meines Kopfes ein wie ein Weinengel.

»Wo warst du mein Leben lang?«, schnaube ich und kippe den nach Eichenfässern schmeckenden Wein hinunter. Rolle mich in seinem vollmundigen Aroma zusammen wie in einem bequemen Sessel.

Nicht allein, dass die Gesellschaft göttlich ist, das Pfannengerührte ist himmlisch. Und das liegt nur teilweise daran, dass es das einzige Gericht ist, das ich beherrsche, weshalb ich gelernt habe, es wirklich gut zu machen. Maiskölbchen geben ihm genau den rechten Pep; Wasserkastanien bereichern es um das Gefühl der Authentizität. Ich bin beim dritten Merlot, und ich meistere diesen ganzen häuslichen Kram – jedenfalls so weit, wie James es vermutlich beurteilen kann. Nach allem, was er weiß, kann ich im Handumdrehen Ravioli und Brownies und Quiches für die Kinder aus frischen Zutaten zaubern.

Armer James, denke ich, als ich den Rest der Flasche in mein Weinglas kippe. *Besser, ich frage ihn, ob er mich zur Hochzeit begleitet, ehe er die Wahrheit herausfindet.*

Er reinigt die Teller im Spülbecken, und ich trete hinter ihn und drücke mich an seinen starken, herrlichen Oberkörper.

»Was machst du?« Er gluckst und hält das Schneidbrett unter den Wasserhahn. Legt es ins Spülwasser und küsst mich auf den Kopf, als er um mich herummanövriert.

»Da wir gerade von der Hochzeit gesprochen haben …« Ich

löse mich von James und wandere mit zwei Fingern über die Arbeitsplatte, als wären sie winzige Soldaten, die über unser Gespräch wachen.

»Haben wir?« Er grinst, und ich lege gespielt die Stirn in Falten.

»Vorhin, ja. Na ja, also, ich weiß, wir kennen uns noch keine ganze Woche, aber ich dachte, du würdest vielleicht …«

Er macht kehrt, und in seinen hellen Augen spiegelt sich etwas, das ganz wie Hoffnung aussieht. »Nur zu gern«, platzt er heraus.

Ich weiche zurück. »Was würdest du nur zu gern?«

»Dich begleiten, falls es das ist, was du fragen wolltest. Ich nehme doch an, dass du das fragen wolltest, richtig?«

Und ich kann ihn nur noch anstrahlen. Dieser Mann kennt mich. Er hat keine Angst, sich eine Blöße zu geben. Offen zu sein. Zu sagen, was er denkt, was mir im Gegenzug ein gutes Gefühl gibt, wenn ich sage, was ich denke.

»Dann lautet die Antwort ›ja‹?« Inzwischen spaziere ich mit den Fingern über seinen Bizeps. Ich meine, das ist doch süß. Glaube ich jedenfalls.

Und er hebt mich hoch und setzt mich auf die Kücheninsel. Zieht mich an sich.

»Ja.« Und dann deckt er mich so mit Küssen ein, dass mir ganz schwach wird und ich Gott danke, dass ich auf der Arbeitsfläche sitze und nicht stehe oder – inzwischen – auf dem Boden liege.

Am nächsten Morgen bin ich schon früh putzmunter und gebe der Liebesszene, die mir schon seit Wochen Kopfzerbrechen bereitet, den letzten Schliff. Diese Ladung Glück, die mir die Spark-Götter gewährt haben, scheint mir ganz gut zu bekommen. Ich bin fähig, über Glück zu schreiben, ohne traurig zu werden, weil darin die schönen Erinnerungen an etwas anklingen, das auf eine seelenzerfetzende Weise geendet hat.

Umso schöner ist es.

Danke, James. Danke, Spark. Danke, Valerie und Quinn.

Valerie und Quinn.

Der Gedanke an den Streit mit meinen beiden besten Freundinnen holt mich wieder runter, aber James hat recht. Quinn ist mitten in den Hochzeitsvorbereitungen. Ich wäre vermutlich auch ein bisschen angespannt, stünde ich kurz davor, wieder zu heiraten. Teufel, ich hatte sogar bei der letzten Hochzeit, bei der ich zu Gast war, eine Panikattacke, also muss sie jetzt Todesängste ausstehen, das arme Ding. Was, wenn das nicht wieder in Ordnung kommt? Was, wenn sie einen weiteren großen Fehler begeht?

Also nehme ich mein Telefon, um ein Friedensangebot zu schicken. Dieses Mal kann ich meinen Stolz runterschlucken. Der Himmel weiß, dass ich das schon früher getan habe. Und hoffentlich erwidern beide diesen Gefallen, wenn ich in der Zukunft einmal in eine solche Lage komme.

Ich wähle die Gruppe aus.

Ich: Gefragt und Antwort erhalten …

Wenige furchtsame Momente später (Werden sie antworten?) meldet sich Quinn.

Quinn: Und?

Ich schicke ihr ein Daumen-hoch-Emoji, und gleich darauf fängt Val wieder an, von der Liebe zu schwärmen.

Wir haben nicht über unseren Krach gesprochen, aber wir sind seit der Highschool befreundet. #schwammdrüber

Im Handumdrehen sind wir wieder bei der Hochzeit und der Planung, und ich erzähle ihnen mit der ganzen Begeisterung einer Zwölfjährigen für ein Konzert von One Direction von gestern Abend. Mir ist bewusst, dass das gar nicht nach mir klingt, dass all dieses Glück, all diese Aufgeregtheit normalerweise ein Brechmittel für mich sind.

Aber vielleicht war wirklich *ich* das Problem.

Vielleicht sollte ich einfach weiter das Gegenteil von dem machen, was ich mir antrainiert habe, und ich werde das Gegenteil von dem empfinden, was ich sonst unausweichlich jedes Mal zu spüren bekomme.

Ich habe sogar schon angefangen, indem ich mich überhaupt auf diese Spark-Geschichte eingelassen habe –, wenn auch in der Absicht, meinen Freundinnen zu beweisen, dass sie falschliegen, trotzdem. *Seht mich nur jetzt an.*

Ich bin so zufrieden mit mir, dass ich letzte Nacht nicht mit James geschlafen habe (wir haben nur noch ein paar weitere Folgen *Der Bachelor* geguckt und voll bekleidet die Gegenwart des anderen genossen – wer hätte das gedacht?), dass ich mich total anders fühle. *Es* sich anders anfühlt. Wir haben sogar darüber gesprochen, weil ich mit James *über alles reden* kann. Ich habe ihn gefragt, ob wir eine Weile warten können, bis wir einander besser kennen, und James hat absolut toll reagiert. Gesagt, er wisse, dass die Anziehungskraft da sei, wisse, dass das Begehren da sei, und damit sei er zufrieden.

Also haben meine Freundinnen vielleicht recht, und ich war die ganze Zeit der Idiot. Vielleicht habe ich mir auf dem Weg zu meinem Glück selbst im Weg gestanden.

Aber während ich meinen Wortzähler nach oben treibe, kriecht mir eine Eiseskälte über den Rücken, denn ich will nicht, dass meine überraschend positive Einstellung von einem Kerl abhängig ist. Ich will keine dieser Frauen sein, die nichts zustande bringen, die nie wirklich vorankommen, wenn sie nicht in einer Beziehung sind. Ich bin keine männerhassende Feministin, aber ich bin trotzdem Raeistin. Und so was ist Mist. Schwach. Ich bin aus eigenem Antrieb viel zu weit gekommen, um nun zuzulassen, dass mir ein paar Endorphine meine Leistungen streitig machen, auch wenn ich sie einem fantastischen Lippenpaar verdanke.

Ich bin hin- und hergerissen.

Also beschließe ich, meine Gefühle in Schach zu halten und sie nicht einfach fliegen zu lassen wie einen chinesischen Drachen, ohne dass mein Gehirn die Schnüre hält und sie am Boden verankert.

Das wiederum nimmt eine Form an, die zu dem Entschluss führt, James keine Nachricht zu senden, ganz egal wie viele sentimentale Kussgesicht-Emojis ich ihm im Moment am liebsten schicken würde.

Aber es sind noch keine zwölf Stunden vergangen, seit wir uns gesehen haben. #reißdichzusammen

Ich ertappe mich dabei, ungefähr alle hundert Worte mein Telefon zu kontrollieren, aber ich bin sicher, das ist nur eine Folge der Gewohnheit, weiter nichts.

Und folglich nehme ich mir vor, mich auch nicht mehr so sehr von meinem Telefon abhängig zu machen. Heute reiße ich dieses ganze Werde-ein-besserer-Mensch-Ding!

Das Ergebnis ist, dass ich mit dem Schreiben ein gutes Stück weiterkomme – gut für mich. Und ich bin beinahe bereit, mich wieder hinaus in die zweifelnde Welt zu wagen, zu versuchen, mir einen Agenten zu beschaffen und anzufangen, diesen ganzen, na ja, lebenslangen Traum in die Tat umzusetzen.

Aber nachdem der größte Teil des Samstags vorüber ist und ich ungefähr drei Tassen Kaffee zu viel getrunken habe und James sich immer noch nicht textend gerührt hat, setzt die Panik ein, und ich mache einen kleinen Schritt zurück für den weiblichen Teil der Menschheit.

Ich marschiere durch die Küche und denke an seine Küche. In der wir vor nicht einmal vierundzwanzig Stunden gekocht haben. In der er so nette Dinge gesagt hat, mich wegen meiner Probleme mit meinen Freundinnen getröstet und mir über das Haar gestreichelt hat. In der er abgespült und zugestimmt hat, mich zur Hochzeit zu begleiten.

Ich schnappe mir mein Telefon, dessen Display mir nichtssagend entgegenstarrt, keine Benachrichtigung, kein Hinweis auf Netzausfall, nichts. Ich schalte es aus und wieder an – ich bin ein Elektronikzauberer –, immer noch nichts.

Meine Finger fangen zu jucken an – und mein Gesicht auch. Statt ihm nun aber eine Nachricht zu schicken, überlege ich: *Was ist das Gegenteil von dem, was ich tun möchte?*

Endlich den Pyjama ausziehen?

Fortschritt!

Mein Telefon weglegen?

Ja!

Und so ziehe ich mir Sportklamotten an und beschließe, einen Ausflug mit Billie zu machen.

»Die frische Luft wird uns beiden guttun«, erkläre ich ihr.

Sie streckt sich nur und flitzt zur Tür, den wedelnden Schwanz hoch erhoben.

Aber unterwegs – mir klebt das Haar an Schläfen und Hals – facht der warme Wind die Flamme des Wahnsinns in meinem Inneren nur weiter an. Wieder kehre ich zu dem Abend mit James zurück. Gehe alles durch, was wir getan oder gesagt haben.

Ist mir da irgendetwas entgangen? Habe ich etwas falsch aufgefasst?

Aber da ist nichts.

Als ich zurückkomme und er immer noch nicht *Buh!* gesagt hat, komme ich zu dem Schluss, dass das albern ist. Da war nichts, was auf irgendein Problem hingedeutet hätte, und vermutlich gibt es eine absolut logische und harmlose Erklärung für James' heutiges Schweigen. Sich einen Kopf darüber zu machen, wann man schreiben soll und wann nicht, ist, als würde man Spielchen treiben, und das habe ich nicht vor.

Also tue ich es einfach.

Das bedeutet nicht, dass ich schwach bin. Es bedeutet nicht, dass ich meine Eigenständigkeit aufgebe. Es bedeutet nur, dass ich eine gottverfluchte Erwachsene bin und ihm eine Nachricht schicke.

Ich entscheide mich für: *Hoffe, du hattest einen schönen Tag!*

Hervorragend.

Aber als auch während des restlichen Abends keine Antwort eintrifft, ziehe ich wieder den Pyjama an. Wechsle von Kaffee zu Wein. Das dämpft den Wahn und lullt mich ausreichend ein, um wieder zu Verstand zu kommen. Wieder zu bekannten Gefilden zurückzukehren.

Zurück zu den einzigen Dingen, auf die ich mich verlassen kann.

KAPITEL 18

Figuren sollten Motivationen haben. Sie müssen ausgewogen sein. Dreidimensional. »Ein Schurke ist in seiner eigenen Geschichte stets der Held.« Das hört man häufig auf Autorenkonferenzen, und wann immer jemand es ausspricht, erntet er anerkennendes Nicken – mit ehrfurchtsvoll geschlossenen Augen, weil es sich so gescheit anhört. Und jedes Mal ist es, als wäre es das erste Mal, dass jemand diesen Satz fallen lässt. Und das Konzept ist richtig.

Aber es ist auch totaler Bockmist.

Diesen Gedanken wiederhole ich immer und immer wieder, während ich mein Werk vom Vorabend überarbeite. Während ich meinen Figuren Tiefe und meinen Szenen Atmosphäre verleihe.

Aber zu den Dingen, die Autoren niemals sagen, den Dingen, die Lektoren üblicherweise nicht anfassen, gehört, dass man manchmal auf jemanden trifft, dessen Motivation sich einfach nicht erschließt. Im realen Leben ist ein Idiot eben nur ein Idiot. Sicher, er mag seine Gründe für seine Idiotien haben, und er mag seine Idiotie vor sich selbst rechtfertigen, und das macht ihn zu einer dreidimensionalen oder vielseitigeren Figur – es könnte ihn sogar menschlich machen –, aber das, was wir nie laut sagen wollen, ist, dass wir diesen Teil manchmal einfach nicht zu sehen bekommen.

Also legen wir uns für diesen Menschen eine Geschichte zurecht. Wir sagen, er ist ein Lügner oder verhaltensgestört oder ein Trottel, damit wir uns besser fühlen können. Wir sagen, er ist unreif, scheut Verpflichtungen, ist selbstsüchtig – was auch immer –, weil wir einfach nicht wissen, wieso er zum *Ghost* geworden ist, wie die Kids das heutzutage nennen.

Manchmal hast du etwas an dir, hast etwas gesagt oder getan, was ihn ängstigt. Ihn abturnt. Seine Zuneigung dir gegenüber erkalten lässt.

Oder es hat vielleicht gar nichts mit dir zu tun, vielleicht zeigt sein Schwanz einfach in eine andere Richtung, und er vergisst, sich wie ein anständiger Mensch aufzuführen, aber was macht das schon. Ihr habt euch ja gerade erst kennengelernt.

Also zieh einfach weiter.

Vergiss ihn.

Wisch, wisch, wisch.

Das alles geht mir am Sonntagvormittag durch den Kopf, nachdem James immer noch nicht geantwortet hat. Und meine Erinnerungen an den letzten Sonntag, an Dienstag und Freitag, an unseren neckischen Nachrichtenaustausch der letzten Woche sind nun zu schmerzhaft, zu enervierend, als dass ich es noch ertragen könnte, an sie zu denken oder sie anzuschauen.

Ich will nicht, dass mir das alles nimmt. So sollte es nicht laufen, ich bin schließlich nicht mehr sechzehn. Aber in meinen Adern wabert der Selbsthass, weil es genau das tut. Und das kann es, weil ich einen Scheiß darauf gegeben habe – etwa vier Sekunden lang.

Und wenn man nicht aufpasst, wenn man wieder und wieder unachtsam wird, wenn man Hoffnung hatte, und wenn diese Hoffnung vernichtet wurde, wenn man mit ganzer Seele geliebt hat, fraglos vertraut und sich geirrt hat – ein ums andere Mal? Erlaubt man sich dann, dorthin zurückzukehren – sei es auch nur für vier lausige Sekunden – nur um sich erneut zu irren? Das ist Folter. Und es ist eine Ewigkeit.

»Und was willst du jetzt machen?«, fragt Sarah am anderen Ende der Leitung, als ich schließlich zusammengebrochen bin und beschlossen habe, jemanden anzurufen.

Ich knibbele an den Überresten der aufgefrischten Maniküre, die ich mir verabreicht habe, ehe ich mich am Freitag mit James getroffen habe.

»Vor einem Jahr hätte ich ihm so viele vernichtende Nachrichten geschickt, wie ich nur kann, nur um ihm zu sagen, was für ein Arsch er ist. Aber jetzt?« Ich seufze. »Dafür bin ich zu erschöpft.«

»Wirst du es Valerie und Quinn erzählen?«

Ich atme hörbar aus. Die Frage der Stunde.

»Ich will es den beiden noch nicht erzählen, weil das Einzige, was uns seit letztem Wochenende zusammengehalten hat, meine rosarote Wolke voller Optimismus in Bezug auf diesen blöden Kerl war. Und jetzt, nachdem sie geplatzt ist? Ich weiß nicht, wie sie auf meinen Rae-Frust reagieren. Außerdem kann ich doch direkt vor der Hochzeitswoche keine schlechte Laune verbreiten, nicht wahr?«

»Mhm, wahrscheinlich nicht. Na ja, dann sag mir einfach, ob du heute Abend ausgehen willst. Ein paar von uns wollen in Blake's Tavern.«

Mein überaktives Gehirn überlegt bereits, welchen Rock ich anziehen könnte, und folglich weiß ich auch, wie meine Antwort ausfallen muss.

»Danke, aber nein, danke. Ich habe noch zu tun.«

Gegen neun Uhr abends bedauere ich diese Entscheidung, aber ich nehme an, allein zu trinken, ist die sicherere Alternative. In welche Schwierigkeiten kann ich mich zu Hause schon bringen? *In zu viele*, geht mir auf, als ich Spark aufrufe und feststelle, dass James die Übereinstimmung mit mir gelöscht hat, denn sein Profil ist verschwunden, zusammen mit allen Nachrichten, die wir uns geschickt haben, bevor wir unsere Telefonnummern ausgetauscht und angefangen haben, uns direkt zu schreiben. Kaputt.

Was mich dabei so richtig auf die Palme treibt, ist, dass ich nicht einmal die Gelegenheit bekomme, selbst diejenige zu sein, die ihn als Kontakt ablehnt. Ein weiterer kleiner Schlag, der ihm gelingt, ehe ich dazu komme. Ich lösche seine Nachrichten und blockiere seine Nummer, aber was hilft das schon? Er wird mir so oder so keine Botschaften mehr schicken, und er wird es nie erfahren.

Faust zum Himmel schüttel

Und dann taucht das Profil von irgendeinem Idioten auf, der mir entgegengrinst wie ein dicker, fetter Clown …

Wischen: links oder rechts?

Ich lache. Als würde ich mich dieser Tortur noch einmal unterziehen. Die Hochzeit steht kurz bevor. Ich werde allein hingehen.

Doch ehe ich mein Telefon für die Nacht beiseitelege, meldet sich Nick. Seine erste Nachricht, seit ich ihn angelogen habe.

Nick: Ich nehme an, du bist beschäftigt, aber ich dachte, ich frage trotzdem mal nach.

Ich nage an der Unterlippe, während das schlechte Gewissen meine Innereien durchknetet.

Es ist Zeit, dieses ganze Aus-dem-Weg-Gehen zu beenden.

Das Spark-Experiment ist fehlgeschlagen. Das Experiment, das ich mein Leben nenne, ist fehlgeschlagen –, und ich beschließe, dass ich nun lange genug nach Liebe gesucht habe, denn die sucht mich ganz bestimmt nicht.

Beagles sind sowieso viel besser im Kuscheln als Männer.

Aber vielleicht wäre es gut, zu erfahren, wie das alles aus der männlichen Perspektive aussieht.

Also raffe ich mich auf, ihm zu antworten.

Ich: Die ganze Wahrheit? Du hattest recht, ich bin dir ein bisschen aus dem Weg gegangen. Das mit dem neuen Typen hat nicht funktioniert, also schien es eine gute Idee zu sein, einen Bogen um alle Angehörigen des männlichen Geschlechts zu machen.

Nick: Klingt durchaus vernünftig.

Ich: Aber das ist dumm. Und es tut mir leid. Freunde?

Freunde.

Nach diesem Wort blinkt mich der Cursor an. Hängt eine Sekunde lang einfach da, als wäre ich tatsächlich imstande, das zu tun, und dann beschließe ich, ich bin es. Ich muss es sein, um meiner eigenen Zurechnungsfähigkeit willen.

Also drücke ich auf SENDEN.

Anscheinend braucht Nick nicht viel, um sich erneut für mich zu erwärmen, denn wir unterhalten uns den Rest der Nacht, und ich empfinde wieder diese Ruhe, die mich schon in seinem Wagen befallen hat. Eine Last fällt von mir ab.

Er hat alle möglichen Ideen, warum James untergetaucht ist. Die Nummer eins ist, dass ich nicht mit ihm geschlafen habe.

Ich: Warum tut er dann, als wäre das für ihn in Ordnung? Warum hat er zugestimmt, mich zur Hochzeit zu begleiten?

Nick: Ich schätze, er hat sich gedacht, wenn er besonders lieb ist, kann er dich umstimmen. Und als das nicht geklappt hat … Ende, aus, VORBEI.
Ich: Bah. Seid ihr alle so?
Nick: Aua. Nein. *hält sich die geohrfeigte Wange*

»Ja, genau«, sage ich zu meinem Display, antworte ihm aber mit einem schlichten *Haha*.

Am Montag ist Nick die Vertretung in einer dritten Klasse, was ich erst erfahre, nachdem ein bewundernswert verträumter Schüler gegen eines meiner Bücherregale rennt und es mit seinem gigantischen Tornister zu Fall bringt.

Mein Telefon brummt gerade eine Nanosekunde nach dem Unfall.

Nick: Alles in Ordnung da drüben?
Ich: ?
Nick: Weißt du, du solltest bei der Arbeit nicht trinken.
Ich: Harhar.
Nick: Aber im Ernst, brauchst du mich? In bin in Jenkins' Klassenzimmer.

Ich höre es zweimal an die andere Seite der Wand hämmern, als würde er mit dem Ellbogen dagegen schlagen, und das Herz klopft mir bis zum Hals. Keine Ahnung, warum.

Oder vielleicht doch. Ich gestatte mir, mich in unangemessenen Erinnerungen daran zu verlieren, wie er mit bloßem Oberkörper aussieht – und schüttele sie ganz schnell wieder ab. *Warum bin ich bloß so?*

Alles gut, schreibe ich zurück und spüre, wie sich ein Hauch eines Lächelns in mein Gesicht stiehlt. *Nur eine Lektion in*

Sachen Aufmerksamkeit, die Robbie auf die harte Tour hat lernen müssen.

Damit verdränge ich jeden weiteren Gedanken, so gut ich eben kann. Aber irgendwie ist es aufregend zu wissen, dass Nick hier ist, dass er den ganzen Tag über ganz in meiner Nähe sein wird. Jedes Mal, wenn mein Telefon in meiner Tasche vibriert, während ich Doppelvokale kontrolliere (was er auch für ungeheuer lustig hält), oder während ich mit dem Unterricht über feste Stoffe, Flüssigkeiten und Gase beginne, ist ein Teil von mir bei ihm. Auf der anderen Seite der Wand. Und ein Teil von ihm ist hier. In meiner Tasche.

Ich weiß, ich bin nicht allein.

•

Das Mittagessen ist wieder eine ganz andere Geschichte.

Ich sitze zwischen Sarah und Quinn im Aufenthaltsraum. Valerie ist mehr an ihrem Caesar-Salat interessiert als an Konversation – oder deren Mangel, um genau zu sein. Nick sitzt auf Sarahs anderer Seite und mampft ein höchst verbotenes Sandwich mit Erdnussbutter und Marmelade.

Ich kann das feuchte Schmatzen all der kauenden Menschen um mich herum hören, und meine Misophonie versetzt meine Nerven in helle Aufregung. Quinns Banane, *quitsch-quitsch-quitsch*. Jedes gedämpfte Mahlen von Vals Zähnen auf ihrer Birne.

Und es ist warm im Raum. Zu warm. Ein ganzer Raum, eingehüllt in eine Atmosphäre der Anspannung. Alle scheinen etwas gereizt zu sein, mit Ausnahme von Sarah, und ich nehme an, das liegt nur daran, dass sie die Einzige von uns ist, die nichts von Nicks anderem Teilzeitjob weiß.

In meinem Kopf fängt es an zu hämmern in Anbetracht der widerwärtigen Geräusche, die ich zu überhören versuche, während ich über das Gefüge aus Heimlichkeiten und Schwindeleien nachdenke, dessen Auswirkungen uns alle fünf erfassen. Ich frage mich, welche Geheimnisse Val und Quinn vor mir haben, und das ist ein Gedanke, der mir in all den Jahren noch nie gekommen ist. Wie naiv bin ich?

Das Gift des Selbstzweifels, der Loyalität und der zugehörigen Lügen schleicht sich in mein Dasein, und ich stehe kurz vorm Platzen, als Sarah das Schweigen bricht.

»Das dürften Sie hier eigentlich gar nicht essen«, sagt sie in belustigtem Ton zu Nick und zieht die Nase kraus.

»Das?« Prüfend beäugt er das halbe Sandwich in seiner Hand. »Warum nicht?«

»Weil wir eine erdnussfreie Schule sind«, antwortet Valerie. »Haufenweise Kinder haben eine Erdnussallergie, darum ist das so eine Sache, besonders nach dem letzten Vorfall, den wir hier vor einigen Jahren erlebt haben. Hat Ihnen das niemand erzählt?«

Er verzieht das Gesicht und sieht ehrlich betroffen aus. »Ach du Schande! Bin ich jetzt in Schwierigkeiten? Ich wusste das wirklich nicht.«

»Etwas sagt mir, dass du Abenteuern nicht abgeneigt bist«, bemerke ich und umgarne ihn mit einer Augenbraue.

»Schuldig.« Er begegnet meinem Blick, als wären wir allein in diesem Raum, und eine Gluthitze breitet sich über meine Wangen aus, unter meiner Bluse und einfach überall.

»Also, wann triffst du dich wieder mit James?«, unterbricht Quinn unseren Blickkontakt mit einer spitzen Frage, und das schlechte Gewissen bohrt sich in meine Brust, als wäre ich Billie und hätte auf den Teppich gemacht oder irgendwas in der Art.

»Du hast es ihnen noch nicht gesagt?«, spöttelt Sarah, und ihre Lippen formen ein perfektes O, das pures Erstaunen zum Ausdruck bringt.

»Uns was gesagt?«, will Quinn wissen. Aber in diesem Moment stolziert Ida samt Post, Aktenordnern und Schokolade herein.

»Na, wenn das nicht meine Lieblingskollegen sind«, ruft sie mit einem breiten Grinsen auf den roten Lippen. »Ich wollte nur kurz vorbeikommen und euch ein paar Küsse bringen. Einen für dich.« Sie lässt einen Hershey's Kiss vor mir auf den Tisch fallen. »Einen für dich, dich und dich.« In schneller Folge versorgt sie Valerie, Quinn und Sarah. »Und einen Extrakuss für Sie«, fügt sie zwinkernd hinzu und legt gleich zwei vor Nick, der beim Anblick der Süßigkeiten ein Grinsen aufblitzen lässt.

»Wie geht es Ihrer Freundin?«, fragt Ida, und er wäre beinahe am letzten Bissen seines Sandwichs erstickt.

Sie klopft ihm auf den Rücken, und er, immer noch damit beschäftigt, sich zu räuspern, steht auf und schlägt sich mit der starken Faust auf die Brust.

»Oh, der … geht's gut.« Seine Stimme klingt heiser, und er greift zu seiner Limonade.

Ich verkneife mir das Lachen.

»Bringen Sie sich nicht gleich um«, sagt sie zu ihm und legt ihm die Hand auf die Schulter. »Und machen Sie sich meinetwegen keine Sorgen. Ich mache nur Spaß.«

»Richtig.« Er mustert sie mit einem gespielt missbilligenden Blick.

»Also, wo bin ich reingeplatzt?«, fragt sie und hockt sich neben ihn.

Niemand sagt einen Ton.

»Ach, nun kommt schon«, fordert sie und lässt ein tadelndes *Tsts* folgen.

»Eigentlich«, wagt sich Sarah vor, »wollte Rae ihren Vertrauten gerade erzählen, dass ihr letzter Gespiele eher eine Niete war.«

»Was?« Ida verzieht auf eine Weise das Gesicht, dass ihre Make-up-Konturen den größten Teil ihrer natürlichen Züge überdecken.

»Verdammt.« Nick schirmt seinen Schritt ab, als hätte Sarahs Kommentar irgendwie einen Tritt in seine Kronjuwelen beinhaltet, und ich schüttle einfach nur den Kopf.

»Was soll das heißen?«, fragt Valerie.

»Du hast mit ihm geschlafen«, konstatiert Quinn.

»Nein«, gebe ich mit einem angewiderten Schnauben zurück. Und dann erzähle ich ihnen, dass genau das Gegenteil vermutlich zu seinem Verschwinden geführt hat. »Genau genommen bin ich mit Männern grundsätzlich fertig. Punkt.«

»Ja, genau.« Quinn lacht.

»Das ist mein Ernst«, verkünde ich. »Ich bin zu alt, und ich bin zu müde. Mir geht es gut, so wie es ist.«

Val: »Aber wenn dein Traummann auftaucht …«

»So etwas gibt es nicht. Und, ehrlich, diese Erkenntnis hat mir Frieden geschenkt. Es ist an der Zeit für mich, mich auf mich selbst zu konzentrieren. Mich zum Besseren zu entwickeln, und zwar für mich, nicht für jemand anderen.«

Als ich verstumme, schnalzt Ida mit der Zunge. »Tut mir so leid, Liebes.« Dann konzentriert sie sich auf Nick. »Es war so schön, Ihr kleines Frauchen endlich kennenzulernen«, sagt sie. »Ich bin den beiden neulich Abend bei Starbucks begegnet. So ein süßes Paar.«

Seine Züge baden in tiefem Rot. Dabei sieht er sie gar nicht an, er sieht mich an. »Es war nur Kaffee«, sagt er und redet mit den Händen. »Außerdem …«

Ein Lachen bahnt sich einen Weg aus der Tiefe meines Magens, weil es so klar ist. Es ist so was von klar, dass er über die Freundin lügt.

Ich zucke mit den Schultern. »Mich juckt das nicht, Mann.«

Aber ich will nicht mehr hören. Das geht mich nichts an, und selbst wenn wir inzwischen geklärt haben, dass wir nur Freunde sind, und ich mit ihm über meine Datingprobleme gesprochen habe, der Gedanke, dass er da draußen in der Welt mit einer Freundin herumläuft, von der ich dachte, sie wäre Vergangenheit, durchbohrt mich wie ein scharfes Schwert.

Er spricht Worte, und ich nicke zusammen mit allen anderen, aber ich kann es nicht ändern: Zorn prasselt wie ein Monsun auf mich herab. Und ich gebe mir alle Mühe, ihm nicht mit meinem starren Blick das Gesicht wegzulasern.

Wie? Wie kann er darüber nur so offen vor meiner Nase reden? So, wie er flirtet? Nachdem wir uns so viel unterhalten haben?

Ja, wir sind Freunde, aber es kotzt mich maßlos an, denn was bildet sich der Kerl eigentlich ein, mir Gefühle zu vermitteln, obwohl er gar nicht verfügbar ist? Was denkt der sich?

Und wie konnte ich mir nur gestatten, so vertrauensvoll und so dumm zu sein? Wieder mal.

Bis das Gespräch beendet ist, habe ich das Salzgebäck, das zu meinem Chili gehört, in seiner Packung zu Staub zermalmt. Fünf Minuten vor Ende der Mittagspause gehen Sarah, Ida und Nick vor uns anderen hinaus.

»Hör mal, tut mir leid wegen James«, sagt Quinn und berührt zaghaft meinen Unterarm.

»Mir auch. Was für ein Idiot. Warum hast du uns nichts davon erzählt?« Valerie ist auch schnell mit Trost bei der Hand, und es kommt mir vor, als wären wir ein paar Wochen in der Zeit zurückgereist, vor das Wochenende, seit dem die Stimmung zwischen uns gekippt ist, vor die Zeit der Geheimnisse und der Verstimmungen.

Ich schaue sie an. »Ich weiß es nicht. Aber glaubt ihr mir jetzt?«

Beide pressen die Lippen zu einer Arme-Rae-Linie zusammen und schütteln traurig die Köpfe.

»Und zu allem Überfluss …«, fahre ich fort, immer noch schäumend, dass ich auf diese Art die Wahrheit über Nicks kleine Freundin erfahren habe. Ich fuchtele mit meinem Telefon herum, zögere aber einen Sekundenbruchteil.

Soll ich ihnen meine Unterhaltung mit Nick zeigen, soll ich ihnen zeigen, wie viel wir geredet haben, und ihn schlecht dastehen lassen, nur weil ich verletzt bin und alberne Gefühle für ihn habe? Würde eine Erwachsene so etwas tun?

Ich denke an unser Gespräch auf dem Heimweg von South Beach. An die Vertrautheit, die es zwischen uns zu geben schien.

Aber dann erinnere ich mich daran, wie er mir erzählt hat, er wäre nicht gebunden. Und nun stelle ich fest, dass er es vielleicht doch ist.

Also, ist er mit ihr zusammen oder nicht?

Ernsthaft.

Und damit ist die Entscheidung gefallen.

Ich schiebe mein Telefon zu ihnen hinüber und scrolle durch zwei Tage voller Scherze, sexueller Anziehung und Anspielungen.

Scherze, sexuelle Anziehung und Anspielungen, die ich total genossen habe, trotzdem.

»Worum geht es?« Quinn schnappt sich das Telefon, und ihre kupferfarbenen Augen trüben sich ein, als wäre sie Nicks verdammte Freundin und müsse sich diese Nachrichten ansehen.

»Es geht darum, dass er mir erzählt hat, er hätte keine Freundin, – dass es vorbei wäre – und nun finde ich heraus, dass er gerade erst mit ihr zusammen war. Ich habe es versucht. Ich habe nach euren Regeln gespielt. Ich bin mit ein paar Männern ausgegangen. Ich habe James eine Chance gegeben, ich habe sogar etwas für ihn empfunden. Aber was bleibt am Ende? Ich hatte recht. Heutzutage ist nichts mehr heilig. Niemandem kann man mehr wirklich vertrauen. Oder denkt ihr, Nicks arme Freundin wäre mit dem hier einverstanden?«

Quinn steht da, die Hände vorgereckt, und sie schließt die Augen, als könne sie kein Wort von dem verarbeiten, was ich gesagt habe. Als würden die Beweise, die sie direkt vor der Nase hat, ihr die Hornhäute versengen.

Ich kann ihre Reaktion nicht ertragen. Sie facht den Zorn noch mehr an, der seit zwanzig Minuten in meinem Inneren wütet.

»Was?«, herrsche ich sie an.

Sie verzieht das Gesicht, verschränkt die Arme vor der Brust, und es sieht aus, als urteile sie über mich. Als wäre das alles meine Schuld. Als hätte ich es wissen müssen.

»Denkst du, ich schäkere absichtlich mit einem Mann, der in einer Beziehung ist?«

»Ich habe keine Ahnung«, sagt sie. »Aber ich wünschte, du würdest aufhören, so zu tun, als ginge es um irgendjemand. Das ist nicht irgendjemand.«

Mir wird bewusst, dass das von ihrer Seite aus purem Schrecken gespeist ist – einem Schrecken, der auf alten Schmerz zurückgeht. Aber ich kann ein Prusten nicht zurückhalten. Und ehe ich mich im Zaum halten kann, rasen mir schon die Worte über die Lippen.

»Warum tust du so, als wüsstest du so viel mehr über Männer, nur weil du einen am Haken hast? Warum tun gebundene Frauen so etwas? Eine Beziehung zu führen, bedeutet nicht, mehr zu wissen als eine alleinstehende Person. Es bedeutet vielleicht nur, dass du müde geworden bist und aufgegeben hast. Und eines Morgens drehst du dich auf die andere Seite, und er liegt vor dir. Das macht Phil noch nicht zum Mann des Jahres. Genauso wie Heiraten nicht bedeutet, man wäre glücklich oder erfolgreich. Oder dass die Ehe glücklich oder erfolgreich sein wird. Wenn das jemand wissen sollte, dann du. Ich hätte auch verheiratet bleiben können. Also, warum tust du das, Quinn? Hallo, ich bin's.«

Sie stützt sich auf den Rand des Tischs, als hätten ihr meine Worte den Atem geraubt. Ich bin zu weit gegangen. Ich weiß es, aber ich konnte nichts dagegen tun. Es musste einfach gesagt werden.

Sie räuspert sich, und ihre Augen verschleiern sich noch mehr – die Ruhe vor dem Sturm; wie jeder, der sich je mit Quinn angelegt hat, wissen sollte. Doch statt sich nun in einer Tirade zu ergehen, spricht sie mit leiser Stimme und ruhigem Ton.

Und das ist noch beängstigender.

»Ich kann nicht fassen, dass ich das wirklich sage, aber ich glaube, Phil hat recht.«

»Womit hat er recht? Schau, ich habe nicht gesagt, Phil wäre ein mieser Typ oder deine Ehe würde nicht funktionieren. So habe ich das nicht gemeint. Tut mir leid. Ich verstehe nur nicht, warum …«

»Dass du mir nicht gut bekommst.« Feuchte Spuren ziehen sich über ihre Wangen, aber ihre Stimme bleibt ruhig.

Ihre Worte fühlen sich an wie ein Knüppel auf meiner Brust, und jedes neue droht mich umzuwerfen, aber irgendwie bleibe ich auf den Beinen, wenn auch nicht gerade aufrecht. Lasse mich von den Worten, die ich gefürchtet habe, durchbohren, wenn sie es nun einmal so haben will.

»Ich werde nie eine Chance bekommen, mit ihm glücklich zu werden, solange ich mit dir befreundet bin. Weil du unglücklich bist. Und du willst, dass alle anderen auch unglücklich sind. Wir wollten dir helfen.« Sie schaut sich zu Val um. »Damit du dich von diesem angsterfüllten Männerhass befreien kannst. Aber wie es scheint, hat das alles nur noch schlimmer gemacht. Schau, es tut mir leid, dass es nicht gleich mit dem ersten Kerl geklappt hat, dem du wirklich eine Chance gegeben hast seit …«

»Sprich es nicht aus. Wage es nicht, seinen Namen zu sagen.«

»Seit Jesse«, brüllt sie los. »Aber das bedeutet nicht, dass ich dumm bin, weil ich Phil heiraten will oder weil ich es noch einmal versuchen will. Weil ich jemandem mein Vertrauen schenken will. Ich habe auch gelitten, aber ich habe mich wieder aufgerappelt. Und ich werde nicht mehr zulassen, dass du mich runterziehst. Nicht diese Woche. Nicht in dieser Ehe. Nie mehr.«

»Was soll das heißen?«, ist alles, was ich meiner Kehle entlocken kann.

»Das heißt …« Ihre Hände zittern, als sie sich, das Kinn vorgereckt, das Gesicht abwischt, dabei aber nicht für einen Moment den Blickkontakt mit mir unterbricht. »Ich glaube, es wäre besser, wenn du nicht zu meiner Hochzeit kommst. Jetzt zufrieden? Du hattest recht. Aber ich will nicht mehr daran erinnert werden, wie recht du in Bezug auf Männer hast. Ich will glauben, dass Phil die große Ausnahme ist. Ich will glücklich sein. Du bist draußen. Sache erledigt. Nun hast du, was du willst.«

»Du denkst, das hätte ich gewollt? Du denkst, ich hätte irgendetwas von …« Meine Knie fühlen sich an, als hätte ich jedem zwei Gläser Tequila verabreicht. Ich richte mich mühsam auf und sehe Valerie an. »Hast du auch etwas dazu zu sagen?«

Sie wendet den Blick ab und starrt ihre flachen Ballerinas an.

»Was habe ich …« In meinem Ton liegt genug Gift, die Luft zwischen uns zu verpesten. Und dann schüttle ich den Kopf. Sehe die Wand an, den Boden, die Kaffeemaschine. Alles, nur nicht diese beiden Menschen, die mich überhaupt nicht kennen oder gar verstehen.

Es sei denn, sie tun es doch.

Ein Gedanke wie ein Flüstern, der mich trotzdem direkt in die Magenkuhle trifft. Ich halte es keine Minute länger in diesem Raum aus.

»Du solltest es besser wissen«, sage ich zu Valerie. Stille. »Das solltet ihr beide. Aber gut. Habt eine schöne Hochzeit. Habt ein schönes Leben.«

Endlich sehe ich Quinn wieder an. Jegliche Farbe ist aus ihrem Gesicht gewichen. Sie sieht aus wie ein Schatten der Quinn, die ich gekannt habe. Aber vielleicht ist das auch nur die Person, die sie jetzt ist. Vielleicht ist das auch, was sie immer war, und ich war nur zu sehr mit mir selbst beschäftigt, um das zu erkennen.

Wie dem auch sei, ich sage: »Ich bin raus!«, schleudere mein Tablett von mir, stolziere hinaus und knalle die Tür hinter mir zu.

KAPITEL 19

Wieder daheim versuche ich, produktiv zu sein. Ich schnappe mir meinen Laptop, um mehr aus dem Exposé herauszuprügeln, über dem ich schon vor einigen Abenden gebrütet habe, nur um festzustellen, dass die Datei beschädigt ist und ich alles verloren habe. Zwei Stunden Arbeit, die nur für die Suche nach den passenden Worten draufgegangen sind, einfach weg. Ich versuche, mein Haushaltsbuch fortzuschreiben. Versuche, Billie zu knuddeln. Versuche, mit ihr rauszugehen. Versuche, alles und allem einfach wegzulaufen.

Ich versuche, auf die gesunde, verantwortungsbewusste Art mit meinen Gefühlen umzugehen, aber das ist zu groß für mich. Zu heftig. Zu viel.

Also höre ich endlich mit dem Versuch auf, alle anderen zufriedenzustellen und zu sein, was ich nicht bin, und gebe mich stattdessen dem hin, wofür alle anderen mich anscheinend halten.

Mir scheint, es gibt nicht genug Alkohol auf der Welt, aber ich habe eine respektable Menge in meiner Vorratskammer, und so verzichte ich zum Abendessen auf Essen und beschließe, einfach alles zu ertränken.

Noch während ich meine Auswahl begutachte, erkenne ich, dass das einfach dumm ist und nichts wieder in Ordnung bringen wird. Ich weiß es. Ich weiß! Aber gerade jetzt ist das zu viel, um darüber nachzudenken. Zu viel, um damit fertig zu werden.

Ich schenke mir einen oder zwei Liter Wein ein und verkrieche mich in meiner Badewanne. Inhaliere den Dampf, spüre, wie er in meine Lunge sickert und mich von innen wärmt. Heißes Wasser umgibt meine Füße und macht Inseln aus meinen Knien und Armen. Lullt mich in einen köstlichen Dunst ein.

Immer wieder höre ich Quinns Stimme. *Ich glaube, Phil hat recht. Dass du mir nicht gut bekommst.*

Mikes Stimme: *Sie* war *verheiratet, Kumpel. Irgendwie hattest du das ja schon, und es hat dir nicht gefallen. Und jetzt scheinst du nie mehrere Male mit demselben Mann auszugehen.*

Valeries Lachen.

Ehe ich es merke, ist mein Glas leer, aber keine Angst! Ich habe die Flasche mitgenommen! Ich beiße in den Korken und zerre ihn mit den Zähnen raus. Spucke ihn quer durch das Badezimmer, und in null Komma nichts heißt es Prost.

Und dann klingelt das Telefon. Es reißt mich hoch, bis ich aufrecht in der Wanne sitze. Mein Herz donnert wie ein Presslufthammer, und das Badewasser spritzt auf den Fliesenboden.

Nick, sagt das Telefon. Der Name blinkt auf dem von der feuchten Luft beschlagenen Display auf. Der Spiegel ist auch beschlagen.

Er ruft an.

Er ruft an?

Ich lehne mich halb aus der Wanne, um das Telefon zu holen und den Anruf anzunehmen.

»Hal…«

»Ich wollte mit dir über heute reden. Ich weiß, was Ida glaubt, gesehen zu haben, aber es war nicht …«

»Also warst du nicht mit deiner Freundin Kaffee trinken?«

»Nein. Na ja, doch. Äh …«

Ich lasse die Stille gären.

»Ich war mit ihr dort«, fährt er fort. »Aber wir sind nicht zusammen. Ich habe mich an dem Abend mit ihr getroffen, um alles zu besprechen, weil das alles für eine Weile in der Schwebe war. Sie wollte es noch einmal versuchen, und ich wollte sicherstellen, dass sie begreift, dass es definitiv aus ist.«

Ich brauche ein paar Minuten, um mitzukommen. #alkohol

»Mir ist nicht klar, warum du mir das erzählst«, bekunde ich.

Für einen Moment schweigt er. Ich höre ihn atmen. Dann: »Ich weiß es selbst nicht so genau. Ich wollte einfach, dass du das weißt.«

»Okay. Also …«

»Hör mal, meinst du, wir können etwas trinken gehen? Etwas ist passiert, und ich brauche einen Freund, mit dem ich darüber reden kann. Ich muss mir darüber klar werden, was ich tun soll, und …«

Er sagt noch mehr, aber ich habe aufgehört, zuzuhören.

Vielleicht habe ich ihn die ganze Zeit missverstanden. Vielleicht sieht er in mir wirklich nur »einen Freund«, und ich bin nur eine jämmerliche Versagerin, die gedacht hat, es gäbe eine besondere Verbindung zwischen uns, die gar nicht existiert. Jedenfalls nicht so, wie ich dachte.

Oder ich bin einfach nur betrunken.

Aus welchem Grund auch immer, er wendet sich in einer wie auch immer gearteten Zeit der Verunsicherung an mich –, und laut meinen liebsten Freundinnen auf der Welt schiebe ich die Dinge zu weit von mir, warum gebe ich also nicht einfach meinem impulsiven Wunsch, ihm nahe zu sein, nach und sage zu? Was wäre daran so schlimm? Ich will auch gerade nicht allein sein, und genau das bin ich. Allein.

»Okay«, sage ich. »Aber würde es dir etwas ausmachen, zu

mir zu kommen? Ich hatte heute den schlimmsten Tag aller Zeiten, und ich habe schon etwas Wein intus.«

Sein Lachen ist sogar am Telefon mitreißend, ein lockeres, unbeschwertes Lachen, von dem ich gar nicht gewusst habe, dass ich mich schon den ganzen Tag danach gesehnt habe.

»So hörst du dich auch an! Wo bist du? In der Wanne? Das hallt so.«

»Na klar, ich sage dir, dass du rüberkommen sollst, und erzähle dir dann, dass ich nackt bin. Wenn wir uns treffen sollen, dann wirst du dich von deiner besten Seite zeigen müssen.« Trotz der tadelnden Worte kann ich nicht vermeiden, dass sich am Ende mein Ton ein winziges bisschen überschlägt.

»Pfadfinderehrenwort.« Er gluckst leise. »Also, wo wohnst du?«

Ich schaffe es sogar, mich vorzeigbar zu machen, ehe Nick eintrifft. Ich ziehe eine Yogahose und ein T-Shirt an; binde mir die Haare zu einem Pferdeschwanz; lege minimal Make-up auf. Nichts an meiner Erscheinung sagt, dass ich es zu sehr versucht habe oder dass dies ein Date ist. So, wie ich aussehe, könnte ich an einem Dienstagabend Valerie besuchen, um *E!* mit ihr zu gucken, so könnte ich verdammt noch mal zur Arbeit gehen.

Na ja, vielleicht habe ich dafür eine Spur zu viel Eyeliner aufgetragen. #wahrefakten

Die gute Nachricht lautet, dass ich, als er kommt, immer noch beschwipst genug bin, um nicht zu nervös zu sein, und so begrüße ich ihn mit einer Umarmung. Was uns, wie ich annehme, beide verblüfft.

Sein Körper ist so fest, so standhaft. Das entfacht in mir ein Feuer, das von den Zehen aus die Beine hinauflodert, als folge es einer Linie aus Schießpulver, während ich die Arme um ihn lege. Dabei ergreift seine freie Hand meine Taille, beinahe, als wolle er mich auf Distanz halten. Vorsichtshalber. Aber ich glaube, das hat mehr damit zu tun, dass mein Gewogenheitsanfall ihn ein wenig überrascht hat.

»Na, hallooooo«, sage ich. Ich habe ganz meine Neigung vergessen, ihn ständig anzufassen, doch nun ist sie wieder äußerst aktiv. Mir steigt die Röte in die Wangen, und ich löse mich von ihm, denn das könnte zum Problem werden.

»Tut mir leid!« Ich schlage eine Hand vor den Mund und bebe vor Lachen.

»Schon gut.« Er zeigt mir seine prachtvollen Zähne. »Ich habe wohl ein bisschen unterschätzt, wie beschissen dein Tag war und wie viel Wein du intus hast. Sag an. Hast du einen Korkenzieher?« Er wedelt mit der Flasche Weißwein in seiner Hand und schlägt dann die andere Hand vor die Stirn. »Wo habe ich meinen Kopf? Du hast wahrscheinlich einen in jedem Zimmer.«

Ich schubse ihn spielerisch in die Küche, erziele aber so gut wie keine Wirkung. Etwas an der Nutzlosigkeit meiner nicht vorhandenen Muskulatur erweckt in mir den Wunsch, es noch einmal zu versuchen. Kraftvoller. Streitlustig, wenn auch nur, um ihn zu ärgern. Ihn dazu zu bringen, mir seine perfekten Kiefermuskeln zu zeigen. Mich dafür zu bestrafen.

Ich lehne mich an den Türrahmen, ruhig, und sehe zu, wie er meine Schubladen durchwühlt. Die Bewegung seiner kräftigen Schultern sieht dank des engen T-Shirts köstlich aus. Auf einmal, aus dem Handgelenk, während er mir immer noch den Rücken zukehrt, präsentiert er das Ding – *Ta-da!* Die polierte Metalloberfläche wirft das Licht von der Lampe über der Spüle zurück.

»Na, wenn du dich mal nicht zurechtfindest …«, sage ich und füßele mit meinem Ton.

»Das höre ich öfter«, entgegnet er in einem ganz ähnlichen Ton über die Schulter, und seine Stimme füllt den ganzen Raum aus. Füllt die Leere. Füllt mich.

Wir reden nicht weiter über diesen kleinen Scherz. Über die Andeutung. Aber sie ruft eine Art Schmerz unter meiner Haut hervor.

Kaum haben wir die Couch erreicht, streckt er sich lang aus. Als hätte er schon tausendmal dort gesessen, als gehöre er dorthin, gemütlich an die weichen Kissen geschmiegt. Als würden sie ihm gehören. Er nimmt eines in die Hand. Betatscht es. Und mein Herz hämmert, als er mit seiner Geschichte loslegt.

»Also, Deborah hat mich heute nach der Schule in ihr Büro gerufen. Ich dachte, sie würde mir eine dauerhafte Vertretungsstelle für die fünften Klassen anbieten, denn soweit ich gehört habe, geht die Lehrerin für Naturwissenschaften in den Mutterschaftsurlaub, aber stattdessen hat sie mich gefeuert.«

Ich rackere mich in eine sitzende Position. »Was zum Henker …« Ich weiß nicht recht, ob das Pulsieren in meiner Brust von ihm stammt oder von den Worten, von denen ich nicht fassen kann, dass er sie wirklich ausgesprochen hat, zumal ich ihn bei dem Dröhnen meines eigenen Pulses kaum hören kann. »Was hat sie gesagt?«

»Nicht viel. Sie hat nur gesagt, sie glaube, Wesson benötige meine Dienste nicht länger. Sie hätten so oder so schon zu viele Vertretungskräfte, was, wie ich definitiv weiß, Unsinn ist. Und dass ich mich von heute an anderenorts nach Vertretungsstellen umsehen solle, sie aber gern bereit sei, ein gutes Wort für mich einzulegen. Was zum Teufel hat das zu bedeuten?«

»Kann sie das einfach machen? Ohne einen echten Grund?«

»Das ist eine unabhängige Schule; die können im Grunde tun, was immer sie wollen. Und theoretisch hat sie ja einen

Grund. Ich weiß halt nur, dass das Unsinn ist. Du hast doch niemandem von meinem Stripperjob erzählt, oder?«

Mein Mund wird trocken. »Nein, natürlich nicht.«

»Das habe ich auch nicht angenommen. Ich bin nur so …« Sein Blick, der mich in seiner Eindringlichkeit an einen Tiger erinnert, driftet davon. »Können wir jetzt über irgendetwas anderes reden?« Er ringt sich ein Lächeln ab. »Warum war dein Tag so mies?«

Ich breite meine Story zwischen einigen Schlucken Wein vor ihm aus, darauf bedacht, die Nick betreffenden Dinge, die mich so geärgert haben, auszulassen. Nur die verlorenen Freundinnen und das verlorene Exposé und die verlorenen Träume. Ihr wisst schon, Nullachtfünfzehn-Dienstagabend-Zeug.

Ich mustere seine Lippen, sehe zu, wie sie sich leicht aufwärts krümmen, während ich meine Geschichte erzähle. Leicht abwärts bei besonders bösen Stellen, genau wie sie sollten.

»Tut mir leid, dass du all die Arbeit umsonst gemacht hast. Worum geht es in deinem Manuskript?«, fragt er dann. »Ich würde es zu gern lesen.«

Ich breche in schallendes Gelächter aus und muss mir die Hand über den Mund legen, um es zu ersticken. »Ich lasse nie jemanden mein Zeug lesen«, sage ich.

»Tja, vielleicht ist das dein Problem. Du musst die Leute ein bisschen einbeziehen, um das Beste aus etwas herauszuholen, meinst du nicht?«

Grinsend kneife ich die Augen zusammen. »Also gut, Dr. Phil. Es ist Erotik, nicht Shakespeare.«

»Und? Du willst doch der Shakespeare der Erotika sein, oder etwa nicht? Der Chaucer der definierten Bauchmuskeln!«

»Der Beethoven des Bondage!« Ich erhebe das Glas.

»Das ist Musik …«

»Ja, sag ich doch!«

Jetzt lachen wir beide.

»Aber«, fährt er dann fort, »du willst das Beste aus etwas machen, das, da bin ich sicher, jetzt schon ziemlich gut ist, weil du einfach ziemlich gut bist. Das Stück, das du für die Kinder geschrieben hast, war fantastisch.« Dann kommt ihm eine Erkenntnis, und seine Mundwinkel sacken ein wenig herab. »Ich fürchte, ich werde das Endprodukt nicht zu sehen bekommen.«

Ich schüttle den Kopf. »So ein Blödsinn. Es tut mir leid. Na ja, *Amerikanische Ureinwohner in Florida* ist nicht ganz das Gleiche wie *Doktorspiele*, aber ich glaube, ich bin eine wandlungsfähige Autorin.«

Er lacht. »Erzähl mir, worum es geht.«

Nachdem wir mein Manuskript eingehend genug diskutiert und eine Flasche Wein vernichtet haben, gehe ich in die Küche, um noch eine zu holen. Ich gebe mir Mühe, mich zu beeilen – kämpfe dieses Mal mit dem Korken –, weil ich nicht Gefahr laufen will, dass diese Blase der Vertrautheit platzt. Und je länger ich hier bin …

Auf einmal spüre ich die Wärme seines Körpers aus einer Entfernung von gerade noch ein paar Zentimetern. Nahe genug, dass die Luft zwischen uns vibriert und die Energie danach drängt, auszubrechen.

Er legt eine Hand auf meine, und ich keuche auf. Zur Antwort lege ich den Kopf auf die Seite, und die Krümmung meines Halses fühlt sich kalt an ohne seine Lippen auf meiner Haut. Es kribbelt. Ich stelle mir vor, wie es sich anfühlen würde, wenn er seinen Mund darauf pressen und ihn für sich beanspruchen würde.

Aber das tut er nicht.

Mistkerl.

Ich kichere. Er spielt mit mir. Das kann ich auch.

Und als seine Hand meine verschlingt und wir den Korken ganz langsam zusammen herausziehen, streife ich mit dem Hintern über seinen Schoß und spüre die Härte an meinem Körper. Schon bei der leichtesten Berührung schnappt er hinter mir nach Luft.

Damit habe ich nicht gerechnet, aber: #gewonnen!

Dann ploppt der Korken aus der Flasche, und wir zucken beide zusammen und brechen in Gelächter aus.

»Das mit der Wesson tut mir wirklich leid«, sage ich und drehe mich um, um ihn anzusehen. Lasse ihn unter dem Entzug meines Körpers leiden, der ihn nun nicht mehr berührt, dessen Muskelgedächtnis mir aber immer noch das Gefühl von der Wölbung seiner Jeans vermittelt. Als hätte er mich damit gebrandmarkt.

»Bedeutet das, dass du jetzt …«

»Noch mehr strippen muss? Haha. Nein.« Er tritt einen Schritt zurück, die Lippen zu einem Grinsen verzogen, fährt sich mit der Zungenspitze über seine perfekten Zähne und kratzt sich mit einer Hand am Hinterkopf, als ringe er um Fassung. Und dann schenkt er Wein ein, als wäre das alles gar nicht passiert.

Seine vorgespielte Lässigkeit weckt in mir den Wunsch, ihn noch ein bisschen mehr zu quälen.

Ich bin sicher, er weiß genau, was er tut. Ich missdeute da nichts.

»Was denn?«, spiele ich mit, stütze die Ellbogen auf den kühlen Granit, und die Berührung mit dem kalten Stein jagt mir einen Schauer über die Arme. »Ich weiß, dass du derzeit Geld brauchst …« Meine Nippel richten sich unter dem Schaudern ein wenig auf, und ich streiche mit ihnen über seinen Bizeps. Sofort elektrisiert ein Blitzschlag sämtliche Nervenenden in meiner Brust, als hätte er danach gegriffen.

Wieder schnappt er nach Luft, und unsere Blicke werden wie magnetisch voneinander angezogen.

»He.« Er beugt sich zu mir, die heiße Luft aus seiner Lunge kitzelt meine Nasenspitze, wirbelt über meine Lippen, die vor Verlangen kribbeln, während mein Puls vor Begehren rast.

Nick ist weiter von mir weg als – Hallo! – auf der Bühne, wo er mich herumgewirbelt hat, trotzdem fühlt es sich an, als wäre er näher. Als wäre er in mir. Statt mit dem Lasso fängt er mich mit seinem starren Blick. Meine Brust liegt immer noch warm an seinem Körper, und etwas hält mich fest im Griff. Er bindet mich mit seiner Berührung an sich. Ich bin eine Gefangene seines Blicks, und er kann geradewegs durch mich hindurch zu dem Weinregal auf meiner Arbeitsplatte sehen.

Und irgendwie bin ich in diesem Moment nackter, lebendiger, als ich es hätte sein können, hätte ich auch den letzten Fetzen an Kleidung abgelegt und mich ihm gleich hier und jetzt hingegeben.

»Ich wollte mit dir über etwas reden«, sagt er, ohne sich zu rühren.

Seine Augen sind wie Pendel. Wie die Uhren eines Hypnotiseurs. Rauben mir mit einer Macht die Besinnung, die ich mir nicht erklären kann. Sie sind Onyx. Das Unbekannte. Einladend wie Nacktbaden in einem verbotenen Wald. Aber sie schimmern so hell wie der Mondschein, der sich in den dunklen Wassern spiegelt. Ernsthaft. Sie schauen direkt in meine, und soweit es mich betrifft, muss er nichts mehr sagen.

Mir ist es egal.

Was immer das ist, ich hätte es mir nicht vorstellen können. Aber es ist da. Er sagt mir das mit dem Glimmen jenseits der Dunkelheit. Diesem Hauch von einem Grinsen. Und vor ein paar Augenblicken habe ich es durch den dünnen Stoff meiner Yogahose gespürt. Dieses Begehren. Sein Körper verrät ihn, und darum kümmert mich nicht, was richtig ist und was falsch. Mich interessiert nicht, was sich schickt, mich interessiert die Wahrheit. Und die Wahrheit starrt mir geradewegs ins Gesicht. Verströmt eine Pein, der nur die meine gleichkommt, eine Pein, die in jeder meiner geschmolzenen Zellen pulsiert, sich dreht und windet.

Sein Mund öffnet sich, diese Lippen, nach denen ich mich den ganzen Abend gesehnt habe, und was immer er auch sagen will, mag ja nett sein, aber ich will es einfach nicht hören. Nicht jetzt. Vielleicht niemals.

Schamlos packe ich sein T-Shirt, ziehe ihn am Kragen zu mir. Diese Lippen auf meinen Lippen, und als sie sich treffen, stößt er einen kaum hörbaren Wimmerlaut aus. Fest. Ein bisschen rau. Dabei höre ich das *Klink*, als er versucht, das alles zu begreifen –, als er unbeholfen sein Glas auf dem Granit abstellt, ohne den Kuss zu unterbrechen, und mich dabei die ganze Zeit mit seinem vollen Gewicht an die Arbeitsplatte drückt.

Ich stelle mir den Bluterguss vor, der auf meinem Rücken erblühen wird wie büschelweise Eisenkraut, während er sich vorbeugt und ich den Rücken durchbiege, und mir entfleucht ein Aufschrei, als sich die Wärme seines Körpers wie ein Wildfeuer in meinem ausbreitet.

Ich trinke seinen Duft, sauge ihn tief in meine Lunge. Nick riecht wie frisches Leinen. Wie Perfektion.

Wie Wein, als die Gläser gegen den Fliesenspiegel prallen und Sauvignon Blanc in meine Haare dringt und mir über den Hals läuft.

»Überlass das mir.« Er lacht, ein gnadenloses Zittern an der zarten Haut hinter meinem Ohr, als er sein Gesicht an meinem Hals vergräbt, der glitschig ist vom Wein und noch glitschiger durch seine Zunge, und mir versagen die Sinne.

Er hat sie in den Strudel seines Mundes gezogen, zusammen mit meiner Atmung. Ich klammere mich an jeder Kontur fest, meine Fingernägel scharren auf dem Stoff, und das Spiel seiner Rückenmuskeln fleht darum, nicht in Schach gehalten zu werden.

Mein Atem stockt. Mit jeder neuen Woge beißender Winterkälte werfe ich den Kopf zurück. Mein Blick verschwimmt hinter Feuer und Eis. Scharlachrot und silber.

Ich falle, falle, versinke im Abgrund, die Hände an seinem Hals, und ich ziehe ihn herab. Ziehe ihn näher zu mir. Verschlinge ihn so, wie ich es gewollt, aber nicht gekonnt habe.

Doch als er mich auf den Boden sinken lässt und mein Kreuz über das unnachgiebige Hartholz gleitet, bin ich plötzlich wieder da. Bei klarem Verstand. Ich kann jetzt noch nicht umfallen. Nicht ohne Kampf. Nicht ohne Gegenwehr.

Raufend und balgend nagele ich ihn auf dem Boden fest und lasse nicht mehr los. Hocke über meiner Beute, so still, so arglos. Ich lasse meine Brüste wie verbotene Äpfel baumeln, die nur darauf warten, gepflückt zu werden, und schiebe die Hände unter sein Shirt. Spüre die glatte, heiße Haut seines Brustkorbs. Und das ist zu viel. Es ist ein Verbrechen an allem, was gut und heilig ist, dass dieser Körper von Stoff verhüllt ist. Also reiße ich ihm das T-Shirt herunter, und er umfängt mich mit seinem Blick.

Ich kauere über ihm. Ein paar meiner Haarsträhnen baumeln zu beiden Seiten seines Gesichts. Ich ziehe die Haarklammer aus dem Pferdeschwanz, und mein Haar wallt frei herab. Nick schiebt die Finger hinein, hält meinen Kopf und drückt mich an sich.

Gemeinsam bewegen wir uns wie stromführender Draht. Funken sprühend. Brennend. Bringen alles auf unserem Weg in Gefahr. Wir rollen, schlagen uns Arme, Schienbeine, Ellbogen und Köpfe an dem gnadenlosen Holz an, ohne uns darum zu scheren, was um diesen Augenblick herum passiert.

Mit einem Zug reißt er mir das Shirt vom Leib, und – *Schnapp!* – folgt der Büstenhalter, als wäre das gar nichts. Die Kraft, die Sicherheit seiner Finger jagt Wogen wahnsinnigen Begehrens durch meinen ganzen Körper. Jede Wölbung seiner Brust glänzt vor meinen Augen und tätowiert sich in mein Gedächtnis.

Und dieses Mal ist das etwas, das nur ich zu sehen bekomme.

»Soll ich jetzt Stripperwitze reißen?« Er nimmt mein Shirt und schwingt es über seinem Kopf, schaut mit halb lächelndem, halb knurrendem Mund auf mich herab.

»Keine Witze«, sage ich, schiebe meine Finger durch zwei seiner Gürtelschlaufen und ziehe kräftig.

Er grunzt, ein Laut, der tief in mein Ohr dringt, und seine Stimme klingt tief, ein Basstimbre, das mir eine Gänsehaut über die linke Seite jagt, als er sich über meinen Hals wieder zu meinen Lippen tastet. Meine Kehle ist klebrig von den Resten des Weins, den ich nun süß auf seiner Zunge schmecke.

Ich schnappe nach Luft, als seine Barthaare – diese Nachmittagsstoppeln, die ich vor heute Abend noch nie zu sehen bekommen habe – über mein Kinn streifen. Er greift mir in die Haare. Zieht. Dann ist er wieder an meinem Mund, holt sich alles von ihm, was er kriegen kann, holt sich alles, was ich zu geben habe. Meine nackte Haut brennt an seiner, Körper an Körper, Nippel gereizt von Zähnen.

Ich werde überwältigt von dem Bedürfnis, diesen Hunger, diese Qualen zu stillen.

Endlich zieht er mir die Yogahose runter, erst sanft; bemüht, den Eindruck zu erwecken, er habe sich noch im Griff, nehme ich an, aber sein Schwanz verrät ihn. Er versucht, cool zu bleiben – ein Schmunzeln hier, ein Atemhauch dort –, aber seine Erektion hintergeht ihn; zu hart, zu verzweifelt presst sie sich an meine Hüfte, und ich weiß, es wird nicht lange dauern, bis er nicht mehr länger den Sexmärtyrer spielen und unterdrücken kann, was er wirklich will.

Als er an dem Bund meines Tangahöschens zieht (und daran ist gar nichts sanft!) und mir den Stoff über die Hüften rollt, baut sich die Spannung zwischen meinen Beinen auf. Er zieht mich an sich, hält mich fester, fester, bis es kein Maß mehr gibt, das klein genug wäre, um den Abstand zwischen seiner Erektion und mir zu beschreiben. Erregung durchfährt mich und die zarte Haut unter dem Höschen pulsiert. Brennt. Sehnt sich nach mehr, nach etwas, irgendetwas, um den Druck abzubauen, der mich in Stücke reißen will.

Nick neckt mich mit Küssen an der flachen Wölbung meines Bauchs, einen Daumen fest an die Außenseite meines Höschens gedrückt, an meine Klitoris.

Da greife ich nach seiner Gürtelschnalle. Genug ist genug.

Er gluckst leise und führt meine Hände fort, hält sie über meinen Kopf, umfasst meine Handgelenke mit einer Hand.

»Noch nicht«, sagt er.

Arsch.

»Ach, du denkst, du hast hier das Sagen?«

Seine freie Hand gleitet herab, dieses Mal unter die Spitze, und er brummt, als er spürt, wie feucht ich bin. Sein bis dahin so ruhiger Blick verändert sich. Ein wilder Ausdruck spiegelt sich in seinen Augen, und bei dem, was er da tut, rast mir ein Kitzel der Erregung die Beine hinunter.

»Das …«, setzt er an, aber das Feuer in seinem Blick hat die Oberhand gewonnen, und er kneift die Augen zu, während sein Finger eindringt. Langsam. Sein Atem stockt. Immer mehr. Immer noch ruhig und heiß an meiner Brust, die von seinem Gewicht niedergedrückt wird.

Ich bewege mich unter ihm, ich kann nicht anders. Locke ihn. Ich brauche mehr als das.

Und auf einmal dreht er sich mit mir, hebt mich hoch, sodass nun er auf dem Rücken liegt.

Mein Körper zittert, ein Stechen zügellosen Hungers breitet sich von dem Hohlraum her aus, den gerade noch seine Finger gefüllt haben. Ich zerre wie eine gefräßige Raubkatze, und er ist genauso, wie ich ihn an meinem Hintern, an meiner Hüfte empfunden habe – unbeugsam unter der grauen Boxershorts, hart und heiß und hilflos.

Jetzt bin ich an der Reihe, ihn wahnsinnig zu machen.

Ich schiebe mich zwischen seine Beine, und bei jedem Schnippen meiner Zunge, jedem Gleiten meiner Hand über seinen Schwanz zuckt sein ganzer Körper. Ich schaue zu ihm hinauf, wie er da so machtlos liegt, und ein sündhaftes Gelächter blubbert aus den Tiefen meiner selbst empor. Von dieser Art der Kontrolle bekomme ich nie genug. Ich werfe die Haare herum und beschließe, dass es Zeit ist.

Er muss es auch spüren, denn er zieht mich wieder zu seinem Mund, birgt meinen Kopf in beiden Händen und übernimmt das Kommando. Saugt jeden Atemzug auf, bis ich kaum noch Luft bekomme, und noch ehe ich auch nur meinen Slip ausziehen kann, hat er schon ein Kondom übergestreift wie ein gottverdammter Sexzauberer, und mein Blick fällt auf die Packung.

Magnums.

»Wow, du bildest dir ja viel auf dich ein.« Spielerisch ziehe ich mich zurück und locke ihn zugleich mit meinem Augenaufschlag, und ein Grinsen bahnt sich einen Weg auf meine Lippen.

»Klappe.« Er lacht. Und dann hat das Scherzen schon wieder ein Ende. Er schiebt das triefnasse Gewebe zur Seite, und ein Schauer überläuft mich, als meine feuchte Haut der kalten Luft preisgegeben wird. Eine Sekunde lang hält er mich so, die Hände an meinem Becken. Die Begierde schnürt mir, schnürt ihm die Kehle zu. Ich kann spüren, wie die Zurückhaltung ein Pulsieren in seinen Fingerspitzen auslöst. Sie zittern vor Verlangen.

Und dann, endlich, gnadenvoll mit flatternden Händen, lässt er mich mit quälender, berauschender Langsamkeit tiefer sinken.

Ich kann ein Keuchen nicht unterdrücken – gütiger Gott, er ist purer Stahl. Und plötzlich umfassen seine riesigen Hände meinen Hintern, drücken ihn, und die Reibung in meinem Inneren setzt meine Bauchmuskeln und meine Hüften in Flammen.

»Das wollte ich schon seit …« Er beißt sich auf die Unterlippe, seine Stimme kämpft darum, über ein Flüstern hinauszukommen, und das zwingt mich zu ihm. Leib an Leib ringen wir miteinander, und unsere Körper klatschen aufeinander wie wütende Wogen auf See.

Nichts, was ich je geschrieben habe, ist damit vergleichbar. Ich mache mir mit dem Körper Notizen, mit meinen Händen, mit der gummibandartigen Anspannung, die sich über meine Waden zieht, als ich sie auf robuste Schultern lege. Erinnere mich an jede Linie seines Torsos, jede Mulde in seinen Bauchmuskeln. Jede begierige Berührung ist eine köstliche Recherche, und ich bete, dass sie ewig fortdauert.

Meine Augen verdrehen sich nach hinten, wollen in der Dunkelheit versinken, aber nun gibt es kein Halten mehr. In Nicks Zügen liegt ein hungriges Knurren, gespeist von einem herrlichen Schmerz. Schweiß trieft in einem großen Tropfen von seiner Stirn auf meine und rüttelt mich auf. Ich spanne mich um ihn an, und er stöhnt, selbst nicht weit von einer Besinnungslosigkeit entfernt; doch ehe ich langsamer werden kann, ehe ich die Kontrolle zurückerlangen kann, bin ich so weit.

Ich verliere mich, jeder meiner Muskeln zieht sich an ihm grenzenlos zusammen.

Kein Zurück.

Keine Gnade.

»Jesus«, haucht er, und zwischen unseren Körpern explodiert ein Feuerwerk, die Nachwirkungen schwellen an, rasen in Wogen durch meine Glieder und brennen sich hinab zu meinen Zehen.

Gegen drei Uhr morgens haben wir diese Maßnahme auf so ungefähr jeder vorhandenen Oberfläche durchgeführt.

Nach der letzten Runde sammelt Nick all unsere Klamotten ein, rollt sie zu einem Ball zusammen und klemmt sie unter einen Arm. Dann hebt er mich mit dem anderen über die Schulter wie ein Höhlenmensch und trägt mich die Treppe hinauf zu dem einzigen Ort, an dem wir es nicht gemacht haben – meinem Bett.

Dort wirft er mich wie ein Ringer auf die weich gepolsterte Matratze.

»Mein Körper kann keinen Sex mehr mit deinem Körper haben«, sage ich und wickele mich in die ägyptische Baumwolle. Jeder Teil meines Körpers ist überempfindlich und wund von der übermäßigen Beanspruchung.

»Ja, ich weiß, meinem geht es genauso.« Lachend führt er einen übertriebenen Eiertanz zur anderen Seite des Bettes aus und schlüpft neben mir unter die Decke. »Tja, ich würde dafür eine Eins plus geben. Wie steht es mit dir, Frau Lehrerin?«

Ich schmelze in seinen Armen dahin, all die Schmerzen in sämtlichen Muskeln, all die zu erwartenden blauen Flecken und die Abschürfungen haben sich schon jetzt als total #lohnenswert erwiesen.

Ein zarter Film aus Schweiß legt sich über uns, während das Mondlicht sich durch die Fenster ergießt und Nick mich ungestüm umarmt. Ich liege auf seinem Arm, ausgestreckt, ohne ihn anzusehen, und frage mich, ob es schlimm wäre, jetzt einzuschlafen, und ob er nur nett sein will.

Aber keiner von uns sagt einen Ton.

Unser Atem wird langsamer, meine Lider schwerer, und irgendwann merke ich, dass er schläft. Zumindest hört es sich so an, denn ein leises Schnarchen erfüllt die Luft.

Ich möchte mich umdrehen, möchte sehen, wie er aussieht, wenn er schläft, aber ich will ihn nicht aufwecken. Wir haben in dieser Nacht das Sexäquivalent eines Kriegs hinter uns gebracht, und der Junge braucht Ruhe.

Außerdem bin ich schon lange nicht mehr so gehalten worden, und ich will nicht, dass das aufhört.

Ich sage mir, je länger ich bewegungslos bleibe und kaum atme, desto mehr kann ich die Stunden dieser Nacht zu Seidenfäden spinnen und aus ihnen einen Gobelin jenseits von Zeit und Raum weben. Einen Gobelin, der sich in die Ewigkeit erstreckt.

Ich wünschte, ich könnte meinen Freundinnen davon erzählen. Quinn und Valerie.

Allein der Gedanke an sie versetzt meinem Herzen einen Stich. Und wenn ich es auch schaffe, mir jeden Laut zu verkneifen, rinnen doch verräterische Tränen über meinen Nasenrücken und tropfen aufs Kissen herab, und ich bin froh, dass Nick schläft.

Aber auch, dass er hier ist.

Ich ziehe seinen Arm fester um mich. Schnuffele mich näher an ihn heran.

So traurig er sein mag, ich werde diesen Moment auskosten. Ganz gleich, welche Folgen das morgen haben wird. Was geschieht, geschieht.

Und heute Nacht fühlt es sich einfach verdammt unglaublich an.

Als ich aber wieder erwache, scheint mir die Morgensonne direkt in die Augen, als wolle sie mir eine Laseroperation verpassen, und wirft ein neues Licht auf – alles.

Ich kämpfe mir den Weg aus den Armen frei, die mich nicht länger beruhigen, sondern beengen, und auf einmal passiert etwas mit meinem Sichtfeld, mein Brennpunkt schwankt, zoomt in einer Weise rein und raus, dass ich mich erschrecke und seekrank werde.

Nick.

Der nackte Nick.

Die Sonne.

Viel zu hoch am Himmel.

Mein Wecker.

Sieben Uhr dreiundfünfzig.

»Mist.« Ich springe aus dem Bett, reiße das Laken herunter und werfe es mir als provisorische Toga über den Körper. Damit liegt Nick vollständig unbedeckt in der Morgensonne, die seine dunkle Haut aufleuchten lässt, aber ich habe jetzt keine Zeit, seinen Körper zu bewundern.

Nick reibt sich die Augen. »Wie spät ist es?« Seine Stimme klingt belegt. Verschlafen. Und das wäre richtig süß, würde ich nicht gerade völlig ausrasten.

»Du musst gehen. Ich bin spät dran!« Ich flattere herum wie ein kopfloses Huhn auf Pilzen, knalle gegen den Bettpfosten, gegen die Kommode und gegen die Badezimmertür.

Er lacht. »Was machst du da?«

Meine Finger huschen über mein Telefon, als ich Ida eine Nachricht schreibe, um ihr zu sagen, dass mein Wagen streikt, und sie zu bitten, eine der Hilfskräfte als Vertretung für mich einzusetzen, nur für, ungefähr, eine Stunde.

In dem Moment ertönt ein gedämpftes *Ding!*

Ich hole seine Jeans vom Boden, und sein Telefon fällt aus einer der Taschen in meine Hand.

Eine Nachricht wird angezeigt.

Stephanie: Ich brauche dich.

Und mein Magen sackt herab. Es fühlt sich an, als würde er einfach aus mir herausfallen.

Nick ist genau der Typ, von dem jemand denkt, er würde ihn brauchen. Und ich habe meine Kostprobe davon bekommen. Von ihm. Also verstehe ich das. Jetzt mehr als während all der Wochen, in denen wir gechattet, geflirtet und uns angenähert haben. Jetzt mehr, während er hier in meinem Bett liegt, nachdem ich die ganze Nacht in seinen Armen gelegen und mich sicher gefühlt habe, geschützt. Verstanden.

Diese Nachricht erschreckt mich zu Tode.

Weil ich ihn nicht brauchen will.

Weil ich niemanden brauchen will.

Ich habe in meinem Leben genug gewollt und gebraucht, und alles, was es mir eingebracht hat, ist ein Haufen nichts.

Ist das hier.

Ist eine Nacht oder zwei – oder vielleicht ein paar Monate –, aber nie ein ganzes Leben. Nie echte Liebe.

Ich starre die Worte dieses Mädchens an. Dieses Mädchens, das auch eine Kostprobe davon bekommen hat, wie es ist, mit diesem Mann zusammen zu sein. Und was hat es ihr gebracht, mit ihm zusammen zu sein? Nichts.

Ich kann das nicht noch einmal mitmachen.

Und plötzlich bin ich ihretwegen wütend. Warum kann er sie nicht lieben? Warum kann er sie nicht genauso brauchen wie sie ihn?

Warum kann es bei Mädchen wie uns nie richtig laufen?

Und schon ist die Entscheidung gefallen.

Ich muss diesem *Wasauchimmer* ein Ende setzen. #wirksamundsofort

Ehe die Geschichte sich wiederholt oder Schlimmeres.

Was immer das sein könnte.

»Nick.« Ich schiebe seine Jeans, sein Telefon und alles andere als Barriere zu ihm hinüber. Schirme meine Augen vor seinem prachtvollen, faszinierenden Körper ab, ehe er mich erneut ködern kann.

»Jaaaaaa?« Er grinst mich an, die Hände hinter dem Kopf gefaltet, ein Bein träge über das andere geschlagen, obwohl er so nackt ist wie der Tag lang. Er sieht so beschissen selbstsicher aus, und das ist einerseits verwirrend – und andererseits macht es mich total wütend.

»Hör auf damit.«

»Womit?«

»Schnapp dir deinen Scheiß und geh.«

Er setzt sich auf. Spricht immer noch in ruhigem Ton. »Aber willst du denn nicht …«

»Nein. Wir hätten das nicht tun sollen. Verdammt, Rae.« Ich knalle mir den Handballen an die Stirn und spüre die Nachwirkungen von all dem wein.

»Und jetzt redest du mit dir selbst? Ich war ja schon mit ein paar verrückten Hühnern zusammen, aber …«

Seine Nonchalance löst eine Flutwelle puren Zorns aus, die sich aus den Tiefen meiner Seele erhebt, aber so unfair das auch ist, er kann meine Gedanken nicht hören. Ich bemühe mich um einen ruhigen Ton, aber wenn er nicht BALD VERSCHWINDET oder zumindest aufhört, so gottverdammt scheißgroßspurig zu sein, werde ich mich nicht mehr lange zurückhalten können, und dann gibt es Saures.

»Ich kann das nicht machen.«

Er gibt ein ungläubiges Lachen von sich, das vom Kopfende des Betts abprallt und mir direkt ins Gesicht klatscht, während ich meine Schubladen nach irgendwelchen übrig gebliebenen sauberen Kleidungsstücken durchwühle, die für die Arbeit geeignet sind – oder dafür, die Scham zu verbergen, die ich empfinden werde.

»Letzte Nacht hast du das ganz gut hingekriegt.« Eine seiner Brauen klettert die Stirn hinauf, und ein Grübchen unterstreicht den schiefen Blick.

»Hör auf damit«, fordere ich erneut und schütze mich mit einer Hand vor diesen Gesichtszügen. »Die letzte Nacht war ein Fehler.«

Er schüttelt seine Hose aus und fängt an, sich anzuziehen, und in seine Augen tritt ein ernster, besorgter Ausdruck. »Du nimmst mich nicht auf den Arm?«

»Natürlich nicht. Ich weiß nicht, was ich mir dabei gedacht habe.« Ich fange an, Röcke, Tops, Abendhosen und Sockenpaare durch die Gegend zu werfen. »Na gut, natürlich weiß ich, was ich mir dabei gedacht habe. Ich fühle mich extrem zu dir hingezogen. Ja.«

Es ist beinahe, als wäre er gar nicht im Raum und ich würde lediglich einem entsetzten Publikum einen shakespearschen Monolog vortragen.

Eigentlich ist es sogar exakt so, nur dass mein Publikum aus einer Person besteht.

»Ich weiß, die Sache mit meinen Freundinnen ist momentan ziemlich verkorkst. Ich habe ein paar Dinge gesagt, von denen ich wünschte, ich hätte sie nicht gesagt, auch wenn ich finde, dass die unfair waren, und ich nicht glaube, dass ich verdient habe, was sie mit mir gemacht haben. Aber weißt du, wahrscheinlich habe ich das doch, weil, sieh einfach hin. Sieh hin.« Ich reiße die Hände hoch. »Sieh dir an, was ich bei der ersten Gelegenheit anstelle. Saufe mir die Hucke voll und habe Sex mit dir. Wider besseren Wissens. Wider jeglichen Wissens.«

»Rae, du …« Er lächelt immer noch.

»Nein, ich rede.« Daumen zum Brustbein. »Du hast genug geredet.« Ich steche mit dem Finger in der Luft nach seinem perfekten, arroganten Gesicht. »Ich kann das nicht machen. Das letzte Mal, dass ich mich so gefühlt habe, das letzte Mal … Nein.« Ich schüttle den Kopf. »Das mache ich nicht noch einmal. All diese Wochen mit dem Geschäker und den ganzen Nachrichten. Das hat Spaß gemacht, ja. Aber schließlich wird auch das so enden, wie es immer endet. Dann bin ich das Mädchen im Café, das sich anhören darf, warum du all die Dinge, die wir einander versprochen haben, all die Dinge, die wir uns gewünscht haben, nun doch nicht mehr willst. Das habe ich schon hundertmal erlebt.«

»Hundertmal, ernsthaft?« Er sieht mich mit gerunzelter Stirn an, und sein Ton trieft vor Sarkasmus.

»Was auch immer. Ich will nicht *Stephanie* sein, die *dich braucht*, während du mit mir fertig bist.«

Beim Klang ihres Namens zuckt er ein wenig zusammen und schaut sich mit düsterem Blick zu seinem Handy um.

»Ich habe das einmal öfter mitgemacht, als ich mir antun will, und ich bin durch damit. Du kannst nicht einfach herkommen und mir … das präsentieren.« Wild zeige ich auf seinen Körper, weil der so verdammt stark aussieht. »Das ist zu verwirrend. Ich dachte, ich käme damit klar. Ich dachte, wir könnten Freunde sein. Aber offensichtlich besitze ich keinerlei

Selbstkontrolle. Meine Freundinnen haben recht. Was bin ich nur für ein Mensch?«

»So ist das doch gar nicht. Du verstehst das …«

Ich trete einen Schritt näher. »Ich bin die Leute so leid, die mir erzählen wollen, ich würde etwas falsch verstehen. Hier geht es gar nicht um dich. Es geht um mich. Und das ist kein Spruch, es ist die Wahrheit. Tut mir leid. Es muss einfach immer so laufen. Wenn etwas das beweist, dann das hier.«

Für einen Moment schweigt er, und in dem Blick, der auf mir ruht, glaube ich, so etwas wie Mitleid zu sehen. Das gefällt mir nicht. Es legt Feuer in meinem Inneren, und ich messe ihn mit einem finsteren Blick und ziehe um mich herum die Mauern hoch.

»Wer hat dir wehgetan?«, fragt er. »Du kannst es mir sagen …«

»Das ist nicht wichtig«, falle ich ihm ins Wort. »Ich habe vor langer Zeit beschlossen, dass ich mir nie wieder gestatten werde, so viel für irgendjemanden zu empfinden.«

»So? Na ja, du kannst nicht alles planen.«

»Planen vielleicht nicht, aber verhindern.«

Nick schließt den Mund und öffnet ihn wieder. Scheint die Zurückweisung mit einem bloßen Kopfschütteln wegzustecken. Er wendet den Blick ab und kratzt sich im Nacken. Die Lippen, die mir letzte Nacht so wundervolle Gefühle bereitet haben, sind zu einer dünnen Linie zusammengepresst, die Kiefermuskulatur auf eine Weise gespannt, wie ich es noch nie zuvor gesehen habe. Der Anblick versetzt mir einen Stich ins Herz, aber nur für eine Sekunde, und ich halte meine unnachgiebige Fassade aufrecht.

Wenn ich nur noch ein paar Sekunden durchhalte, merkt er nicht, dass ich weine.

»Tut mir leid, dass es so gekommen ist«, sage ich. »Ich hätte letzte Nacht nicht mit dir verbringen sollen. Ich hätte nicht zulassen sollen, dass du herkommst. Es ist alles meine Schuld.« Mein Blick fällt zu Boden und bleibt an seinem Gürtel kleben, der immer noch da liegt, wo ich ihn in einem Anfall von *Teufel, ja* hingeworfen habe, als er zur vierten Runde aufgewacht ist. Oder zur vierzehnten?

Bei dem Anblick – und der Erinnerung – bekomme ich feuchte Augen.

»Valerie und Quinn hatten recht, was mich betrifft, schätze ich.« Meine Stimme versagt, aber ich hebe den Gürtel auf und erlange die Fassung wieder. Ich klatsche ihn Nick in die Hand. »Wir sind beide erwachsen, Nick, also sollten wir uns auch benehmen wie Erwachsene. Letzte Nacht … war, was sie eben war. Und jetzt …«

»Und jetzt?« Er setzt sich ganz aufrecht hin, und der verletzte Ausdruck in seinen Augen zerreißt mir die Eingeweide, aber ich darf nicht zulassen, dass er mich wieder um den Finger wickelt, also wende ich mich ab.

»Und jetzt sieh zu, dass du verdammt noch mal von hier verschwindest, damit ich nicht auch noch gefeuert werde.«

KAPITEL 20

Wie sehr ich mich auch bemühe, ich schlage erst um acht Uhr fünfundvierzig in der Schule auf, und es fühlt sich an, als hätte alles und jeder inzwischen ein Memo erhalten: *Rae hatte gestern Nacht unanständigen Sex – und macht sich das Leben schwer.* Während meine Finger keine Lust haben, sich auch nur zu erinnern, wie sie mit meinen Haaren oder meinem Make-up umgehen sollen; meine Schlüssel sich einfach nicht finden lassen, nur um dann auf magische Weise an einer Stelle aufzutauchen, an der ich schon sechsmal nachgesehen habe; ich an dem besonders dichten Verkehr in den Nebenstraßen und der Art, wie Carol und ihre kleinen Kunstschüler in Arbeitskitteln den Gang verstopfen (»Schön, dich heute Morgen auch hier zu sehen, Rae!« Erschießt mich, bitte!), verzweifle und mein Kopf nicht aufhören will zu dröhnen, bin ich an diesem Tag mehr als bereit, einfach aufzugeben und in Tränen auszubrechen. Schon am frühen Morgen.

Ich gebe auf, Welt. Du hast gewonnen.

Ich husche an Ida vorbei und schaffe es irgendwie, sie nicht zu einer Unterredung über meine verschmierte Wimperntusche und das gar nicht verdächtige Durcheinander auf meinem Kopf zu verleiten oder zu Witzeleien zu provozieren, und dann krallt sich die Furcht in mein Herz.

Wer ist in der Stunde der Not für mich eingesprungen?

Ich verzichte sogar auf einen Abstecher in den Aufenthaltsraum, um mir die übliche Koffeindosis zu verschaffen, weil ich es unbedingt wissen will. Irgendwie ziemlich irre.

Tja, zumindest weiß ich, dass es nicht Nick ist.

Mein Gehirn erweist sich als treulos, und meine Gedanken wandern zu ihm, wie er an diesem Morgen in meinem Bett gelegen hat, ehe ich ihn zum Schweigen gebracht und rausgeworfen habe. Seine gelassene Reaktion auf meinen, na ja, Wahnsinn. Sein Yang für mein Yin.

Aber dann besinne ich mich eines Besseren und verbiete mir, in Erinnerungen an sein Yang zu schwelgen, denn genau das hat mich erst in diesen Schlamassel reingeritten.

Als ich mein Klassenzimmer erreicht habe, umfasse ich den Türknauf und bereite mich auf die überschäumende Freude vor, die Flut lauter Stimmen, das Feuerwerk der Liebe, die meine Kinder mir bedenkenlos schenken, obwohl ich das alles gar nicht verdiene.

Ich atme tief durch.

Drehe den Knauf.

Und ich sehe Deborah, die in all ihrer Hosenanzugpracht mit einem Buch von Dr. Seuss vor der Klasse thront.

Über den Schinken hinweg wirft sie mir einen scharfen Blick zu. Die zierliche Kette an ihrer Brille raschelt leise, und wahrscheinlich ist mein Kopf rot wie eine Tomate.

»Miss Wallace!« Meine Klasse gibt sich bei meinem Anblick so entzückt, wie ich es erwartet habe, und ich beiße mir in die Wange, um nicht zu weinen – entweder weil ich diese grenzenlose Liebe nicht verdiene … oder weil ich mir bei der Erkenntnis, dass meine Direktorin mich vertritt, am liebsten in den Bleistiftrock pinkeln würde.

»Kinder, bitte.« Mehr muss Deborah mit ihrer dröhnenden Stimme nicht sagen, um sie zur Ruhe zu bringen. »Guten

Morgen, Miss Wallace«, sagt sie, und die Kinder folgen ihrem Beispiel. »Alles in Ordnung?«

Meine Augen jucken, und alles verschwimmt. »Ich …« Mehr bringe ich nicht zustande.

»Warum holen Sie sich nicht erst einen Kaffee. Wir haben noch ein paar Seiten zu lesen, und Sie sehen aus, als könnten Sie ein paar Minuten zum Warmlaufen brauchen.«

»Äh … Sicher?«

»Das ist kein Problem, Miss Wallace.« Ihre Miene wird milder, und mir geht auf, dass die beängstigende Regung, mit der ihr Mund ihre Visage zu erwärmen versucht, tatsächlich … ihr Lächeln ist.

Arme Deborah.

Als ich ein paar Minuten später zurückkehre – ohne noch länger eine spontane Blasenentleerung fürchten zu müssen –, arbeiten die Kinder still zu zweit daran, eigene Dr.-Seuss-Figuren zu zeichnen.

»Sie sind die reinste Wundertäterin. Danke«, sage ich zu ihr und hänge meine Strickjacke über die Lehne des Schreibtischstuhls.

»War mir ein Vergnügen, Rae. So was passiert jedem mal.« Sie drückt mir kurz die Schulter, und ich sehe ihr nach, als sie entfleucht wie ein Gangsterboss in der Nacht.

Ich bin ein bisschen eingeschüchtert angesichts dessen, was sie hier auf die Beine gestellt hat. Und so mühelos. Ist das wirklich gerade erst passiert? #kleinefische

Nun, da sie weg ist und die Kinder mit ihrer Aufgabe beschäftigt sind, denke ich darüber nach, was sie gesagt hat, ehe sie hinausgegangen ist: *So was passiert jedem mal.* Jedem? Ihr auch? Und dann, ehe ich weiß, wie mir geschieht, tut das Koffein seine Arbeit, und für den Rest des Vormittags ist alles in bester Ordnung.

Während der Verfügungsstunde schaut Sarah zu mir herein, nachdem ich beschlossen habe, mich heute bedeckt zu halten – und vielleicht auch für den Rest meines Lebens.

»Was ist passiert?«, fragt sie, kaum dass sie zur Tür hereinkommt. »Jemand hat gesagt, du hättest Ärger mit deinem Wagen, aber falls du die letzte Nacht nicht unter einem Sattelschlepper verbracht hast …«

Etwas an ihrem Anblick, an der Sorge, die sich in ihrem Gesicht spiegelt, sorgt dafür, dass all die Klebstreifen und Gummibänder und Büroklammern, die mich noch zusammenhalten, nachgeben. Einfach abfallen. Ich kann mich nicht mehr verstellen. Kann die Tränen keine Sekunde länger zurückhalten.

Offenbar hat sie den Tsunami vorausgeahnt, der über mein Gesicht hereinbricht, denn sie lässt all ihre Papiere auf den nächsten Tisch fallen und stürzt herbei.

»Raus damit«, sagt sie.

Und ich lasse es raus. Bis in jede Einzelheit.

Sie lauscht mir mit erwartungsfreudiger Aufmerksamkeit, und ihr Mund steht offen, als ich zu den schlimmsten (oder besten) Stellen komme, je nachdem wie man es betrachtet. Nachdem ich meine Geschichte von Weh und Wow beendet habe – das ist zu diesem Zeitpunkt wirklich eine ungewisse Sache –, sitzen wir in besinnlicher Stille auf dem hinteren Tisch. Sie tätschelt geistesabwesend meinen Arm, und ich starre meine Stiefeletten an, bis sich meine Augen ganz von allein verdrehen.

»Und was willst du jetzt machen?«

Ich räuspere mich. »Ich weiß es nicht«, antworte ich. »Die Schule wechseln? Nach Mumbai ziehen und Beagles züchten?«

Sie kichert in ihre zarten Hände.

Meine sarkastische Ader funktioniert anscheinend noch.

Aber mehr bringe ich nicht raus, weil ich mehr nicht zu bieten habe. Ich weiß wirklich nicht, was ich tun soll.

»Und du meinst, eure Freundschaft ist …«

»Irreparabel.« Ich zucke mit den Schultern. »Nicht wiederherstellbar.«

»Ja, ich weiß, was das Wort bedeutet«, blafft sie und zieht die Nase kraus, wie Billie es tut, wenn ich versuche, mir ein bisschen mehr von der Bettdecke zu sichern. »Aber ihr seid doch schon ewig befreundet. Ich kann mir einfach nicht vorstellen …«

»Vielleicht. Ich warte mal ein paar Tage ab. Ich weiß auch nicht. Im Augenblick weiß ich nur, dass mir einiges bevorsteht, weil ich so ziemlich jeden vor den Kopf gestoßen habe. Und außerdem kommen die Kinder in ein paar Minuten zurück.«

hände vors gesicht schlag

Sie löscht die finstere Miene aus dem Gesicht und ersetzt sie durch ein Grinsen, ehe sie mich durch ihre feinen Ponyfransen hindurch anschaut. »Tja, falls das ein Trost ist, ich finde dich immer noch fabelhaft.«

»Danke, Schatz«, entgegne ich spöttisch. Es ist tröstlich, aber es ist kein Alles-wieder-gut-Trost. Alles ist immer noch total verhunzt.

Sie erhebt sich von der Tischkante und sammelt neben der Tür ihre Sachen wieder ein. »Mal ganz abgesehen davon, dass du meine verdammte Heldin bist. Ich meine, Nick?« Sie bläst die Wangen auf und fuchtelt mit den Händen, als könnte sie das überhaupt nicht begreifen.

Ich ringe mir ein halbherziges Lachen ab, doch wenn ich auch die Emotion schätze, die hinter ihren Worten steckt, sticht sie mir nur in mein so oder so zerstochenes Inneres. Also nötige ich mir ein Lächeln ab, danke ihr fürs Zuhören und bereite mich auf den Nachmittagsunterricht vor.

Ich quäle mich durch den Rest des Tages, den Rest der Woche.

Ich habe es mir so ziemlich mit jedem verscherzt, der mir wichtig ist. Ich wurde von der Hochzeit ausgeladen … Mumbai hört sich immer besser an.

Billie ist es leid, ständig in Rekordzeit um den verdammten Apartmentkomplex gezerrt zu werden, also fange ich an, mir Flugpreise anzusehen, um meine Gedanken zum Schweigen zu bringen –, und dann wird mir klar, dass der einzige Weg für mich, davon wegzukommen, von *mir* wegzukommen, darin besteht, mein Exposé neu aufzusetzen. Das Manuskript zu Ende zu schreiben. Ich kann schließlich nicht wissen, ob es durchfällt, solange ich gar nicht versuche, es zu veröffentlichen, genau wie Nick gesagt hat. Und folglich werde ich es auch nicht erfahren, ehe ich Kontakt zu einer Agentur aufgenommen habe.

Außerdem hilft mir das Schreiben, mich auf die Geschichte einer anderen Person zu konzentrieren, also tippe, tippe und tippe ich, bis meine Finger taub werden, und dabei hämmere ich etwas zusammen, das meinem ursprünglichen Exposé so nahe kommt, wie es nur möglich ist:

Der Assistenzärztin Eden Summers gelingt einfach alles. Sie war Jahrgangsbeste in der Abschlussklasse ihrer Highschool, hat ihr vorbereitendes Studium magna cum laude abgeschlossen und sich einen Studienplatz in einer der angesehensten medizinischen Hochschulen des Landes gesichert.

Travis Oakley hat es auch gern, wenn ihm alles gelingt. Darum haben er und die übrigen Pfleger des The Angels of L.A. *einen Wettbewerb ins Leben gerufen, um herauszufinden, wer die meisten scharfen, jungen Ärztinnen vögelt, die die Gänge ihres Krankenhauses betreten –, und bisher lag er immer vorn.*

Aber als sich die Pfade beider im Zuge einer einfachen Operation, die schiefgegangen ist, kreuzen, hilft der sonst so großspurige

Travis Eden aus der Patsche und vergisst die Wette. Beeinträchtigt durch den kürzlichen Tod ihres Vaters und einen Terminplan, der sich kaum bewältigen lässt, kommt Eden aus dem Tritt, und Travis ist nur zu gern bereit, ihr unter die Arme zu greifen. Er weiß genau, wie er ihr helfen kann, ein wenig Dampf abzulassen …

Ein großartiger Abend geht über in eine heiße Nacht, aber wird diese Zeit der Leidenschaft das Paar seinen Zielen näher bringen? Oder wird es die beiden ihre Jobs im Krankenhaus kosten?

Mit insgesamt achtzigtausend Wörtern erzählt Doktorspiele *von einer Frau, die vor der Aufgabe steht, ihren Stolz hinunterzuschlucken, wenn sie nicht nur bei Verstand bleiben, sondern auch Erfolg und multiple Orgasmen haben will.*

Zielgruppe sind die Leser von Mitsy Gardners Liebe auf Rezept *und Ava Leons* Bettgeschichten.

Während der nächsten paar Abende stecke ich die Nase in Kunstbücher. Kritzle einen Notizblock nach dem anderen voll, bis ich endlich weiß, wo ich mit der Geschichte hin will. Bis alles einen Sinn ergibt. Bis meine Figuren berechtigte Gründe für ihre Taten haben, die guten wie die schlechten. Bis die Atmosphäre dicht ist, bis alle Handlungslöcher gestopft sind. Alle Brüche geflickt. Alle Unebenheiten geglättet.

Und das hilft.

Wann immer ich am Mittwoch, Donnerstag, Freitag, Samstag hinter meinem Laptop hervorkomme, kann ich spüren, dass sich auch die Löcher in meinem Leben wieder füllen.

Es ist mir gelungen, anderen Menschen umfassend genug aus dem Weg zu gehen, dass ich die Dellen in meiner Rüstung wieder ausbeulen kann. Die Makel wegpolieren, einen nach dem anderen. Bleibt nur noch der Riss in meiner Brust, den ich mir nicht einmal angesehen habe, weil ich einfach nicht weiß, wie ich den heilen soll.

Oder ob ich es kann.

Und dann gestatte ich mir, mich zu fragen, wie es wohl meinen besten Freundinnen geht. Wie es Nick geht.

Ich erinnere mich an seine Worte. An seinen Gesichtsausdruck, als er gesagt hat: *Wer hat dir wehgetan? Du kannst es mir sagen.*

Quinn und Valerie trifft das vermutlich etwas härter, denn meine Abwesenheit bei der Hochzeit dürfte ihnen eine Menge zusätzlicher Arbeit aufhalsen. Zumindest ein Teil von mir ist selbstsüchtig genug, Gefallen an diesem Gedanken zu finden. Sie müssen neue Hochzeitsprogramme drucken und die Sitzordnung korrigieren, hab ich recht?

Aber ich weiß auch, dass Valerie dafür lebt, einzuspringen und die Lage zu retten. Wahrscheinlich hat sie schon vor Jahren einen Ordner mit dem Titel »Was tun, sollte Quinn Rae von ihrer Hochzeit ausschließen?« angelegt und dankt nun ihrem Glücksstern, dass ich mich als die gewohnte Enttäuschung bewährt habe, denn damit hat sich die Mühe endlich gelohnt.

Aber statt weiter in Selbstmitleid zu baden, beschließe ich, mich auf den nächsten Schritt zu stürzen, denn nun, da mein Manuskript so abgeschlossen ist, wie es nur sein kann, muss ich Literaturagenten finden, denen ich mein Exposé schicken kann.

Während ich im Internet herumstreife und die Webseiten diverser Agenturen durchsehe, frage ich mich, wer es wohl mit mir riskieren würde, und der Gedanke hinterlässt einen bitteren Nachgeschmack in meiner Kehle.

Die Leute haben mir schon viele Chancen gegeben, oder nicht? Und was habe ich daraus gemacht?

Also gelobe ich, mich zu ändern.

Anders denken, anders schauen. Anders handeln.

Anders reagieren.

Und aufhören, allen anderen die Schuld zu geben.

Ich tippe weiter. Stelle mich. Offen und ehrlich.

Ich strecke mich in der Nische aus und lasse den inzwischen kalten Kaffee in meinem Becher kreisen.

Jesse ist so still. Distanziert. Seit wir uns gesetzt haben. Er weicht jedem Blickkontakt aus und starrt sein Omelette an, als wäre es sein einziger Freund auf Erden.

»Was ist los?«, frage ich schließlich mit angstvoll verkrampfter Brust.

Und er blickt auf.

Was ich sehe, ist ein Schutzschirm vor seinem Gesicht. Seine Augen sehen nicht mehr wie dunkle Schokolade aus, sehen nicht mehr einladend aus, und sie funkeln auch nicht mehr so wie letzte Nacht. Jetzt sind sie wie ein schwarzes Loch. Ein Abgrund. Eine beängstigende Leere.

Wie aufs Stichwort flitzt Ingrid herbei.

»Kann ich Nachschub bekommen?«, frage ich sie.

»Aba sischa«, sagt sie, und das Aroma lang gerösteter Kaffeebohnen breitet sich vor mir aus, als sie meine Tasse auffüllt.

Ich versuche mich an einem Lächeln für Jesse, bemüht, die Innigkeit zurückzuholen. Die Vertrautheit. Unseren Insiderwitz. Aber seine Miene ist wie versteinert.

»Ich möchte nichts mehr«, sagt er, legt die Hand über seinen Becher und schaut sie nicht einmal an. Der Ring an seinem Ringfinger prallt mit leisem Klimpern auf das Porzellan.

Ich umfasse meinen eigenen Becher. Er ist dampfend heiß und kann doch meine klammen Finger nicht wärmen. Ich trinke einen Schluck, auch der wärmt mich nicht, verbrennt mir aber die Zunge.

»Was ist los?«, wiederhole ich, kaum dass sie weg ist.

Er atmet hörbar aus.

Das reicht mir.

Ich kann es am Lufthauch hören, an einem Atemzug. Es ist vorbei.

Die Stille dröhnt mir in den Ohren und erreicht jeden Schlupfwinkel in meinem Hirn, ehe ich noch begreife, was er mir wortlos zu verstehen gibt.

Ich öffne den Mund, um ihn zu fragen: Was genau weiß ich nicht?, *aber er stiehlt mir die Worte und spricht nun mit leiser Stimme.*

»Mein Dad ist mit irgendeiner anderen Frau abgehauen, als ich noch klein war, und ich habe ihn nie wiedergesehen. Das werde ich Jonah nicht antun. Das kann ich nicht tun.«

»Irgendeiner Frau?«

»Du weißt, was ich meine.« Mit glasigem Blick wendet er sich ab.

»Eigentlich nicht. Wo kommt das plötzlich her, ohne Vorwarnung, beim Frühstück?«

Er räuspert sich und starrt in seine Bratkartoffeln.

»Ich hatte bisher nicht den Eindruck, ich wäre für dich nur ›irgendeine Frau‹. Und schau mal, ich weiß, eine Scheidung ist kein Freudenfest, aber das muss doch nicht bedeuten, dass du dein Kind im Stich lässt. Das habe ich nie gewollt. Selbstverständlich nicht. Ich weiß, dass du nicht diese Art Mann bist. Du weißt, was ich in Bezug auf Jonah denke. Außerdem, meinst du wirklich, er weiß nicht, dass deine Ehe total kaputt ist? Meinst du, in solch einer Umgebung groß zu werden, wäre das Beste für ihn? Er ist ein kluger Junge. So aufzuwachsen wird sein Leben nicht besser machen. Das kann ich mit Fug und Recht sagen, denn meine Schwester und ich haben das erlebt.«

»Ich weiß.« Er greift nach meiner Hand, immer bemüht, meine Gefühle zu ersticken, und nun sind seine Augen feucht. »Ich dachte, ich könnte …« Er tupft sich die Mundwinkel mit der Serviette ab.

Er zappelt herum. Das tut er immer, wenn ihm unbehaglich zu-

mute ist. Wenn er eine Situation nicht im Griff hat. Wenn er seinen Willen nicht bekommt.

»Es waren ein paar wunderbare Monate …«

»Ein paar wunderbare Monate? Wir haben Pläne geschmiedet. War das alles nur irgendeine Scheißträumerei? Lügen?« Ich habe die Stimme erhoben, und er sieht aus, als würde er sich am liebsten auf seinem Platz zusammenkrümmen. »Ein Handlungsschema, das du dir im Stillen für eines deiner Manuskripte zurechtgelegt hast? Das war doch echt, oder nicht?«

Kurzes Zögern. Dann: »Doch.«

Und in diesem Moment spüre ich, welche Wucht es hat, wenn jemand dir zustimmt und sich doch nicht überzeugen lässt.

»Ich weiß, dass das Mist ist«, sagt er. »Und ich weiß, was wir gesagt haben, aber … du findest einen anderen. Ich möchte nicht, dass du …« Nun umfasst er meine Hand mit beiden Händen. Schmerz spiegelt sich in seinen Augen. »Wenn du auf mich warten könntest, bis Jonah …« Die erste Träne fällt. »Aber ich weiß, dass das nicht fair wäre. Er ist ja erst vier.« Er schließt die Augen und schüttelt den Kopf. Sagt erneut: »Du findest einen anderen.«

Wie ein Kellner, der mir erklärt, der Lachs sei aus, aber ich könne stattdessen Fischstäbchen bekommen.

Ich kann mir ein Lachen nicht verkneifen. »Darum ist es nie gegangen. Einfach jemanden zu haben. Glaub mir, ich weiß, ich könnte einen anderen finden. Ich war nicht nur mit dir zusammen, weil du gerade da warst. Du wohnst in Sacramento, um Himmels willen. Hier geht es um dich und mich. Um Glück. Um Liebe. Ich will keinen besseren Mann, keinen anderen Mann, oder womöglich den nächsten, der vorbeikommt. Denkst du, ich hätte mich in dich verliebt, wenn ich es hätte verhindern können? Denkst du, ich hätte keinen anderen ausgesucht? Du hast mich glauben gemacht … Du hast gesagt …« Ich stammele, und meine Aufmerksamkeit richtet sich auf alles Mögliche. Ein unkontrollierbares Zittern bahnt sich seinen Weg durch meinen Kopf, meine Hände, und eine beißende Taubheit ergreift Besitz von meinem ganzen Körper.

»Was ist mit diesem Wochenende? Mit letzter Nacht? Mit diesem Morgen? Du hast über genau die gleichen Dinge geredet wie sonst. Unsere Reise nach Cancún nächsten Monat. Was ist damit? Und jetzt, bumm! Und ich soll das einfach hinnehmen, nur weil du es hier am Tisch sagst? Diese kalte Berechnung, mit der du mich angelogen hast, seit … Seit wann, Jesse? Seit wann? Bist du wirklich zu einem Therapeuten gegangen, wie du gesagt hast? Hast du überhaupt je mit einem Scheidungsanwalt geredet? Hast du mit ihr über irgendetwas von all dem gesprochen? War überhaupt etwas davon wahr?«

Als ich verstumme, dröhnt ein Klingeln in meinen Ohren.

Sein Schweigen sagt mir alles, was ich wissen muss; ein Blick in seine Augen genügt mir.

Ich habe zugehört, wenn er mir nette Geschichten erzählt hat, wenn er seine schönen Märchen vorgetragen hat, mich mit seinen wundervollen Erzählungen von Aufopferung und Leid becirct hat. Über all das, was er zu Hause durchmachen muss – gefangen in dem wunderschönen Bild des Lebens, das wir führen würden; des Lebens, das er sich, seinen Worten zufolge, gewünscht hat.

Ein Leben mit mir.

Aber nun sehe ich hinter diesen Augen keine Spur mehr davon. Alles, was ich sehe, ist ein Mann, den ich nicht kenne.

Die Erkenntnis, dass ich ihn nie gekannt und das bis zu diesem Moment nie begriffen habe, trifft mich wie ein Schlag, hart und gemein.

Ich springe von dem gepolsterten Sitz auf und stolpere aus dem Restaurant zu unserem Zimmer. Ich kann hören, dass er mir etwas nachruft, aber ich gehe weiter. Der Fahrstuhl braucht eine verdammte Ewigkeit, aber für mich kann so oder so nichts schnell genug sein, wenn es darum geht, von hier wegzukommen.

Ich habe mich geirrt. Wie konnte ich mich nur so irren? Wie konnte ich so dumm sein? Wie konnte ich ihm nur je Glauben schenken?

Endlich bin ich in unserem Zimmer und werfe all meine Sachen – die silbernen hohen Schuhe, die ich gestern zum Abendessen getragen habe, meine Kosmetiktasche, meine Klamotten – in die Reisetasche. Reiße die Laken vom Bett, vergewissere mich, dass ich nichts vergessen habe – nichts von meinen Sachen, nichts von mir – in diesem kalten, fremden Raum, der mir vor nicht einmal einer Stunde noch so vertraut, so behaglich, so warm erschien.

Ich werfe die Reste unseres Mitternachtsmahls vom Zimmerservice weg. Werfe alles weg, was ich je über Jesse gewusst habe. Über uns.

Und schließe die Tür zu etwas, von dem ich nun weiß, dass es nie wahr werden wird.

Als ich damit fertig bin, die Szene niederzuschreiben – die Erinnerung, um genau zu sein –, schicke ich sie Nick als E-Mail mit einer Betreffzeile, die lautet: *Es tut mir leid.* Vielleicht weiß er nichts damit anzufangen, aber er hat mich gefragt, wer mir wehgetan hat, also werde ich ihm wenigstens diese Frage beantworten.

Eineinhalb Tage später bin ich bereit, mein Exposé rauszujagen. Das Erste, was ich tue, nachdem ich einen Stapel von sechs Briefen verschickt habe, ist, eine weitere Nachricht zu schreiben – an Valerie.

Ich: Ich muss mit dir reden.

KAPITEL 21

Nick antwortet zwar nicht, aber Valerie schon, und zwar nicht lange, nachdem ich die Nachricht abgeschickt habe. Ich schlage vor, dass wir uns in unserem bevorzugten Brunch-Lokal in der Nähe der Schule treffen, denn selbst falls sie meinen Anblick nicht ertragen kann, wie soll sie einem auf Bestellung zubereiteten Omelette widerstehen? So viel Entschlossenheit bringt kein Mensch auf.

Ich schaue auf die Uhr und stelle fest, dass sie spät dran ist. Befänden wir uns nicht gerade in diesem unheimlichen Fegefeuer der Freundschaft, hätte ich ihr eine scherzhafte, passiv-aggressive Nachricht geschickt und die Mimose gegeben. Da ich aber beschlossen habe, dass ich versuchen will, ein besserer, berechenbarerer Mensch zu werden, tue ich nichts von beidem. Ich trommle nur mit den Fingerspitzen auf dem rosaroten Leinentischtuch herum und sehe all den brunchenden Familien zu. Höre das dröhnende Gelächter aus einer Gruppe von Männern in pastellfarbenen Poloshirts und Golfschuhen. Ich unterziehe sie nicht einmal einem prüfenden Blick, denn dazu bin ich nicht hergekommen.

Außerdem bin ich sowieso nicht interessiert.

Endlich kommt Valerie. Die Krempe eines monströsen, nach Gartenarbeit aussehenden Huts hängt ihr über dem Kopf, als hätten wir noch 1992. Ich hätte ja gekichert, hätte ich mich bei ihrem Anblick nicht wie zwei der für den Film verworfenen Zwerge aus *Snow White* gefühlt – Weepy und Pukey.

Als sie das Café betritt und mich sieht, setzt sie ein verhaltenes Lächeln auf. Nadelstiche malträtieren meine Brust, als hätte sich das Bleigewicht, das mich belastet hat, in Helium verwandelt, und mein Herz schlägt schneller, als ich aufstehe, um sie zu begrüßen.

»So nervös war ich noch nie vor einem Date«, sage ich und stehe da wie der letzte Idiot. Weil ich einfach nicht weiß, ob wir uns umarmen sollen oder nicht.

Sie lacht und zögert ebenfalls vor ihrem Stuhl. »Na ja, wenn meine Berechnungen korrekt sind, dann ist das auch dein erstes gleichgeschlechtliches Date, richtig?«

Dass sie meinen Scherz aufgegriffen hat und ihr Lächeln breiter wird, lindert einen Teil meiner Angst; aber wir umarmen uns nicht. Wir setzen uns. Und es fühlt sich seltsam an.

Schweigend warten wir, während der Kellner etwas einschenkt, das wie verteufelt starker Kaffee riecht – ein warmes, kraftvolles Aroma, das verspricht, mir den Kinnhaken zu versetzen, den ich brauche, um weiterzumachen.

»Ich hasse das«, sage ich. Ich weiß nicht, wie ich sonst anfangen soll. »Wie sind wir an diesen Punkt gekommen?«

Sie legt den Kopf schief, und ihr Blick schmilzt. Mir fällt auf, dass ihre zarten Züge ein wenig welk aussehen. »Ich weiß, mir geht es genauso. Aber ehe du irgendetwas sagst, möchte ich, dass du weißt, dass ich nicht nur hier bin, weil du mir geschrieben hast. Ich meine, ich bin …« Sie taut noch weiter auf und fängt an, mit den Händen zu reden. Ein gutes Zeichen dafür, dass sie auf dem besten Weg ist, Val zu sein, nicht irgendein eingekapselter Mensch, dessen Äußeres ich nicht aufbrechen kann. »Ich war zu feige, um dir zu schreiben«, fährt sie fort. »Aber ich schätze, ich hätte es in ein oder zwei Tagen getan, weil … Rae.« Mit ernster Miene beugt sie sich über den Tisch. Beschwört mich. Flüstert beinahe: »Quinn ist ein bisschen übergeschnappt.«

Ich zucke zurück.

Für Valerie ist es schon »ein bisschen übergeschnappt«, hautenge Jeans zu tragen. Und doch ist das dasselbe Mädchen, das auf einem Junggesellinnenabschied Sex mit einem Stripper hatte. Also ist sie inzwischen auch eine komplizierte Frau, alles zugleich und nebeneinander, und ich brauche Klarheit. #logisch

»Wie meinst du das?«

»Seit unserem Streit ist sie ständig niedergeschlagen. Nichts, was ich sage, hilft. Ich habe versucht, sie mit den Hochzeitsvorbereitungen abzulenken, aber das hat sie noch tiefer reingerissen. Sie redet tatsächlich darüber, die Hochzeit abzublasen.«

Diese Nachricht fühlt sich an wie eine Ladung Kaffee im Schoß. »Was? Warum?«

»Diese ganze Geschichte mit dir … Keine Ahnung. Du musst mit ihr reden. Ich werde nicht mehr schlau aus ihr. Sie denkt daran, wieder wegzufahren, aus der Stadt zu verschwinden. Ich glaube, als ihr klar geworden ist, dass sie dieses große Ereignis ohne dich durchstehen muss, sind ihr einfach die Nerven durchgegangen.«

»Himmel«, hauche ich und mir bleibt der Mund offen stehen. »Was meinst du, sollen wir tun?«

»Hast du ihr auch geschrieben?«

»Nein. Ich wusste nicht, ob du mir überhaupt antwortest. Ich wollte gewissermaßen erst mal das Terrain sondieren, und du bist glücklicherweise viel weniger Angst einflößend und viel versöhnlicher als Quinn.«

Wir kichern beide, und das fühlt sich gut an. Normal.

»Ich verstehe. Gute Entscheidung«, sagt sie und wischt sich über die Augen.

Ich drücke den Rücken durch. »Ich meine nicht, dass du mir schon vergeben hättest.«

»Ich bin hier, oder?« Mit einem Lächeln lehnt sie sich auf dem Stuhl zurück, und ihre Schultern entspannen sich. »Warum genau wolltest du dich eigentlich mit mir treffen? Ich meine, ich habe dich nicht von der Hochzeit ausgeschlossen. Ich war irgendwie gezwungen, mich für eine Seite zu entscheiden, zumal ich ja nun die einzige Brautjungfer bin, aber an sich war ich gar nicht wirklich sauer auf dich.« Zwar starrt sie die ganze Zeit die Sahne im Kaffee an, den sie in der zarten Tasse kreisen lässt, doch die Spannung, durch die wir uns haben hindurcharbeiten müssen, hat sich in Luft aufgelöst.

Ich lege die Speisekarte weg, hinter der ich meine Scham versteckt habe, und sehe Valerie endlich direkt an. Meine beste Freundin.

»Ich will nur ... Es tut mir leid. Das ist wirklich das Wichtigste. Ich schätze, ich war schon eine ganze Weile ziemlich überempfindlich. Einfach weil, na ja, wenn ich mich nur umschaue, in deiner Nähe bin, deine Familie sehe ... Das sind alles Dinge, die ich nicht habe. Und, ja, das ist echt scheiße. Aber daran bist nicht du schuld. Niemand ist daran schuld. Es ist einfach, wie es ist. Und ich muss aufhören, dir das zu missgönnen, es Quinn zu missgönnen und euch in die Parade zu fahren, nur weil ich immer noch suche. Ich muss verdammt noch mal endlich erwachsen werden und begreifen, dass sich die Dinge ändern. Dass das Leben sich auf Beziehungen auswirkt. Dass es nicht immer so bleiben kann wie damals, als wir siebzehn waren.«

Einen Moment sitzt sie da, spielt mit dem Fingernagel an einer Ecke der Karte herum und verarbeitet meine Worte. Dann, endlich: »Es muss sich nichts ändern. Es sollte sich nichts ändern.« Sie blickt auf. »Und ich glaube nicht, dass du mir irgendetwas missgönnst.«

»Nicht?«

»Nein. Ich glaube nur, dass es schwer ist. Wir sind alle so verschieden. Wenn überhaupt, dann missgönne eher ich dir etwas.«

Das habe ich nicht kommen sehen. Ich lehne mich auf dem Stuhl zurück und lasse sie reden. So wie ich es sonst nie getan habe.

Und sie redet, während ihr Blick verfolgt, was sie mit den Händen tut.

»Na ja, schon. Dir steht es frei, zu tun, was immer du willst, wann immer du willst. Mit wem immer du willst. Das ist toll! Ich muss schon um Erlaubnis bitten, wenn ich auch nur allein zum Lebensmittelgeschäft gehen will. Kacken, ohne dass mindestens zwei Kinder im selben Raum sind. Nicht dass ich Mike irgendwelche Vorwürfe machen will, das will ich nicht. Ich bin nur …« Nun laufen ihr die Tränen über die Wangen, und sie wischt sie mit der Serviette weg. »Er ist ein anständiger Mensch, ein guter Vater.«

Ich lasse einen Augenblick vergehen. Ich weiß nicht, ob es mir zusteht, diese Frage zu stellen, aber ich tue es trotzdem: »Ein guter Ehemann?«

Die Frage hängt zwischen uns in der Luft, und mir ist, als würden meine Eingeweide einfrieren, während ich auf ihre Antwort warte.

Bin ich zu weit gegangen?

Und dann begegnet sie wieder meinem Blick, und ein flehentlicher Ausdruck spiegelt sich in ihren Augen. »Bin ich denn eine gute Ehefrau?«

»Ja«, antworte ich ohne Umschweife. Wie aus der Pistole geschossen. »Ja, das bist du. Schau …« Ich senke die Stimme und beuge mich über den Tisch. »Mir ist klar, warum du das sagst. Dieses Wochenende. Ja, ich weiß. Aber ich kenne dich, seit wir Kinder waren, und ich weiß, was für ein Mensch du bist. Niemand ist vollkommen.«

»Ich habe dich nicht mit irgendeinem Stripper vögeln sehen …«

»Na ja …« Ich wende den Blick ab, und ein Grinsen zupft an meinen Mundwinkeln, und – ach verdammt. Ich schaffe es immer noch nicht, mich für meine Nacht mit Nick angemessen zu schämen.

Vielleicht habe ich doch keine Fortschritte gemacht. Vielleicht habe ich mehr Schwächen, als mir bewusst war. Vielleicht bin ich ein hoffnungsloser Fall.

Sie keucht auf und schlägt mit der flachen Hand auf den Tisch. »Das hast du nicht!«

Das Paar am Nebentisch, das mich an getrocknete Aprikosen erinnert, zuckt bei ihrem Ausbruch regelrecht zusammen, und als die beiden nun zu uns herüberschauen, sehen sie aus wie wütende getrocknete Aprikosen.

Aber da liegt etwas Beschwingtes in Valeries Ton, und ihre Augen funkeln. Als wären wir wieder Studienanfängerinnen und ich hätte gerade erstmals gestanden, dass ich mit Tony Valducci herumgemacht habe. Sie ist nicht aufgebracht; sie freut sich für mich.

»Ja, aber das war vermutlich nicht meine beste Idee«, gebe ich zu und kaue an einem Fingernagel. »Aber zu dem Zeitpunkt konnte ich einfach nicht klar denken. Wie auch immer, darum geht es nicht.«

Inzwischen lächeln wir beide, und allmählich fühlt es sich nicht mehr an wie das Ende von etwas, sondern viel mehr wie ein Treffen bester Freundinnen, die sich für eine Weile aus den Augen verloren haben und nun alles wieder aufholen.

Plötzlich frage ich mich, wie lange es her ist, seit wir das letzte Mal so ehrlich zueinander waren, so verbunden miteinander. Wie lange haben wir uns wirklich aus den Augen verloren?

Ich schüttle den Gedanken ab und konzentriere mich darauf, wieder zu ihr zu finden. »Ich wollte einfach, dass du weißt, wie viel du mir bedeutest. Wie toll du bist. Stripper hin oder her. Und weißt du was? Scheiß doch auf die Stripper-Geschichte. Verheiratet sein ist nicht einfach. Und ich weiß auch, dass du es schwerer hast, als du zugeben willst. Dass ich dir nie Gelegenheit gegeben habe, darüber zu sprechen, wie hart es für dich ist, liegt daran … Na ja, ich schätze, in gewisser Weise habe ich einfach Angst vor dem, was du sagen könntest.«

Ihre Brauen wackeln in Richtung Haaransatz, aber sie schweigt, offenbar neugierig darauf, was ich noch zu sagen habe.

»Du solltest die Starke sein. Die Beständige. Die, die ihren Scheiß geregelt hat. Die alles im Griff hat. Verstehst du? Und es ist nicht fair von mir, dir so viel Druck aufzuladen, das ist mir klar. Es ist nicht fair von irgendjemandem, dir diesen Druck aufzuladen. Aber ich weiß, dass genau das passiert. Und du selbst lädst dir diesen Druck auch auf.«

Sie lässt die Tränen einfach laufen, aber ihr Mund formt sich zu einem schiefen Lächeln mit geschlossenen Lippen, als wären die Worte, die ich ausspreche, genau die, die sie unbedingt von jemandem hören musste, irgendjemandem. Als hätte ich ihr gerade das ganze Jahr gerettet. Als hätte ich sie aus einer Art Mami-Gefängnis befreit, einfach indem ich anerkannt habe, dass das, was sie tut, das Beste ist, was sie in ihrer Situation tun kann.

Sie umfasst meine Hände und strahlt mich an, während ihre Unterlippe zugleich bei dem Versuch, das Zittern zu beherrschen, kläglich versagt.

Nach ich weiß nicht wie langer Zeit – Schweigen zwischen alten Freunden bemisst man nicht in Minuten – lässt sie meine Finger wieder los.

Sie legt die Serviette zurück in den Schoß. »Wir gehen in die Eheberatung, Mike und ich«, sagt sie, als wolle sie lediglich Eier Benedict bestellen, was sie in der Tat tut, als der Kellner zurückkehrt. »Und ich glaube, wir nehmen jetzt diese Bloody Marys bis zum Abwinken«, fügt sie hinzu. »Ist das in Ordnung?«, fragt sie mich.

»Schau an.« Ich recke beide Daumen hoch. »Ich wollte nur versuchen, mich ehrbar zu verhalten und meine Einstellung zu sanieren. Dem Suff habe ich nicht abgeschworen, also sei nicht albern.«

»Du bist ehrbar.« Ihre spielerische Art ist zurück, und sie wedelt träge mit einer Hand, als wolle sie sagen: *Red keinen Unsinn.*

Kaum ist der Kellner weg, greife ich das Thema wieder auf. In vorsichtigem Ton. »Wie lange geht ihr zwei schon zur Eheberatung?« Ich drücke einen Zitronenschnitz über meinem Wasser aus, um etwas zu tun zu haben.

»Wir gehen schon seit ungefähr sechs Monaten zu einem Therapeuten.« Sie lacht leise, als mir der Mund offen stehen bleibt. »Nun verstehst du wahrscheinlich, warum dieser kleine Exkurs besonders … unangenehm sein könnte. Aber ich habe Mike letztes Jahr erwischt, wie er Nachrichten mit irgendeiner Kollegin ausgetauscht hat, und ich weiß auch nicht. Es rechtfertigt nicht, was ich getan habe, aber …«

»Das muss es auch nicht.« Ich schaue ihr direkt in die Augen.

»Ich wollte es dir erzählen. Aber gleichzeitig hatte ich das Gefühl, es einzugestehen, würde es erst richtig real machen. Die Niederlage einzuräumen. Das Scheitern.«

»Hey, so redet man nicht mit einer Freundin.« Ich runzle die

Stirn. »Das ist kein Scheitern. Das ist an etwas arbeiten, statt einfach wegzulaufen.«

Sie prustet los. »Tja, ich schätze, Sex mit einem Stripper ist nicht ganz so hilfreich bei diesem Prozess, aber …« Sie bricht den Gedanken ab. »Und du bist nicht weggelaufen. Du hast es einfach nur früh genug begriffen. Ich nicht.« Sie zuckt mit den Schultern. Bläst sich Haarsträhnen aus dem Gesicht. »Ich glaube, das ist auch ein Grund für die seltsame Stimmung zwischen uns, falls dich das interessiert.«

»Was?«

»Die Tatsache, dass ich wahnsinnig neidisch auf dich bin.«

»Neidisch auf mich? Wie viele Drinks hattest du schon?« Ich hebe ihr Glas und tue, als würde ich es genau untersuchen.

»Es ist nur … Und niemand spricht gern über so etwas … Aber Ehe kann echt isolieren. Du kannst dich selbst verlieren, wenn du nicht aufpasst. Und dann hast du im Handumdrehen vier Kinder und darfst gar nichts mehr sagen. Und es ist auch nicht in Ordnung, mal einen schlechten Tag zu haben.«

Ich nicke zustimmend. »Na ja, schon. Weil du immer funktionieren musst.«

»Weißt du, wie oft, und das zuzugeben ist mir wirklich peinlich … ich mir gewünscht habe, ich könnte den Platz mit dir tauschen? Du sein? Oder dass ich mich manchmal frage, ob ich, wenn ich diese Kinder nicht hätte, überhaupt mit diesem Fremden, als der Mike mir manchmal erscheint, verheiratet bleiben würde? Ob ich nicht einfach weglaufen würde?«

Ich stoße einen langen, entspannenden Seufzer aus. Vielleicht wirkt auch nur der Alkohol beruhigend auf mich.

»Wahrscheinlich genauso oft, wie ich überlege, wie mein Leben wohl wäre, wenn ich Daniel nicht verlassen hätte. Allerdings bereue ich nichts. Ich weiß, ich kann nicht mehr zurück, und ich will auch gar nicht. So schwer es auch manchmal war, es ändert nichts daran, dass ich mich fühle, als hätte man mir ins Herz geschossen, wenn ich sehe, wie du mit Mandy und Mae Malvorlagen ausfüllst. Ich hätte immer noch gern eine Chance, so ein Leben zu führen.«

Sie lacht. »Du hast die Chance. Dein Leben ist voller Möglichkeiten. Sogar wenn du dich über Spark verabredest. Genau! Meines dagegen ist bereits festgelegt. Ich weiß, dass ich diejenige bin, die sich festgelegt hat, trotzdem.« Sie nimmt einen Schluck von ihrem Drink, und ihre Miene sagt: *Wir sind auf gleicher Höhe.* »Selbst wenn ich durch irgendeine Zauberei die Chance bekäme, die Dinge zu ändern, weiß ich tief im Inneren, dass ich das niemals tun könnte. Ich könnte einfach nicht. Kinder oder keine Kinder. Ich bin nicht so mutig wie du. Egal was passiert, ich könnte Mike nicht verlassen. Letzten Endes liebe ich ihn eben doch. Und ich weiß auch gar nicht, was ich allein mit mir anfangen sollte. Ich könnte es nicht tun.«

»Das hört sich an, als würdest du dich dafür entschuldigen, ihn zu lieben. Tu das nicht. Dass ich allein überlebe, hat weniger mit *Mut* zu tun als damit, dass ich die Scham verloren habe.«

Wir brechen lauthals in Gelächter aus, ehe sich eine wissende Stille über unseren Tisch ausbreitet, so seidig wie die Knoblauchbutter, die ich auf mein Croissant schmiere.

»Weißt du was? Wir schaffen das beide«, verkünde ich nach einer Weile. »Ehe ist hart, Single sein ist hart. Wir sind dazu bestimmt, einander zu beneiden, aber so ist das Leben. Und wir reden immerhin darüber, statt es einfach nur gären zu lassen und Dummheiten zu machen.«

Der Kellner bringt endlich unsere Bestellung. Valeries Eier Benedict, gallertartig und einfach perfekt, mit einer Hollandaise, so gelb wie Osterglocken, stehen nicht hinter meiner Wahl zurück – süße Klumpen aus roten Garnelen, die in einem Berg Maisgrütze mit Käse schwimmen. Wir inhalieren die Speisen und stimmen überein, dass das reicht, um nie wieder einen Mann zu brauchen – Ehemann oder Freund, Spark oder nicht.

»Da wir gerade bei Dummheiten waren …« Sie deutet mit einer Gabel auf mich, auf der ein frisches Stück Melone hängt. »Ich weiß, wir sind gerade dabei, Frieden zu schließen, und das könnte alles verderben«, sie verzieht das Gesicht, »aber ich bin der Grund dafür, dass Nick nicht mehr an der Wesson ist.«

Ich blinzele sie an. Zu mehr bin ich nicht fähig. »Du hast Deborah erzählt, dass er strippt?«

»Nein, aber ich könnte den falschen Eindruck erweckt haben, dass einige der Mädchen sich in seiner Gegenwart nicht wohlfühlen würden und es vielleicht das Beste wäre, wenn er anderswo Vertretung macht.« Sie nagt an der Unterlippe und schaltet den gepeinigten Hundeblick ein, den sie so perfekt beherrscht. »Es tut mir leid. Ich weiß, dass du einen guten Draht zu ihm hast. Aber als ich das getan habe, da habe ich es für mich und für dich getan. Mehr für mich, weil ich einfach nicht damit zurechtgekommen bin, täglich an meine unglaublich schöne, unglaublich *dumme* Nacht mit seinem Kollegen erinnert zu werden. Und für dich, weil ich dachte, ich würde dir einen Gefallen tun, wenn ich ihn von deinem Radar entferne. Schätze, der Schuss ging nach hinten los.«

»Rigoros«, entgegne ich schnaubend.

»Es tut mir leid. Bist du mir böse?«

Während wir weiter fürstlich speisen, erkläre ich ihr, warum Nick überhaupt gestrippt hat – nicht, damit sie sich wie ein blöder Arsch vorkommt, sondern um seinen Namen reinzuwaschen und ihr zu verdeutlichen, dass er vielleicht gar kein so übler Kerl ist. Als ich fertig bin, sind Valeries Augen so groß wie die Blaubeermuffins auf dem Tisch mit dem Gebäck.

Aber ich versichere ihr auch, dass ich nicht wütend bin. So

ist das jetzt eben. Ich habe versucht, mich bei ihm zu entschuldigen, und er hat nicht geantwortet, also ist es jetzt sowieso nicht mehr wichtig.

»Zu schade, dass du ihm nicht sagen kannst, wie du empfindest. Warum kannst du nicht?« Sie spricht wieder im Ton der Cheerleaderin, als die ich sie immer gekannt habe. *Team Rae! Liebe schlägt alles!*

Aber ich schüttle den Kopf und starre meinen leeren Teller an. »Mäh. Ich glaube, ich werde es einfach dabei belassen.«

Irgendwie trinken wir immer noch Cocktails, und ich lehne mich behaglich auf dem Stuhl zurück. Reibe mir den Bauch wie das Ogerweibchen, das ich in Wahrheit bin.

»Ich bin froh, dass wir uns getroffen haben«, sage ich und recke die Arme über den Kopf.

Fresskoma in drei … zwei …

»Ich auch. Danke, dass du mich angeschrieben hast. Tut mir leid, dass ich nicht genug Rückgrat hatte …«

»Ach, Goooott, wir sind gerade so richtig übelkeiterregend.« Ich lache.

»Und was jetzt?«

»Tja … ich denke, ich sollte Quinn schreiben. Oder sie vielleicht sogar anrufen. Verrückt, ich weiß.« Ich tippe mir an die Schläfe und greife zum Telefon. »Da ist nur eine Sache, die ich dich vorher noch fragen möchte.«

»Klar«, sagt Val, trinkt den letzten Schluck von ihrem Kaffee und schaut mich hoffnungsvoll an. »Was denn?«

»Was *zum Teufel* hat dieser Hut zu bedeuten?«

KAPITEL 22

»Soll ich dich begleiten?«, fragt Val, als wir das Café verlassen und ich mich auf den Weg zu Quinn machen will.

Ich denke ungefähr eine Minute darüber nach und entscheide mich dann dagegen. »Das muss ich allein machen.«

Wir stehen im prallen Sonnenschein und drücken uns gegenseitig die Blutzirkulation in den Armen ab.

Quinn hat nicht auf die Anrufe und Textnachrichten reagiert, die ich ihr vom Restaurant aus und während der Fahrt zu ihrer Wohnung geschickt habe, aber davon lasse ich mich nicht aufhalten. Ich muss sie dazu bringen, mir zuzuhören. Zum Teufel mit Quinns irrationaler Sturheit.

Das erinnert mich an unser Abschlussjahr, als Valerie und ich sie während des Herbstballs zu Ehren der Ehemaligen packen und aus dem Kunstraum tragen mussten, weil sie überzeugt war, ihr Date würde mit irgendeinem Mädchen im zweiten Jahr im Herrenklo rummachen. Sie ist einfach in Miss Rombalskis Klasse gestürmt und hat den Raum auf der Suche nach einer Schere auf den Kopf gestellt; fest entschlossen, als Nächstes zum Klo zu rennen, den Kerl auf frischer Tat zu ertappen und ihm die Eier abzuschneiden.

Damals mussten wir lange auf sie einreden, um sie zur Vernunft zu bringen, und genau das werde ich jetzt auch tun.

Als ich ihre Wohnung erreicht habe, öffnet Phil händeringend und mit zuckenden Lippen die Tür, als hätte ihm gerade erst jemand heftig harten Tobak verpasst. Völlig unerwartet schließt er mich in seine kräftigen Arme und quetscht beinahe das Leben aus mir heraus.

»Ich bin so froh, dass du hier bist«, sagt er.

»Hast du was geraucht?« Ich weiche zurück und wische mir die Schulter ab.

Aber er lacht nicht. Stattdessen schüttelt er entschieden den Kopf und zieht mich am Arm in die Küche. »Ich habe deine Nummer nicht.« Er ist völlig außer Atem, und guckt überallhin, nur nicht zu mir. »Die sollte ich mir holen. Schreibst du sie mir auf? Ich bin einfach nur nie auf die Idee gekommen …«

»Was ist los, Phil? Wo ist Quinn?«

»Das versuche ich dir ja gerade zu erzählen: Ich weiß es nicht. Wir haben zusammen gefrühstückt. Alles schien normal zu sein. Und dann springe ich unter die Dusche, und als ich wieder rauskomme, ist sie weg. Ihr Wagen ist noch hier, aber sie geht nicht ans Telefon, und sie hat keine Nachricht hinterlassen. Ich bin total durch den Wind. Meinst du, sie könnte entführt worden sein?«

Ich gebe mir alle Mühe, den Kopf nicht schief zu legen wie ein verdatterter Spaniel, aber ich kann es nicht verhindern. Es geht um Quinn. Weiß er das wirklich nicht?

»Wie lange ist sie schon weg?«, frage ich.

»Erst seit etwas mehr als einer Stunde. Soll ich die Polizei verständigen?«

Seine Augen sind rot umrandet und vor Stress geweitet, also versuche ich, in besänftigendem Ton zu sprechen. »Dafür ist es noch viel zu früh.«

»Ja, richtig. Ich … ich weiß nur einfach nicht, was ich tun soll.« Er wirft sich vor der Frühstückstheke auf einen Barhocker und birgt den Kopf in den Händen.

Etwas an seiner Sorge, auch wenn sie ziemlich theatralisch erscheint, wärmt mein kaltes, totes Herz.

»Ich aber«, sage ich und tätschle seinen Arm. »Keine Sorge, ich glaube, ich weiß, wo sie ist. Ich bringe sie nach Hause.«

Und, na ja, es ist nur eine klitzekleine Lüge, aber sie treibt ihm binnen zwei Sekunden wieder Farbe in die bis dahin aschfahlen Züge, also bin ich umso entschlossener, Quinn aufzutreiben und herauszufinden, was zum Henker sie sich eigentlich denkt.

Sie wieder zu Verstand zu bringen, ehe ich auch noch ihre Hochzeit ruiniere.

Ich fahre den ganzen Weg bis Plantation, vorbei an unseren alten Lieblingslokalen, die derzeit so oder so nicht geöffnet sind, am Tanzclub, am Jachthafen, und sie ist nirgends zu finden. Ich zermartere mir das Hirn auf der Suche nach einem Hinweis, irgendeinem, einem Flüstern der Erinnerungen an unsere wunderbare gemeinsame Zeit, das mir verraten könnte, wohin sie geflüchtet ist. Wie ihr nächster Zug aussehen könnte.

Aber mir fällt nichts ein.

Kurz überlege ich, dass sie vielleicht losgezogen ist, um das Haus ihres Ex hier in der Ecke abzufackeln, aber das würde sogar für Quinn zu weit gehen.

Glaube ich.

Nach einem gaaaaaaaanz kurzen Abstecher, nur um rasch nachzuschauen, weiß ich, dass das Haus immer noch steht, ebenso wie die Palmen, die den Brunnen im Vorgarten flankieren.

Kein Rauch, keine erkennbaren Stolperdrähte in der Einfahrt.

Und ich bin überwiegend nicht enttäuscht.

Sackgesicht.

Um der alten Zeiten willen drehe ich noch eine Runde um

das Haus, aber Phil bombardiert mich mit Textmitteilungen und Anrufen, nun, da er meine Nummer hat, und das ruiniert den Augenblick, also ist es wohl an der Zeit, Billie auszuführen und noch ein bisschen mehr nachzudenken.

Wo könnte Quinn sein?

Des Rätsels Lösung zeigt sich, als ich wieder nach Hause komme. Dort finde ich unser Mädchen. Es hockt auf dem Bürgersteig, die Knie unter dem Maxikleid angezogen, den Rücken an meine Tür gelehnt.

Eine Dose Wein baumelt an einem kraftlosen Arm hin und her wie ein Blatt im Wind.

Als wäre sie eine Stadtstreicherin.

Auf den ersten Blick ist das momentan nicht so ganz klar.

»Wo warst du?« Sie schaut mich aus zusammengekniffenen Augen an. Ihre Lippen sehen trocken aus, und sie zieht einen Schmollmund.

Ich pruste los. »Wo warst *du?*« Ich ergreife ihre Hände, und sie kommt unsicher auf die Beine. Klammert sich, um nicht umzufallen, an meiner Taille fest wie ein Koalababy und kippt mir Wein auf meine Schuhe.

»Nur gut, dass die schon so alt sind«, bemerke ich.

Wir mühen uns hinein und bahnen uns einen Weg durch das Labyrinth, das sich auftut, wenn man versucht, an Billie vorbeizukommen, stolpern durch das Chaos in meinem Wohnzimmer und durch die Glastür hinaus auf die Terrasse.

»Wie bist du hierhergekommen?«, frage ich, als Quinn sicher in einem Rattansessel sitzt, die Beine brezelförmig auf dem roten Polster verknotet.

»Uber«, antwortet sie, und ich möchte losbrüllen.

»Du bist verrückt, weißt du das?«

Ich verschwinde nach drinnen, um uns eine Stärkung zu verschaffen, was mit einem Gatorade, einer Flasche Wasser und einer Schachtel Käsecracker endet. Als ich wieder auf der Terrasse bin, ist sie eingeschlafen, und der Sonnenschein verfängt sich in ihren dunklen Haaren. Also gehe ich wieder zu meinem Laptop und beschließe, ein bisschen zu arbeiten, bis sie wieder wach wird.

Phil ist erleichtert, als ich ihm schreibe, dass sie hier und in Sicherheit ist und tief und fest schläft, aber ich weiß, wir sind noch nicht über den Berg, keiner von uns. Also bitte ich ihn, mir etwas Zeit mit ihr zu lassen und: *Bitte versuch, nicht durchzudrehen.*

Ich beschließe, in den sauren Apfel zu beißen und einen weiteren Stapel von sechs Exposés an sechs Agenten zu schicken, über die ich mich vorher eingehend informiert und sie als geeignet für mein Werk eingestuft habe. Von einem habe ich bereits eine Absage erhalten, als Quinn aus ihrem Nickerchen aufwacht, aber zumindest habe ich den ersten Schritt getan. Es darauf ankommen lassen. Absagen gehören einfach dazu.

Quinn streckt sich. Als sie mich sieht, fällt sie beinahe aus dem Sessel.

»Heilige Scheiße … wie …« Pures Entsetzen spiegelt sich in ihrem Gesicht. »Na toll.« Und dann schleicht sich Verlegenheit in ihre Züge, und Sorgenfalten zupfen an ihren Lippen.

»Morgen, Sonnenschein. Trink das.« Ich pappe mir ein Lächeln ins Gesicht und schiebe die Wasserflasche über den Tisch.

»Danke«, ist alles, was sie herausbringt, und so sitzen wir wortlos da, und außer dem Krächzen eines Falken irgendwo in der Nähe und den Geräuschen der gelegentlich vorbeifahrenden Autos ist kein Laut zu hören. Wir schweigen, bis Quinn die Snacks verputzt hat und wieder ein bisschen menschlicher aussieht.

»Also«, trällere ich. »Wie war dein Tag?«

»Halt die Klappe!« Lachend wirft sie die leere Wasserflasche nach mir. Zum Glück verfehlt sie mich.

So wie ich die Flasche, als ich sie fangen will. Juchhu, Sport!

»Hör mal, ich hab Mist gebaut. Ich hätte all diese Dinge nie zu dir sagen dürfen. Es war nur …«

»Quinn. Hast du den Verstand verloren?«

Die Frage scheint sie aus dem Konzept zu bringen. Ihr Mund öffnet sich, aber von ein paar verirrten Crackerkrümeln abgesehen fällt nichts heraus.

»Was machst du bloß?«

Sie starrt ihre Finger an. »Ich weiß es nicht.« Mit einem tiefen Atemzug sackt sie zurück ins Polster. »Ich habe gestern mit Phil auf dem Sofa gesessen. Wir haben HGTV geguckt. Und ich dachte plötzlich: Soll das ein Witz sein? Das ist mein Leben? Das ist alles?«

Ich muss lachen. »Alter! Deko-Fernsehen …«

»Ich weiß!« Sie steht auf und geht zunächst mit wackeligen Schritten über die Terrasse, fängt sich dann aber und tritt auf der Stelle. Billie ist ihrem Zickzackkurs mit dem Blick gefolgt, hebt jedoch nicht einmal den Kopf von den Pfoten, und ich frage mich, wieso ihr dabei nicht schwindelig wird.

Quinn fährt fort: »Einer von diesen Eigentümern, die aussehen wie Kennedys, hat so etwas unfassbar Lächerliches getragen, und ich drehe mich zu Phil um und sage so: ›Sieh dir das an‹, und er guckt mich an und macht ›Hä?‹. Ist das zu fassen, Rae? *Hä*. Und das soll der Typ sein, den ich in sechs Tagen heiraten soll?« Sie ballt und öffnet die Hände, als wolle sie eine Rolle in einem Broadwaystück übernehmen, irgendwie jazzig, *tata*. Als sie keine Antwort erhält, spricht sie weiter.

»Als ich ihm erklärt habe, was ich meine, hat er nur … gelacht. Als würde er es wirklich nicht kapieren, als wäre ich nur albern, und …«

Inzwischen fächert sie sich mit steifem Handgelenk Luft zu, und ich lächle nur kopfschüttelnd, weil #quinn.

»Er ist ein Kerl«, kläre ich sie achselzuckend auf. »Der macht sich keine Gedanken darüber, was irgendwelche Hauseigentümer tragen; vermutlich hat er gerade zu begreifen versucht, mit welcher Methode sich die Badezimmertür öffnen lässt oder so. Wie er eine Wand in seiner Wohnung einreißen kann. Oder was immer den Typen durch den Kopf geht, wenn sie TV-Renovierungen gucken.« Ich tue das Ganze mit einer knappen Handbewegung ab. »Das wird schon, vertrau mir.«

»Woher willst du das wissen?« Ihr Blick bohrt sich in meinen.

Als ich nicht gleich antworte, stöhnt sie auf und geht erneut auf der Terrasse auf und ab. »Ich denke nur, noch ist es nicht zu spät, richtig? Ich kann die Sache noch abblasen.« Wie im Rausch packt sie plötzlich meine Hände. »Wir können einfach irgendwohin gehen. Wie früher. Abhauen.«

Forschend mustere ich ihr Gesicht, und ich sehe Hoffnung und Verzweiflung in ihren Zügen. Sie spricht all die Worte aus, von denen ich mir gewünscht habe, sie würde sie sagen, seit sie mit Phil zusammen ist: Sie wählt mich! Sie hat genauso viel Angst wie jeder andere auch! Und doch empfinde ich bei dieser Erkenntnis keine Spur von Befriedigung.

Stattdessen fesseln mich ihre Worte an meinen Platz.

»Du meinst, weglaufen«, korrigiere ich sie und entreiße ihr meine Hände. »Hör mal, ich werde jede Entscheidung respektieren, die du triffst, aber einfach zu verschwinden, ist keine Lösung. Wenn wir dieses Mal nicht nach Ibiza auswandern, müssen wir ja immer noch irgendwann zurückkommen. Oder liebst du Phil etwa nicht? Geht es darum?«

Sie lässt ein Seufzen vernehmen, das sich gut in einer griechischen Tragödie gemacht hätte. Sophokles persönlich hätte es nicht besser hingekriegt. Mich wirft es noch aus einem Meter Entfernung beinahe um.

»Doch, ich liebe ihn«, sagt sie. »Ich …«

»Denn er liebt dich auch. Er belegt schon den ganzen Tag mein Telefon, weil er so besorgt um dich ist. Er dachte, du wärst entführt worden.«

Sie zieht die Nase kraus.

»Ich weiß, ich weiß.« Ich winke ab. »Aber er hat wirklich gelitten, weil er nicht wusste, wo du steckst. Er wollte mich begleiten, als ich mich auf die Suche nach dir gemacht habe. Es muss ihm furchtbar schwergefallen sein, sich darauf zu verlassen, dass ich, deine verkorkste Freundin, dich ohne ihn finde und zu ihm zurückbringe. Aber er hat es getan. Und das sagt eine Menge über seine Gefühle dir gegenüber aus.«

Sie richtet ihren Kupferblick auf mich. »Du bist nicht verkorkst. So etwas hätte ich niemals sagen dürfen. Es stimmt einfach nicht. Und ich glaube auch nicht, dass er wirklich so denkt. Er kennt dich ja kaum. Ich glaube, er empfindet dich als Bedrohung. Du weißt mehr über mich als jeder andere Mensch, und das macht ihm Angst.«

»Ist vielleicht besser so …« Ich verziehe das Gesicht und grinse dabei noch ein bisschen breiter.

»Korrekt!« Sie lacht. »Aber ich sollte ihn nicht so über dich reden lassen, denn er weiß überhaupt nicht, wovon er spricht, und es ist auch nicht wahr, und …«

»Beruhig dich.« Ich rühre etwas Aloe in meinen Ton. »Er versucht nur, in deinem Team zu spielen. Dir den Rücken freizuhalten. Du weißt schon, wegen diesem ganzen Liebeskram, von dem ich dauernd rede.«

Sie presst für einen Moment die Lippen zusammen. Dann: »Ich weiß, und ich habe das auch nur zugelassen, weil ich eine in Schockstarre verfallene Idiotin bin.«

»Wieso?«

»Ich … Es geht um das, was wir früher durchgemacht haben. Was du jetzt durchmachst. Nicht dass ich dich bemitleide, das tue ich nicht. Aber ich will das auch nicht noch einmal durchmachen. Jemals. Und du, deine Geschichten, die Erinnerungen, die in mein Bewusstsein schwappen, wann immer ich an dich denke, wann immer wir zusammen sind, die führen mir das ständig wieder vor Augen. Ich schätze, darum habe ich dich weggestoßen.«

Für einen Moment sage ich gar nichts. Es ist sonderbar, zu hören, wie sie genau das eingesteht, was ich schon so lange vermutet habe. »Das ist auch der Grund, warum ich so gereizt war«, sage ich. »Warum ich so abwehrend war. Ich wollte nicht, dass diese Heirat unsere Freundschaft zerstört. Denkst du, ich wäre gern die Letzte von uns, die diese blöde Welle reitet? Ohne dich ist das leichter. Nicht so festgelegt. Deshalb war ich in letzter Zeit ein bisschen grob, weil es mir vorkam, als würde es dir so leichtfallen, ohne mich davonzusegeln. Mein Leben als läppisch abzutun, weil es nicht mehr dein Leben ist. Glaub mir, ich hab's verstanden. Aber ich denke auch, dass das Unsinn ist. Meinst du, ich begreife nicht, was dahintersteckt? Meinst du, ich weiß nicht, dass du Angst hast? Es ist nicht leicht, sich auf den Markt zu werfen. Aber wir sind nicht mehr auf dem gleichen Stand. Und du kannst nicht einfach das tun, was ich getan habe, ohne es auch nur zu versuchen. Du kannst nicht einfach aufgeben, was du hast.«

Sie nickt und nickt, und die Tränen rinnen ihr über die leuchtend roten Wangen, aber sie sagt nichts.

»Quinn, ich will dich gar nicht aufhalten. Aber nun bist du hier, ein paar Tage, bevor du einen guten und anständigen Kerl heiraten sollst, der dich genug liebt, um um dich zu kämpfen. Und wenn du vorhast, mit mir aus der Stadt zu verschwinden, um irgendein albernes Abenteuer zu erleben, nur weil er dir wegen HGTV nicht die ›passende‹ Antwort gegeben hat, na ja, dann muss ich dich aufhalten. Und es tut mir leid. Wenn das, was du sagst, bedeutet, dass mein Anblick zu viel bei dir aufwühlt, schön. Dann gehe ich weg. Ich bin nicht glücklich darüber, aber ich würde das für dich tun, weil ich nicht will, dass du einfach wegwirfst, was du hast. Ich behaupte nicht, dass es einfach werden wird. Du bist meine beste Freundin, und wir arbeiten zusammen. Aber ich will, dass du glücklich bist. Und wenn es das ist, was du brauchst, dann ist es auch das, was wir tun werden. Dann ist das mein Hochzeitsgeschenk für dich, weil ich mich einfach weigere, dich runterzuziehen. Es tut mir leid, wenn meine Existenz dich an all die schlechten Zeiten erinnert. Das … tut irgendwie weh. Weil, für mich, so viel Gutes daraus entstanden ist, dass wir all das gemeinsam bewältigt haben. Aber wenn du in mir nur ein Spiegelbild dessen siehst, was du nicht mehr sein willst, dann glaube ich nicht, dass das mein Problem ist. Es ist deins. Denn wir haben gemeinsame Erinnerungen aus zwanzig Jahren angesammelt. Ich will die behalten.«

Lange Zeit herrscht Schweigen. Bis die Moskitos über uns hereinfallen, die Falken davongeflogen sind und die Sonne ihren Abstieg gen Westen angetreten hat.

Der Geruch der Zitronellakerze brennt mir in der Nase, und ich werde unruhig. Zappelig. Wir haben einen Punkt in diesem Trennungsgespräch erreicht, an dem es nichts mehr zu sagen gibt, es sei denn, wir wollen uns im Kreis drehen.

Einen Stillstand. Ein Patt.

Zeit, zu gehen.

Das ist der Punkt, an dem man weiß, wenn man nun durch diese Tür geht, dann war es das. Und auch wenn man eigentlich gehen will, will man doch auch nicht. Weil das bedeutet, dass es wirklich vorbei ist.

»Also ist es das, was du willst?«, frage ich schließlich und greife nach den gottverdammten Käsecrackern, weil ich offensichtlich unersättlich bin, sogar in solch einer Situation. »Sieh mal, ich kapiere ja, dass du deinen Lebensretter hast. Aber was kann ich noch sagen? Wir sind zwei verschiedene Menschen. Für dich ist eine neue Heirat der Lebensretter. Für mich? Vielleicht nicht. Und deswegen solltest du nicht traurig sein. Auch nicht meinetwegen. Ich glaube, ich habe noch nie so klar wie heute erkannt, dass es mich nicht traurig macht. Ich bin nicht am Boden zerstört. Ich sehe mich mit einem Leben … voller Möglichkeiten.«

Etwas in mir lebt auf, als ich Vals Worte umformuliere.

Als sie mir das beim Brunch gesagt hat, ist es nicht ganz angekommen. Aber als die Worte nun aus meinem Mund kommen, ist es, als würden sie mich von innen aufheitern. Obwohl ich davon ausgehen muss, dass ich Quinn verlieren werde. Denn Valerie hat recht. Und ich habe noch nie zuvor so über mein Leben gedacht. Ich habe mich selbst darauf gedrillt, das Negative zu betonen, bei Misserfolgen zu verweilen, statt all die Chancen zu sehen, die noch auf mich zukommen werden. Yeah!

»Du ziehst mich nicht runter«, sagt sie mit heiserer Stimme. »Das ist mein Ding. Du hast recht. Und es tut mir leid.« Eine Vielzahl Emotionen schlägt sich auf ihrer Miene nieder.

»Wenn ich einen Kerl hätte, der mich so liebt, dann würde ich auch ausflippen. Ich wüsste auch nicht, ob ich weglaufen oder ihn verzweifelt festhalten soll.« Ich denke an Nick. Ringe mir ein Lächeln ab, auch wenn meine Brust plötzlich in einer Schraubzwinge steckt. Ich reibe mir das Brustbein, als könnte ich das Gefühl so vertreiben, aber das funktioniert nicht. Etwas lastet auf mir, zermalmt meine Rippen, weil ich so ein Feigling gewesen bin. Da ist etwas zwischen Nick und mir, etwas, das echt ist, und ich habe es einfach nur versaut.

Wie unfassbar dumm.

Ohne dass ich es überhaupt merke, haben sich feuchte Spuren auf meinem Gesicht gebildet, und ich erzähle Quinn alles, berichte von unserer gemeinsamen Nacht und all den Dingen, die ich die letzten paar Wochen zurückgehalten habe.

Als ich fertig bin, sitzt sie im Schneidersitz vor mir und greift nach meiner Hand. »Er bedeutet dir wirklich etwas.«

»Was?« Pfeifend entweicht die Luft aus meinem Mund.

»Ich meine es ernst. Ich habe das schon früher bei dir erlebt, aber dieses Mal ist es anders. Du hast die Sache sabotiert, weil du Angst hast. Tja, weißt du was? Wie wäre es, wenn du von all diesen ›Möglichkeiten‹, von denen du mir gerade erzählt hast, Gebrauch machst und es ihm sagst?«

Ich drehe noch durch. »Hier geht es nicht um mich. Kann ich dir etwa sagen, was aus eurer Ehe wird? Natürlich nicht. Aber ich weiß, was ich sehe. Und ich sehe, dass Phil dich liebt. Du musst ihm einen Vertrauensvorschuss einräumen, aber darum geht es doch in der Liebe. Und wenn du das tust und es das Richtige für dich ist … dann ist es all den Schmerz und all die Verluste von früher wert.« Und dann: »Er wird dir nicht antun, was dieses Arschloch dir angetan hat.«

»Woher willst du das wissen?«

»Ich weiß es nicht!«, gestehe ich und atme tief durch. »Aber er wird das nicht tun. Weil du es wüsstest, wenn er so drauf wäre. Du bist nicht mehr das Mädchen, mit dem ich auf Ibiza war. Und ich habe mich auch verändert. Auf eine gute Weise. Wir wissen es jetzt besser. Wir können die Dinge mehr schätzen. Darum sind wir so verdammt irre.«

Wir lachen und lachen und lachen.

»Es braucht immer einen Vertrauensvorschuss. Das Leben selbst besteht aus nichts anderem. Und ich weiß, dass ich in einer Phase bin, in der ich Menschen wegstoße und zynisch reagiere, aber was meinst du, warum ich nicht aufhöre? Warum mache ich immer wieder die gleichen dummen Fehler? Weil ich irgendwo, ganz tief im Inneren, so etwas wie Hoffnung haben muss. Und die hast du auch.« Ich zeige mit dem Finger auf sie. »Also, wirf nicht einfach alles weg wegen etwas so Albernem wie Angst oder falsch angezogenen Hauseigentümern. Das Leben ist beängstigend. Sei einfach angsteinflößender.«

»Das ist ein Teil von dem, was mir Angst macht. Was, wenn ich zu merkwürdig für ihn bin?«

»Umso mehr ein Grund für ihn, dich zu lieben. Was soll ich sagen? Männer sind eben bescheuert.«

Als wir schließlich die Kerze ausgeblasen und eine Fertigpizza verputzt haben, weiß ich, dass zwischen Quinn und mir alles in Ordnung ist. Wir haben total Mist gebaut, aber jetzt ist alles wieder in Ordnung.

Als ich sie zu ihrer Wohnung fahre, habe ich nur noch eine Frage. »Also ziehst du es durch oder was, Q?«

Ein Lächeln erblüht auf ihren Lippen. »Ja, aber nicht ohne dich. Samstag und an jedem anderen Tag. Es tut mir so leid.«

»Mir tut es auch leid.«

Wir wechseln ein angespanntes Lächeln – kein Grund, den Tränenfluss wieder in Gang zu bringen –, und dann macht sie kehrt und geht. An der Tür, die Hand auf dem Knauf, dreht sie sich noch einmal um.

»Glaubst du wirklich, dass Phil mich liebt? Dass er gut genug ist?« In ihren Augen funkelt alle Hoffnung dieser Welt.

»Soweit es mich betrifft, wird kein Mann je gut genug für Valerie oder dich sein. Diese Trottel haben nicht die geringste Chance.«

Gleich darauf liegen wir uns lachend in den Armen, bis Phil auftaucht und fragt, ob Quinn ihn meinetwegen verlassen wolle.

KAPITEL 23

Den Rest des Abends – auf der Heimfahrt, im Zuge meines Spaziergangs mit Billie, während ich draußen sitze und dem Tanz der Glühwürmchen vor dem dunklen Himmel zuschaue – ist es, als wäre eine Last von mir gefallen. Anstrengender Tag, aber was ich dabei über meine Freundinnen und über mich gelernt habe, scheint mir genug Treibstoff zu liefern, um bis zur Hochzeit wach zu bleiben. Es fühlt sich an, als hätte ich wer weiß wie lange geschlafen und wäre nun energiegeladen erwacht. Ohne diesen Schleier der Benommenheit über den Augen, an den ich mich inzwischen schon gewöhnt hatte.

Und ich bin keine Vollidiotin; mir ist klar, dass ich mich an meinen eigenen Rat halten sollte, dass ich all das, was ich Quinn erzählt habe, auch selbst glauben sollte.

Mein Telefon brummt.

Quinn: Hast du ihn schon angerufen?

Ich grinse das Telefon an.

Ich: Noch nicht.

Über Nick zu reden, seinen Namen auszusprechen, meinen Freundinnen von ihm zu erzählen, von uns, hat eine ganze

Wolke aus Feenstaub aufgewirbelt, die nun unter meiner Haut prickelt. Aber ich weiß nicht recht, wie ich es anfangen soll. Wie ich die Dinge wieder in Ordnung bringen kann. Ich habe es ja versucht, aber er hat meine E-Mail nicht beantwortet.

Dann überlege ich, dass es vermutlich auch ziemlich bizarr war, ihm einfach eine Situationsbeschreibung ohne Kontext zu schicken. Und mein *Es tut mir leid* in der Betreffzeile? *Es tut mir leid* kann mehrdeutig sein. Was tut mir leid? Es tut mir leid, dass es so laufen muss? Es tut mir leid, dass ich deinen Penis reingelassen habe?

Natürlich habe ich weder das eine noch das andere gemeint, aber woher soll Nick das wissen, wenn er doch nicht mehr als vier kleine Worte und irgendeine Trennungsgeschichte hat?

Also schalte ich das Licht auf dem Nachttisch aus, stelle den Wecker für die Arbeit und tippe rasch noch eine Nachricht.

> Ich: Ich meinte, mir tut leid, wie ich dich behandelt habe. Mir tut leid, was ich zu dir gesagt habe. Das hast du nicht verdient, und ich hätte gern eine Chance, es wiedergutzumachen.

Ich rechne nicht mit einer Antwort, was gut ist, denn es kommt keine. Aber ich gehe im Kopf noch einmal unsere gemeinsame Nacht durch. Die Gefühle, die Nick mir bereitet hat. Und damit meine ich nicht nur, dass der Sex atemberaubend war. Ich betrachte all die verschiedenen Möglichkeiten eingehend. Wie kann ich die Dinge wieder in Ordnung bringen?

Und kurz, bevor ich endgültig weg bin, habe ich es. Und so schlafe ich friedlich und voller Optimismus ein, ein Lächeln in meinem Gesicht und einen Beagle zu meinen Füßen.

Ich tippe mit dem Daumen auf das Lenkrad, und das Knarren der Scheibenwischer kratzt mir in den Ohren.

Da bin ich ausnahmsweise mal früh losgefahren, und das ist der Dank? Muss denn wirklich jede verdammte Ampel vor meiner Nase auf Rot springen?

Aber irgendwann erreiche ich die Wesson, die mehr oder weniger verlassen dasteht. Der richtige Betrieb geht erst kurz vor acht los, nehme ich an. Ich hüpfe um Pfützen herum und wische mir, kaum dass ich das Hauptgebäude betreten habe, die Stiefel trocken. Schüttle den Schirm aus, von dem Tropfen auf das Parkett spritzen.

Als ich vor Idas Schreibtisch trete, unterbricht sie ihre Nagelpflegesitzung und mustert mich über den Rand der Brille vom Scheitel bis zur Sohle.

»Wofür hast du dich denn so herausgeputzt?« Mit der Nagelfeile deutet sie auf meine Klamotten.

»Was meinst du?«, frage ich kichernd und fege das Übermaß an Feuchtigkeit von meinem Trenchcoat. »Ist Deborah schon da?«

»Ist sie ... Warum?« Sie kneift die Augen zusammen, und es fühlt sich fast so an, als würde sie einen Scheinwerfer auf mein Gesicht richten.

»Ich muss etwas mit ihr bereden, das ist alles.«

»Willst du etwa kündigen oder so was? Oder versuchen, eine Beförderung zu ergattern?«

»Himmel, Weib! Könntest du sie bitte fragen, ob sie eine Minute Zeit hat?« Ich verdrehe die Augen.

»Okay, aber Leute, die mir etwas vorenthalten, mag ich nicht.«

Lachend stibitze ich ein Stück Mutschokolade aus ihrer Pralinenschale – und hoffe, dass es mir den Auftrieb verschafft, den ich brauche.

Deborahs Büro ist viel größer, als ich es in Erinnerung habe, bequeme Sessel und ein Sofa in einer Ecke, schräg gegenüber der erdrückend aussehende Kirschholzschreibtisch.

»Rae.« Deborahs Ton ist souverän. Beinahe so anmutig wie der Schwung eines Ballerinaarms.

Und all die Courage, die ich angesammelt habe, seit ich den Parkplatz erreicht hatte, scheint zu schwinden, aber ich konzentriere mich auf Nick und seinen Bruder.

Und schlucke den Würgereiz herunter. »Deborah, hallo, ja. Danke, dass Sie Zeit für mich haben. Und noch mal danke, dass Sie mir letzte Woche ausgeholfen haben …«

»Gar kein Problem.« Sie winkt ab. »Und wie geht es Ihrem Wagen?«

»Es war nur der Reifen. Ich hatte einen Platten«, lüge ich. »Alles wieder in Ordnung.« Mein Herz schlägt schneller, und ich bin ziemlich sicher, dass sie es quer durch den Raum donnern hören kann. »Total.«

Worte, Rae. Du brauchst Worte.

»Schön zu hören. Also, sollen wir?« Sie steht auf und deutet auf die Sitzecke.

»Na ja, ich habe eine etwas außergewöhnliche Bitte, aber ich hoffe, Sie hören mich an.«

Sie starrt mich nur mit einer versteinerten Miene über dem kantigen Kinn an.

Ich räuspere mich und fahre fort. »Es geht um einen ehemaligen Mitarbeiter. Nick Greene.«

»Ach, ja.« Sie nickt knapp. Und runzelt die Stirn. »Ich mochte ihn wirklich, aber wie sich herausgestellt hat, hat es da wohl ein paar Vorfälle gegeben. Gehören Sie zu den Personen, die sich durch ihn unbehaglich gefühlt haben?«

»Nein …« Ich brülle beinahe. Zupfe meinen Mantel zurecht. »Nein. Ich bitte um Entschuldigung. Darüber wollte ich mit Ihnen reden. Ich weiß, meine Freundin Valerie hat Sie aufgesucht, aber inzwischen hat sich gezeigt, dass sie sich die Geschichte ausgedacht hat. Und ich bin nicht gekommen, um Valerie in Schwierigkeiten zu bringen, sie hat nur versucht, mich zu beschützen. Aber was sie gesagt hat, entspricht nicht den Tatsachen. Na ja, wie dem auch sei, ich würde mich wirklich freuen, wenn Sie ihm vielleicht … eine zweite Chance geben könnten. Er ist ein Freund und ein wirklich guter Mensch. Er versucht, für die Arztrechnungen seines kleinen Bruders aufzukommen, und ich weiß, dass bei uns eine langfristige Vertretungsstelle frei wird, wenn Carrie geht, und …«

So etwas wie Amüsement – oder Ungläubigkeit? – überzieht ihr halbes Gesicht. »Das haben Sie sich jetzt so zurechtgelegt, richtig?«

»Oh, nein, nein.« Ich wedele mit den Händen wie eine Schiedsrichterin. »Das ist nicht … Ich meine … Ich will nur …« Sehr sprachgewandt.

»Nun gut, ich schätze es, dass Sie mir Ihre Sicht der Dinge dargelegt haben, und die Sache mit seinem Bruder tut mir schrecklich leid, aber die Langzeitstelle wurde bereits vergeben. Ich habe die Papiere heute Morgen an die Personalstelle geschickt. Tut mir leid.« Erneut runzelt sie die Stirn, und ihr Mund wird so flach wie mein imaginärer Reifen. »Und so gern ich Sie auch habe, das habe ich wirklich, und es gutheiße, dass Sie versuchen, Ihrem Freund zu helfen, schien mir Valerie ziemlich aufgebracht zu sein, als sie zu mir gekommen ist. Ich glaube einfach nicht, dass es gut wäre, würde Mr Greene weiter hier arbeiten. Mir ist bewusst, dass hier Aussage gegen Aussage steht, aber ich bin überzeugt, er wird etwas anderes finden. Er ist ein guter Lehrer und ein sympathischer Mann. Ein echter Glücksgriff.«

Kugel mitten ins Herz.

»Ja, das ist er«, sage ich. Und danke für Ihre Zeit.«

Um alles noch schlimmer zu machen, schreibt mir Nick kurz vor der Mittagspause, und das ist etwa so endgültig, wie etwas nur endgültig sein kann.

Das zu schreiben kann nicht einfach gewesen sein. Danke, dass du mir gegenüber so offen warst. Und danke für deine Abbitte. Ich hoffe, du kommst irgendwann darüber hinweg, und ich wünsche dir alles Glück dieser Welt.

Ich erzähle den Mädels von dem Treffen und der E-Mail, kaum dass sie hereinkommen, und obwohl ihr Beistand tröstlich ist, verfolgt mich Nicks Abwesenheit – und die Tatsache, dass ich absolut nichts daran ändern kann – den ganzen Tag. Den ganzen Abend. Und während das Stück aufgeführt wird und ich gezwungen bin, mir all die Dinge anzusehen, die er gebaut hat, mich erinnere, wie er dabei mit den Kindern gescherzt hat, und ein vergnügtes Gesicht ziehen muss – für die Kinder, für die Eltern, für Deborah, denn sie alle erfreuen sich an dem großartigen Ergebnis unserer gemeinsamen Arbeit.

»Es tut mir so leid«, sagt Valerie, und ihre blauen Augen glänzen verdächtig.

»Ich weiß. Man kann nicht immer gewinnen.«

Der Rest der Hochzeitswoche verfliegt in einem Wirbelwind aus Nagelstudio, Kaffeekränzchen für Braut und Brautjungfern und Ausflügen zum Flughafen, um die diversen Verwandten abzuholen. Als das gemeinsame Essen mit allen an der Hochzeitsprobe Beteiligten beendet ist, bin ich bereit, Phil mit offenen Armen in der Familie willkommen zu heißen, weil er sogar in dieser Woche an Quinns Seite war und es vermutlich immer sein wird. #krankheit #gesundheit

Am Morgen des großen Tages kauern Valerie, die errötende Braut und ich vor dem Spiegel im Brautzimmer von Saint Gregory's, und auf dem Tisch vor uns breitet sich neben Taschentüchern und etlichen Sorten Haarspray das gesamte MAC-Sortiment von Sephora aus.

»Das war's, Quinn. Bist du bereit?« Ich begegne ihrem Blick im Spiegel, während Valerie zum siebenundneunzigsten Mal an Quinns Schleier herumfummelt.

»Ach, nun mach sie nicht noch mehr verrückt«, sagt sie und befestigt ihn mit der letzten Haarklammer, die wir haben.

»Tut sie nicht.« Quinn erhebt sich wie ein Engel. »Ich bin bereit«, sagt sie zu mir. »Aber was ist mit dir? Immerhin bist du diejenige, bei der eine Panikattacke zu befürchten ist. Was macht deine Brust?«

»Alles bestens«, entgegne ich, ergreife meine Möpse und wackle mit ihnen. »Hat sich jedenfalls bisher nicht beklagt.«

»Du weißt, was ich meine.«

»Ja, das tue ich, und ja, es geht mir gut. Und jetzt sollten wir dich da raus und unter die Haube bringen. Wie-heißt-er-noch wartet auf dich.«

Unter ihrem finsteren Blick lächelt sie.

»Nur ein Witz.« Ich schlage ein Kreuz vor der Brust. »Ich freue mich sehr, dass du Wie-heißt-er-noch heiratest.«

Und das ist wahr. Und mir geht es gut. Mehr als nur gut.

»Mrs Wie-heißt-er-noch!«, nerve ich sie ein letztes Mal scherzhaft, ehe es losgeht.

Während ich den Gang entlangschreite, spüre ich keine Nadelstiche in den Armen, habe nicht den Eindruck, mein Herz müsse gleich in der Brust explodieren, und mein Blickfeld ist nur verschleiert, meine Kehle nur wie zugeschnürt, weil mich die Freude über das Glück meiner Freundin so überwältigt.

Farbiges Licht fällt durch die Buntglasfenster auf den polierten Steinboden hinter Quinn, als sie auf Valerie und mich zugeht, auf den Altar. Blaues, rotes, grünes und violettes Licht bildet den Hintergrund. Sie ist eine Göttin in Silber, und ihr Kleid schimmert himmlisch bei jedem einzelnen Schritt, jeder einzelnen Bewegung.

Ich schaue Phil an. Tränen funkeln in seinen Augen, sein Mund ist leicht geöffnet, und seine Miene drückt aus, was uns, wie ich mir vorstelle, allen durch den Kopf schwirrt: ein tief empfundenes, hingebungsvolles Ach-schön!

Ach!

Er ist ein guter Mann. Er liebt sie.

Und dann sehe ich Mike in der Gemeinde, einen Zwilling auf jedem Oberschenkel, Jakey an ein Bein geschnallt. Sein Gesichtsausdruck ist sanft, geduldig, während er Amanda hilft, die Kamera seines Telefons zu bedienen. Und dann wirft er Valerie einen verstohlenen Blick zu, und sie strahlen sich an, und mein Herz schwillt vor Zufriedenheit auf die dreifache Größe an.

Sie werden es schaffen.

Ich will mich gerade wieder auf Quinn konzentrieren, als ich plötzlich von einem Gefühl erfasst werde …

Dem Gefühl, beobachtet zu werden. Ich lasse den Blick über die Menge schweifen, Verwandte und Freunde, Leute, die ich im Lauf der Jahre kennengelernt habe, vertraute und weniger vertraute Gesichter, um herauszufinden, wer hier gegen die Hochzeitsetikette verstößt und eine Brautjungfer im Auge behält, während die Braut feierlich den Gang hinaufschreitet.

Nichts.

Niemand.

Und dann: *Blitzschlag.*

Ein Augenpaar erregt meine Aufmerksamkeit, und sofort entsteht Verbundenheit. Und bleibt bestehen.

Mein Puls schlägt schneller, als ich diesen hypnotischen Blick erkenne, der mich in jedem Raum und auf jeder Oberfläche hingerissen hat, bis wir beide zu keiner Bewegung mehr imstande gewesen sind.

Meine Wangen erblühen in glühender Hitze. Ich bin überzeugt davon, dass ich vom Kopf bis zu den Zehen rot angelaufen bin. Überzeugt, jeder Anwesende kann noch den letzten meiner Gedanken lesen, als würde jeder einzelne von ihnen an die rückwärtige Wand der Kapelle projiziert, erscheine vor aller Augen in Bildern, die so klar und deutlich erkennbar sind wie das Kreuz, das dort hängt.

Meine Lippen ordnen sich zu etwas an, von dem ich hoffe, dass es wenigstens Ähnlichkeit mit einem Lächeln hat, doch Nicks Miene verrät mir wenig.

Aber er ist hier.

Irgendwie.

Wie?

Warum?

Beinahe hätte ich vergessen, Quinn im rechten Moment den Brautstrauß abzunehmen, so sehr lenkt mich seine Gegenwart ab. Der fortdauernde Blickkontakt. Er dringt tief in mein Inneres und zerrt alles heraus, was mich ausmacht. Er wird mich nicht davonkommen lassen, auch damit nicht. Und das ist vermutlich ein guter Grund, nicht länger zu versuchen, meine Gefühle ihm gegenüber zu leugnen.

Und es ist auch der Grund, warum ich alle Mühe habe, meinen Posten nicht einfach aufzugeben und mich in seine Arme zu werfen.

Nach der Trauung verliere ich ihn aus den Augen. Der Fotograf stellt uns alle in diversen gekünstelt-spontanen Posen auf, und Nick ist plötzlich verschwunden. Meine Brust schmerzt unter seiner Abwesenheit. Ruft nach ihm.

»Schau in die Kamera, Schätzchen.« Ich höre an seiner Stimme, wie der Fotograf die Augen verdreht.

Und während mich das Blitzlicht blendet und mir haufenweise purpurrote Punkte die Sicht verschleiern, fange ich an zu glauben, ich hätte mir Nicks Anwesenheit nur eingebildet.

Flüsternd frage ich: »Habt ihr …« *Nick eingeladen?*

»Hören Sie zu reden auf, Kindchen. Das glückliche Paar will bestimmt keine Fotos von Ihren Mandeln, nicht wahr?«

Blitz, blitz. Blitz, blitz, blitz.

»Und wenn einer meiner Nasenflügel zittert?«, quetsche ich zwischen zusammengebissenen Zähnen hervor.

Aber ich klebe mir ein Lächeln ins Gesicht. Richte den Blick auf die Kamera und Satan (ich meine den Fotografen) und halte den Mund, bis wir uns in die Limousine quetschen. Eine Flasche Kribbelwasser macht unter den Trauzeugen des Bräutigams die Runde.

»Wer von euch hat ihn eingeladen?« Ich habe beinahe Schaum vorm Mund.

»Wen eingeladen? Ist einer deiner Exe unter den Gästen? Ist nicht leicht, da den Überblick zu behalten«, zieht Quinn mich mit einem spöttischen Lächeln auf.

»Das musste ja passieren«, stimmt ihr Valerie achselzuckend zu, und sie stoßen mit ihren Champagnerflöten an.

»Ihr wisst, wen«, sage ich.

»Wovon sprichst du?« Quinn legt die Fingerspitzen an die Brust, und ihr brandneuer Ehering funkelt mich an.

Ich attackiere Valerie. »Hattest du auch etwas damit zu tun?«

Sie blinzelt und reißt dann in gespielter Aufrichtigkeit die Augen auf. »Ich habe absolut keine Ahnung, was du meinst.«

Als ich schließlich auf die Idee komme, mein Handy zu kontrollieren, finde ich eine E-Mail.

Ja!

Aber sie ist nicht von ihm. Sie ist von einem der Literaturagenten aus dem ersten Stapel Exposés.

Ich kralle die Finger in den Bauch und denke nach.

Soll ich noch warten, ehe ich sie lese? Muss ich diesen Tag wirklich mit einer Absage ruinieren?

Aber dann atme ich tief durch und stürze den restlichen Champagner in meiner Flöte hinunter.

Und tippe auf das Display.

Liebe Rae,
Ihre Präsentation zu Doktorspiele *hat mir sehr gefallen, und ich würde mich sehr freuen, wenn Sie mir die ersten fünfzig Seiten zukommen lassen würden.*
Ich kann es kaum erwarten, sie zu lesen.
Herzliche Grüße,
Whitney White

Zwei der besten Sätze, die ich je gelesen habe.

»Was ist?«, hallt Phils Stimme von der anderen Seite der Stretchlimo herüber.

Gejohle und Gebrüll werden laut, als ich erklärt habe, was los ist, obwohl keiner von diesen Leuten wirklich weiß, wovon die Rede ist, aber ich strahle von innen heraus und bin froh, dass ich Leute um mich habe, mit denen ich diesen ersten großen Schritt feiern kann.

Es ist keine Garantie; aber es ist auch keine Absage.

Es ist eine Chance.

Und zwar eine Chance für mich.

Als wir im Country Club ankommen, sind all die Hochzeitsgäste für mich weiter nichts als kleine Hürden. Ich unterziehe jede Gruppe von ihnen einem prüfenden Blick. Da sind die zugeknöpft wirkenden Kerle, die ihre Biere schon halb geleert haben und, wie ich angesichts ihrer Gatsby-Frisuren und der Lautstärke ihres Gelächters vermute, Kollegen von Phil sein müssen; Mama Morales, gewandet in ein grelles Blumenmuster, und ihr Rudel fülliger Schwestern, von denen ihr eine ähnlicher sieht als die andere. Quinns statueske Cousinen und ihre Ehemänner, die auf dem Tisch mit den Horsd'œuvres aufräumen und sich bergeweise Minifrühlingsrollen und Wasserkastanien im Speckmantel auf die Teller häufen.

Aber kein Nick.

Und ich fange an zu glauben, ich hätte mir das nur eingebildet. Mir *ihn* nur eingebildet. Als hätte mein Gehirn ihn als Zeichen dafür erschaffen, dass ich nun doch endgültig den Verstand verloren habe. Ich sehe ihn nicht, als die Cocktails gereicht werden, ich sehe ihn nicht während meiner Rede. Ich entdecke keine Spur von ihm, als ich mir pochierten Lachs hinter die Kiemen schiebe, als gäbe es kein Morgen mehr. Nichts.

Als ich mich schließlich angenehm betäubt habe (Der junge Barkeeper und ich haben eine stumme Verabredung: *Stell mir regelmäßig einen Martini hin, und dieser Schein gehört dir.)*, mache ich es mir zusammen mit den noch nicht abgeräumten schmutzigen Tellern am Tisch des Brautpaars bequem. Quinn und Phil haben sich zwar entschieden, auf einen Hochzeitstanz zu verzichten, aber sie stecken tief in eben jenem.

»Alle verheirateten Paare auf die Tanzfläche«, ruft der DJ.

Bei gedämpftem Licht wiegen sich bald darauf zusammengerechnet Hunderte von Jahren ehelicher Freuden in trägen Kreisen zu *Unchained Melody* –, und ich beschließe, dass es wohl an der Zeit ist, die Damentoilette aufzusuchen. Doch dann brummt mein Telefon und jagt mir einen Riesenschrecken ein, also bleibe ich auf meinem leinenbezogenen Platz sitzen und hole es hervor.

Noch eine E-Mail.

Ich keuche auf, als ich sie sehe. Allein der Anblick seines Namens reicht, um mir den Atem zu rauben.

Zuallererst: Du musst mir nicht aus der Patsche helfen.
Deborah hat mich angerufen und mir erzählt, was du gesagt hast, aber das war nicht deine Schuld. Du hättest das nicht tun müssen. Trotzdem danke.
Denn sie hat mir auch von einem Job erzählt, der bisher noch nicht ausgeschrieben wurde. Einer ihrer Direktorenkollegen drüben an der Saint Robert's wird Mitte des Jahres jemanden entlassen. Hat sich angehört, als wäre der Lehrer ein Trinker oder so. Ich weiß es nicht. Wie dem auch sei, Deborah hat für diese unbefristete Stelle ein Vorstellungsgespräch für mich arrangiert. Und stell dir vor – sie brauchen einen Geschichtslehrer. Sie hat gesagt, bis zum Jahresende könnte daraus sogar eine Vollzeitstelle werden.
Zweitens: Mir ist bewusst, dass du die eine oder andere Enttäuschung erlebt hast, aber wer hat das nicht? Wir alle haben unser Kreuz zu tragen, aber das bedeutet nicht, dass jeder verdammte Mensch bis in alle Ewigkeit nur Schlechtes zu bedeuten hat. Es bedeutet nicht, dass du es nie wieder versuchen solltest. Denn weißt du, was es Leuten wie dir bringt, wenn sie immer vom Schlechten ausgehen? Ein Leben in Einsamkeit. Und verzeih mir das, aber ich glaube nicht, dass dein Leben so laufen sollte.

Meine Lippen öffnen sich ein wenig, und ich trinke die kühle Luft.

Verletzt zu werden ist scheiße. Und es ist auch scheiße, dass zwischen uns alles so schiefgelaufen ist, weil du Angst hast, das könn-

te dir wieder passieren. Aber weißt du was? Dass du versucht hast, dir das zu ersparen, hat mich verletzt.

Und damit endet die Nachricht.

Ich lese sie wieder und wieder und bin jedes Mal verwirrt – und geplättet – von seinen Worten.

Gott, was bin ich für eine Idiotin. Ich meine, das wusste ich ja, aber wow …

Ein sengendes Gefühl breitet sich hinter meinen Augen aus, in meiner Brust und über meine Arme. Ich versuche, mich aus der Spirale herauszuholen, die mich gerade im Ganzen zu verschlingen droht, aber ich bin hilflos. Hoffnungslos. Er hat recht. Und ich muss mir dringend kaltes Wasser ins Gesicht spritzen – und Luft schnappen –, ehe die Panikattacke, die sich gerade erst aufbaut, richtig zuschlägt.

Ich springe auf, stoße das eine oder andere halb volle Wasserglas um und drängele mich durch die tanzenden Paare (»Jetzt nur die Paare, die seit zehn Jahren oder mehr verheiratet sind!«). Erkämpfe mir einen Weg zu einer der Pforten der Freiheit. Licht aus dem Vorraum dringt wie ein Signalfeuer durch die Ritzen der Tür herein, wie ein Wunder, und ich passiere gerade den Kuchentisch, als …

Klammergriff.

Ein Arm fängt meine Leibesmitte, und ich stehe überall, wo er mich berührt, unter Strom.

Schlucke schwer, als ich ihn von Angesicht zu Angesicht vor mir habe. Pralle gegen seinen festen, in einem Anzug steckenden Körper, eingeschüchtert von seiner Schönheit.

Mein Mund klappt auf, meine Kehle ist trocken wie Pergament, und sämtliche Nervenenden unter meiner Haut tanzen Pirouetten.

Ich schüttle den Kopf. »Es tut mir leid, Nick …«

»Jetzt bin ich mit Reden dran.«

Seine Augen sehen einschüchternd aus, sein Blick ist bohrend. Er hält mich immer noch mit seinen kräftigen Händen, jetzt mit beiden, und seine Finger liegen fest an meinen Seiten. Er starrt mich an, umgarnt mich mit seinen Augen, mit seinem Ton, und ich bin hingerissen. Ich könnte nicht sprechen, selbst wenn ich es versuchen würde. Meine Brust erbebt unter dem Satinleibchen meines Kleids, und ich habe Mühe, nicht krampfhaft zu schlucken.

»Ich habe gesagt, dass du mich verletzt hast, aber das liegt daran, dass du mir unter die Haut gehst«, sagt er mit vorgerecktem Kinn.

»Wie Juckreiz?« Ich kann nicht anders. Warum rede ich bloß?

Er packt fester zu, und ich schließe den Mund.

Er muss in der Lage sein, meinen Puls zu spüren. Zu hören. Sogar über den schmachtenden Gesang dieses langsamen Stücks hinweg.

Sein Griff lockert sich, und Nick gleitet mit seinen Fingern über meinen Oberkörper und jagt einen Schwall an Gefühlen durch meinen Leib, während er sich zu meinem Hals vortastet, zu meiner Wange. Mit dem Daumen über meine Unterlippe streicht. Und sie anstarrt.

»Wie ein Tattoo«, sagt er. Und endlich wärmt ein Lächeln seine Züge.

Er kommt näher, hält mein Gesicht mit beiden Händen umfasst. Warm streicht sein Atem über meine Haut.

»Du wirst mich nicht los. Nicht so einfach. Ich weiß, das ist schwer zu akzeptieren und für dich aufgrund deiner Vergangenheit auch schwer zu glauben, aber dir wird nichts anderes übrig bleiben.«

Mein Blick erglüht unter seinem, ungehemmtes Feuer lodert hinter diesen dunklen Augen wie ein alles verzehrender Sturm. Ich stehe kurz davor, alle Vernunft fahren zu lassen, als er mir endlich Gnade erweist und die Distanz zwischen uns überbrückt.

Seine Lippen, meine Lippen verlangen, gehört zu werden. Zungen kämpfen darum, ihre Geschichte zu erzählen, und jede dringt darauf, das letzte Wort zu haben. Jede kämpft mit wilder Begierde.

Er raubt mir den Atem, reißt ihn einfach aus mir heraus. Ich bettele, ich flehe darum. Meine Lunge droht zu platzen, als er sein Gesicht an meinem Hals birgt, und die zarte Haut in meinem Nacken kribbelt unter seinen Küssen.

Wir sind in eine zauberhafte Welt entflohen, zu der sonst niemand Zutritt hat, in die kein anderer auch nur einen Fuß zu setzen wagt, ganz gleich, wie nahe er uns physisch auch ist. Zeit vergeht, die jedes irdische Maß sprengt. Wir – Nick und ich – sind an einem völlig anderen Ort. Auf meinem Küchenboden. Auf dem Mond. Beanspruchen alles und nichts zugleich. Und als wir uns endlich voneinander lösen, tun wir das nicht, weil wir es wollen, sondern weil wir es müssen.

»Ich bin auch stur«, klärt er mich auf und legt seine Stirn an meine.

Wir lachen beide, und mit diesem Lachen kehren wir zur Erde zurück. Zu der Hochzeit. Und Quinn materialisiert sich aus dem Nichts. Wie lange sie da schon gestanden hat, kann ich beim besten Willen nicht beurteilen.

»Wie ich sehe, hast du ihn gefunden.« Das kindliche Kichern, das sie schon den ganzen Tag kaum unterdrücken konnte, blubbert aus ihr heraus.

»Habe ich«, sage ich und schiebe eine Hand unter Nicks Jackett. Und bin selbst nicht fähig, ein perlendes Lachen zurückzuhalten.

»Danke für die Einladung«, sagt er und zwinkert ihr zu.

»Na ja, wir hatten da diese Absage in letzter Minute …« Sie verzieht das Gesicht und starrt mich an. »Du weißt schon, weil Rae nicht in der Lage ist, ein passendes Date für die Hochzeit zu finden.«

»So? Wie kommt's?«, stichelt er, senkt den Blick und schüttelt den Kopf.

»Schätze, ich muss wieder von vorn anfangen«, sage ich und tue so, als würde ich in meinen Apps blättern. Ich lege den Kopf an seine Schulter und gehe mit dramatischen Daumengesten meine Apps durch, nicht ohne sicherzustellen, dass er das Display sehen kann.

»Mal sehen … Wo versteckt sich die gute alte Spark-App?«

»Ich habe eine bessere Idee.« Seine Stimme vibriert an meiner Wange. Und dann reißt er mir das Telefon aus den Fingern. »Wie wäre es, wenn du das Ding mal für eine verdammte Nacht vergisst?«

Ich drehe mich in seine Arme, lege sie um meinen Körper und lehne mich an, zerfließe mit der Musik.

»Einverstanden. Kommen wir nun zur nächsten Phase der Datingpolitik …« Mein Ton ist verspielt. Unbekümmert. Tanzt im Takt mit den anderen Gästen. Hinter dem Rücken taste ich nach seinem Nacken, ziehe sanft sein Gesicht zu meinem, und meine Lippen streifen seine Wange, als ich wieder etwas sage. »Ich werde meinen Account löschen … wenn du deinen löschst«, flüstere ich sanft und fange zu lachen an.

Nötige seine Lippen, sich auf meine zu legen.

Ich nehme ihm das Gerät des Anstoßes ab und lasse es in seine Hosentasche plumpsen.

Und dann führe ich ihn auf die Tanzfläche.

DANKSAGUNG

Wie in der Liebe geht es auch beim Schreiben um Beständigkeit, und darum, Demut zu lernen. Stur zu sein. Um »das Eine« zu finden, muss man sich durch Projekte quälen und falsche Entscheidungen treffen, um zu begreifen, wie die guten aussehen, sich in Ideen verlieben und in die Welt hinausgehen. Man muss ein gebrochenes Herz ertragen und wieder aufstehen. Um zu lernen. Um zu wachsen. Um sich zu entwickeln.

Nichts von all dem wäre mir möglich gewesen ohne eine Menge großartiger Leute, die zu meinem unfassbaren Glück zu meinem Leben dazugehören. Leute, die zuhören, die mir mit Rat und Tat zur Seite stehen und – was das Wichtigste ist – an mich glauben.

Ganz oben auf dieser Liste steht meine knallharte Agentin Barbara Poelle. Wenn ich an ihren unerschütterlichen Beistand in all den Jahren denke, empfinde ich ihn wirklich als atemberaubend. Ich hätte das ohne ihn – oder dich – nicht geschafft, also danke ich dir aus tiefstem Herzen, B. Ich habe unglaubliches Glück, dich in meiner Ecke zu haben.

Desgleichen wäre das Buch nie verwirklicht worden ohne meine großartige Lektorin Lindsay Rose. Dein scharfes Auge und deine endlose Begeisterung für alles, was Rae betrifft, haben mir die Werkzeuge in die Hand gegeben, um diese Geschichte zum besten Buch zu machen, das daraus nur hat werden können, und ich bin stolz darauf, dass es nun in der Welt dort draußen ist.

Außerdem ist es mir eine Ehre, mit Grand Central zusammenzuarbeiten, und ich bin unendlich froh, dass mir ein so wahnsinnig talentiertes Team geholfen hat, die Geschichte auf Hochglanz zu polieren. Danke, Jordan Rubinstein, Tiffany Sanchez, Emily Chen, Nancy Wiese, Nicole Bond, Brigid Pearson, Beth deGuzman, Tom Whatley, Abby Reilly, Dianne Stirpe und Yasmin Mathew. Ich schulde euch allen Tausende Drinks!

Und ich danke meinen besten Schreibfreundinnen Renée Ahdieh, Sarah Nicole Lemon und Sarah Henning, ich bin so froh über eure Freundschaft und eure Hilfe. Ohne all unsere Telefondates, unsere Autorentreffen, Snapchats und Old-Fashioneds hätte ich wohl den Verstand (gänzlich?) verloren.

Ich danke jenen besonderen Menschen, die sich schon früh Zeit genommen haben, mir zu zeigen, worauf es beim Veröffentlichen ankommt, oder die mir ein zusätzliches Augenpaar für meine ersten Manuskripte zur Verfügung gestellt haben: Wendy Toliver, Copil Yanez, Chuck Sambuchino, Alison Miller und Marice Kraal. Danke, dass ihr mich beraten und meine kreativen Unterfangen wie zum Beispiel The Write-Brained Network unterstützt habt.

Und zu guter Letzt sind da noch meine Eltern. Danke, dass ihr mich ertragen habt und danke für ein Leben voller Liebe und Zuspruch. Ich kann nicht in Worte fassen, wie viel ihr mir bedeutet.